Carolina Garcia-Aguilera

*Die Ehre der Arangos*

Carolina Garcia-Aguilera

# *Die Ehre der Arangos*

Aus dem Amerikanischen
von Friederike Zeininger

Limes

Die Originalausgabe erschien 1997
unter dem Titel *Bloody Shame*
bei G.P. Putnam's Sons, New York

1 2 3   99 98


Satz: Mitterweger, Plankstadt
Druck und Bindung: Ebner, Ulm

ISBN 3-8090-2427-9

*DIESES BUCH*
*IST MEINEN DREI TÖCHTERN GEWIDMET*
*Sarah, Antonia und Gabrielle,*
*die mich mit Liebe und*
*Leidenschaft erfüllen,*
*UND KUBA*
*MI PATRIA*

*VIVA CUBA LIBRE!*

# 1

Ich sah auf den Tachometer meines Mercedes, um sicherzugehen, daß ich mein mir selbst auferlegtes Tempolimit nicht überschritt – zwanzig Meilen über der vorgeschriebenen Geschwindigkeit auf dem South Dixie Highway –, und suchte im Rückspiegel nach Bullen, die mir folgten. Ich war schon so oft angehalten worden, daß die Polizei meine Telefonnummer bereits als Kurzwahl registriert hatte.
Ich machte mir allerdings nicht ernsthaft Sorgen. Aller Wahrscheinlichkeit nach hätte ich es, für den Fall, daß ich angehalten würde, mit einem Mann zu tun – was bedeutete, daß ich wohl mit einer Tracht Prügel und einer Einladung zum Essen davonkommen würde. Eine Polizistin dagegen wäre mein Untergang. Alle meine Strafzettel stammten von Polizistinnen. Die meisten Frauen mögen mich nicht, eine elementare Tatsache, die ich vor langer Zeit erkannt und zu akzeptieren gelernt habe. Aus diesem Grund schätzte ich die wenigen Frauen, mit denen mich wahre Freundschaft verband. Zu ihnen gehörte Margarita Vidal, meine engste kubanische Freundin. Ich gab, weil ich für unsere Verabredung zum Mittagessen in South Beach bereits spät dran war, noch etwas mehr Gas.
Obwohl ich Margarita liebte, wußte ich, daß sie mir gnadenlos eine Standpauke halten würde, wenn ich auch nur ein paar Minuten zu spät käme. Margarita hatte einen englischen Großvater, der seiner Familie die englischen Werte der Pünktlichkeit eingeimpft hatte – Werte, deren eigentlicher Zweck es ist, allen anderen Menschen das Leben schwerzumachen.
Margarita und ich trafen uns ungefähr alle zwei Wochen zum Mittagessen, eine meiner wenigen regelmäßigen Gewohnheiten. Wir trafen uns immer in South Beach, obwohl dies

eher unpraktisch war, denn ihre Firma, MMV Interiors, lag im Designerviertel von Miami, während mein Detektivbüro in Coconut Grove war. Der Streß und die Fahrzeit wurden dadurch wettgemacht, daß wir uns beim Essen gegenseitig kostenlos zu therapieren schienen. Es gab nur wenig, was wir von der anderen nicht wußten.

Je weiter ich nach South Beach kam, desto dichter wurde der Verkehr, und wie gewöhnlich war ich völlig aufgelöst. Ich fluchte angesichts der roten Ampeln, ließ die Bremsen quietschen, fuhr dicht auf, wurde nervös und steigerte mich in diese Hektik hinein. Endlich hatte ich wieder ein freies Stück Straße vor mir und trat das Gaspedal bis zum Anschlag durch. Ah, ich liebe diese deutschen Autos! Ich schoß an einem Oldsmobile voller Touristen vorbei und erreichte den Ocean Drive wenige Minuten vor dem verabredeten Zeitpunkt.

Ich stöhnte, als ich Margarita bereits an einem der Tische vor dem News Café sitzen sah. Mein einziger Trost war, daß ich einen perfekten »TV-Parkplatz« fand – direkt gegenüber vom Restaurant nämlich, wie die Detektive im Fernsehen. Ich wollte mich beeilen und stieß, als ich die Straße überquerte, mit einem fotografierenden, rotgesichtigen Touristen zusammen, der die halbnackten Rollschuhfahrer anglotzte. Gemessenen Schrittes ging ich schließlich auf Margaritas winzigen Tisch zu und küßte sie. Sie hatte bereits Designerwasser für mich bestellt.

»Da hat es dich ja vielleicht geritten da vorne«, sagte sie und lächelte ironisch. »Aber abgesehen davon, *chica*, siehst du wunderbar aus. Gibt's was, wovon ich wissen sollte?«

»Eigentlich nicht«, antwortete ich. »Zuviel Arbeit, zuwenig Schlaf. Verabrede mich mit denselben Typen. Halt das Übliche.«

Margarita lachte und zeigte dabei ihre perfekten Zähne. »Das Leben eines Singles!« sagte sie. Und mit einer Spur Bitterkeit fügte sie hinzu: »Ich erinnere mich daran. Die gute alte Zeit.«

Ich wußte nicht, was ich sagen sollte. Deshalb trank ich etwas Wasser und musterte meine Freundin. Sie sah, wie immer, sehr schick aus. Ihr Aussehen entsprach, was die Farben anging, fast dem hispanischen Klischee: kurze schwarze Locken, dunkle braune Augen, kaffeebraune Haut. Und ein sinnlicher Körper. All das zur Geltung gebracht durch die leuchtenden Farben, die sie trug. Obwohl Margarita keine von Natur aus schöne Frau war, schaffte sie es, so zu wirken. Zum Teil lag dies an der Kunst der Chirurgie und Make-up, vor allem aber besaß sie eine innere Schönheit und eine ganz besondere Ausstrahlung.

Obwohl ich beschlossen hatte, auf ihre Bemerkung nicht einzugehen, wußte ich doch ungefähr, was ihr die Laune verdorben hatte. »Und?« erkundigte ich mich. »Wie geht's Rodrigo?« Rodrigo war ihr Mann. Es war mir eigentlich gleichgültig, wie es ihm ging.

»Gut.« Sie ging nicht weiter darauf ein.

»Prima«, erwiderte ich. Um die Wahrheit zu sagen, ich war glücklich, eine einsilbige Antwort bekommen zu haben. Zu häufig hatte sich unser Gespräch beim Mittagessen um sein miserables Benehmen gedreht. Ich mochte den Typen nicht, und Margarita zuzuhören, wie sie, ohne innezuhalten, von ihm redete, war manchmal mehr, als ich ertragen konnte.

Der Kellner kam und nahm unsere Bestellungen entgegen. Diesmal saßen wir seit zehn Minuten zusammen, und keiner unserer beiden Piepser hatte sich gemeldet. Dieser Zufall wurde durch den Fakt gestützt, daß ich meinen abgestellt hatte. Der heutige Tag war überaus wichtig für mich, und ich brannte darauf, Margarita alles zu erzählen.

»Und wie geht's dir, Lupe?« Margarita blickte auf die Straße. »Was macht die Arbeit?« Sie hatte sich immer für meinen Beruf interessiert, wahrscheinlich weil er sich so sehr von ihrem – sie war Innenarchitektin – unterschied. Ich erzählte ihr immer von meinen Fällen, wobei ich darauf achtete, nichts zu verraten, was unter die Schweigepflicht fiel. Dieses Mal aber hatte ich ihr wirklich etwas Sensationelles zu erzählen.

»Ich habe doch so oft gejammert, daß ich Ferien brauche«, fing ich an. »Nun, übermorgen geht's los. Morgen räume ich noch meinen Schreibtisch auf, schreibe Berichte, erledige alle Rückrufe und erkläre Leonardo alles gründlich, damit er die ausstehenden Rechnungen schreiben kann. Und dann werde ich so richtig ausspannen.«

»Willst du damit sagen, daß ihr im Verzug seid, eure Rechnungen zu stellen?« erkundigte sich Margarita erstaunt.

»Wir hatten soviel zu tun«, erwiderte ich. Noch vor einigen Jahren wäre diese Situation unvorstellbar gewesen. »Ich werde in Richtung Keys fahren und mich von der Außenwelt absolut abschirmen. Die dringlichste Entscheidung, die ich zu fällen haben werde, ist, welchen Badeanzug ich am Strand anziehen soll.«

Das Essen kam, als ich meinen Satz halb zu Ende gesprochen hatte. Ich hatte offenbar ein wenig zu aufgeregt geklungen, denn der junge Kellner sah mich an, als könnte ich gefährlich werden. Seine Angst hielt ihn allerdings nicht davon ab, meine Schulter zu streifen, als er meinen Teller vor mich auf den Tisch stellte.

»Lupe, *querida*, ich bin so stolz auf dich!« sagte Margarita und stach mit ihrer Gabel in den Salat. »Ich muß zugeben, daß ich nie geglaubt hätte, daß du dir jemals freinehmen würdest. Wie lange ist dein letzter Urlaub her?«

So lange, daß ich richtig nachdenken mußte, bevor ich antworten konnte. Während der vergangenen sieben Jahre, seit es das Detektivbüro Solano gab, schien das Arbeitspensum stetig gestiegen zu sein, obwohl ich im Büro Mitarbeiter hatte. Die Arbeit nahm so viel meiner Zeit und Energie in Anspruch, daß ich dazu neigte, mein Privatleben zu vernachlässigen. Ich konnte mich allerdings nicht beklagen: Ich stand auf eigenen Füßen, und das war mit Sicherheit besser, als darauf zu warten, daß das Telefon klingelte.

»Scheiße. Ich kann mich nicht erinnern, wann ich das letzte Mal Ferien gemacht habe«, sagte ich. Ich gab mich geschlagen und biß in meinen Cheeseburger. Erst jetzt stellte ich fest,

daß Margaritas Salat nicht als Einstieg gedacht war; er war ihre Hauptspeise. Das war seltsam. Ich bin keine Kostverächterin, aber sie bestellte und aß sonst immer mehr als ich.
»Hast du keinen Hunger«, erkundigte ich mich und musterte ihr Hasenfutter.
Margarita zuckte graziös die Schultern. »Muß an der Hitze liegen. Ich habe in letzter Zeit keinen besonderen Appetit.«
Mir fiel auf, daß sie ein wenig blaß war.
Wir saßen eine Zeitlang schweigend da, aßen und beobachteten das Geschehen auf der Straße. Unser Tisch auf der erhöhten Veranda bot uns einen exzellenten Blick. Die Szenerie war für einen Nachmittag in South Beach typisch. Schöne junge Körper stolzierten leicht bekleidet die Gehwege entlang, als nähmen sie an einer Parade teil. Margarita und ich waren beide achtundzwanzig Jahre alt, aber am Standard von South Beach gemessen waren wir beide reif für die Rente. Es fiel schwer, angesichts dieses Gewirrs aus Fleisch und knappsitzenden Klamotten aus allen Richtungen, nicht voyeuristisch und ein wenig befangen zu werden.
Das News Café lag gegenüber einem breiten Streifen Sand, der zum Meer führte. Die Palmen wogten träge im Wind, die Hitze flimmerte über dem Strand, Gischtspritzer tanzten nicht weit entfernt in der Luft. Alles wirkte ein wenig surreal. Würde man über die Palmen noch ein paar geschmolzene Uhren drapieren, dann würde Salvador Dalí genau hierherpassen.
Ich bin in Miami geboren und war daher mit South Beach schon vertraut, als es noch nicht hoffnungslos schick war. Als meine Schwestern und ich noch Kinder waren, brachte unsere Mutter uns oft hierher, um am Meer zu sitzen und uns von den atemberaubenden Stränden in Kuba zu erzählen. Als sie später todkrank im Krankenhaus lag, war das einzige, was sie bedauerte, daß sie das Meer nicht mehr sehen und riechen könne. Von ihren drei Töchtern war ich die einzige, die diese Liebe zum Meer geerbt hatte.
Später in meinem Leben waren meine Besuche in South Beach

weniger unschuldig gewesen. Als Teenager mogelten Margarita und ich uns mit gefälschten Personalausweisen in irgendwelche Clubs. Wir sahen damals jünger aus, als wir tatsächlich waren, und wurden in den meisten Fällen abgewiesen. Manchmal allerdings zeigte ein Türsteher Erbarmen, schob den magischen roten Samtvorhang zur Seite und ließ uns hinein – unter der Bedingung, daß wir nicht versuchten, einen Drink zu bestellen.

Margarita wirkte nicht besonders glücklich, deshalb versuchte ich sie aufzumuntern. »Weißt du noch, als wir hier immer in die Clubs gingen?« fragte ich sie. »Als wir noch Kinder waren?«

Mein Trick schien zu funktionieren. Margarita sah mich an, als hätte ich Mona Lisa gerade einen Schnurrbart ins Gesicht gemalt. »Klar erinnere ich mich«, sagte sie. »Weißt du noch? Dein erster gefälschter Personalausweis, den wir an dieser Tankstelle in der Calle Ocho bekamen und der dich fünfundzwanzig Jahre alt machte, obwohl du erst fünfzehn warst? Und demzufolge du Mary geheißen hast und aus Ohio gekommen bist?«

»Ja, stimmt, und wer warst du – ›Candace Olafsen‹?«

Wir lachten so laut, daß die anderen Gäste begannen, zu uns herüberzuschielen. Dann war Margaritas Funkruf zu hören. Es war zu schön gewesen, um noch länger zu dauern.

»Verdammt«, sagte ich.

Margarita sah auf das Display ihres Funkrufgeräts. »Ich muß los«, sagte sie. »Ich habe in einer Dreiviertelstunde ein Treffen mit einem Klienten.«

Das war's dann. Margarita würde sich lieber den Kopf abreißen, als zu spät zu einer Besprechung zu kommen. Es schien so, als würden unsere Treffen zum Mittagessen um so kürzer, je älter wir wurden und je stärker wir uns in unsere Arbeit hineinhängten.

Ich bezahlte die Rechnung, weil ich dran war, und steckte meine Kreditkarte wieder in meine Brieftasche. »Na, ich begleite dich noch zum Auto«, meinte ich.

Bei ihrem Lexus angekommen, umarmte Margarita mich, fest und ohne Vorwarnung. Mir war nie besonders nach Körperkontakt mit Frauen, und Margarita wußte das. Ich war ein wenig irritiert.

»Willst du mir noch irgend etwas sagen?« erkundigte ich mich.

Als Margarita sich wieder von mir löste, glänzten ihre Augen.

»Nein. Ich bin nur einfach froh, daß ich eine so gute Freundin habe. Stört dich das?«

Was redete sie da? »Komm mir nicht mit so was. Wir sind seit zwanzig Jahren befreundet. Deshalb hast du noch nie geflennt. Spuck's aus, Mädchen.«

Margarita schaltete die Alarmanlage ihres Wagens aus und stieg, ohne zu antworten, ein. »Es ist alles in Ordnung, Lupe«, meinte sie. »Sei nicht so argwöhnisch.«

Ich dachte einen Moment lang nach und kam zu dem Schluß, daß sie recht hatte. »Ich ruf' dich an, wenn ich aus den Ferien zurück bin«, sagte ich.

Sie warf mir eine Kußhand zu, lächelte und fuhr davon. Mit meinen Gedanken bereits woanders, sah ich ihr nach, wie sie um die Ecke fuhr. Ich hätte damals darauf bestehen sollen, daß sie mir mehr erzählte. Dann wäre vielleicht alles anders gekommen.

# 2

»Lupe, *querida*, komm schon. Denk einfach mal darüber nach«.

Die Stimme am anderen Ende der Leitung war so verführerisch, daß ich fast versucht war, nachzugeben. Fast. »Es wird dich interessieren«, sagte er. »Es geht um Totschlag. Ein Fall gleich bei dir in der Straße. Du weißt, daß du die Beste in Dade County bist, und ich brauche dich. Sag zu.«

Tommy McDonald probierte es mit jedem Trick, der ihm zur Verfügung stand, um mich zu einem Fall zu überreden, an dem ich überhaupt kein Interesse hatte. Ich stellte den Lautsprecher an und aß dann meine Riesenportion Schokoladeneis mit Schokostreuseln auf. Gott sei Dank nahm ich nicht so schnell zu, sonst würde ich jetzt wahrscheinlich gerade irgendwelche Slim-Fast-Mahlzeiten zu mir nehmen. Nichts auf der Welt konnte mich dazu bringen, diesen Fall zu übernehmen, aber höflich ließ ich ihn reden. Es war immerhin ganz nett, den erfolgreichsten Strafverteidiger von Miami um meine Dienste betteln zu hören. Über derlei Schmeicheleien bin ich nicht erhaben.

»Tommy, Liebling, du weißt, daß ich ein paar freie Tage brauche«, unterbrach ich ihn schließlich. »Und du hast mich mit unserem letzten Fall fast erledigt. Ich will irgendwohin fahren, wo es kein Telefon, kein Fax, keinen Piepser gibt – mit anderen Worten, ins Paradies. Ich fahre auf die Keys, um nur vor mich hin zu vegetieren. Ich bin sicher, daß du dafür Verständnis haben wirst.«

Er schien mich nicht zu hören. »Lupe, Engel«, flehte er. »Es wird ganz schnell gehen, versprochen. Ein paar Zeugen befragen, ein bißchen Hintergrund eruieren. Vielleicht noch ein paar andere Kleinigkeiten. Das ist alles, das schwöre ich.«

»Bei dir geht alles schnell, Tommy.« Ich aß mein Eis vollends auf, kratzte mit dem kleinen Plastiklöffel die Ränder des Styroporbechers aus und vergewisserte mich, daß ich auch nicht das kleinste Bißchen übriggelassen hatte. Wenn ich schon ein Frühstück mit tausend Kalorien zu mir nahm, nun, dann wollte ich auch keine halben Sachen machen. Ich schwang meine Beine vom Schreibtisch und zielte auf den Abfalleimer in der Ecke.

»*Mierda!*« rief ich, als ich daneben traf.

Tommy schwieg einen Augenblick lang. Ich konnte fast hören, wie er einen anderen Gang einlegte. »Heißt das, du übernimmst den Fall?« fragte er. Er war beharrlich, das mußte man ihm lassen. »Schau, ich kann dir die Unterlagen sofort per Kurier zukommen lassen.«

»Tut mir leid, mein Süßer«, konterte ich. »Ich habe nur den Mülleimer meilenweit verfehlt. Tommy, ich sag's dir jetzt ein letztes Mal: Sobald ich hier noch ein paar Berichte abgeschlossen habe, bin ich weg. Morgen abend werde ich bei Sonnenuntergang spazierengehen. Ausspannen, weißt du, Tommy?«

»Kein Problem«, meinte er. »Du kannst ohne weiteres morgen am Strand sein.«

Ich seufzte. Tommy wurde jetzt ein bißchen nervig. »Warum bittest du nicht jemand anderen, für dich zu arbeiten? Soll ich dir ein paar Namen nennen?« fragte ich hilfsbereit. Und auch ein wenig spöttisch.

»Okay«, meinte er. »Ich hole dich später zu einem frühen Abendessen ab und erzähle dir ein bißchen von dem Fall. Gib dir einen Ruck. Wir gehen in ein nettes, ruhiges Lokal und reden.«

Nein. Nein. Ich wußte, was *das* bedeutete, und er auch. Es war immer das gleiche Problem mit Klienten – sie wollten irgendwohin gehen, wo es ruhig war. Das war, in Tommys Fall, keine schlechte Strategie, weil er absolut routiniert agierte. Er führte mich in irgendein kuscheliges Restaurant aus, schenkte mir ständig Champagner nach, und am nächsten Morgen war ich offizielle Ermittlerin in seinem Fall. Es war in den vergangenen sieben Jahren nie anders gewesen. Dieses Mal allerdings war ich entschlossen, mich nicht so leicht besiegen zu lassen. »Ausgeschlossen, Tommy. Ich pakke heute abend meine Sachen und fahre morgen früh los, und das war's. Ich rufe dich an, sobald ich wieder in Miami bin. Viel Glück mit dem Fall.«

Ich war sehr stolz auf mich und legte den Hörer auf, obwohl Tommy gerade eine neue Attacke startete. Ich wußte, daß er nicht sauer auf mich wäre, zumindest nicht lange. Über die Arbeit hinaus verstanden wir uns immer prima.

Ich öffnete die Fenster meines Büros und schloß einen Moment lang die Augen, spürte die warme feuchte Luft und lauschte den Papageien, die in dem Avocadobaum im hinteren Garten kreischten. Dann zwang ich mich wieder an meinen Schreibtisch zurück.

Eine Stunde lang erledigte ich allen möglichen Papierkram. Dann konnte ich endlich wieder die hölzerne Schreibtischoberfläche und die Kalenderunterlage sehen. Das Papiervolumen in meinem Büro und die Geschwindigkeit, mit der es anwuchs, waren erschütternd. Und Berichte über meine Fälle zu schreiben war noch nie meine Stärke gewesen. Ich neigte dazu, Fakten im Kopf zu behalten oder auf Notizpapier zu kritzeln; eine schreckliche Angewohnheit, die ich immer nur für kurze Zeit aufgeben konnte. Roboterartig bahnte ich mir einen Weg durch die Aktenordner auf meinem Schreibtisch, aber in Gedanken kehrte ich immer wieder zu Margarita zurück. Ich schrieb mir eine Art mentaler Notiz, sie noch einmal anzurufen, bevor ich zu den Keys aufbrach. Gerade als ich dachte, ich sei durch, stieß ich auf einen Notizblock, der ein halbes Jahr nicht angefaßt worden war. Ich wußte, daß die Schrift meine war, aber ich würde wohl einen Schriftexperten brauchen, um zu entziffern, was ich geschrieben hatte.

Zum Glück schob sich gerade mein Assistent Leonardo in die Tür. Wie gewöhnlich trug er Trainingsklamotten und Gesundheitssandalen. Ich für meinen Teil hatte eine Jeans und ein blaues T-Shirt an. Im Detektivbüro Solano gab es keine strenge Kleiderordnung.

»Lupe«, sagte Leonardo, »das ist gerade für dich abgegeben worden.«

Ich konnte ihn hinter dem riesigen Blumengebinde, das er im Arm hatte, kaum sehen – ein protziger Mischmasch aus weißen Rosen und Orchideen, umgeben von einem Halo aus Schleierkraut, in einem weißen Strohkorb arrangiert. Der Duft war berauschend, und meine Augen wurden groß, als ich auch noch zwei Flaschen Dom Pérignon entdeckte, die bescheiden aus der Mitte herausspitzten.

Es hatte seine Vorteile, daß Leonardo regelmäßig Gewichte stemmte, denn diese Kreation sah so aus, als sei sie schwer. Daß ich ihm gewährt hatte, in einem leeren Raum des Büros die Gerätschaften eines Fitneßstudios aufzustellen, schien in diesem Moment einen gerechten Ausgleich zu finden. Aber schließlich war die Last selbst für ihn zu schwer, und, um das Gleichgewicht nicht völlig zu verlieren, stolperte er schnell auf den Tisch in der Ecke zu und stellte den Korb dort ab. Akten, Stifte, Notizpapier flogen überallhin, als er das Arrangement an seinem Bestimmungsort absetzte.

Leonardo trat zurück und strich sich das dunkle lockige Haar aus der Stirn. »Wow«, sagte er.

Ich ging zu ihm hinüber, und beide standen wir da und starrten auf das gigantische Arrangement, das für eine Hotellobby geeigneter zu sein schien als für eine kleine Detektei. Aber es brachte Leonardos kreative Seite zum Vorschein. Sobald sein Schreck verflogen war, fing er an, daran herumzuhantieren, drehte es hin und her und arrangierte die Blumen so, daß sie am schönsten zur Geltung kamen. Mit schwungvoller Gebärde reichte er mir eine goldgeprägte Karte, die auf ein grünes Stöckchen aufgespießt war.

Ich stöhnte, als ich sie las: »Erhol dich gut. Ich vermisse dich. Liebste Grüße, Tommy.« Auf der Rückseite stand noch eine Nachricht: »P.S. Meinem Klienten wird es im Gefängnis ganz

gutgehen, bis du aus deinen Ferien zurück bist. Ich sorge dafür, daß er seine Medizin nimmt.«
Hätte ich nicht schon gefrühstückt, dann hätte ich jetzt wohl vor Wut die Karte aufgegessen. »Ich hätte nie geglaubt, daß Tommy so tief sinken könnte«, sagte ich.
Leonardo sah mich an. Wir konnten es beide sehr wohl glauben. Tommy konnte ganz schön gemein werden, besonders vor Gericht. Seine Klienten liebten ihn dafür, so sollte es auch sein, und zahlten stets seine astronomisch hohen Rechnungen, ohne sich zu beklagen.
»Er wird dich überreden«, sagte Leonardo. Er ließ sich auf einen meiner Besucherstühle fallen und regulierte die Gewichte, die er sich um die Waden gebunden hatte. »Du hast diesen bestimmten Blick.«
»Habe ich nicht!« rief ich.
Er kannte mich zu gut. Leonardo war nicht nur mein Assistent, sondern auch mein Cousin. Aber dieses Mal sollte er sich täuschen.
»Und wenn er mir zehn Körbe schickt, es ist mir egal«, sagte ich. »Ich werde meine Ferien auf keinen Fall verschieben.«
»Wie du meinst, Lupe.« Leonardo schüttelte den Kopf, er war nicht überzeugt. Durch sein dünnes ärmelloses T-Shirt hindurch konnte ich den Pulsmesser sehen, den er seit kurzem trug. Für einen Dreiundzwanzigjährigen war er fast zwanghaft um seine Gesundheit besorgt. Die Telefonnummern seines Ernährungsberaters, seines Akupunkteurs und seines Reflexzonenmasseurs kannte er alle auswendig. In den sieben Jahren, die er für mich bereits arbeitet, ist er kein einziges Mal krank gewesen.
Er stand auf und zupfte an den Blumen herum, wie eine alte Dame, die eine Gartenschau vorbereitete. Dann nahm er eine Flasche Dom Pérignon aus dem Korb und wandte sich wie ein kleiner Junge an mich, der um ein Kuchenstück bettelte.
Ich zuckte die Schultern. »Zum Teufel.«
»Das ist ungesund«, sagte Leonardo und tätschelte seinen straffen Bauch. »Aber es ist ein Dom Pérignon.«

Ich sah auf die Uhr. Zehn Uhr morgens. »Nun, ich weiß, daß es ein Verbrechen ist, so etwas mit gutem Champagner zu machen, aber warum mischen wir ihn nicht mit etwas Orangensaft und genehmigen uns einen kleinen *mimosa?*«

Leonardos Augen leuchteten auf, zweifelsohne in Erwartung, sein Vitamin C mit Alkohol zu konsumieren. Ich stellte den silbernen Eiswürfelbehälter, den wir im Büro hatten, auf das Tablett, während Leonardo über die Straße rannte, um am Stand an der Ecke frischgepreßten Orangensaft zu kaufen. In Coconut Grove erstklassigen Orangensaft zu bekommen war nie ein Problem.

Als er wiederkam, gingen wir auf die Veranda hinter dem Haus und ließen uns in zwei weißen Korbsesseln nieder. Wir tranken unseren *mimosa* aus gekühlten Tulpengläsern und lauschten den Vögeln.

»Auf die Selbständigkeit«, sagte ich und hob mein Glas.

»Auf deine Ferien. Du hast sie verdient«, erwiderte Leonardo freundlich. Er nahm seinen Pulsmesser ab und legte ihn zur Seite. »Überflüssig, die Alarmanlage losgehen zu lassen.«

Zu dem Zeitpunkt als Tommy McDonald auftauchte, hatten wir die zweite Flasche zu einem guten Teil geleert. Den Orangensaft hatten wir bereits ausgetrunken, weshalb wir zu Sekt pur übergegangen waren. Den Nachmittag hatten wir damit zugebracht, Leonardos New-Age-Fitneßmusik zu hören. Ich haßte das Zeug, aber je weiter die Zeit fortgeschritten war, desto weniger schlimm klang es. Ein Teil meines Hirns schrie vor Abscheu auf, als ich Tommy in die Arme nahm und ihn in einem langsamen Tanz über die Veranda führte.

Ich war nicht mehr entscheidungsfähig. Einen Fall, in dem es um Totschlag ging, zu übernehmen schien das Natürlichste auf der Welt zu sein. Tommy hatte immer ein perfektes Timing.

# 3

Ich machte mir nicht besonders viel aus dem abgestandenen Mangosaft aus meinem Bürokühlschrank, aber er war gut genug, um eine Aspirintablette hinunterzuspülen – die vierte, die ich innerhalb der letzten Viertelstunde zu mir genommen hatte.

Nach dem letzten Schluck Saft versuchte ich, ganz ruhig dazustehen, versuchte zu verhindern, daß sich der Raum um mich herum bewegte. Es half nichts; ich war noch immer betrunken. Eine Stunde zuvor hatte Tommy mich auf dem Weg in sein Büro hier abgesetzt. Ich hatte vorgehabt, meinen Mercedes zu nehmen und nach Hause zu fahren, aber ich war dazu keineswegs in der Lage.

Ich ließ das Unvermeidliche geschehen, ging in unseren Fitneßraum, sah die Liege aus schwarzem Leder, die Leonardo zum Gewichtestemmen benutzte, und brach darauf zusammen. Ich wünschte, es wäre möglich, meinen Kopf mittels einer Operation für einige Stunden vom Rest meines Körpers abzutrennen. Mein Mund fühlte sich an, als befände sich darin der Inhalt eines überhitzten Heizkörpers mitten in der Mojave-Wüste. Jedes Blinzeln verursachte Schmerzen. Einen solchen Kater hatte ich nicht mehr gehabt, seit meine Cousine Inez vor zehn Jahren zu ihrem fünfzehnten Geburtstag ihre *quince*-Party gefeiert hatte. Zumindest war ich morgens an einem mir bekannten Ort aufgewacht: in Tommy McDonalds Bett.

Leonardo war noch immer nicht zur Arbeit erschienen. Diese Information zusammenzusetzen war ich in der Lage, weil sein Wagen nicht auf dem Parkplatz gestanden hatte, als ich gekommen war. Und weil ich die Alarmanlage ausgelöst hatte, als ich eingetreten war. Der Alarm war losgegangen, mein

Puls hatte sich verdoppelt, ich hatte zu schielen begonnen und war kaum fähig gewesen, der Sicherheitsfirma über Telefon das entsprechende Kodewort mitzuteilen, bevor sie die Bullen vorbeischickten. Die Alarmanlage, das war eigentlich Leonardos Job.

Ich versuchte, die Ereignisse der letzten vierundzwanzig Stunden zu rekonstruieren, aber die Details waren verworren und quälend. Nur eines tröstete mich: Ich hatte nicht den kompletten Fall von Tommy übernommen, sondern mich auf eine Befragung im Gefängnis und den dazugehörigen Bericht beschrankt. Ich wußte, daß ich mir selbst etwas vormachte. Ich hätte schon auf der Straße in Richtung Süden sein sollen, mit einem klaren Kopf und lauter Musik aus dem Radio. Statt dessen sah ich wie eine Kandidatin für ein Pflegeheim aus. Ich versuchte aufzustehen, nur um festzustellen, daß mir noch immer schlecht war. Also legte ich mich wieder flach und wartete darauf, daß der Raum um mich herum zur Ruhe kam. Das nächste, was ich wahrnahm, war, daß das Telefon klingelte.

»Jetzt oder nie«, sang ich, aber meine eigene Stimme ließ meinen Kopf schmerzen. Ich legte die Strecke vom Fitneßraum in mein Büro zurück, wobei ich mich die ganze Zeit über an der Wand festhielt, und griff nach dem Hörer, bevor der Anrufbeantworter übernahm.

»Lupe, *querida*, wie geht's?« flüsterte Tommy lieblich in mein Ohr. Seine Stimme klang wie unter Wasser. »Ich dachte, ich rufe mal an und höre, wie es dir so geht. Du hast nicht übermäßig gut ausgesehen, als ich dich abgesetzt habe.«

»Bastard!« rief ich. »Du hast Nerven, mich anzurufen, nach allem, wozu du mich gezwungen hast!«

»Moment mal, Liebling.« Tommy lachte. »Du warst diejenige, die darauf bestanden hat, daß wir die ganze Nacht durchfeiern! Ich habe nur mitgemacht.«

»Das meine ich nicht«, sagte ich ärgerlich. »Ich spreche davon, daß du mich trickreich gezwungen hast, den Fall zu übernehmen. Da hast mich ganz schön beschissen.«

»Lupe, komm schon. Du bist ein großes Mädchen«, entgegnete er. »Ich wollte nur, daß du den Fall übernimmst. Das kannst du mir nicht zum Vorwurf machen. Ist doch klar, daß ich den besten Ermittler der Stadt möchte.«

»Und warum hörst du dich so verdammt vergnügt an?« erkundigte ich mich. Tommy hatte genauso viele Drinks gehabt wie ich. »Ich habe das Gefühl, ich muß sterben.«

»Irische Konstitution«, antwortete er. »Auf jeden Fall ist es nur eine Befragung im Gefängnis. Ehrlich, Lupe, das ist alles, worum ich dich bitte. Ich weiß, daß du dir deinen Urlaub verdient hast, und ich bin dir sehr dankbar, daß du ihn um einen Tag verschiebst. Ich weiß, daß du nicht den ganzen Fall übernimmst, aber ich möchte gerne, daß du mit diesem Typen sprichst. Du hast einen Riecher für irgendwelchen Scheiß, und das ist genau, was ich bei diesem Klienten brauche.«

Obwohl ich seine hinterlistigen Methoden noch immer beanstandete, konnte ich nicht wirklich etwas dagegen einwenden. Und ich mußte, um gerecht zu bleiben, zugeben, daß ich mich auf seine Strategie, mittels der er mich in die Sache verwickeln wollte, eingelassen hatte. Den ersten Fehler hatte ich gemacht, als ich tags zuvor den ersten Schluck Champagner getrunken hatte. Ich hatte geglaubt, daß es, weil ich am nächsten Tag in die Ferien fahren wollte, nichts schaden könnte, diesen Umstand rechtzeitig zu begießen.

»Ein Gespräch, und das war's dann, Tommy. Ich habe Urlaub.«

»Exzellent«, erwiderte Tommy. Ich wußte, daß er am anderen Ende grinste.

»Also, gut«, fuhr ich fort. »Dann laß uns anfangen.«

»Das war genau mein Gedanke.« Ich hörte, wie Tommy mit Papier raschelte. »Ich gehe heute nachmittag um drei zum Gefängnis, ins Stockade, um unseren Klienten zu treffen.«

»*Deinen* Klienten, Tommy.«

»Wie auch immer. Ich möchte, daß du mich begleitest. Ich habe mir erlaubt, Sonia Unterlagen für dich vorbereiten zu lassen – einschließlich deiner schriftlichen Zusage als offiziell

beauftragte Ermittlerin. Das geht also alles in Ordnung. Ich weiß, daß du nur ein Gespräch führst, aber wir müssen die Sache offiziell laufen lassen, damit man dich hineinläßt.«
»Gut. Welches Formular auch immer – füll es aus. Nach diesem Gespräch bin ich weg. Hol mich ab, wenn du hinfährst. Dann kannst du mir auf der Fahrt über den Fall erzählen.«
Ich legte auf, ohne mich noch zu verabschieden. Selbst in meinem verwirrten Zustand wußte ich genau, daß Tommy jeden nur denkbaren Trick anwenden würde, um zu erreichen, daß ich seinen Fall doch bis zum Ende bearbeitete. »Offizieller Ermittler«, sagte ich in den leeren Raum hinein. »Er muß glauben, ich sei eine Idiotin.«
Der nächste Punkt auf meiner Tagesordnung – nachdem ich mich vergewissert hatte, daß ich aufstehen konnte, ohne umzufallen – war, Leonardo anzurufen, um zu hören, ob er noch am Leben war. Er trank nie besonders viel. Es ging ihm also wahrscheinlich noch schlechter als mir. Meine Gedanken waren immer noch ein wenig wirr, aber ich wußte noch genau, daß er tags zuvor im Fitneßraum zu dröhnender Musik aus der Stereoanlage vor dem Spiegel herumgetanzt hatte, der vom Boden bis zur Decke reichte. Das war das letzte, was ich von ihm gesehen hatte, und das ließ für seinen gegenwärtigen Gesundheitszustand nichts Gutes ahnen.
Ich fluchte, als ich seinen Anrufbeantworter hörte, hinterließ immer noch fluchend eine Nachricht und legte auf. Ich betete, dies möge bedeuten, daß er bereits auf dem Weg ins Büro war. Solange ich allein hier war, hatte ich eher das Gefühl, auf einer Krankenstation als in einer Detektei zu sein.
Ich ging ins Bad und spritzte mir eiskaltes Wasser ins Gesicht. Es war Zeit für eine Bestandsaufnahme. Mein Spiegelbild sah, erstaunlich genug, eigentlich nicht so aus, als würde ich mit lediglich zwei Stunden alkoholbetäubtem Schlaf funktionieren. Ich war versucht, unter die Dusche zu steigen, um irgendwie die vergangene Nacht wegzuspülen, aber dann entschied ich mich doch anders. Mir fiel ein, daß ich beim letzten Mal, als ich im Büro geduscht hatte, meine Mandel-

seife aufgebraucht hatte. Ich gebe zu, ich bin verwöhnt. Ich beschloß, nach Hause zu fahren, nach Cocoplum, wo ich alles Notwendige vorrätig hatte und wo ich mir ein anständiges kubanisches Frühstück machen konnte. Ich hatte ohnehin noch viel Zeit, bevor ich mit Tommy ins Stockade fahren sollte. Ich schrieb für Leonardo eine Nachricht und ging.

Als ich mit meinem Mercedes rückwärts aus dem Parkplatz auf die Straße stieß, war ich glücklich, einen Job zu haben, bei dem es nichts Außergewöhnliches war und niemanden beunruhigte, wenn ich die ganze Nacht über wegblieb. Nette kubanische Mädchen aus guten Familien bleiben nicht bis in die frühen Morgenstunden weg, auch dann nicht, wenn sie eine Waffe bei sich tragen. Obwohl ich allein in einer Wohnung in der Brickell Avenue wohnte, verbrachte ich viel Zeit im Haus meiner Familie in Cocoplum. Mein Vater und meine Schwestern musterten mich genau, aber sie stellten nur selten irgendwelche Fragen. Ich hatte sie gut erzogen.

Zu dieser Tageszeit gab es nicht besonders viel Verkehr auf dem Main Highway, über den ich in der Regel von meinem Büro in Coconut Grove zum Haus in Cocoplum fuhr, das zu Coral Gables gehörte. Ich war noch immer nicht ganz bei mir, obwohl ich Fortschritte machte, und so schienen nur ein paar Minuten vergangen zu sein, als ich das Pförtnerhäuschen erreichte, das die einzige Zufahrt nach Cocoplum sicherte.

Ich winkte dem Pförtner zu, er solle die Holzschranke öffnen, und dachte zum millionstenmal, wie sehr ich es verabscheuen würde, in einer solch überwachten Gegend zu wohnen. Ich wußte jedoch, daß diese Sicherheit den Anwohnern Seelenfrieden bot – und für diesen Luxus bezahlten sie einen hohen Preis. Es ist kein Geheimnis, daß Sicherheit und Seelenfrieden im heutigen Miami genauso an Bedeutung gewinnen wie Grundstücksgröße und Anzahl der Schlafzimmer.

Ich sah das Haus, als ich noch einen ganzen Häuserblock entfernt war. Als es erbaut wurde, hatte Papa darauf geachtet, daß es nach Südosten hin ausgerichtet war – in Richtung seines geliebten Kubas. Sobald Fidel Castro abdanken oder gestürzt würde, wollte Papa in der Lage sein, in seine *Hatteras* zu springen, ohne daß irgend etwas ihm im Weg war. Er hatte vor, sofort hinauszuschippern, die Asche meiner Mutter in der Kabine verstaut, die schließlich in Havanna beigesetzt werden sollte.

Wir sprachen nicht oft darüber, aber meine Schwestern und ich fingen allmählich an, uns Sorgen um Papa zu machen. In jüngster Zeit hörte er nur noch spanischsprachige Radiosender, um die tagespolitische Situation in Kuba verfolgen zu können. Früher hatte er die *Hatteras* für seinen Trip über die Florida Straits mit Vorräten an Konserven und Trockenlebensmitteln vollgeladen, jetzt aber verstaute er auch Verderbliches. Ich persönlich hatte nicht den Eindruck, daß Castros Sturz bevorstand. Ich war mir sicher, daß es passieren würde, solange ich lebte, aber Papa war von der Idee besessen, daß es jeden Augenblick geschehen könnte.

An den Silvesterabenden der vergangenen Jahre, dem Jahrestag der Machtübernahme Castros, hatte Papa geglaubt, Fidel würde genau in dieser Nacht gestürzt werden – Kubaner sind sehr auf Symbole und Omen fixiert. Am nächsten Morgen war er stets deprimiert aufgewacht, nur um zu erfahren, daß nichts geschehen war – keine Revolution, kein Sturz, keine Ermordung. Dann blieb er für einige Tage deprimiert, weil ihm die Erkenntnis schwer zu schaffen machte, daß er gezwungen war, noch eine Weile in Miami zu bleiben.

Als Mama noch lebte, hatte sie ihn ein wenig kontrolliert, aber seit sie nicht mehr da war, stand seiner Obsession, nach Kuba zurückzukehren, nichts mehr im Wege. Obwohl er nie im einzelnen darüber sprach, wußte ich, daß er nicht zur Ruhe kommen würde, bevor seine Frau nicht in Havanna beerdigt wäre. Allerdings gab es einen positiven Nebenaspekt dieser Obsession: Nachdem Papa und Fidel Castro nahezu gleich alt waren, versuchte er, in Form zu bleiben, weil er entschlossen war, den Diktator zu überleben. Als Papa vor kurzem erfuhr, daß Castro das Zigarrenrauchen aufgegeben hatte, wurde er traurig, denn dies bedeutete, daß auch er eines

seiner größten Vergnügen aufgeben mußte. Alles stimmte überein, aber ich tippte, was die Langlebigkeit betraf, auf Papa – er mußte sich zumindest keine Sorgen um irgendwelche Mordanschläge machen.
Als ich das Haus erreichte, zuckte ich noch mehr zusammen als sonst. Ich war wirklich in einer seltsamen Verfassung. Das Gebäude war in jeglicher Hinsicht eine Ungeheuerlichkeit, eine rosafarbene Halluzination aus Balkonen und Balustraden. Papa hatte Erdreich herantransportieren lassen, um das Haus auf einem Hügel erbauen zu können; er behauptete, auf diese Weise seien wir bei einem Hurrikan besser vor Sturmfluten geschützt, aber meine Schwestern und ich kannten den wahren Grund. Das Haus der Solanos war größer, auffälliger und höher als die Häuser aller anderen Nachbarn. Zugegeben, es ist schwierig, ein kleines, bescheidenes, geschmackvolles Haus mit nur zehn Zimmern zu bauen, aber Papa hatte vollkommen übertrieben. Er war Bauunternehmer und damit billig an die Rohmaterialien herangekommen, aber das erklärte noch nicht alles. Das Haus war ein wahr gewordener Alptraum von Einwandererprahlerei, und alle Nachbarn haßten uns dafür. Auch wenn der Wert ihrer Grundstücke dadurch erheblich gestiegen war.
Ich konzentrierte mich ganz besonders, als ich den Mercedes in die Einfahrt lenkte. Ich wollte Osvaldos liebevoll bepflanzten Garten nicht verwüsten. Osvaldo war schon einiges über Siebzig und nahm unglaubliche Qualen in Kauf, um das Grundstück zu pflegen, widmete, darübergebeugt, diesem Busch oder jenem Strauch unzählige Stunden. Die Arbeit machte sich bezahlt. Im Gegensatz zur Protzigkeit des Hauses war der Garten geschmackvoll und eher schlicht. Wir hatten mit Abstand das am schönsten angelegte Grundstück in Cocoplum.
Zum Glück begegnete ich niemandem und konnte mich in die Küche schleichen und mir Kaffee und frischgebackenes Brot nehmen, von Aida für das Frühstück der Familie bereitgestellt.

Ich ging die Treppe hinauf, stieg unter die Dusche und hatte schließlich das Gefühl, wieder vollständig lebendig zu sein. Nachdem ich mir frische Kleider angezogen hatte, ging ich hinaus, ignorierte Aida, Osvaldos Frau, in der Küche, die nach mir rief. Sie wußte genau, daß ich es war und kein Einbrecher, denn sie überprüfte gewohnheitsmäßig den Monitor der Überwachungskameras, der neben der Eingangstür installiert war. Und ich wußte, daß sie mich mit Fragen darüber aufhalten würde, was ich so in letzter Zeit triebe. Sie durfte mich alles fragen, was sie wollte, wirklich, denn sie hatte schon für meine Familie gearbeitet, als ich noch gar nicht auf der Welt war. Während ich hinauseilte, erhaschte ich den Duft gebratenen Specks. Wie gewöhnlich hatte Aida groß aufgekocht. Ich hoffte, daß noch etwas übrig wäre, wenn ich zurückkam.

Als ich in unser Büro zurückkehrte, entdeckte ich auf dem Parkplatz Leonardos Jeep und war froh. Dies befreite mich von der Pflicht, am Nachmittag in den Notaufnahmen der Krankenhäuser nach ihm zu suchen. Ich sah auf die Uhr und stellte fest, daß mit Tommy bald zu rechnen wäre, der mich zum Gefängnis von Dade County mitnehmen wollte.

»*Buenos días!*« rief ich und schlug die Tür hinter mir zu.

Leonardo hob seinen Kopf vom Schreibtisch und sah mich mit dem Blick eines jungen Hundes an, als sei er ernsthaft verletzt.

»Hallo, Lupe«, sagte er düster. »Es wird noch ein paar Minuten dauern, bevor ich mit der Bearbeitung der Rechnungen anfangen kann.«

Der arme Kerl. Sein Gesicht hatte eine grüne Färbung angenommen, unterbrochen nur von der roten Tönung dort, wo eigentlich das Weiße seiner Augen hätte sein sollen. Fast hätte ich gesagt, daß es für Weihnachten noch ein bißchen früh sei, aber ich hielt mich zurück. Man soll mir nicht nachsagen, ich hätte kein Mitleid.

»Laß dir Zeit«, meinte ich. »Ich bin in ein paar Minuten auf dem Weg zum Stockade. Und gerade fällt mir noch etwas anderes ein, was ich tun muß.«

Leonardo nickte elend. »Wie du meinst, Lupe.«
Ich war schon fast zur Tür hinaus, als Leonardo nach mir rief. »Lupe, bitte«, sagte er. »Erinnere mich bitte in Zukunft an etwas. Nur eine Kleinigkeit.«
»Was denn?« fragte ich nach.
»Schau mich an«, sagte er und legte die Hände umrahmend an sein Gesicht. »Wenn ich das nächste Mal etwas trinken möchte, dann erinnere mich daran, wie ich jetzt aussehe.«
»Oh, spätestens heute nachmittag bist du wieder im Fitneßraum«, erwiderte ich. »Mach dir einen Gesundheitsshake oder was auch immer derzeit bei dir angesagt ist.«
Ich eilte in mein Büro hinüber, weil ich vergessen hatte, Margarita anzurufen, was ich mir doch geschworen hatte. Ich wählte ihre Privatnummer im Büro, erreichte aber nur den Anrufbeantworter, also rief ich ihre Assistentin Leonora an. Leonora hob nach dem zweiten Klingeln ab. »Oh, Lupe, hallo«, sagte sie. »Margarita ist nicht hier. Sie hat sich mit einem Paar getroffen, potentielle Klienten, die sich gerade ein Haus gebaut haben.«
Ich wußte aus der Vergangenheit, daß Leonora gerne redete, wenn sie den Eindruck hatte, ein offenes Ohr gefunden zu haben. Mir war also klar, daß ich mehr Informationen aus ihr herausbekommen würde, als ich brauchte. Ich hatte Margarita schon oft nahegelegt, Leonora auf diese Neigung anzusprechen, aber meine Freundin mochte ihre Assistentin und war willens, über alle kleineren Missetaten hinwegzusehen.
»Wann wollte sie denn zurücksein?« erkundigte ich mich möglichst schlicht.
»Nun, sie ist mit der Familie Sanchez verabredet. Du weißt wahrscheinlich Bescheid. Die haben mit der Reinigung von Teppichen sehr schnell sehr viel Geld gemacht«, gluckste Leonora. »Jetzt halten sie sich für so nobel, daß sie ihren Namen in de Sanchez ändern wollen. Unglaublich, was?«
»Nun, ich bin sicher, daß Margarita diesen Auftrag bekommen wird«, meinte ich. »Klienten sagen immer zu, sobald sie sie persönlich kennengelernt haben. Kannst du ihr bitte aus-

richten, sie möchte mich anrufen, wenn sie zurückkommt?«
Einen Augenblick nachdem ich aufgelegt hatte, verkündete Leonardo über die Sprechanlage, daß Tommy in die Einfahrt gefahren sei. Ich griff nach meinem Notizblock und machte mich fertig zu gehen.

Aber noch immer konnte ich ein seltsames Gefühl nicht abschütteln, ein Gefühl, das mit Margarita zu tun hatte. Meine Mutter hatte immer gesagt, wir könnten auch Schwestern sein. Mama hatte behauptet, wir würden uns gegenseitig die Sätze ergänzen, und wenn die eine Schmerzen hätte, dann würde die andere aus Mitleid weinen. Es hätte mich sehr beruhigt, mit ihr zu sprechen. Spontan wählte ich ihre Handynummer, aber es war nicht eingeschaltet.

Als ich Tommy im Vorraum des Büros hörte, wie er Leonardo fragte, was denn zum Teufel mit ihm geschehen sei, war ich versucht, Leonora noch einmal anzurufen. Ich weiß nicht, was ich sie hätte fragen sollen, vielleicht hätte ich mich nach der Telefonnummer der Sanchez' erkundigt. Ich sagte mir, daß ich jetzt wohl paranoid war. Was sollte mit jemandem, der so vernünftig wie Margarita war, schon sein?

# 4

»Du fährst.« Tommy reichte mir die Schlüssel. »Ich lese dir unterwegs aus der Akte vor.«
Es kam nicht alle Tage vor, daß ich einen Rolls fuhr, deshalb fügte ich mich gerne. Mein Mercedes sah neben Tommys Silver Shadow aus, als hätte ich ihn von einem Wrackverleih. Der Motor funktionierte so geräuschlos, als ich den Zündschlüssel herumdrehte, daß ich mich anstrengen mußte, um zu hören, ob er überhaupt lief. Fast hätte ich Tommy gebeten, das Dach zu öffnen, aber ich konnte mich gerade noch beherrschen.
Tommy und ich kennen uns seit langem. Ich hatte ihn sieben Jahre zuvor bei einer unerträglich schleppenden Zeugenvernehmung in einem Zivilfall kennengelernt. Tommy übernahm eigentlich nur Strafangelegenheiten, aber er hatte einem Partner einen Gefallen getan, indem er sich engagierte. Es war bei diesem Fall um Körperverletzung und Versicherungsbetrug gegangen, und weil ich mein Geschäft gerade erst begonnen hatte, war die Sache für mich sehr wichtig. Stanley Zimmerman, der Anwalt meiner Familie, hatte mich freundlicherweise Tommy empfohlen.
Tommy hatte von mir Beweise dafür gefordert, daß der Kläger versuchte, die Versicherung zu betrügen, indem er fahrlässige Tötung geltend machte. Einer von Tommys Partnern, Marcel Parrish, war ein renommierter Anwalt in Fällen der Körperverletzung, und ich wollte einen guten Eindruck machen. Ich kniete mich in den Fall hinein – und kam mit beeidigten Zeugenaussagen und Fotos bei, die bewiesen, daß der Kläger gelogen hatte. Seit damals verließ Tommy sich auf meine Arbeit.
»So, jetzt gebe ich dir erst einmal einen Überblick über den

Fall«, meinte Tommy. Er nahm seine Brille ab, legte sie in ein niedliches schwarzes Lederetui und wandte sich mir zu, während er sprach. Selbst in meinem geschwächten Zustand spürte ich nagende Begierde. Die Klimaanlage blies permanent den charakteristischen Duft seines Parfüms in meine Richtung. Es fiel mir schwer, mich auf die Straße zu konzentrieren.

»Mein Klient heißt Alonso Arango senior. Er ist angeklagt, einen Mann namens Gustavo Gaston umgebracht zu haben«, begann Tommy. »Alonso gehört das Juweliergeschäft Optima – du weißt schon, dieser noble Laden in der Miracle Mile in Coral Gables.«

»Kenne ich«, meinte ich und drückte auf die Hupe, während ich ausscherte, um einen Pick-up zu überholen, der vor uns dahintuckerte.

»Die Geschichte unseres Klienten ist die folgende: Gustavo Gaston kam herein und ging geradewegs in den hinteren Teil des Ladens, wo sie Geschenke verpacken, Reparaturen erledigen, die Buchhaltung führen und so weiter. Für Kunden ist der Zutritt verboten. Alonso war gerade hinten und reparierte eine Uhr. Er behauptet, daß Gaston mit einem Messer auf ihn zugekommen sei. Deshalb riß er seine zuverlässige Magnum heraus und erschoß Gaston.«

»Kein Wortwechsel?« fragte ich nach.

»Ohne irgendeinen Satz zu sagen«, antwortete Tommy. »Und ohne zu zögern. Und er hat nicht nur einmal auf ihn gefeuert, nein, nicht so unser Junge. Alonso schoß in weniger als einer Minute sechsmal auf Gaston. Die Polizei kauft ihm seine Notwehrversion nicht ab.«

Wir mußten an einer roten Ampel halten, und so nahm ich Tommy das Festnahmeprotokoll aus der Hand und warf einen kurzen Blick darauf. Die Handschrift von Jesus Miranda, Officer in Coral Gables, sah aus wie die eines Neunjährigen. Das Protokoll war zu lang, um es an einer einzigen roten Ampel zu lesen, aber ich sah, daß eine ganze Reihe von Zeugen aufgelistet waren. Gut. Wenn Mr. Arango die Wahr-

heit sagte, dann sollte es zumindest drei Personen geben, die seine Aussage bestätigten.
»Kannst du ihn nicht auf Kaution freibekommen?« fragte ich, während die Ampel auf Grün umschaltete.
»Unmöglich. Die Richterin hat die Notwehrversion in der Anhörung zur Kautionsstellung ebenfalls in Frage gestellt. Sie sagte, daß ein Schuß, vielleicht noch ein zweiter, ausgereicht hätte, einen Angriff aus nächster Nähe abzuwehren. Vor allem nachdem die Staatsanwaltschaft offenbart hatte, daß Alonso Arango letztes Jahr einen offiziellen Waffenkurs mitgemacht hatte. Ich habe es mit ungefähr fünf verschiedenen Argumentationsweisen probiert, aber die Richterin blieb hart.«
»Wer ist sie?«
»Shirley Markey«, sagte Tommy, und seine Stimme war kaum noch ein Flüstern.
»*Ay, mierda!*« rief ich und schlug auf das Lenkrad. »Wir haben Sparky Markey abgekriegt? Der Himmel sei mit diesem Alonso Arango!«
Richterin Shirley Markey war in der Juristenszene von Miami als »Sparky Markey« bekannt, auch als »markige Markey« weil sie eine markante Vorliebe dafür hatte, Angeklagte auf den elektrischen Stuhl zu schicken. Sie glaubte nicht an die Rehabilitation; sie war eine eiserne Verfechterin dessen, den Hebel zu betätigen und sich kriminell gewordener Menschen für alle Ewigkeit zu entledigen. Obendrein konnte sie auf eine einwandfreie Karriere als Juristin zurückblicken. In den dreißig Jahren auf der Richterbank hatte sie nie eine Urteilsaufhebung erlebt. Alonso Arango würde wohl wegen Totschlags nicht auf dem elektrischen Stuhl brutzeln, aber in Schwierigkeiten war er.
»Mir gefällt das auch nicht besser als dir«, sagte Tommy und sah zum Fenster an der Beifahrerseite hinaus. »Auf jeden Fall habe ich Alonso bislang nur einmal gesehen, bei der Anhörung wegen Kautionsstellung. Bei der Gelegenheit hat er mir den kompletten Fall übertragen. Sein Englisch ist ganz

gut, aber er behauptet, daß er schlechter sprechen kann, wenn er nervös ist. Vielleicht mußt du mir auch Teile übersetzen.«

Ich mußte mich inzwischen voll auf den Verkehr konzentrieren. Wir näherten uns der Kreuzung ganz in der Nähe des Gefängnisses, und der Verkehr wurde hektisch und verwirrend. Auf dem Weg zu den umliegenden Großhandelsvierteln tosten in rücksichtsloser Geschwindigkeit riesige Lastwagen an uns vorbei. Sechs breite Straßen und, um das Maß voll zu machen, zwei Eisenbahnschienen, kreuzten sich an dieser Stelle. Das Gefängnis lag direkt in einer Einflugschneise des Flughafens, was zu diesem ganzen Chaos auch noch hinzukam.

»Wie bist du eigentlich zu diesem Fall gekommen?« fragte ich, während ich zähneknirschend beschleunigte und über die Kreuzung raste. Ein Lieferwagen hupte mich an, verärgert darüber, wie knapp ich an ihm vorbeifuhr.

»Wow, das war eng.« Tommy sah, eindeutig beeindruckt, auf die verstopfte Kreuzung zurück, über die ich gerade gerast war. »Mein Partner Peter hat letztes Jahr Alonsos Nachbarn in einem umfangreichen Fall, in dem es um Körperverletzung ging, vertreten. Wahrscheinlich erinnerst du dich daran – ein Lastwagen der Firma Apex Concrete & Cement fuhr an einer Ampel einer Frau hinten auf. Der Fahrer mußte blasen. Einskommafünf Promille. Die Firma bot eine außergerichtliche Einigung über zehn Millionen an.«

»Das war Peters Fall?« Ich setzte den Blinker, nach links in Richtung Gefängnis. »Ich erinnere mich sehr wohl daran – die Frau war Mutter von sieben Kindern und befand sich auf dem Nachhauseweg, nachdem sie die Kinder in der Schule abgesetzt hatte. Hat Peter die üblichen vierzig Prozent von zehn Millionen als Erfolgshonorar bekommen? Kein Wunder, daß er nach Indian Creek gezogen ist.«

»Yeah, und ich habe mich über ihn lustig gemacht, als er zu Beginn Werbeflächen an Bushaltestellen gemietet hat.« Tommy schüttelte wie unter Qualen den Kopf. »Er hatte, verdammt noch eins, genau die richtige Idee.«

Mit einem tiefen Seufzer, wahrscheinlich dachte er an das verlorene Geld, steckte Tommy die Unterlagen in seine Aktenmappe. Ich parkte so dicht am Stacheldrahtzaun wie möglich, ganz in der Nähe eines Laufgangs, der zu einem Wärterhäuschen führte.

Ich verriegelte den Rolls, nahm meinen Führerschein und meine Lizenz als Privatdetektivin aus meiner schwarzen Chanel-Ledertasche und legte sie in den Kofferraum. Besuchern im Gefängnis war es nicht gestattet, persönliche Gegenstände mitzubringen, lediglich zweckdienliche Akten sowie Notizblöcke und Schreibzeug waren erlaubt. Ich hätte meine Tasche bei dem Beamten zurücklassen können, bevor ich hineinging, aber ich wollte mir die Mühe ersparen, meine Beretta zu rechtfertigen. Außerdem würden sie mit dem guten Leder ohnehin nicht sorgsam umgehen.

Ich kümmerte mich schnell noch um mein Äußeres, bevor wir die Strafanstalt betraten. Ich hatte vor langer Zeit schon gelernt, wie man sich für einen Gefängnisbesuch kleidete, vor allem für das Dade County Stockade. Heute hatte ich einen zweiteiligen marineblauen Hosenanzug ausgesucht, der nahezu meinen ganzen Körper bedeckte. Ich faßte meine langen Haare mit einer Schildpattspange zusammen und wischte den roten Lippenstift ab.

Statt meiner gewöhnlichen Pfennigabsatzschuhe zog ich ein paar sittsame Pumps an. Ich mochte keine niedrigen Absätze, aber wenn ich mit Tommy unterwegs war, haßte ich sie geradezu. Er war einen guten Kopf größer als ich, und bei meiner Statur brauchte ich jeden Zentimeter, den ich herausschinden konnte. Tommy lehnte gegen den Wagen und verfolgte meine Vorbereitungen mit distanziertem Interesse. Wir waren zuvor schon einmal zusammen im Gefängnis gewesen, und er kannte die Prozedur.

Der Grundriß des Gefängnisses verlangte es von den Besuchern, über einen vollständig einsichtigen Laufgang zu gehen, um zum Besuchertrakt zu gelangen. Dieser Laufgang lag entlang den Zellen, mit freiem Blick von beiden Richtungen aus.

Die gelangweilten Insassen beobachteten die Besucher also zwangsläufig und verliehen ihren Gedanken großzügig Ausdruck. Diese Kommentare, ob nun auf Englisch oder Spanisch abgegeben, waren so differenziert, daß ich manchmal den Eindruck hatte, ich würde einen Kongreß von Anatomieprofessoren besuchen. Überflüssig zu sagen, daß ich nach meinem ersten Besuch dort gelernt hatte, mich anständig zu kleiden, bevor ich über diese eigentümliche Gangway ging.

Ich legte die Strecke zurück, ohne viele Bemerkungen hervorzurufen, abgesehen von einigen üblichen langweiligen Obszönitäten. Ich versuchte, diesen Umstand nicht als Beleidigung aufzufassen, aber ich war ein wenig enttäuscht. Ich verließ mich stets darauf, von den Gefangenen die neuesten Synonyme für die Stellen zu erfahren, die Männer an Frauen am liebsten mochten. Ich befinde mich gerne auf dem neuesten Stand.

Tommy und ich erreichten zügig die erste der Kontrollsperren, die von allen Seiten von Stacheldraht umgeben war. Als wir näher an das Häuschen herankamen, sah ich drei Männer in ihren üblichen dunkelgrünen Uniformen, die hinter einer zerkratzten kugelsicheren Trennscheibe herumgingen. Wir schoben unsere Ausweise schnell durch den winzigen Spalt und trugen uns ein.

Der Beamte behielt unsere Ausweise ein, was so üblich war. Es gab angeblich zwei Gründe für diese Handhabung: Erstens wollte man für den Fall, daß ein Gefangener ausbrach, wissen, wer dafür verantwortlich war, und zweitens – für mich bei den jeweiligen Fähigkeiten der Insassen in den Gefängnissen von Dade County plausibler – wollte man sicher sein, wen man zu benachrichtigen hatte, sollten wir dort drinnen ermordet werden.

Während wir auf unsere Einlaßerlaubnis warteten, nutzte ich die Gelegenheit, von den Telefonzellen außerhalb des Wachhäuschens aus ein letztes Mal Margaritas Handy anzuwählen. Es klingelte und klingelte.

Ich war nun wirklich in Sorge. Zuerst war das Telefon abgestellt gewesen, jetzt war es zwar in Bereitschaft, aber sie nahm den Anruf nicht entgegen. Was, um alles in der Welt, war los? Ich spielte mit dem Gedanken, noch einmal bei Leonora anzurufen, ließ es aber sein. Ich hatte bereits eine Nachricht hinterlassen, und ich wollte nicht, daß Leonora wieder mit irgendwelchen Nebensächlichkeiten anfing.

»Alonso Arango senior«, bellte ein Beamter in die Sprechanlage. Er sprach den Namen aus, als handelte es sich um eine abscheuliche Gattung von Insekten.

Ein Vorteil – wenn man es so nennen konnte – dessen, Detektivin zu sein, lag darin, jederzeit und nicht nur zu ausgewiesenen Zeiten die Berechtigung zu haben, einen Besuch im Gefängnis abzustatten. Nach einer verzerrten Antwort über die Sprechanlage wurden wir in einen weiteren Raum geführt, um dort auf unseren Klienten zu warten. *Tommys Klienten*, korrigierte ich mich selbst.

Tommy ließ sich auf einem ramponierten Metallstuhl vor einem verkratzten Schreibtisch aus dunklem Holz nieder und fing an, Notizen auf seinen Block zu kritzeln. Einer der Aufseher wartete mit uns, und wir waren beide so klug, den Fall nicht ausgerechnet in seiner Gegenwart zu diskutieren.

Ich versuchte, Margarita aus meinem Kopf zu verbannen, nur für den Augenblick, und stellte plötzlich fest, daß mein Kater erheblich besser geworden war. Ich dachte mir, daß mir Zukker wahrscheinlich noch ein bißchen weiterhelfen würde, und machte mich deshalb in der Hoffnung auf eine Cola auf den Weg zu einem Getränkeautomaten am Ende des Korridors.

Für einen Augenblick war ich enttäuscht zu sehen, daß der Automat nichts anderes mehr bot als Orangensaft, aber dann fingen die kleinen schwarzen und weißen Quadrate des Linoleumbodens vor meinen Augen zu beben an. Was kümmerte es, wie das Gesöff schmeckte; ich brauchte etwas Süßes, um mich aufzuputschen.

Gerade als ich die Dose öffnete, ließ mich eine plärrende Stimme zusammenfahren. Sie kam aus der Lautsprecheranlage der Anstalt und setzte mich davon in Kenntnis, daß Alonso Arango im Besucherraum wartete.

# 5

Alonso Arango stand mit ausgesprochen stolzer Körperhaltung in der Tür eines der Besucherräume, von denen mehrere an den Haupttrakt anschlossen. Ihm waren laut Gefängnisregeln Handschellen angelegt worden, aber dies minderte sein stolzes Auftreten nicht. Gefangenen im Stockade war es gestattet, ihre eigene Kleidung zu tragen. Alonso hatte eine ordentliche khakifarbene Hose an, ein gebügeltes sportliches T-Shirt und eine Wolljacke, die ihn ein wenig wie ein Professor aussehen ließ.

Ein Wärter nahm Alonso die Handschellen ab, und der Juwelier bat uns in den kleinen Raum, der für unser Gespräch vorgesehen war. Mit wohlwollender, höflicher Miene winkte er uns herein, als wären wir bei ihm zu Hause zu Gast. Bevor wir eintraten, zeigte uns der Wärter die Klingel an der Wand, die wir betätigen sollten, sobald wir wieder herausgelassen werden wollten. Alle drei – Klient, Anwalt und Detektivin – gaben wir einen kollektiven Seufzer von uns, als die Tür schließlich hinter uns geschlossen wurde.

»Señor Arango, das ist Miss Guadalupe Solano«, sagte Tommy mit seiner besten Anwaltsstimme. »Sie ist Detektivin, und ich habe sie engagiert, mir in Ihrem Fall zu helfen. Wir haben in der Vergangenheit oft zusammengearbeitet.«

»Ich freue mich, Sie kennenzulernen«, sagte ich, kramte in meiner Jacke nach einer Visitenkarte und reichte sie ihm.

Alonso Arango nahm mir die Karte aus der Hand und las sie genau, während ich mich in dem Raum umsah. Er glich Räumen in anderen Gefängnissen: eine kleine, fensterlose Schachtel, kaum groß genug für einen Tisch und drei Stühle. Ich konnte nur hoffen, daß Mr. Arango nicht jemand war, der gerne umherging; dafür bot der Raum nicht genügend Platz.

»Vielen Dank für Ihre Hilfe, Miss Solano«, sagte Alonso und schob die Karte in seine Hemdtasche, während wir auf den Stühlen Platz nahmen.

Sobald Alonso saß, trommelte er auf den Tisch und wirkte so, als würde er gleich wieder aufstehen. »Ich weiß nicht so genau, was ich hier eigentlich soll«, erklärte er mir. »Ein Mann hat versucht, mich umzubringen, und ich habe ihn in Notwehr erschossen. Es gibt Zeugen, die alles gesehen haben! Er ist mit einem Messer auf mich losgegangen!«

Er schien zu bemerken, daß er gleich die Kontrolle verlieren würde. Seine Augen unterhalb der dünnen, kurz geschorenen Haare leuchteten. Auf seiner gebräunten Stirn pulsierte eine helle Ader. »Es tut mir leid, wenn ich mich aufrege«, fuhr er fort. »Aber darf man sich in diesem Land nicht verteidigen, Miss Solano?«

Statt zu antworten, warf ich noch einmal einen kurzen Blick auf das Festnahmeprotokoll, das Tommy auf den Tisch gelegt hatte. Als Alonsos Geburtsdatum war der 15. Juni 1936 angegeben. Er war also sechzig Jahre alt. Ihm stand eine Anklage wegen Totschlags bevor. Tommy würde versuchen, die Anklage auf Körperverletzung mit Todesfolge herabzusetzen. Wenn ihm dies allerdings nicht gelänge und der Fall verloren würde, dann hätte Alonso Arango den Rest seine Lebens im Gefängnis zuzubringen.

Ich wußte nicht, was ich erwidern sollte, und flüchtete mich deshalb in Höflichkeiten. »Sagen Sie bitte Lupe zu mir.«

»Okay«, meinte er. »Aber nur, wenn Sie mich Alonso nennen.« Jetzt, wo er sich wieder beruhigt hatte, stellte ich fest, daß er ziemlich gut aussah, vor allem dann, wenn er mich galant anlächelte.

Tommy verfolgte unseren Wortwechsel mit einem Lächeln seinerseits. Er kannte die Wirkung, die ich auf Männer hatte, besonders auf jene eines gewissen Alters. Er wußte zudem, daß ich in der Lage wäre, Alonso Informationen zu entlokken, die er selbst nie bekommen würde. Das war eine meiner Stärken als Detektivin. Leute sprachen gern mit mir, und sie endeten unweigerlich damit, mir Dinge zu erzählen, von denen sie noch nicht einmal registriert hatten, daß sie sie wußten.

»Mr. Arango, wie wäre es, wenn Sie uns von dem Schußwechsel erzählten«, begann Tommy und starrte dabei auf seinen Notizblock. »Ich habe Ihre Aussage vor mir liegen, aber ich möchte gerne, daß Lupe erfährt, was am vergangenen Samstag passiert ist. Möglicherweise hat sie noch ein paar Fragen dazu.«

»Gern.« Alonso zog die Nase hoch, verschränkte die Arme und starrte auf die Wand hinter mir. »Am Samstagmorgen haben wir wie gewöhnlich um halb zehn aufgemacht. Den Laden selbst öffnen wir eigentlich erst um zehn, aber wir kommen immer schon eine halbe Stunde früher, um alles für die Kunden herzurichten.«

Ich begann, mir Notizen zu machen. Aus irgendeinem mir unbekannten Grund hatte meine Mutter vor Jahren darauf bestanden, daß ich Stenographie lernte. Damals erschien es mir absolut sinnlos, aber diese Fähigkeit hat mir inzwischen oftmals gedient. Ich habe festgestellt, daß Menschen weniger frei sprechen, wenn während eines Gesprächs ein Band mitläuft. Ich schwieg, ermöglichte es Alonso, seine Geschichte in einem Stück zu erzählen. Ich würde meine Fragen an ihn richten, sobald er damit fertig war.

»Um Viertel nach zehn waren alle Angestellten da«, fuhr er fort. »Im Verkauf arbeiten drei Leute, zwei Kubanerinnen und ein Amerikaner. Außerdem beschäftigen wir eine Buchhalterin, Silvia Romero. Ihr Büro liegt im hinteren Teil des Ladens, gleich neben meinem, hinter dem Tisch, an dem Reparaturen ausgeführt, Geschenke verpackt und Kreditkarten bearbeitet werden. Sie wissen schon, alle möglichen Dinge wie diese. Der hintere Teil ist vom eigentlichen Laden abgetrennt, und man kommt nur durch eine Tür dorthin, die normalerweise geschlossen ist. Kunden haben dort nichts zu suchen.«

Er hielt inne, und ich sah auf. Alonso sah mir in die Augen.

»Fahren Sie bitte fort«, forderte Tommy ihn auf. »Und lassen Sie uns auf Samstag morgen zu sprechen kommen. Zum Grundriß des Ladens werden wir Sie nachher noch befragen.«

»Pardon«, sagte Alonso. Seine Stimme klang, nun da er wieder anhob, gedämpfter. »An diesem Morgen stand ich hinten an dem Tisch und erneuerte ein Uhrenarmband für eine Frau aus Venezuela, die das Stück erst einige Minuten zuvor abgegeben hatte. Sie brauchte es dringend wieder, weil sie am Nachmittag nach Caracas fliegen und ihre Uhr mitnehmen wollte. Sie hatte sie bei George abgegeben, meinem amerikanischen Verkäufer, und angekündigt, daß sie sie eine halbe Stunde später abholen würde, nachdem sie einige Besorgungen gemacht hätte. Ich war sehr mit dieser Arbeit beschäftigt, um sie rasch zu erledigen. Diese Frau ist eine treue Kundin. Ich wollte ihre Uhr auf jeden Fall repariert haben, bevor sie wiederkam.«

Tommy auf dem Stuhl neben mir rutschte unruhig hin und her, offensichtlich ungeduldig, wann Alonso endlich auf die Schießerei zu sprechen käme. Ich trat ihn sanft unter dem Tisch. Es gab keinen Grund, Alonso zu drängen; er war anscheinend ein Mensch, der es gewohnt war, in seiner eigenen Manier zu reden, in seinem eigenen Tempo. Darüber hinaus bezahlte er uns gut. Wenn sich dieser alte Mann Zeit lassen wollte, dann war es sein Recht und Privileg.

»Ich weiß noch, daß ich allein hinten war«, sagte Alonso. »Silvia war zur Post gegangen, um Briefmarken zu kaufen. Ich spürte, daß jemand in der Tür stand. Ich spürte es einfach, aber ich sah nicht auf, weil ich mich auf das Uhrenarmband konzentrierte. Wer auch immer es war – er stand da, ohne hereinzukommen. Ich dachte, es könnte ein Kunde sein, und schaute schließlich hoch. Ein Mann stand vor mir.«

»Gustavo Gaston«, unterbrach Tommy ihn. Er starrte noch immer auf seinen Block, klopfte mit dem Stift darauf.

»Seinen Namen erfuhr ich später. Auch, daß er ein Floßflüchtling ist – er kam auf einem Floß von Kuba hierher«,

sagte Alonso. »Aber dieser Gaston stand nur da und sah mich an. Ich sagte ihm, daß hier hinten keine Kunden erlaubt seien oder etwas in der Art. Da ging er mit dem Messer auf mich los. Ich wußte, daß er auf mich einstechen würde. Deshalb griff ich unter den Tisch, wo ich meine Magnum liegen habe. Ich sagte ihm, er solle stehenbleiben. Als er trotzdem weiter auf mich zukam, schoß ich auf ihn.«
Alonso lehnte sich auf seinem Stuhl zurück und atmete tief durch. Seine Hände lagen absolut ruhig in seinem Schoß. Ich mußte mir um die Größe des Raums keine Gedanken machen – Alonso schritt nicht auf und ab. Obwohl ich merkte, daß es ihn bedrückte, seine Geschichte zu erzählen, blieb er vollkommen beherrscht. Das kam mir ein wenig ungewöhnlich vor.
»Und hat sonst noch jemand gesehen, was passiert ist?« fragte Tommy.
»Nein, ich glaube nicht. Nicht die Schießerei selbst.« Alonso strich sich das Haar aus der Stirn. »Ich war allein hinten. Silvia kam allerdings durch den Hintereingang herein, genau in dem Moment, als der Mann zu Boden ging. Sie sagte, sie habe die Schüsse gehört. Und George kam vom Laden nach hinten, einen Augenblick später oder so.«
Jetzt war ich dran. »Bevor wir noch einmal im Detail auf die Schießerei zu sprechen kommen, würde ich gerne noch etwas mehr über Ihre anderen Angestellten wissen«, begann ich. »Sie sagten, Sie haben drei Angestellte – George, den Amerikaner, sowie zwei Kubanerinnen. Erzählen Sie mir von ihnen. Wie heißen sie, und wie lange arbeiten sie für Sie?«
»Die beiden Verkäuferinnen sind Cousinen, Elsa und Olivia Ramirez«, sagte Alonso. Seine Stimme klang gleichmütig und gefühllos. »Elsa hat als erste bei mir angefangen. Sie arbeitet jetzt, warten Sie, fast von Anfang an. Vielleicht seit zwölf Jahren? Ich habe Optima 1984 eröffnet, und Elsa war die ganze Zeit dabei. Davor haben wir vier Jahre lang bei einem anderen Juwelier gearbeitet. Dort habe ich sie auch kennengelernt.«

Ich war bereits auf meinem dritten Blatt Papier. »Und weiter?« meinte ich.
»Olivia hatte keinerlei Erfahrung, als sie bei mir anfing. Sie brauchte einen Job, nachdem ihr Mann sie und die beiden Kinder sitzengelassen hat. Elsa sagte, sie würde Olivia einarbeiten – und das hat sie auch getan. Ganz wunderbar. George Mortimer ist die kürzeste Zeit bei uns, gerade mal fünf Jahre. Er ist jung, und er hat vor kurzem die Universität abgeschlossen. Das hier ist sein erster Job.«
»Und ich kann die Personalakten aus Ihrem Büro bekommen?« erkundigte ich mich.
Alonso nickte, lächelte dann. »Aber ich führe nicht die besten Akten, ich warne Sie. Ich stelle die Leute meistens nach Gefühl ein, weniger wegen ihrer Erfahrung oder ihrer Referenzen. Ich richte mich danach.« Er tippte mit dem Zeigefinger auf sein Herz. »Das hat bei mir immer funktioniert.«
Ich ging auf seine Theatralik nicht weiter ein. »Erzählen Sie uns etwas über Silvia Romero«, sagte ich. »Sie ist die Buchhalterin, richtig?«
»Ja. Sie ist Puertoricanerin, eine Umsiedlerin aus New York«, sagte Alonso. »Zu Beginn kam sie für zwei Tage in der Woche, aber die Geschäfte liefen gut, und ich habe sie voll angestellt. Sie erledigt allen Papierkram – Rechnungen, Versicherungen, Sozialleistungen, Kreditkartenabrechnungen. Vollzeit arbeitet sie erst seit einem knappen Jahr bei uns. Wenn man die Teilzeitarbeit mit berechnet, dann arbeitet sie seit fast vier Jahren für den Laden.«
Mit einem kurzen Blick auf meine Uhr stellte ich fest, daß wir bereits etwas länger als eine Stunde im Stockade waren. Vom langen Stillsitzen tat mir mein Hintern weh. Tommy neben mir hatte leicht zu schwitzen begonnen, sein blondes Haar klebte ihm auf der Stirn. Alonso auf der anderen Seite schien sich dagegen vollkommen wohl zu fühlen.
»Und wer macht sauber?« erkundigte ich mich bei Alonso. »Haben Sie eine Putzfrau, die regelmäßig kommt?«
»Oh, Reina Sotolongo habe ich ganz vergessen.« Alonso

schlug sich leicht an die Stirn, machte ein dumpfes Geräusch. »Sie ist die Putzfrau, die immer abends kommt. Reina hat ihren eigenen Schlüssel. Sie kommt zum Saubermachen, nachdem wir weg sind, manchmal spät nachts.«

»Seit wann arbeitet Reina für Sie?« fragte ich.

»Seit vielen, vielen Jahren. Von Anfang an. Ich weiß noch, daß sie am ersten Tag, den wir geöffnet hatten, hereinkam und nach einem Job fragte. Sie arbeitet sehr gut; sie braucht für den ganzen Laden weniger als eine Stunde. Sie putzt noch eine ganze Reihe anderer Läden an der Miracle Mile. Sie war am Samstag morgen ganz in der Nähe, weil sie in dem Brautladen nebenan saubermachte. Sie hörte den Aufruhr und kam herübergelaufen, um zu sehen, was passiert war.«

Das alles war schön und gut, aber es gab keinen Grund fortzufahren, ohne die schwierigste Frage zu stellen. Ich zeigte auf das Polizeiprotokoll. »Alonso, laut Bericht der Polizei in Coral Gables wurde das Messer nie gefunden, mit dem Gaston Sie angegriffen haben soll.«

Ich spürte, wie Tommy sich auf seinem Stuhl aufrichtete. Er hatte Alonso diese Frage noch nicht gestellt, und ich wußte, daß er erleichtert war, daß ich es tat. Das würde erklären, warum Sparky Markey es abgelehnt hatte, Alonso gegen Kaution freizulassen.

»Ja, das ist das, was man mir gesagt hat«, meinte Alonso mit klarer Stimme. »Ich habe keine Ahnung, was mit dem Messer passiert ist. Ich weiß nur, daß ich es gesehen habe. Ich schwöre, daß er ein Messer hatte.«

Tommy erhob sich und begann, seine Papiere zusammenzuschieben. »Ich glaube, das ist für den Augenblick alles, was wir brauchen«, sagte er. »Richten Sie bitte Ihrer Frau und Ihren Söhnen aus, daß wir demnächst mit ihnen werden sprechen müssen, genauso wie mit Ihren Angestellten aus dem Laden. Soweit ich verstanden habe, hat Ihre Frau Ihre Stellung im Laden übernommen, so lange, bis Sie wieder draußen sind.«

»Richtig«, antwortete Alonso, und er schien ein wenig in sich

zusammenzusinken. Ein Teil seines Glanzes schwand, und sein Alter war zu erkennen. »Sie geht in den Laden und arbeitet einige Stunden dort, jeden Tag.«
»Hey, keine Sorge.« Tommy legte seine Hand auf die Schulter des älteren Mannes und drückte sie freundlich. »Ich weiß, es ist schwer, aber halten Sie durch. Wir werden alles tun, was in unserer Macht steht, um Ihnen weiterzuhelfen.«
Tommy bediente die Klingel, und wir starrten alle drei an die Wand, bis ein Wärter kam, um uns hinauszugeleiten. Als die dicke Metalltür aufgesperrt wurde, nickte Alonso würdevoll und trat hinaus.
Er wurde in seine Zelle geführt, während Tommy und ich in Richtung Empfangshäuschen gingen. Wir wechselten kein Wort, bevor wir nicht sicher angegurtet im Rolls saßen. Tommy fuhr.
»Laß uns noch auf einen Drink gehen«, schlug ich vor. Ich konnte einen gebrauchen.
»In Ordnung.«
»Er lügt«, erklärte ich.
»Mit Sicherheit.«
Tommy und ich fuhren hinüber zum Grand Bay Hotel in Coconut Grove und gingen in die Bar im ersten Stock. Ich entschuldigte mich für einen Moment, um von einer Telefonzelle aus Margaritas Handynummer anzurufen. Nichts. Es war wieder abgestellt. Ich versuchte es unter der Nummer zu Hause und bekam den Anrufbeantworter zu hören. Ich hinterließ eine Nachricht, sie möge mich doch zurückrufen, egal, um welche Zeit.
In der Bar wartete Tommy bereits ungeduldig und kritzelte Notizen auf seinen Block. Die Bedienung führte uns zu einem eher diskreten Tisch in einer abgelegenen Ecke. Nachdem wir uns in den vornehmen Ledersesseln niedergelassen und eine Flasche Dom Pérignon bestellt hatten – auf Tommys Geschäftskosten –, wandte sich Tommy an mich.
»Warum genau glaubst du, daß er lügt?« fragte er.
Ich sah der Kellnerin zu, wie sie geschickt die Champagner-

flasche entkorkte, und suchte nach einer guten Antwort. »Er ist ein Schlitzohr«, sagte ich schließlich.

Tommy gab einen komischen Laut von sich und leerte sein Glas in einem Zug. »Ich zahle dir hundert Kröten die Stunde, und du hast mir nicht mehr zu sagen, als daß mein Klient ein Schlitzohr ist?«

»Du bezahlst mich dafür, daß ich dir meinen Eindruck von deinem Klienten und seiner Geschichte schildere«, erwiderte ich. »Ich habe diesen Fall nicht übernommen, weißt du noch? Morgen breche ich zu den Keys auf. Ich habe dich heute begleitet, weil ich zugesagt hatte, und ich halte meine Versprechen. Der Kerl weiß verdammt viel mehr, als er dir sagt. So einfach ist das. Um das zu wissen, muß ich nur ein einziges Gespräch führen.«

Ich lehnte mich in die dicken Kissen zurück und nippte an meinem Drink. In der Ecke schmetterte eine junge Frau eine grandiose Interpretation von »I Left My Heart in San Francisco« und begleitete sich dabei selbst am Klavier. Ich prostete ihr mit meinem Glas zu, als sie gerade einmal in unsere Richtung sah. Es war leicht, in Ferienstimmung zu kommen.

Plötzlich brach ich in Gelächter aus, weil ich mich an einen Abend in Little Havana vor ein paar Jahren erinnerte. »Tommy, weißt du noch, als wir damals abends in einen peruanischen Nachtclub gingen, um uns deine Klientin anzuhören, die Sängerin war? Erinnerst du dich noch an sie – sie war des Mordes angeklagt, weil sie ihren Liebhaber mit einem selbstgemachten Fischsalat vergiftet hatte.«

Wider Willen fing auch Tommy zu lachen an. »Ich hätte nie geglaubt, daß die Jury darauf anspringen würde, aber als ich den Leuten eine Kostprobe gab, sprachen sie sie frei!«

Ich mußte so lachen, daß meine Augen zu tränen begannen. »Weißt du noch, als sie ›I Left My Heart in Lima‹ sang, und all diese Peruaner auf den Tischen standen, mit ihren kleinen Papierfähnchen wedelten, weinten und Pisco Sauer tranken?«

Tommy schlug sich vor Vergnügen auf die Schenkel, dann sah er mich sehnsüchtig an. »O Gott, Lupe. Wir haben ein paar wundervolle Fälle zusammen bearbeitet, was?«

»Komm mir nicht mit so was«, sagte ich und wehrte die Hand ab, die nach meiner Schulter fassen wollte.

»Sobald wir hier fertig sind, gehe ich nach Hause und schreibe meine Eindrücke des Gesprächs nieder. Ich werde alles festhalten, was der nächste Detektiv über die Schwächen des Falls wissen sollte, aber das war's dann auch. Wenn du willst, dann übernehme ich ein paar Telefonanrufe und versuche, einen anderen Ermittler für dich zu finden. Mehr nicht, Tommy. Das war's.«

Zu meinem Erstaunen zuckte Tommy die Schultern, goß uns beiden das Glas noch einmal voll und wechselte das Thema. Er fing an, über ein Boot zu sprechen, das zu kaufen er beabsichtigte, fragte sich, wie es im Vergleich zu Papas *Hatteras* ausfiel. Es überraschte mich zu sehen, wie leicht er aufgab, aber ich war dankbar dafür. Ich war es leid, mit ihm zu streiten.

Als wir unseren Champagner ausgetrunken hatten, wünschten wir uns eine gute Nacht. Tommy fuhr mich zu meinem Büro, wo ich in meinen Wagen umstieg, und gab mir auf dem Parkplatz einen Kuß auf die Wange. »Genieß deine Ferien«, sagte er.

Ich fuhr in Richtung Brickell Avenue zu meiner Wohnung, überlegte es mir dann aber anders, weil mir einfiel, daß meine Schwester Lourdes zum Abendessen nach Cocoplum kommen wollte. Sie war die Nonne, die ich jetzt brauchte, um meine Ferienstimmung beizubehalten.

# 6

Ich starrte auf die leuchtend grünen Ziffern meines Weckers neben dem Bett. Es war fast Mitternacht. Ich hatte einen langen Tag hinter mir, ganz zu schweigen von der Tatsache, daß ich in der Nacht zuvor nur zwei Stunden geschlafen hatte. Trotzdem wollte ich den Bericht zu Ende schreiben, an dem ich die letzten drei Stunden gearbeitet hatte. Ich wollte ihn am nächsten Morgen Leonardo geben, der ihn dann abtippen sollte.

Ich gähnte, rekelte mich wie ein Katze und goß mir dann noch ein Glas aus der Flasche Cristal ein, die zwischen geschmolzenem Eis in einem silbernen Kübel hin- und herschwappte, der auf meinem Bett lehnte. Ich hatte zuvor mit Tommy zusammen Champagner getrunken, und es gab keinen Grund, das Getränk zu wechseln. Jetzt stellte ich erschrocken fest, daß der Kübel, eingekeilt zwischen Kissen und einem leeren Notizblock, eine Pfütze kalten Wassers gebildet hatte, das langsam auf mich zurann. Gerade als ich versuchte, das Wasser mit einem T-Shirt, das ich mir vom Boden geschnappt hatte, aufzuwischen, klingelte das Telefon.

»Lupe, ich bin's. Hast du schon geschlafen?«

»Hallo, Tommy. Nein, ich habe noch nicht geschlafen. Ich habe an dem Bericht über Alonso Arango gearbeitet.«

»Irgend etwas Interessantes?«

»Vielleicht.« Ich hielt inne. »Es ist noch zu früh, um schon etwas sagen zu können. Ich bin mir nicht ganz sicher, aber es gibt da ein paar Dinge, die du überprüfen solltest.«

»Komm schon, Lupe, mach's nicht so spannend. Quäl mich nicht. Was hast du herausgefunden?«

»Später, Tommy. Tschüs.«

Ich hatte kein Mitleid mit ihm. Was mich betraf, hatte er noch nicht genug dafür gebüßt, daß er mich ausgetrickst hatte, mit ihm ins Stockade zu gehen. Ich wußte, er würde darauf zählen, daß ich Interesse an dem Fall fände, meinen Widerstand aufgeben und mit ihm zusammenarbeiten würde. Ich hätte mit dem Gedanken gespielt, wäre ich nicht absolut entschlossen gewesen, am nächsten Tag in die Ferien zu fahren. Immerhin war Tommy einer der besten Strafverteidiger der Stadt, und einen Fall gemeinsam mit ihm zu bearbeiten war zweifelsohne lehrreich. Und fast immer gelang es ihm, daß seine Klienten freigesprochen wurden. Würde ich also auf seinen Siegeszug aufspringen, so hätte dies zur Folge, daß ich selbst an Reputation gewinnen würde.

Und auch wenn Leonardo und ich im Verzug waren, unsere Rechnungen auszusenden, das Geld könnten wir gebrauchen. Wir teilten beide die gleiche reine Flüchtlingsmentalität: Wir fürchteten, ohne je darüber zu sprechen, daß unsere Geschäfte ohne Vorwarnung versiegen könnten und wir auf der Straße landeten. Wir wußten beide, daß dies eher unwahrscheinlich war, aber wir hatten zu Beginn sehr zu kämpfen gehabt, und wir waren beide verdammt sicher, daß wir diese mageren Jahre nicht zurückhaben wollten.

Papa hatte mir finanziell ausgeholfen, als ich vor sieben Jahren das Detektivbüro Solano gegründet hatte, und ich war stolz darauf, ihm jeden Penny seiner Investition zurückbezahlt zu haben. Zu Beginn mußte ich jeden Fall übernehmen, der mir angeboten worden war, aber im Laufe der Zeit hatte ich für meine harte Arbeit, für meine Aufrichtigkeit und – am wichtigsten – dafür, daß ich meine Rechnungen nicht aufplusterte, einen guten Ruf erlangt. Nach einiger Zeit konnte ich mir den Luxus erlauben, auszuwählen und abzulehnen.

Ich erinnere mich noch, wie verärgert und wütend ich war, als Papa es zur Bedingung für seine erste Finanzspritze gemacht hatte, daß ich meinen Cousin anstellen müsse. Ich kannte Leonardo kaum – lediglich Erzählungen über ihn als den ungeratenen Sohn der Schwester meiner Mutter –, und er war fünf Jahre jünger als ich. Zu meiner Überraschung kamen wir bestens zurecht. Inzwischen konnte ich es mir nicht mehr vorstellen, ohne ihn auszukommen, auch wenn er mich mit seinem New-Age-Scheiß und seinen körnerfressenden Freundinnen manchmal wahnsinnig machte.

Es hatte sich längst gelohnt, ihn im Büro zu haben. Manchmal mußte ich allerdings einen Riegel vorschieben – zum Beispiel damals, als er versuchte, ein Zimmer des Büros in einen Meditationsraum zu verwandeln, ausgestattet mit New-Age-Postern, Kerzen, Weihrauch und Kristallkugeln. Das meiste hätte ich noch toleriert, aber ich drehte durch, als ich feststellte, daß er den Boden mit Sand bedeckt hatte. Der Zeitpunkt hätte nicht schlechter sein können für ihn. Ich war nach einer Rund-um-die-Uhr-Beobachtung müde, hungrig und verschwitzt ins Büro gekommen und völlig ausgerastet. Ich hatte ein Dutzend von Leonardos Freunden hinausgeworfen, sie mitten in ihren Gesängen unterbrochen. Als ich am nächsten Tag wiedergekommen war, war der Raum in seinen ursprünglichen Zustand zurückverwandelt worden, Akten und Büromaterial waren wieder dort untergebracht. Leonardo und ich verloren kein Wort mehr darüber, was für mich in Ordnung ging. Die einzige Frage, die noch im Raum stand, war, was sein Freund damit meinte, als er von meiner rotvioletten Aura sprach, aber ich dachte mir, daß es die Sache nicht wert war, nachzufragen.

Ich erinnere mich noch, als sei es gestern gewesen, an das Gefühl, als Leonardo und ich soweit abgesichert waren, einen schlecht bezahlten Fall, bei dem es um familiäre Streitigkeiten ging, ablehnen zu können. Wir waren sogar ausgegangen, um dies zu feiern. Derartige Fälle sind ohne Frage die schlimmsten. In Florida geht es bei Scheidungen nicht um die Schuldfrage. Es ist also, was die Gerichte betrifft, gleichgültig, wer in einer Ehe wen betrügt. Aber wie die Leute so sind, ein Ehepartner möchte immer den Beweis, daß Ehemann oder Ehefrau fremdgeht.

Einige wollen Fotos oder ein Video – in Farbe – oder ein Tonband. Die Vorstellung, daß meine Klienten diese Videos vielleicht ihren Kindern, den Verwandten oder Freunden zeigen, nur um zu beweisen, was für ein dürftiges Exemplar einer menschlichen Kreatur der Partner war, kommt für mich immer noch einem Alptraum gleich. In meinen schlimmsten Träumen, jenen, die einen in Schweiß baden, habe ich meine Klienten vor mir gesehen, wie sie sich Popcorn essend im Wohnzimmer auf einem überdimensional großen Bildschirm den Beweis des Ehebruchs anschauten.

Vielleicht habe ich zu viele dieser Fälle bearbeitet, aber die Ehe bot für mich keine Anreize. Ich war absolut zufrieden damit, meine ehemaligen Freunde wiederzuverwerten, sie je nach Laune gegeneinander auszutauschen. Ich kam gut mit ihnen aus, und sie verstanden mich. Vielleicht wurden wir alle einfach älter und eingefahrener, ich weiß es nicht.

Ich war gerade dabei, den Bericht an Tommy und die Empfehlungen abzuschließen, als ich es leise an der Tür klopfen hörte.

»Herein«, sagte ich und schrieb den Schlußparagraphen zu Ende.

Meine ältere Schwester Lourdes steckte ihren Kopf zur Tür herein. »Lupe, ich habe gesehen, daß bei dir noch Licht brennt. Du arbeitest so spät noch? Bist du gleich fertig?«

»Bin ich. Warte eben, und ich räume diesen Papierkram zur Seite.« Ich schob den Stapel Papier in einen Umschlag und schrieb Alonso Arangos Namen darauf.

Lourdes kam herein und ließ sich auf das Bett neben mir plumpsen, genau wie früher, als wir noch Mädchen waren. Sie stieß einen Schrei aus, als sie direkt auf der kalten, nassen Stelle landete, die mein Sektkübel produziert hatte.

»Tut mir leid«, sagte ich und versuchte, die Feuchtigkeit irgendwie zu beseitigen. »Probier es dort, wo ich gesessen bin. Ich habe die Stelle für dich angewärmt.«

Lourdes rollte sich kichernd auf die andere Seite des Bettes. »Nun, ich weiß ja, daß du heute nacht allein hier warst, also brauche ich an diesem feuchten Fleck keinen Anstoß zu nehmen.«

Lourdes war ziemlich cool, vor allem für eine Nonne des Ordens des Heiligen Rosenkranzes. Sie hatte den rosafarbenen Bademantel und die flauschigen pinkfarbenen Hausschuhe, die sie früher am Abend getragen hatte, abgelegt und trug jetzt nur noch Boxershorts der Miami-Heat-Basketballmannschaft sowie ihr liebstes T-Shirt, auf dessen Brustteil stolz die Aufschrift »I'm a bitch« prangte. Ihre langen Haare hatte sie zu einem Zopf zusammengefaßt.

Ich habe zwei ältere Schwestern, Fatima und Lourdes. Mama hatte uns in einem ihrer Anfälle religiöser Inbrunst nach den drei Orten benannt, an denen die Jungfrau Maria erschienen war. Ich hatte Glück; Guadaloupe ließ sich mit Lupe abkürzen, aber bei Lourdes und Fatima war nicht viel zu machen. Fatima ist meine älteste Schwester und die einzige Tochter, die dauernd im elterlichen Haus lebt. Aber seit Mamas Tod vor sieben Jahren kommen auch Lourdes und ich so oft nach Hause, daß es manchmal den Anschein hatte, als wären wir nie ausgezogen. Papa, der sich immer für einen traditionsbewußten kubanischen Macho hielt, wäre eher gestorben, bevor er zugegeben hätte, daß er es mochte, eine ganze Schar von Frauen im Haus zu haben. Aber zweifelsohne genießt er es.

Zu Beginn war das ganz anders gewesen. Lourdes hatte zunächst mit drei anderen Nonnen zusammen in einem Haus in Little Havana gelebt, und Fatima hatte ein Haus in Coral Gables gehabt, wo sie mit ihren Zwillingstöchtern wohnte. Ich hatte meine Wohnung in der Brickell Avenue, um meine Autonomie und Unabhängigkeit zu bewahren. Den Mietvertrag hatte ich einige Monate nach meinem Abschluß an der University of Miami unterschrieben. Die Tinte auf meinem Diplom war noch feucht, da hatte ich bereits einen Job als Assistentin bei White & Blanco, einer Detektei im Nordwesten von Miami.

Ich nehme an, ich bin per Zufall in meinen Beruf hineingeschlittert. Ich hatte die Branche kennengelernt, als man Julio Juarez, damals Fatimas Ehemann, verdächtigte, Gelder aus

Papas Baufirma veruntreut zu haben, um die Wohnung seiner Freundin zu bezahlen. Ich half damals bei Hadrian Wells aus, dem Ermittler, den der Anwalt unserer Familie, Stanley Zimmerman, mit dem Fall beauftragt hatte, und stellte fest, daß mir die Arbeit gefiel. Ich war noch bei einigen weiteren Fällen dabei, die Hadrian und sein Chef, Esteban Morales, bearbeiteten, und fing an, mit dem Gedanken zu spielen, mir meine eigene Karriere zu basteln. Zu Hause war die Aufregung ziemlich groß gewesen, als ich meine Absichten verkündet hatte.

Die Arbeitsbedingungen bei White & Blanco waren erschreckend. Sie konnten von Glück reden, daß niemand vom Gesundheitsamt zur Kontrolle vorbeikam. Die Klienten bekamen das »Loch« natürlich nie zu sehen, in dem sieben Ermittler und ich schufteten. Sie hielten sich lediglich in dem feudalen Vorraum auf, der mit dicken Teppichen ausgelegt war und wo ihnen Tee und Kaffee in Porzellantassen mit Untertellern serviert wurde.

Ich war in diesem Großraumbüro die einzige weibliche Detektivin und somit die einzige, die hinter geschlossenen Türen nicht furzte, rülpste, sich am Zwickel kratzte oder vor allen anderen über diverse Körperfunktionen diskutierte. Alle Illusionen, die ich möglicherweise über das andere Geschlecht gehegt hatte, zerstoben an meinem ersten Arbeitstag dort. Auf der anderen Seite, und das war das Gute, hatte sich mir alles, was ich jemals über die menschliche Natur erfahren hatte, auch bei dieser Arbeit gezeigt.

An dem Tag, an dem ich meine Lizenz als Privatdetektivin bekam – was bedeutete, daß ich als Ermittlerin arbeiten durfte, ohne in einer etablierten Detektei angestellt zu sein –, hatte ich mir tausend Visitenkarten drucken lassen. Ich blätterte drei Monatsmieten im voraus für das Häuschen in Coconut Grove auf den Tisch und war im Geschäft.

»Willst du mich an deinen Tagträumen nicht teilhaben lassen?« fragte Lourdes neben mir. »Oder soll ich dich nicht weiter stören?«

»Tut mir leid«, sagte ich und bemerkte erst jetzt, daß ich mit meinen Gedanken abgeschweift war. »Ich hatte einen langen Tag.«

»Hast du noch vor, morgen auf die Keys zu fahren?«

»Aber ja«, sagte ich. Wir lagen nebeneinander auf dem Bett, starrten beide zur Decke. »Ich wollte eigentlich schon heute fahren, aber Tommy hat mich trickreich überredet, mit einem seiner Klienten im Stockade zu sprechen. Ich war gerade mit dem Bericht fertig, als du geklopft hast. Aber du kannst stolz auf mich sein. Ich habe den Fall abgelehnt. Sobald ich diesen Bericht abgegeben habe, bin ich vollkommen frei.«

Ich seufzte laut. Alonso Arango war nicht mein Problem.

Lourdes drehte sich zu mir herum. »Du bist also für heute mit deiner Arbeit fertig?«

»Was ist denn mit dir los?« fragte ich und stützte mich auf einen Ellbogen, um sie besser ansehen zu können. »Du hast so einen schelmischen Blick in den Augen.«

Lourdes griff in die Tasche ihrer Shorts. »Oh, nichts. Ich dachte nur, das würde dich vielleicht interessieren.« Sie zog einen dicken, fest gedrehten Joint heraus und fuchtelte damit vor meinem Gesicht herum. Der bloße Geruch war schon berauschend.

»Theofilus?« fragte ich und meinte damit den jamaikanischen Gärtner, der in ihrem Kloster arbeitete.

»Wer denn sonst?« erwiderte Lourdes. Ihre Augen blitzten, wie immer, wenn sie etwas Verbotenes tat. »Er kam gestern von Montego Bay zurück und hat mir das als Geschenk mitgebracht. Ich habe sofort an dich gedacht.«

Lourdes griff nach einem Zündholzheftchen auf meinem Nachtkästchen, zündete ein Streichholz an und streckte es mir entgegen. »Ich freue mich darüber, weißt du, aber ich habe ihn gewarnt, den Stoff per Flugzeug mitzubringen«, fügte sie noch hinzu und sah mir zu, wie ich den Rauch inhalierte. »Ich habe ihm gesagt, daß er in große Schwierigkeiten geraten würde, wenn sie ihn erwischten.«

Es dauerte nicht lange, da war der Raum von süßlich duftendem Rauch erfüllt, und ich mußte aufstehen, um die Glastür zu öffnen, die auf den Balkon vor meinem Zimmer führte. Als ich zum Bett zurückkehrte, sah Lourdes auf den Joint, der im Aschenbecher vor sich hin qualmte.

»Nun mach schon, *chica*«, scherzte ich. Als sie noch jünger war, hatte sie immer mitgeraucht, aber die Hingabe, mit der sie ihrer Berufung nachkam, verlieh ihr eine unglaubliche Willenskraft. »Nur einen Zug, einen kleinen. Niemand wird es herausfinden.«

Lourdes schüttelte den Kopf und verdrehte die Augen zum Himmel. »Da täuschst du dich. Jemand wird es herausfinden.«

Ich setzte mich wieder zu ihr aufs Bett. Sie schwieg eine Zeitlang. Ich fragte mich, worüber sie wohl nachdachte, aber ich gab schnell auf. Ich wußte nie, was meiner Schwester gerade im Kopf herumging. Soweit ich wußte, drehten sich all ihre Gedanken um Heilige, Wunder und Erscheinungen. Wie auch immer, es kam mir stets so vor, als sei sie mir einen Schritt voraus, ihr Ratschlag für die jeweilige Situation war stets perfekt. Ihre Respektlosigkeit schmälerte ihre tiefe religiöse Hingabe nicht. Sie liebte den Widerspruch, aber etwas war über jeglichen Zweifel erhaben, und das war ihr Glaube.

»Worüber denkst du nach?« fragte sie mich.

»Über dich«, antwortete ich.

Sie kicherte. »Wie, über mich?«

»Darüber, daß ich nie weiß, was du denkst.«

»Das liegt daran, daß ich damit beschäftigt bin, deine Gedanken zu lesen«, sagte sie mit gespensterhafter Stimme.

»Laß den Scheiß«, erwiderte ich. »Wenn du meine Gedanken lesen kannst, warum hast du mich dann gefragt, worüber ich nachdenke?«

Sie hielt inne, nur für einen Augenblick. »Ach, weißt du, kleine Schwester, nur um ein bißchen Konversation zu machen.«

Das reichte. Bevor sie mich aufhalten konnte, hatte ich eine Handvoll Eiswasser aus dem Eimer neben mir geschöpft, den

Ausschnitt ihres T-Shirts gepackt und das Eis auf ihre bloße Haut geschüttet. Sie schrie lachend auf und drückte mir das Kopfkissen mitten ins Gesicht.

»Mir fällt gerade was ein«, sagte ich und legte mich aufs Bett zurück. Lourdes griff nach einem zweiten Kissen und beobachtete mich genau, um zu sehen, ob ich versuchen würde, ihr zu entkommen. »Margarita hat mich nicht zurückgerufen. Ich habe den ganzen Tag über versucht, sie zu erreichen.«

»Was ist denn mit Margarita?« erkundigte sich Lourdes.

»Ich hatte vor zwei Tagen mit ihr zu Mittag gegessen, und sie war so komisch. Seither mache ich mir wirklich Sorgen um sie.«

»Hat es mit Rodrigo zu tun?« fragte sie und kniff abschätzig ihre Augen zusammen. Lourdes teilte, was Margaritas Mann betraf, meine Gefühle.

»Ich weiß es nicht, aber sie saß einfach nur da und aß kaum etwas. Ich muß unbedingt mit ihr sprechen, bevor ich morgen wegfahre.«

Lourdes gähnte. »Ich sollte ohnehin ins Bett«, sagte sie und sah mich sonderbar an. »Du machst dir richtig Sorgen, was? Tu das nicht. Ihr zwei seid befreundet, seit ihr beide in den Windeln gelegen habt. Sie wird dir von ihren Problemen erzählen, sobald sie dazu in der Lage ist. Das wird schon wieder.«

Ich lächelte meine Schwester an. »Du weißt immer das Richtige zu sagen.«

»Das ist Teil meiner Arbeit. Ruf sie an und mach dir keine Sorgen mehr.«

Als Lourdes gegangen war, wählte ich Margaritas Nummer zu Hause, obwohl es schon nach Mitternacht war. Keine Antwort, deshalb hinterließ ich eine Nachricht für sie und versuchte es mit der Handynummer. Es war abgeschaltet.

Ich nahm mir fest vor, mir keine Sorgen zu machen. Ich könnte immer noch am nächsten Morgen mit Margarita sprechen und alles klären. Ich knipste das Licht aus und schloß die Augen. Als das Bild von Alonso Arango auftauchte, schob ich es zur Seite. Nichts würde meinen Ferien im Wege stehen.

# 7

»Herrgott, Norma, du verbrühst mich ja!«
Ich hatte meine Füße gerade in eine Plastikwanne auf dem Fußboden gesteckt – und zog sie in dem Moment schnell wieder heraus, als das heiße Wasser meine Haut verbrannte und tief lachsrot anlaufen ließ. Es war Freitag morgen und wie üblich Zeit für meinen Termin zur Maniküre und Pediküre. Ich nutzte die Zeit, um den Bericht, den Leonardo abgetippt hatte, noch einmal durchzulesen, bevor wir ihn per Kurier zu Tommys Kanzlei schicken würden.
Wie immer schenkte Norma mir keinerlei Aufmerksamkeit, als ich gegen diese Tortur Einspruch erhob. Sie kümmerte sich seit fast zehn Jahren um meine Hände und Füße und hatte alles schon einmal gehört. Ich bewunderte ihre Fähigkeiten und die Art, wie sie ihre Arbeit kontinuierlich fortsetzte, ganz egal, wie sehr ich mich krümmte und zu entfliehen versuchte.
Nachdem der Schmerz ein wenig nachgelassen und ich mit einem Blick überprüft hatte, daß ich noch Haut an meinen Füßen hatte, tauchte ich meine Zehen wieder ins Wasser und versuchte, mich auf den Bericht über Alonso Arango zu konzentrieren. Meine Kommentare hatten mehr Fragen aufgeworfen, als sie beantworteten, aber ich hatte alles so klar und deutlich niedergeschrieben, daß der nächste Ermittler genau wissen würde, wo er mit seiner Arbeit an diesem Fall zu beginnen hätte. Ich hatte wie ein Stein geschlafen und war am Morgen ein wenig überrascht gewesen, wie zusammenhängend mein Bericht geworden war – trotz der widrigen gegebenen Umstände des Vortages. Aber ich war eben ein Profi. Ich fühlte mich inzwischen ausgeruht und gut – richtig gut –, denn ich hatte innerhalb der vergangenen

Stunde drei Tassen Kaffee getrunken, Leonardos tödlichen kubanischen Kaffee.

»Lupe, du kriegst keinen *café* mehr!« schimpfte Leonardo aus meinem Büro. Zitternd hielt ich meine vierte Tasse in Händen, meine Finger affektiert gespreizt, um meinen frisch aufgetragenen Nagellack nicht zu verschmieren. »Du siehst aus wie eine feine Dame, die unter Speed steht! Norma, wie kannst du sie bearbeiten, wenn sie so drauf ist?«

Norma zuckte die Schultern, sie sah noch nicht einmal auf. In all den Jahren, seit ich sie kannte, hatte ich sie vielleicht ein Dutzend Wörter sagen gehört. Alle paar Jahre war ich von ihrer Wortkargheit so genervt, daß ich ihr untreu wurde, aber meine Ausflüge in die rauhe Welt der anderen Nagelpflegerinnen waren ausnahmslos ein Desaster gewesen. Es hatte jeweils Wochen gedauert, bis meine Nagelhaut sich von diesem grobschlächtigen Pfusch erholt hatte. Als Norma diesmal ihre Sachen zusammenpackte und ging, war ich bereits vertieft in die Lektüre des Polizeiberichts, der mich schon erwartet hatte, als ich morgens zur Arbeit gekommen war – Tommy hatte ihn geschickt. Aus dem Vorraum hörte ich das bekannte Geräusch, wenn Leonardo für Norma das Geld aus der Portokasse abzählte – nach fast zehn Jahren nahm sie noch immer keinen Scheck von mir oder anderen Kundinnen entgegen. Das war mir zumindest zu Ohren gekommen. Ich hoffte, diese Haltung ging auf ihre Aversion gegen das Finanzamt zurück und hatte nichts mit Mißtrauen uns gegenüber zu tun. Ich hatte mir gerade ein paar Notizen gemacht, als das Telefon läutete.

»Tommy, prima. Ich wollte dich auch noch anrufen«, sagte ich. »Wie gründlich hast du das Protokoll über Alonso Arango gelesen?«

»Ich habe einen Blick darauf geworfen. Warum?«

Ich hatte ein flaues Gefühl, daß dieser Fall nicht zu dem schnellen Erfolg führen würde, den Tommy gewöhnlich erwartete. »Nun, du solltest es lesen«, sagte ich. »Und du solltest es gründlich lesen.«

Dem Polizeibericht hatte ich entnommen, daß niemand wirklich bezeugen konnte, wie Gustavo Gaston mit einem Messer auf Alonso losgegangen war. Es stimmte, daß Zeugen aufgeführt waren, aber keiner hatte den angeblichen Angriff gesehen, der Alonsos »Notwehr« notwendig gemacht hatte. Silvia Romero, die Buchhalterin, war gerade von der Post zurückgekommen, als die Schüsse fielen. Sie hatte ihren Wagen in dem öffentlichen Parkhaus hinter dem Gebäude abgestellt und die Schüsse gehört, als sie die Tür des Hintereingangs aufschloß.

Keiner der anderen Angestellten hatte tatsächlich irgend etwas gesehen oder gehört – noch einmal: bevor die Schüsse gefallen waren. Und um es noch schlimmer zu machen, niemand hatte Gaston gesehen, wie er das Juweliergeschäft Optima am Samstagmorgen betreten hatte. Der Laden war voller Menschen gewesen, aber keiner konnte Alonsos Version stützen. Und das Messer, Hauptproblem in der Sache, war immer noch nicht gefunden. Der nächste Ermittler würde eine ganze Menge Arbeit haben. Ich war versucht, aber nicht versucht genug.

»Ist Norma schon weg?« erkundigte sich Tommy.

*Es gibt auf dieser Welt keine Geheimnisse*, dachte ich voller Abscheu. »Ja, Tommy, sie ist schon weg. Aber worum geht's? Ich wollte dir gerade meinen Bericht schicken.«

»Ich habe in der vergangenen Nacht nicht besonders gut geschlafen«, sagte Tommy mit kleinlauter Stimme. »Ich habe die ganze Zeit über den Fall nachgedacht. Ich sollte mich inzwischen daran gewöhnt haben, daß meine Klienten mich anlügen, aber von einem Kerl wie Alonso hätte ich es nicht erwartet. Lebe und lerne, nehme ich an. Nun denn, was steht heute auf deinem Plan?«

»Außer meiner Abreise nach Key West, sobald mein Nagellack getrocknet ist?« fragte ich unschuldig.

»Ah, Key West!« meinte Tommy. Er klang selbstgefällig, als hätte er ein Rätsel gelöst. »Ich wette, du triffst dich mit deinem ehemaligen Freund? Diesem Aussteiger?«

Ich ignorierte ihn, blieb strikt beim Geschäftlichen. »Wie ich bereits sagte, ich werde, sobald wir zu Ende telefoniert haben, einen Kurier schicken. Meine Rechnung ist gleich dabei.«

»Natürlich«, meinte Tommy gelangweilt.

»Ich warne dich. Sie ist hoch. Ich habe eine Menge Stunden in diesen Fall investiert, auch wenn ich ihn nicht übernehme.« Ich hielt inne, um zu überlegen, wie ich formulieren sollte, was ich als nächstes sagen wollte. »Hör zu, Tommy. Ich mache mir Sorgen. Der Fall stinkt. Er stinkt bis zum Himmel. Nachdem ich mir den Polizeibericht genauer durchgelesen habe, würde ich sagen, es ist kein Wunder, daß Sparky Markey Alonso Arango nicht gegen Kaution freigelassen hat. Hätte ich auch nicht. Du mußt unbedingt erreichen, daß dieser Typ dir gegenüber mit offenen Karten spielt, ansonsten wirst du ihm nicht helfen können.«

»Ich weiß. Du hast recht. Und ich muß etwas bekennen.« Tommy sprach mit süßlicher Stimme. »Ich habe mich nicht besonders um die Hintergründe dieses Falls gekümmert, bevor ich ihn übernommen habe. Um ganz ehrlich zu sein, ich habe mich darauf verlassen, daß du diese Arbeit für mich erledigst, wie gewöhnlich. Du bist immerhin die beste. Wir haben noch nie verloren, wenn wir beide zusammengearbeitet haben. Ich dachte einfach, du würdest den Fall übernehmen, nachdem du mit dem alten Mann gesprochen hast.«

»Na klar, hast du das. Aber du hast eben falsch gedacht, verstehst du?« Ich legte auf, bevor er noch etwas sagen konnte. In diesem Augenblick klingelte das Telefon direkt bei mir auf dem Schreibtisch. Ich dachte, es sei noch einmal Tommy, und erwog, nicht abzuheben. Dann war ich froh, daß ich es doch getan hatte.

»Margarita!« rief ich ins Telefon hinein. »Wo, zum Teufel, hast du gesteckt? Ich habe schon hundertmal bei dir angerufen!«

»Ich war in Palm Beach, und ich bin immer noch dort«, sagte sie. »Es tut mir leid. Ich habe alle deine Nachrichten bekommen, aber ich konnte bis jetzt mit niemandem sprechen.

Es ... es passiert in meinem Leben im Moment eine ganze Menge, Dinge, von denen du nichts weißt.«
Margaritas Stimme war so leise geworden, daß ich sie kaum noch hören konnte. Mein Ärger ihr gegenüber war augenblicklich verflogen. »Geht's dir gut?« erkundigte ich mich.
»Ja. Nein.« Sie seufzte. »Ich weiß es nicht. Ich kann im Moment nicht sprechen. Aber ich bin wahrscheinlich in zwei Stunden zurück in Miami. Dann reden wir, ja?«
»Warte, leg noch nicht auf«, flehte ich. Sie klang so abwesend und fern. »Bist du sicher, daß du fahren kannst? Wenn ich sofort aufbreche, dann kann ich in etwas mehr als einer Stunde dort sein. Wo in Palm Beach bist du? Bist du mit diesen Sanchez-Leuten zusammen?«
»Lupe, bitte, das heißt ›de Sanchez‹. Ich habe den Auftrag nämlich bekommen.« Margarita lachte leise über ihren eigenen, schlechten Scherz.
»Wo bist du?« wiederholte ich. »Ich fahre auf der Stelle los.«
»Nein, bitte nicht. Ich kann ohne weiteres fahren.«
»Was ist denn los? Kannst du's mir nicht sagen?« Ich wollte sie so lange wie möglich am Telefon halten. Sie klang weniger zerstreut, je länger sie sprach, wirkte klarer. Sie mußte ihre Fassung wiedererlangen, wenn sie unbedingt selbst nach Miami zurückfahren wollte. Es waren nur etwas mehr als sechzig Meilen, aber der Verkehr auf der Interstate war immer mörderisch. Sie sollte ihre fünf Sinne beisammenhaben. Außerdem platzte ich schier vor Neugierde; Margarita war nicht der Typ, der einfach verschwand. Taktvoll wie ich war, begann ich, sie mit Fragen zu bombardieren.
»Was ist denn so schlimm, daß du nicht anrufen konntest?« fragte ich. »Hat es mit deiner Arbeit zu tun? Bist du irgendwie in Schwierigkeiten? Brauchst du mich als Privatdetektivin? Kann ich irgend etwas für dich tun, solange du noch unterwegs bist?«
»Lupe, bitte«, unterbrach sie mich. »Es hat mit Rodrigo und mir zu tun. Wir haben Probleme – richtige Probleme. Wir hatten seit sechs Monaten keinen Sex mehr, und jetzt erzählt er

mir, daß er ein Baby haben möchte. Ich bin wirklich durcheinander, und ich weiß nicht, was ich tun soll. Ich mußte einfach mal weg und meine Gedanken ordnen.«

»Was? Davon hast du mir nie erzählt«, sagte ich und fühlte mich verletzt. »Wie konntest du so etwas vor mir verheimlichen?«

Meine langjährige Freundin vertraute mir nicht mehr. Das tat ziemlich weh, aber mein beruflicher Stolz stand ebenfalls auf dem Spiel. Ich werde dafür bezahlt, den Leuten ihre Geheimnisse zu entlocken, und obwohl ich gespürt hatte, daß irgend etwas mit Margarita nicht stimmte, hatte ich doch keine Ahnung, worum es ging.

»Margarita, ich hatte vor, heute auf die Keys zu fahren, aber ich warte ab, bis du zurück bist. Du klingst, als bräuchtest du jemanden, mit dem du reden kannst.«

Jetzt hörte ich mich genauso sonderbar an wie sie ein paar Augenblicke zuvor. Ich wußte, daß es zwischen ihr und Rodrigo nicht glattlief, aber weil ich selbst nie verheiratet war, dachte ich mir, es handelte sich um eine jener Krisen, die alle verheirateten Leute durchmachten. Ich hatte keine Ahnung gehabt, daß sich ihre Beziehung so verschlechtert hatte, daß sie nicht mehr intim miteinander waren. Margarita, das wußte ich, hatte immer eine gesunde Libido gehabt, die Sache mußte also sehr ernst sein. Ich dachte über Rodrigos Reaktion nach und stellte fest, daß sie mich nicht übermäßig überraschen konnte. Eine alte Weisheit bewahrheitete sich: Wenn eine Ehe ins Stocken geraten ist, kommt ein Paar in der Regel zu dem Schluß, ein Kind zu kriegen oder ein neues Haus zu kaufen.

»Es wäre schön, ausführlicher mit dir zu reden«, erwiderte Margarita. »Es war die Hölle zu versuchen, dir etwas vorzuenthalten, aber ich wollte nicht, daß irgend jemand erfährt, wie schlecht die Dinge laufen.«

»Du liebe Güte, Margarita. Warum denn?«

»Ich wollte dir die Wahrheit verschweigen, weil ich weiß, daß du Rodrigo nie gemocht hast.«

Sie hatte recht, obwohl ich es ihr nie ausdrücklich gestanden hatte. »Na, jetzt weißt du's«, sagte sie. »Ich fühle mich viel besser, jetzt wo du Bescheid weißt. Da ist noch mehr, aber ich warte damit, bis wir uns sehen.«

»Prima«, sagte ich. »Wir sehen uns in zwei Stunden.«

»Lupe, du wolltest wegfahren, und ich möchte dich nicht aufhalten. Vielen Dank für das Angebot, auf mich zu warten, aber ich möchte nichts davon hören. Du brauchst deine Ferien.« Plötzlich klang Margarita befremdlicher als zu Beginn unseres Gesprächs. Ich hörte, wie sie sich die Nase schneuzte. »Wirst du dich mit Sam treffen?«

Trotz meiner Sorge hörte ich einen Unterton in Margaritas Stimme heraus, der mich, was ihre Gemütsverfassung betraf, beruhigte. So kannte ich Margarita schon eher, so liebte ich sie.

»Ja, ich treffe mich mit Sam«, sagte ich. »Aber ich kann das auch noch um einen Tag verschieben. Es spielt keine Rolle. Eigentlich wollte ich schon gestern los, aber Tommy hatte mich gebeten, für ihn ein Ermittlungsgespräch im Gefängnis zu führen – dieser Typ, der in der Miracle Mile ein Juweliergeschäft besitzt, hat Tommy beauftragt, ihn in der Mordanklage zu verteidigen. Er hat einen Kubaflüchtling erschossen, der in seinen Laden gekommen war und ihn angeblich angegriffen hatte.

»Gott, Lupe.« Margaritas Stimme klang so bedrohlich, wie ich sie nie zuvor gehört hatte. »Wie heißt der Klient von Tommy?«

»Alonso Arango. Warum fragst du?«

»Da gibt es etwas, was du wissen solltest. Warte auf mich«, schnarrte sie. »In eineinhalb Stunden bin ich in deinem Büro. Bleib, wo du bist.«

Und damit legte sie auf.

# 8

Die Fahrt nach Key West war bei weitem nicht so schlimm, wie ich befürchtet hatte. Ich war zur schlimmsten feierabendlichen Stoßverkehrszeit aufgebrochen, in der der Verkehr auf dem zweispurigen Highway nur sehr zäh fließt und sich die Fahrtzeit verdoppelt, die man eigentlich braucht, um von Miami aus zum südlichsten Punkt der Vereinigten Staaten zu gelangen. An diesem Tag jedoch war mir das Schicksal wohlgesonnen. Der Verkehr ging zügig voran, und Rangeleien waren selten. Mit jeder relativ mühelos zurückgelegten Meile entspannte ich mich ein bißchen mehr.

Ich war so spät noch unterwegs, weil ich getan, wie Margarita mir geheißen hatte. Ich hatte gewartet, bis sie von Palm Beach nach Miami zurückgekehrt war. Von mittags zwölf bis abends sechs Uhr hatte ich dagesessen, ohne ein Wort von ihr zu hören. Zuerst war ich wütend geworden, hatte vermutet, sie würde mich wieder hängenlassen, dann begann ich mir Sorgen zu machen und war versucht, Nachrichten zu hinterlassen. Aber ich beherrschte mich. Ich wußte ja jetzt, was meine Freundin bedrückte, und obwohl sie offensichtlich aufgewühlt war, so handelte es sich wohl hauptsächlich um ein familiäres Problem. Um sechs hatte ich Leonardo nach Hause geschickt und war in meinen Mercedes gestiegen. Margarita würde schon mit mir sprechen, wenn sie dazu bereit wäre.

Die Sonne schien über das Meer und ließ es silbern glitzern. Ich drehte das Radio auf. Der Blick an der Seven Mile Bridge war ganz besonders grandios, Pelikane stießen auf beiden Seiten der Bucht ins Wasser hinab, die Fischerboote fuhren zum nächtlichen Fischfang hinaus aufs Meer, und Segelboote glitten für die Nacht herein in den Hafen.

Der Verkehr beruhigte sich, je mehr Zeit verging, und ich

spürte, wie die Spannung aus Schultern und Nacken wich. Ich begann mich darauf zu freuen, Sam Lamont wiederzusehen, meinen langjährigen Freund und ehemaligen Geliebten. Wir hatten uns seit mehr als einem Jahr nicht mehr gesehen, und das war definitiv zu lang.

Sam war vor fünf Jahren von Miami nach Key West gezogen. Er war nie nach Dade County zurückgekehrt. Wenn ich ihn sehen wollte, mußte ich zu ihm fahren. Ich liebte Key West, es war somit kein schlechter Handel. Ich liebte und schätzte Sam und wäre auch noch weiter gefahren, wenn nötig.

Sam wohnte in einem Haus, das für meinen Geschmack absolut cool war – ein altes überladenes viktorianisches Haus, das er selbst renoviert hatte. Er hatte den Hang zu einem Hedonisten; meinen liebsten Teil des Hauses, die Dusche im Freien, hatte er selbst entworfen. Es war eine großzügige Kabine aus duftendem Holz, von Orchideen umgeben, und wenn ich duschte, dann stellte ich mir immer vor, ich hätte mich in einen tropischen Wald verirrt. Sam hatte den Duschkopf so eingestellt, daß das Wasser in feinem Sprühregen herunterstäubte.

Einige Jahre zuvor, Sam wohnte damals noch in Miami und verdiente als Spitzenmann im Umgang mit Lügendetektoren ein Schweinegeld, hatten wir eine ziemliche ernsthafte Affäre miteinander gehabt. Aber plötzlich, wie das mit mir und Männern üblicherweise der Fall ist, kam ich zu dem Schluß, daß ich ihn als Freund lieber mochte denn als potentiellen Ehemann. Manchmal dachte ich schon, daß meine Weigerung, irgend etwas Ernsthafteres zwischen uns zuzulassen, seine plötzliche Entscheidung gestützt hat, Miami und sein Büro zu verlassen, auch wenn er selbst behauptete, dies sei nicht der Fall gewesen. Neben seiner hochgewachsenen Statur, seinem nordischen Aussehen, seinem Selbstbewußtsein und seinem ruhigen, intelligenten Humor mochte ich, glaube ich, am liebsten, daß er mich immer wieder in seinem Leben willkommen hieß, ganz egal, wann ich auftrat und für wie lange, und daß er nie irgendwelche Forderungen stellte.

Ich fuhr an Stock Island und Key West Aquarium vorbei. Nur noch ein paar Minuten, dann wäre ich dort. Als ich in die Einfahrt einbog, saß Sam auf der Veranda und wartete auf mich. Er saß zurückgelehnt in einem gepolsterten Korbsessel und nippte an einem Kaffee. Mit einem breiten Lächeln erhob er sich und stopfte das Polohemd in seine Jeans. Ich hatte noch nicht einmal angerufen, um ihm mitzuteilen, daß ich später kommen würde, weil ich wußte, daß es für ihn keine Rolle spielte. Sam hatte sich aus dem harten Berufsleben zurückgezogen, und das zeigte sich in seiner ruhigen, gemächlichen Art. Ein Tag hin oder her, das war für ihn nicht wichtig, und in der Woche, die vor mir lag, würde es mir genauso ergehen.

»Gute Fahrt gehabt?« erkundigte er sich und nahm mir meine Reisetasche ab. Er legte seinen freien Arm um mich und zog mich an sich heran. Gemeinsam gingen wir zum Haus.

»Sehr entspannt«, antwortete ich, während er mir die Eingangstür aufhielt. In der Diele sah ich, welche Verbesserungen er im Haus vorgenommen hatte, seit ich das letzte Mal dagewesen war. Die Wände waren inzwischen eierschalenfarbig getüncht, und die Treppe aus vornehm lackiertem Holz war fertig gebaut.

Sam ging auf die Treppe zu, um meine Tasche nach oben zu bringen, aber ich hielt ihn zurück. »Ich habe einen langen Tag der Warterei hinter mir«, sagte ich und nahm seine Hand.

Über sein gebräuntes Gesicht legte sich ein Lächeln. »Du könntest wahrscheinlich ein Bad vertragen«, meinte er.

»Wie recht du hast.«

»Und man fühlt sich einsam, wenn einem niemand den Rükken wäscht ...«

Eine Stunde später setzten Sam und ich uns in seinen Patio zum Abendessen, das aus frisch gefangenen Goldmakrelen und grünem Salat bestand. Während der Fisch briet, massierte Sam meine Schultern. Paradiesische Zustände, fast zumindest.

»Ich kann kaum fassen, wie gut es sich anfühlt, alles hinter sich zu lassen«, sagte ich. »Miami ist nur ein paar Stunden entfernt, aber ich habe das Gefühl, alles zurückgelassen zu haben. Die Arbeit, die Ermittlungen, die Lügen –«

Ich unterbrach mich selbst, bemerkte, daß ich mich auf gewagtes Terrain begab. Zu Beginn, als Sam ausgestiegen war und sein Traumhaus gekauft hatte, hatte er mir ganz offiziell angeboten, mitzukommen. Er hatte seine ganzen Arbeitsjahre über gewissenhaft gespart und befand sich so gut wie in Rente. Wenn ich wollte, so meinte er damals, könne ich mitkommen. Ich hatte erwidert, daß ich dazu noch nicht bereit sei und auch nicht wisse, ob dies jemals der Fall sein werde. Daraufhin hatte er mir erklärt, dies sei ein bleibendes Angebot.

Vielleicht konnte Sam meine Gedanken lesen, was nicht weiter schwierig war. Aus welchem Grund auch immer massierte er meine Schulterblätter kräftiger und versetzte mich in einen Zustand sowohl des Schmerzes als auch der Ekstase.

In diesem Augenblick ertönte ein Piepsen. Sam stöhnte auf. »Du hast das Ding mitgebracht?« fragte er. »In meinem Haus gibt es eine Grundregel – keine verdammten Funkrufgeräte. Und auch keine Handys.«

Ich drehte mich um und sah sein Lächeln. Aber er meinte es durchaus ernst. Mir lag eine scharfe Bemerkung auf den Lippen. Aber dann sah ich die Nummer auf der Anzeige, sah, daß es die Nummer von zu Hause in Cocoplum war, gefolgt von den Ziffern des Notrufs, 911. Das war unser Notfallkode und bedeutete, daß ich sofort zurückrufen mußte.

»Hey, was ist los?« erkundigte sich Sam und legte seine Hand sanft auf meine Schulter. Ich hob das Display, um ihn die Nummer sehen zu lassen. Er führte mich zum Telefon, das in der Küche an der Wand befestigt war.

Als ich auf die Tasten blickte, erstarrte ich, wußte instinktiv, daß irgend etwas mit Margarita passiert war. Meine Hände zitterten, als ich die bekannte Abfolge von Ziffern drückte. Ich war so nervös, daß ich den Wahlvorgang dreimal wiederholen mußte, bevor ich die richtige Nummer erwischt hatte. Meine Angst wurde mit jedem Versuch größer.

Papa selbst hob beim ersten Läuten ab. Er ging fast nie ans Telefon, es sei denn, irgend etwas war nicht in Ordnung. Der Geruch von gebratenem Fisch im Patio, der in der Luft hing, drehte mir fast den Magen um.

Ich schluckte. »Papa? Ich bin's, Lupe. Was ist passiert?«

»Lupe, *querida*, ich habe sehr traurige Nachrichten.«

Der alte Mann versuchte, seine Stimme unter Kontrolle zu halten, aber er konnte mir nichts vormachen. »Papa, was ist denn los, sag's mir doch.«

»Mein Kind, es geht um deine Freundin Margarita.« Er räusperte sich. »Rodrigo hat angerufen. Es hat einen Unfall gegeben.«

Ich rutschte an der Wand entlang zu Boden. Ich wußte, was kommen würde. »Was für ein Unfall, Papa?«

»Ein Autounfall.« Papa sprach sehr langsam mit mir, betonte jedes Wort sorgsam bedacht. »Sie fuhr am Spätnachmittag von Palm Beach zurück, und ihr Wagen ... Nun, sie kam mit hoher Geschwindigkeit von der Ausfahrt nach Coconut Grove ab. Ihr Wagen überschlug sich.«

Margarita raste die Ausfahrt hinaus, die nach Grove führte, weil sie direkt in mein Büro kommen wollte. Es gab keinen anderen Grund, warum sie dorthin fahren sollte. Ich konnte Papa kaum zuhören, wie er zu Ende berichtete. Mußte ich auch nicht.

»Rodrigo hat uns vor ein paar Minuten angerufen.« Papas Stimme klang tief, hart und formal. Ich wußte, daß es auch ihm das Herz brach. »Niemand wußte, wo du bist. Deshalb habe ich bei Leonardo zu Hause angerufen und dich über Funk rufen lassen. Es tut mir so leid, Guadalupe, aber sie lebt nicht mehr. Ich weiß, wie nahe ihr beide euch standet. Deine Mutter sagte immer, ihr könntet auch Schwestern sein, sogar damals schon, als ihr noch kleine Mädchen wart.«

Papa versuchte, mich zu trösten, so gut er konnte. Selten hatte ich erlebt, daß er seine Gefühle so offen zeigte, aber das machte meinen Kummer nur noch schlimmer. »Hat Rodrigo irgend etwas wegen der Beerdigung gesagt?« Ich mußte mich auf das Formale stürzen; die richtige Traurigkeit würde mich später einholen. So war das eben bei mir.

»Nein, er hat uns nur angerufen, um Bescheid zu sagen.« Ich hörte ein seltsames Geräusch und wußte, daß Papa sich die Nase schneuzte. »Wo bist du, Lupe? Ich will nicht neugierig sein, ich denke nur, daß du jetzt nicht allein sein solltest.«

Obwohl ich nicht oft darüber nachdachte, trauerte ich immer noch um meine Mutter, sogar noch sieben Jahre nach ihrem Tod. Ich wußte, daß es Papa genauso ging. »Schon gut, Papa, ich bin nicht allein«, sagte ich. »Ich werde Tia Alina anrufen, um herauszufinden, wie alles weitere geplant ist. Ich komme schon zurecht, Papa, wirklich. Es ist spät, du solltest ins Bett gehen. Wer ist bei dir?«

»Deine beiden Schwestern sind hier«, antwortete er. »Und die Zwillinge auch. Mach dir um mich keine Sorgen. Komm morgen zurück, und fahr vorsichtig. Versprichst du mir das?«

»Natürlich verspreche ich das, Papa. Auf Wiederhören.« Bedächtig hängte ich den Hörer in die Gabel.

Ich drehte mich um, Sam stand in der Tür. Er hatte das ganze Gespräch mitgehört. »Margarita«, sagte ich. »Es war wegen Margarita.«

Ohne ein Wort zu sagen, hob er mich hoch und trug mich in sein Bett und hielt mich lange Zeit fest. Er hatte Margarita nie kennengelernt, aber er wußte, wer sie war und was sie mir bedeutete. Wir lagen stundenlang auf dem Bett, sprachen sanft miteinander. Sam hielt mich im Arm, bis wir schließlich einschliefen. Im Morgengrauen brach ich nach Miami auf.

# 9

Ich lag in meiner Wohnung auf meinem Bett, hatte noch immer das schwarze Kleid an, das ich zur Beerdigung getragen hatte, und schluchzte, bis mir die Rippen weh taten. Daß meine Freundin für immer von mir gegangen war, war mir nur allmählich bewußt geworden und erst jetzt Realität. Für mindestens eine Stunde rührte ich mich nicht von der Stelle, sah nur auf das Foto von Margarita und mir, das meine Mutter am Strand aufgenommen hatte, im Sommer, als wir fünfzehn waren. Dieser Schnappschuß stand seit dem Tag, an dem er entwickelt worden war, in einem Silberrahmen auf meiner Kommode und hatte mich auch in meine neue Wohnung begleitet.

Ich kroch tief unter meine Decken, schloß die Augen und stellte mir die Szenerie in Caballero vor, dem Bestattungsinstitut, in dem die Familie Totenwache gehalten hatte. Der Sarg war ihrer Verletzungen wegen geschlossen geblieben, und so war mir die Möglichkeit genommen worden, mich richtig von ihr zu verabschieden. Ich lächelte bei dem Gedanken, daß es Margarita gefallen hätte zu sehen, wie viele Menschen gekommen waren, um zu kondolieren – sie hatte immer die Massen angezogen.

Tia Alina, Margaritas Mutter, hatte darauf bestanden, daß ich mit der Familie zusammen im voranfahrenden Bestattungswagen zum Friedhof fuhr, und hatte den ganzen Weg über meine Hand gehalten. Sie wich nicht von meiner Seite, bis die Zeremonie am Grab zu Ende war, und selbst dann noch schien sie sich nur schwer von mir verabschieden zu können. Ich muß zugeben, ich hing auch an ihr.

Lange, spätnachmittägliche Schatten sammelten sich auf den Wänden in meinem Schlafzimmer. Aber ich konnte mich nicht überwinden, aufzustehen. Ich döste die ganze Nacht vor mich hin. Erst gegen Morgen holte ich mir ein paar Stunden tiefen Schlaf. Dann stand ich auf, hängte mein Kleid auf den Bügel, wusch mir das Gesicht, putzte mir die Zähne und schlief wieder ein paar Stunden. Es schien, als hätte ich alle schlaflosen Nächte der vergangenen zehn Jahre auf einmal nachzuholen.

Als ich nachmittags aufwachte, hatte ich zwanzig Nachrichten auf meinem Anrufbeantworter. Ich hörte sie mir nicht an, stellte aber das Klingeln laut. Ich wollte in aller Abgeschiedenheit trauern, aber ich konnte mich nicht für alle Zeiten verstecken.

Fünf Minuten später, als ich mir eine Tasse kubanischen Kaffee eingoß, klingelte das Telefon wieder. Ich spähte auf das Display meines Telefons und sah Tia Alinas Nummer.

»Hey, Lupe«, sagte sie. »Gott sei Dank bist du drangegangen. Wie geht's dir?«

»Es geht«, sagte ich. Während der Beerdigung am Vortag hatte ich angefangen mir auszumalen, sie wäre meine zweite Mutter. »Und dir?«

»Sag mir eines, meine Liebe, ganz ehrlich, bitte.« Ihr Tonfall schockierte mich. Sie klang gleichzeitig schrill und verletzt. »Warum hat Margarita uns nicht erzählt, daß sie schwanger war?«

»Schwanger?« Ich ließ fast den Hörer fallen.

»Ich bin sicher, sie hat's dir gesagt. Dir hat sie alles gesagt.« Trotz ihres Kummers kippte Tia Alinas Tonfall ins Vorwurfsvolle.

»Wie ... wie habt ihr das herausbekommen?«

»Alles ist so seltsam, Lupe«, sagte sie, jetzt wieder freundlicher. »Die Polizei läßt bei solch schweren Unfällen einen Bluttest durchführen, um herauszufinden, ob der Fahrer oder die Fahrerin getrunken hat. Sie sagten mir, das sei Routinesache, das würde in solchen Fällen wie Margaritas immer gemacht.«

Tia Alina begann zu schluchzen. Ich konnte sie fast vor mir

sehen, von Kopf bis Fuß in Schwarz, wie sie im Wohnzimmer ihres Hauses saß und wahrscheinlich eines der dicken Fotoalben der Familie durchblätterte. »Ist ja gut«, sagte ich und wartete, bis sie sich wieder gefaßt hatte. »Sag mir, was passiert ist.«

»Man sagte mir, daß dem Sanitäter, der das Blut abgenommen hat, ein Fehler passiert ist«, sagte sie. »Oder vielleicht war es auch das Labor. Ich habe das nicht ganz verstanden. Aber sie haben bei Margarita noch einen Schwangerschaftstest gemacht, genauso wie einen Alkohol- und Drogentest. Vielleicht war das ein Versehen, vielleicht hatte der Sanitäter auch einen Verdacht – ich weiß es nicht. Und sie war fast im dritten Monat schwanger. O Lupe, sie hätte ein Baby bekommen! Ich habe nicht nur meine Tochter verloren, ich habe auch mein Enkelkind verloren.«

Tia Alina brach in heftiges Schluchzen aus. Sie sprach noch immer, aber die Wörter waren unverständlich.

Meine Gedanken rasten. Margarita hatte, als ich das letzte Mal mit ihr gesprochen hatte, gesagt, daß sie nach Palm Beach gefahren sei, um nachzudenken – und daß ihre Beziehung mit Rodrigo so angespannt gewesen sei, daß sie seit sechs Monaten keinen Sex mehr gehabt hätten. Sechs Monate. Sie hatte sich so detailliert geäußert.

»Und was ist mit Rodrigo, Tia Alina?« fragte ich. »Was hat er dazu gesagt?«

»Er war sehr merkwürdig, als der Polizeibeamte kam und uns Bescheid gab«, antwortete sie. »Wir waren alle zusammen hier zu Hause, als die Nachricht kam. Der Beamte wollte uns eigentlich mitteilen, daß der Bluttest bestätigt habe, daß Margarita vor dem Unfall weder getrunken noch irgendwelche Drogen zu sich genommen hatte. Dann sagte er noch, daß er überrascht war, daß niemand aus der Familie erwähnt hatte, daß sie zum Zeitpunkt ihres Todes schwanger gewesen sei.«

»Sie hatten den Schwangerschaftstest also nicht absichtlich durchgeführt?« hakte ich nach.

»Nein, nein. Der Beamte entschuldigte sich dafür, daß der falsche Test gemacht worden sei. Er verhielt sich so, als wüßten wir bereits, daß sie schwanger war.« Tia Alina seufzte, und ich hörte die Müdigkeit in ihrem Atem. »Rodrigo sagte, daß er mit mir darüber nicht sprechen wolle. Er stand auf und ging aus dem Zimmer. Ich wunderte mich, warum Rodrigo nicht reden wollte, aber er ließ keinerlei Fragen zu.«

In diesem Augenblick putzte sich Tia Alina geräuschvoll die Nase. Ich hatte das Gefühl, als explodiere mein Ohr, und nahm den Hörer vom Ohr, bis sie fertig war. Ich wußte nicht, was ich sagen sollte. Mein letztes Gespräch mit Margarita, bevor ich nach Key West aufgebrochen war, ging mir durch den Kopf wie ein Endlosband.

Margarita hatte mir zweierlei präzise Informationen zurückgelassen. Sie hatte seit sechs Monaten nicht mit ihrem Ehemann geschlafen. Und der Name Arango hatte ihr etwas gesagt. Für mich gab es keine Zufälle – in meiner Branche traten derlei Zusammenhänge, weiß Gott, häufig genug auf, und in der Regel hatten sie auch irgend etwas zu bedeuten.

Aber dennoch schienen diese beiden Tatsachen zu beliebig zu sein, um miteinander zu tun zu haben. Ich dachte noch für einen Moment darüber nach, was Tia Alina mir gerade erzählt hatte, und machte mir dann fürs erste keine weiteren Gedanken mehr.

# 10

Nach der Beerdigung zog ich für einige Tage in das Haus in Cocoplum, weil ich mich nach Wärme sehnte und Menschen in meiner Nähe brauchte. Ich sagte meiner Familie, daß ich allein sein wollte, und sie respektierten meinen Wunsch und ließen mich im wesentlichen in Ruhe. Einmal kam Papa und saß eine Weile bei mir, und Lourdes stellte eines Nachmittags einen Teller mit Aidas Zimtkeksen vor meine Tür, aber im großen und ganzen ließen sie mich mit meinen Gedanken allein in meinem Teil des Hauses herumwandern.

Als ich dazu wieder in der Lage war, kam ich morgens aus meinem Zimmer und aß mein Frühstück allein auf der Pier. Ich sah gerade den Pelikanen zu, die in der kühlen Morgenluft vom Himmel herabstießen, als Aida aus dem Haus trat, um mir zu sagen, daß Rodrigo am Telefon sei und mit mir sprechen wolle.

Meine erste Reaktion war, ihn abzuwimmeln, auch wenn mir nur eine noch so schwache Ausrede einfiel. Ich hatte den Mann nie gemocht – wie Margarita gewußt und richtig gesagt hatte. Auch er hatte sich nie etwas aus mir gemacht, und er wußte, daß ich Margaritas Entscheidung, ihn zu heiraten, mißbilligt hatte. Während ich zuvor irgendwie mit ihm hatte auskommen müssen, sah ich keinen Grund mehr, mich mit ihm zu arrangieren, jetzt, wo meine Freundin nicht mehr da war.

Aber Tia Alinas Nachricht, daß Margarita schwanger gewesen war, hatte mich zu sehr beschäftigt. Hier gab es ein Rätsel, das darauf wartete, von mir gelöst zu werden. Also nahm ich Aida das tragbare Telefon aus der Hand und dankte ihr.

»Hallo, Lupe«, sagte er. Nach seinem Tonfall zu schließen,

machte er den Versuch, freundlich zu klingen, das wußte ich.
»Wie geht's dir?«
»Ich versuche, einen Tag nach dem anderen zu bewältigen, Rodrigo. Und dir?« Ich beobachtete einen Pelikan, der von einem Holzpflock des Anlegestegs aus davonflog. Er erhob sich in die Luft, zielte und stieß dann majestätisch in das blaue Wasser hinunter, um einen zappelnden Fisch in seinen Schnabel zu schöpfen. Vor Raubtieren hatte ich immer schon Achtung gehabt.
»Wie dir. Einen Tag nach dem anderen«, antwortete Rodrigo und klang dabei ein wenig zu ungezwungen. »Hör zu, wir sollten uns diese Woche einmal treffen, an irgendeinem Tag. Natürlich nur, wenn du möchtest.«
Es war schwierig, Rodrigo zu verstehen, denn Papa hatte mitten im Satz den Motor seiner *Hatteras* angeworfen. Ihm war zu Ohren gekommen, daß es in der westkubanischen Provinz Oriente einen Aufstand der Zuckerrohrschneider gegeben hatte, und er wollte startbereit sein, falls es zu einer Revolution kommen würde. Er hatte seit Morgengrauen in voller Lautstärke kubanische Radiosender gehört und alle anderen im Haus verrückt gemacht. Ich haßte es, an den Benzinverbrauch zu denken, wenn er den Motor leer laufen ließ.
Margarita war kaum unter der Erde, und Rodrigo rief mich bereits an – es kam mir fast so vor, als wollte er mit mir flirten. Ich wußte nicht genau, ob ich neugierig war oder mich angewidert fühlen sollte. Aber die Neugierde siegte – ich schuldete es meiner Freundin, herauszufinden, was er von mir wollte –, und so stimmte ich zu, mich am nächsten Tag mit ihm im Versailles zum Mittagessen zu treffen.
Als ich das Gespräch beendet hatte, schalt ich mich selbst, so argwöhnisch zu sein. Ich wollte Rodrigo gegenüber den Rechtsgrundsatz »im Zweifel für den Angeklagten« gelten lassen. Vielleicht hatte er sich tatsächlich um mein Wohlergehen gesorgt, ohne irgendwelche Hintergedanken zu haben. Aber nach so vielen Jahren des Mißtrauens ihm gegenüber fiel dieser Gedanke schwer.

Etwa eine Viertelstunde später tauchte Lourdes auf, denn sie wollte noch ein wenig Zeit zu Hause genießen, bevor sie am Abend ihre Exerzitien durchführen mußte. Sie kam mit einer dampfenden Tasse Kaffee zu mir auf die Pier. Als ich ihr von meiner Absicht erzählte, mich mit Rodrigo zu treffen, war ihre Reaktion schon vorhersehbar. Sie steckte sich zwei Finger in den Hals und tat so, als müßte sie sich übergeben. Das brachte mich schnell in die Realität zurück. Meine vage nachsichtigen Gefühle Rodrigo gegenüber waren augenblicklich verschwunden.

»Du willst dich mit diesem Schwein treffen?« erkundigte sich Lourdes. »Dafür wird Margarita dich mit Sicherheit für immer und ewig heimsuchen. Lupe, warum, um alles in der Welt, solltest du darauf eingehen, mit diesem Mann an einem Tisch zu sitzen?«

»Ich bin neugierig«, antwortete ich. »Ich erzähl' dir dann davon.«

Lourdes setzte sich schwer in einen Stuhl und schüttelte den Kopf. Sie haßte Rodrigo wahrscheinlich mehr als ich, wenn ich so darüber nachdachte. Sie war aufmerksamer als ich – das war Teil ihres Jobs, wie auch meines. Ich wußte zudem, daß ich als Margaritas engste Freundin möglicherweise zuließ, daß meine Gefühle schwankten. Lourdes hingegen war in der Lage, objektiv zu bleiben.

Ich wußte, daß Lourdes immer empfindlich reagiert hatte, wenn Rodrigo Margarita in unserer Anwesenheit beleidigt hatte. Margarita hätte sich irgendeinen körperlichen Mißbrauch nie gefallen lassen, aber sie tat den Umstand, daß Rodrigo sie emotional oft schrecklich behandelt hatte, eher ab. Lourdes hatte mich mehrfach darauf angesprochen, wollte mich dazu bewegen, mit Margarita darüber zu sprechen. Ich hatte es nie getan. Ich hatte das Gefühl, wenn meine Freundin einen Versager geheiratet hatte, nun, dann war das ihre Entscheidung. Niemand hatte sie zu dieser Ehe gezwungen, sie mußte also an Rodrigo Vidal etwas gesehen haben, das allen anderen entgangen war.

Über die oft so miserable Behandlung seiner Frau hinaus war Rodrigo ein Schuft und ein Faulpelz. Er leitete die beiden Schuhgeschäfte der Familie in South Miami, und das war offensichtlich alles, was er im Leben erreichen wollte. Nicht nur, daß es ihm an Ehrgeiz fehlte, er verspottete zudem auch Margarita oft für ihre Ambitionen – und für ihren beruflichen Erfolg. Je erfolgreicher sie war, desto größer die Spannungen in ihrer Ehe. Das ist eine alte Geschichte.

Margarita hatte immer ein fröhliches Gesicht aufgesetzt, wenn es um ihre Ehe ging, aber ich konnte nie vergessen, was am Tag ihrer Hochzeit vor fünf Jahren geschehen war. Sie hatte mich gebeten, ihre Trauzeugin zu sein. Ich konnte Rodrigo vom ersten Moment an nicht leiden und dachte, sie mache einen Fehler – ich dachte sogar, sie würde noch zur Vernunft kommen und ihn vor der Zeremonie in dem palastartigen Haus ihrer Familie in Gables Estates abstoßen. Aber ich erklärte mich bereit, ihre Entscheidung zu unterstützen, zumindest in der Tat, wenn schon nicht im Geiste.

Eine halbe Stunde vor der Eheschließung rief Margarita mich in ihr Schlafzimmer und sagte, sie müsse mit mir sprechen. Ich war begeistert – endlich ist sie zur Vernunft gekommen, dachte ich, und möchte, daß ich hinuntergehe und alles abblase. Es war mir gleichgültig, daß Hunderte von Gästen bereits zur Hochzeit gekommen waren. Tia Alina hatte – obwohl sie sich aus ihrem zukünftigen Schwiegersohn nichts machte – den Garten in eine überwältigende kleine Kapelle im Freien verwandelt, atemberaubende weiße Blumen überall und Seidenbänder, die kaskadenartig von den Bäumen herunterhingen. Ich würde Tia Alina helfen, alles wegzuräumen, dachte ich.

Ich ging in Margaritas Zimmer und schloß die Tür hinter mir. Sie saß auf ihrem Bett, hatte bereits ihr Brautkleid an, war in viele Meter cremefarbenen Tüll und Spitze gehüllt. In ihrer Hand hielt sie eine halb leere Flasche Dom Pérignon, und aus der dunklen Tönung ihrer Wangen war unschwer zu schließen, was hier vor sich ging.

»Lupe, ich kann's nicht tun«, sagte sie und wich meinem Blick aus. »Ich kann's einfach nicht.«
Genau das, worauf ich gewartet hatte. »Gut«, sagte ich. »Prima! Ich geh' runter und sag' Tia Alina Bescheid.«
Ich wollte schon aus dem Zimmer gehen, hatte die Hand schon am Türknauf, da rief Margarita mich zurück.
»Bleib hier«, sagte ich schnell. »Ich bin in einer Minute wieder da.«
Margarita erhob sich von ihrem Bett und schlug die Tür zu, um uns wieder einzuschließen, sie klemmte mir fast die Finger ein. »Warte, es ist schon gut«, sagte sie.
Die Tür ging wieder auf – es war ihre Tante. Margarita schickte sie mit einer Handbewegung weg, versuchte zu lächeln und zog mich ins Badezimmer, verriegelte die Tür hinter uns. »Setz dich«, forderte sie mich auf, drückte mich auf den kalten Marmorboden hinunter und ließ sich selbst neben mir nieder.
Der Boden zwischen uns war vollkommen vom Stoff unserer Kleider bedeckt. Ich trug einen Traum aus altrosafarbenem Taft – nicht meine Idee, natürlich, sondern Teil von Tia Alinas Hochzeitsspinnerei. Margarita stellte die Champagnerflasche auf den Toilettendeckel, nachdem sie sich einen kräftigen Schluck genehmigt hatte. »Lupe«, sagte sie wieder. »Ich bring' es einfach nicht fertig.«
»Ich weiß. Ich bin gleich wieder da.« Ich wollte aufstehen, inzwischen ein bißchen ungeduldig. »Rühr dich nicht von der Stelle«, befahl ich ihr.
»Und was ist mit den Gästen?« fragte sie wehklagend.
»Dein Dad wird das regeln«, antwortete ich. »Sie sind gekommen, um eine Party zu feiern. Es ist ihnen egal, ob eine Hochzeit stattfindet oder nicht.«
»Und das ganze Essen? Mama hat Essen bestellt, daß man eine ganze Armee durchfüttern könnte!« Sie nahm noch einen riesigen Schluck aus der Flasche. Es erinnerte mich an die gute alte Zeit, als wir uns am Strand betrunken hatten.
»Mach dir keine Gedanken«, erwiderte ich. »Sie werden das

Zeug trotzdem essen, und was sie übriglassen, können sie abgepackt mit nach Hause nehmen. Das soll die geringste deiner Sorgen sein. Laß mich jetzt runtergehen.«

Margarita winkte mir angeheitert nach. Ich fand Tia Alina im Garten, wie sie die letzten Gäste begrüßte. Bevor ich sie flehentlich zur Seite bitten konnte, ertönten schon die ersten leisen Takte von »Here Comes the Bride«.

Ich stöhnte, als ich hinaufblickte und Margarita oben an der Treppe auftauchen sah, am Arm ihres Vaters eingehängt. Ich sah, wie sie beim zweiten Schritt fast stolperte, wie ihr Vater sie gerade noch auffing, bevor sie die lange, steile Treppe hinunterstürzte. Ich eilte hinüber, um meinen Platz in der Hochzeitszeremonie einzunehmen, das Herz brach mir. Ich war so kurz vor dem Ziel gewesen.

Hin und wieder fragte ich mich, ob Margarita bedauert hatte, damals das Badezimmer verlassen zu haben. Was auch immer ihr Empfinden war, sie kam nie darauf zu sprechen, und es war, als hätte sich dieser Vorfall nie ereignet. Ich hatte mein Trauzeugenkleid noch immer im Schrank in der Brickell Avenue hängen, vorne noch immer voller Sektflecken. Ich hatte es nie zur Reinigung gebracht – es war irgendwie so, als würde ich es nie wieder brauchen.

Ich kam pünktlich um zwölf ins Versailles, um mich mit Rodrigo zu treffen. So früh am Tag aß ich nie besonders viel, aber ich wußte, daß der Service besser war, wenn man vor ein Uhr speiste – was in Miami eher üblich war. Ich wollte die Sache rasch hinter mich bringen, wollte nicht eine Minute länger mit Rodrigo zubringen, als unbedingt nötig war.

Auf dem Parkplatz sah ich mich nach Rodrigos Lexus um – ein Geschenk von Margarita zum fünften Hochzeitstag – und entdeckte ihn schließlich auf einem Behindertenparkplatz. Ich suchte nach Rodrigo und sah, wie er drinnen mit dem Oberkellner sprach. Aus reiner Boshaftigkeit fuhr ich noch einmal um den Block und wählte die Nummer der Polizei von Miami an, um mitzuteilen, daß auf dem Behindertenparkplatz vor dem Restaurant Versailles illegalerweise ein

Lexus parkte. Dann fuhr ich zurück, parkte meinerseits und ging hinein.
Rodrigo saß weit entfernt vom Eingang an einem Tisch, der ihm einen guten Überblick über das Restaurant bot. Von dort aus konnte er zugleich den Parkplatz einsehen. Also bat ich ihn als erstes, den Sitzplatz mit mir zu tauschen. Ich behauptete, ein Lüftungsloch der Klimaanlage sei genau auf mich gerichtet. Er hätte einwenden können, daß es in der Nähe des Tisches gar keine Lüftungslöcher gab, statt dessen aber stimmte er großzügig zu.
»Du siehst gut aus, Lupe«, sagte er und zeigte mir ein Lächeln, das Lourdes als »sein scheißfreundliches Grinsen« bezeichnet hätte.
»Danke. Du auch«, log ich.
Ich sah mich im Raum um, während wir auf die Kellnerin warteten, die unsere Bestellungen aufnehmen sollte. Als ich mich wieder zu Rodrigo umdrehte, der in die Speisekarte vertieft war, sah ich über meine Schulter, daß ein Polizist die Nummer des Lexus aufschrieb.
Abgesehen von meinem heutigen Gegenüber, hatte es mir im Versailles immer gefallen. Das Restaurant war eine Institution in Miami. Als meine Schwestern und ich noch kleine Mädchen waren, nahmen uns Mama und Papa am Sonntagabend nach der Sieben-Uhr-Messe zum Abendessen dorthin. Das Essen schmeckte gut, war billig und reichlich, und in dem Umstand, daß die Kellnerinnen dieselben dunkelgrünen, extrem engen Hosenanzüge aus Polyester trugen, in denen sie sich seit fünfunddreißig Jahren zeigten, in diesem Umstand lag eine beruhigende Kontinuität. Die Bereitschaft, azurblauen Lidschatten mit dickem Eyeliner zu tragen, ganz zu schweigen von der durch Marie Antoinette inspirierten, mit Schellack behandelten Frisur, schien für eine Einstellung hier obligatorisch zu sein. Und irgendwoher wußten die Kellnerinnen immer, welche Kunden die Speisekarte auf Spanisch brauchten und welche sie in Englisch verlangen würden.
Das Restaurant war vor einigen Jahren renoviert worden,

aber ich fand, daß sie den altmodischen Charme des Lokals eher noch verstärkt als erneuert hatten. Ich liebte die Wände im großen Speisesaal, die mit geätzten Spiegeln verkleidet waren, und die Kristalleuchter und die Plastiktische und -stühle. Das alte Versailles war ein Restaurant aus einer verschrobenen Zeit – ein Speiselokal, das vergessen worden war. Das heutige Versailles war lediglich die modernere, neuere Version davon.

Rodrigo bestellte eine Platte mit fritierten Paradiesfeigen als Vorspeise und *arroz con pollo* – Hühnchen und gelber Reis, das Nationalgericht der Kubaner – als Hauptgang. Gewöhnlich bestellte ich ebenfalls *arroz con pollo*, aber ich wollte nicht das gleiche Gericht bestellen wie er. Statt dessen wählte ich also *ropa vieja* – »alte Kleider«, das zweite Nationalgericht der Kubaner.

Wir warteten schweigend, fummelten an allem herum, was nicht niet- und nagelfest war – unserem Eistee, dem Brot, den Paradiesfeigen mit der köstlichen Knoblauchsauce. Ich versuchte, nicht zu reagieren, als ich den Abschleppwagen draußen vor dem Fenster sah. Der Fahrer stieg aus und hängte zügig Rodrigos Lexus an. Binnen weniger Minuten war der Wagen verschwunden. Wenn schon sonst nichts, so würde dieses Essen Rodrigo eine ganze Stange Geld kosten, sobald er sein Auto zurückbekommen wollte.

»Lupe, ich hoffe, ich kann offen mit dir sprechen«, sagte Rodrigo schließlich und unterbrach meine wunderbare Träumerei.

Ich nickte zustimmend. Ich wollte es ihm nicht allzu leicht machen. Er hatte mich zu diesem Treffen gebeten. Was mich betraf, so sollte er sich nun um das Gespräch kümmern.

»Ich weiß, daß dies eine heikle Frage ist«, fuhr er fort und sah mich fest an. »Aber hat Margarita zu dir irgend etwas davon gesagt, daß sie ein Baby bekommen würde?«

Ich nickte wieder und tauchte einen weiteren Feigenschnitz in den Dip. Rein sachlich gesehen, hatte ich nicht gelogen. Immerhin hatte Margarita erwähnt, daß Rodrigo ein Kind haben wollte. Sie hatte mir zudem erzählt, daß sie seit sechs Monaten nicht mehr miteinander geschlafen hatten, aber es gab keinen Grund für mich, zuzugeben, daß ich das wußte.

»Oh«, sagte er munter und wirkte befreiter. »Du hast also gewußt, daß sie schwanger war?«

Ich nickte, nur andeutungsweise, und wich seinem Blick aus. Das war gefährliches Terrain. Die Kellnerin kam und brachte unsere Hauptspeisen, und somit wurde es mir erspart, etwas Konkretes zu sagen. Rodrigo wurde offenbar von den berauschenden Düften, die sein Hühnchen verströmte, abgelenkt, oder vielleicht wollte er mich auch nicht drängen zu antworten, denn er kam gleich zur Sache.

»Ich habe mit einem Anwalt gesprochen«, sagte er. »Und der hat mir erklärt, daß ich den Staat verklagen kann. In der Ausfahrt, in der Margarita verunglückt ist, gibt es ein Problem – sie ist zu steil, und bei Regen wird die Straße dort sehr rutschig. In den vergangenen sieben Jahren haben sich dort fünf schwere Unfälle ereignet. Meine Chancen stehen also sehr gut«, meinte er.

Ich sah ihn einen Moment lang an, um herauszufinden, ob er es ernst meinte. Natürlich tat er das. Ich mußte mich schwer beherrschen, um ihm nicht eine Ladung *ropa vieja* ins Gesicht zu spucken. »Du denkst an eine Klage?« hakte ich nach.

»Natürlich«, antwortete Rodrigo. Er lehnte sich mit einem triumphierenden Grinsen zurück. »Margarita hat sich im Straßenverkehr nie etwas zuschulden kommen lassen, und sie hatte weder getrunken noch Drogen genommen. Und sie war zum Zeitpunkt ihres Todes schwanger. Ich würde sagen, der Staat schuldet mir etwas.«

Ich hatte das Gefühl, als sei ich in etwas klebrig Warmes getreten. Ich konnte ihn kaum ansehen. Aber bleiben mußte ich. Ich mußte genau herausfinden, was dieser geldgierige, herzlose Versager vorhatte.

»Wer ist der Anwalt, von dem du gesprochen hast?« erkundigte ich mich. Es interessierte mich eigentlich nicht, aber ich wollte, daß er weitersprach.

Er ging gern darauf ein. »Fernando Godoy«, antwortete er. »Er hat seine Kanzlei gleich neben meinem Schuhgeschäft in der Red Road. Nach Margaritas Tod kam er zu mir herüber, um mit mir zu sprechen. Ich muß ihn noch nicht einmal bezahlen, nur einen Anteil von dreißig Prozent dessen, was der Staat mir bezahlen wird.«

»Und wieviel wird das sein?« fragte ich und fürchtete die Antwort.

»Mehrere Millionen.« Rodrigos Augen leuchteten vor kaum verhohlener Freude. »Es wären schon Millionen gewesen, wenn lediglich Margarita gestorben wäre. Nachdem sie nun aber schwanger war, können wir wesentlich mehr herausholen, meint Fernando. Ein Baby hilft in einem derartigen Fall enorm weiter, vor allem, wenn der Fall vor eine Jury kommt.«

Er sah mir direkt in die Augen und sagte: »Hat Margarita jemals mit dir über das Baby gesprochen?« Ich spürte, daß er mich genau beobachtete.

Ich spielte mit meinem Essen, und als ich aufsah, hatte ich Tränen in den Augen stehen. »Ich meine, ob es ein Junge oder ein Mädchen war, oder so etwas«, fügte er hastig hinzu. Ich konnte sehen, daß er fürchtete, ich könnte anfangen zu weinen.

Mein Schweigen stellte Rodrigo offensichtlich zufrieden; er schaufelte sich mehr von dem *arroz con pollo* in den Mund und sah weg. Ich wußte jetzt, warum er mich um ein Treffen gebeten hatte. Er wollte herausfinden, ob Margarita mir irgend etwas von ihren Eheproblemen erzählt hatte. Ich fragte mich, ob er Godoy, einem Anwalt, der versuchte, Unfallopfer als Klienten zu gewinnen, mitgeteilt hatte, daß er seit sechs Monaten nicht mit seiner Frau geschlafen hatte und daß sie im dritten Monat schwanger war, als sie starb. Dieser nebensächliche Umstand wäre mit Sicherheit ein Schwachpunkt bei ihren Plänen um das große Geld.

Der Appetit war mir vergangen, mein Essen hätte auch aus einem Teller Kies bestehen können. Ich weiß nicht, warum

ich mich so überrumpelt fühlte. Rodrigo hatte Margarita ausgenutzt, solange sie am Leben war, und jetzt profitierte er eben auch von ihrem Tod.
Er wirkte überaus zufrieden, hatte seinen Teller bereits fast leer gegessen. »Entschuldige mich für einen Augenblick«, sagte ich und griff nach meiner Handtasche.
Rodrigo nickte abwesend und nahm einen großen Schluck Eistee. Er hatte sich offensichtlich mit mir treffen wollen, weil er Angst hatte, ich könnte seine Klage gefährden. Meine ausweichenden Antworten hatten ihn zufriedengestellt, und ich hatte ihn mit keinerlei neuen Informationen konfrontiert. Nun, da er sich in Sicherheit wähnte, hatte er kein Interesse mehr an mir.
Ich ging direkt hinaus zum Parkplatz. Es spielte, verdammt noch mal, keine Rolle, ob sie herausfanden, daß Rodrigo auf einem Behindertenparkplatz geparkt hatte, dachte ich. Wenn er mit seinem Plan durchkam, dann würde er es sich leisten können, zu parken, wo immer es ihm gefiel.
Allerdings nicht, wenn ich mit der Sache etwas zu tun hatte.

Zum ersten Mal nach Margaritas Tod ging ich wieder ins Büro. Leonardo erschrak so, daß ihm der Telefonhörer aus der Hand fiel, als ich durch die Tür kam. Er erhob sich von seinem Schreibtisch, nahm mich fest in den Arm, küßte mich und sagte mir, wie gut es sei, mich wieder da zu haben. Zum Glück sah er davon ab, mir all die Nachrichten und die Post zuzuschieben. Und nachdem er sich versichert hatte, daß auch ich mich freute, ihn wiederzusehen, ließ er mich allein in mein Büro gehen und die Tür hinter mir schließen.
Es kam mir wie ein ganzes Jahr und nicht wie eine Woche vor, seit ich das letzte Mal zur Arbeit gegangen war. Ich saß regungslos an meinem Schreibtisch und schaute zum Fenster hinaus, ich freute mich zu sehen, daß die Papageien in den höheren Zweigen des Avocadobaumes im Garten ein Nest gebaut hatten. Das Leben ging weiter.
Anerkennend stellte ich fest, daß Leonardo, gemäß meiner

stets gültigen Anweisung, nichts auf meinem Schreibtisch angerührt hatte. Ich warf einen Blick auf den Stenoblock, auf dem ich herumgekritzelt hatte, während ich auf Margaritas Rückkehr aus Palm Beach gewartet hatte.
Gleich neben Margaritas Namen hatte ich Arangos geschrieben. Dies überraschte mich einen Moment lang, bis mir wieder einfiel, daß dies ihre letzten Worte am Telefon waren. Sie wollte darüber sprechen, nachdem sie erfahren hatte, daß ich für Arango gearbeitet hatte, und es klang so, als sei es für sie wichtig. Und sie reagierte eigentümlicherweise auf den Namen Alonso Arango, erinnerte ich mich, als ich die Details des Gesprächs rekapitulierte. Ich konnte mir keine Verbindung vorstellen; sie hatte den Namen Arango mir gegenüber vorher nie erwähnt, das wußte ich mit Sicherheit.
Ich nahm den Telefonhörer in die Hand und rief Leonora bei MMV Interiors an. Es war eher unwahrscheinlich, daß ich sie antreffen würde, jetzt wo ihre Chefin tot war, aber es war einen Versuch wert. Ich hätte mir keine Gedanken zu machen brauchen. Sie hob nach dem ersten Läuten ab.
»Leonora«, sagte ich. »Hier spricht Lupe Solano. Wie geht es dir?«
»Oh, nicht so besonders«, antwortete sie mit zitternder Stimme. »Und dir?«
»Ich versuche, einen Tag nach dem anderen zu bewältigen«, sagte ich und zog damit meine Standardantwort aus der Tasche. Ich versuchte einfach zu vergessen, wie es mir wirklich ging. »Ich war mir nicht sicher, ob du im Büro bist, aber ich dachte, ich probier's einfach mal.«
»O ja, ich bin hier. Ich wüßte nicht, wo ich sonst hingehen sollte.« Sie klang ziemlich wehleidig. »Außerdem haben mir die Anwälte gesagt, daß Rodrigo das Geschäft verkaufen wird. Ich muß alle Vorgänge abschließen und die letzten Rechnungen hinausschicken. Ich lasse mir Zeit, weil mein Job weg ist, sobald ich fertig bin. Auf dem Arbeitsmarkt sieht es im Moment nicht besonders gut aus, verstehst du. Und in meinem Alter …«

Leonoras Stimme versiegte. Dieser Bastard. Das war ein weiterer Grund, ihn zu verachten.

»Kann ich dich etwas fragen?« meinte ich, um mein Anliegen einzuleiten. »Sagt dir der Name Alonso Arango irgend etwas?«

»Na klar«, antwortete Leonora sofort. Ich hätte mich über diese schnelle Reaktion eigentlich nicht wundern sollen. Meine Freundin hatte mir erzählt, daß Leonora, trotz ihrer Schwächen, für Klienten und deren Angelegenheiten ein Gedächtnis wie ein Elefant hatte. »Margarita hat die Sache mit seinem Haus in Coral Gables für ihn und seine Frau gemacht. Wie war gleich ihr Name – Isabel? Das war letztes oder vorletztes Jahr. Warum fragst du?«

»Ach, nur so, wirklich«, sagte ich. »Der Name tauchte in einem Gespräch auf, und ich erinnerte mich daran, daß Margarita irgend etwas über sie sagte. Weißt du noch, ob sie sich irgendwie über die beiden geäußert hat?«

»Ich muß passen«, erwiderte Leonora. »Sie hatte so viele Klienten, verstehst du. Sie hat so hart gearbeitet, immer.«

Wenn mir Leonora heute ausnahmsweise einmal keine vertraulichen Informationen weitergab, dann bedeutete dies, daß sie wirklich nichts wußte. »Hör zu, Leonora«, sagte ich. »Wenn du was brauchst, irgend etwas, dann ruf mich an.«

Dies schien Schleusentore zu öffnen. Leonora schluchzte. »O Lupe, ich vermisse sie so sehr! Ich habe seit sechs Jahren für Margarita gearbeitet, verstehst du.«

»Ich weiß.«

»Sie hat mich bei sich behalten, obwohl sie auch jemand jüngeren mit einer besseren Qualifikation hätte einstellen können. Ich habe ja versucht, einen Computerkurs zu machen, aber ich hab' es einfach nicht kapiert. Margarita sagte, ich soll mich deshalb nicht grämen, es würde keinen Unterschied machen. Oh, sie hatte so ein weiches Herz.«

»Ich weiß.«

Leonora redete noch ein wenig länger und schluchzte vor sich

hin und legte schließlich nach einer halbherzigen Verabschiedung auf. Ich hatte wirklich Mitleid mit ihr. Ich wollte gar nicht darüber nachdenken, was aus ihr werden würde, jetzt wo Margarita sie nicht mehr vor der Realität abschirmte.
Ich saß in meinem ruhigen Büro und dachte über alles nach, was ich während der vergangenen zehn Tage über meine Freundin erfahren hatte. Ihre Ehe mit Rodrigo lief nicht gut – was für eine Überraschung. Aber ich hätte nie geglaubt, daß sie eine Affäre haben könnte. Doch es gab für ihre Schwangerschaft keine andere Erklärung. Ich verwarf den Gedanken, daß sie sich einer Samenbank bedient haben könnte, sofort als zu unwahrscheinlich. Das gleiche hätte ich allerdings normalerweise auch über die Hypothese gesagt, daß sie Rodrigo betrogen haben könnte. Wie auch immer: Das Szenario in einer Samenbank würde mich nur beim Nachdenken stören.
Warum hatte sie ihre Schwangerschaft vollkommen geheimgehalten? Der Bluttest hatte ergeben, daß sie bereits im dritten Monat war, was bedeutete, daß sie nicht in der Lage gewesen wäre, die körperlichen Anzeichen noch viel länger zu verbergen. Bislang hatte sie damit nur deshalb Erfolg gehabt, weil sie Kleider trug, die ihren Zustand getarnt hatten.
Und was hatte sie mit Alonso zu tun gehabt? Das verwirrte mich am meisten. Was, um alles in der Welt, wußte sie über ihn? Was konnte so wichtig gewesen sein, daß sie in den Tod gefahren war, um mir davon zu berichten? Ich schuldete es ihr, dies herauszufinden. Deshalb griff ich zum Telefon.
»Tommy, hier spricht Lupe. Willst du immer noch, daß ich den Fall Alonso übernehme?«

# 11

Pünktlich um zwölf Uhr mittags traf ich beim Juweliergeschäft Optima ein und ließ den jungen Verkäufer, der am vorderen Ladentisch geschäftig Perlenketten auslegte, wissen, daß ich gekommen sei, um Mrs. Arango zu sprechen. Ich erinnerte mich an mein Gespräch mit Alonso im Stockade und wußte daher, daß ich es mit George Mortimer zu tun hatte, dem einzigen Angloamerikaner, der hier angestellt war. Er sah von seiner Arbeit auf und nickte mir zu, ihm durch die Tür nach hinten in das Büro zu folgen.
Dort erwartete mich Isabel Arango. Sie war eine hübsche, würdevolle Frau um die Fünfzig, obwohl sie nahezu zehn Jahre jünger wirkte. Als ich mich vorstellte, mußte ich innerlich grinsen. Sie wußte nicht, wie sie mich behandeln sollte – als Angestellte oder als gleichwertiges Gegenüber.
Ich kannte viele Frauen wie Isabel. Sie musterte mich von Kopf bis Fuß, bis sie zu dem Schluß kam, daß mein Armani-Anzug echt – schwarzes Label, nicht Le Collezioni – und das Armband meiner Cartier-Tank-Uhr aus Krokodilleder authentisch waren. Mir blieb Zeit, bis zwölf zu zählen, bevor sie sich vom Schreibtisch erhob, mir ihre Arme entgegenstreckte und mit beiden Händen meine Hände fest umschloß. Ich war erleichtert, daß sie sich entschlossen hatte, mich als sozial ebenbürtig zu betrachten, obwohl ich auch ohne den Abdruck ihrer Diamantringe hätte leben können.
»Lupe – darf ich Lupe zu Ihnen sagen?« Sie wartete auf meine Zustimmung. »Oh, gut. Ich freue mich so, Sie kennenzulernen. Ich weiß, daß Sie und Mr. McDonald uns helfen wollen, daß Alonso bald frei kommt. Es ist ein solcher Alptraum für meinen Mann und mich.«
Isabel schauderte nachdrücklich und schloß die Tür, um un-

gestört zu sein. Einen Moment lang standen wir nebeneinander, und ich konnte die feinen Falten sehen, die über ihr Gesicht verliefen, kunstvoll unter einem gepflegten Make-up verborgen. Am Haaransatz waren winzige Narben auszumachen – die einzigen bleibenden Hinweise auf ein verlebtes Gesicht, kein Zweifel. Das kinnlange, kastanienbraune Haar schmeichelte ihr, die goldenen Strähnen vermittelten den saloppen Eindruck, sie sei lediglich nachlässig mit dem Kamm hindurchgefahren. In Wahrheit, soviel wußte ich, vergingen dafür Stunden beim Friseur. Außerdem identifizierte ich ihr hellgrünes Leinenkostüm von Escada, das ich im neuesten Saks-Katalog gesehen hatte. Isabel Arango knauserte nicht, wenn es um ihr Äußeres ging.

Sie ging an mir vorbei, um zu ihrem Platz hinter dem Schreibtisch zurückzukehren, und ein Hauch ihres Parfüms streifte mich. Chanel No. 5. Ich war wie vom Donner gerührt, denn dieses Parfüm hatte meine Mutter immer getragen – das einzige Parfüm, das sie je verwendet hatte.

Ich setzte mich Isabel gegenüber in einen bequemen Sessel, ein nachgemachtes französisches Stilmöbel, öffnete meine schwarze Briefmappe aus Eidechsenleder und nahm die Akte heraus. Isabel verfolgte mit ihrem Blick jede meiner Bewegungen.

»Sie und Ihre Familie machen wahrscheinlich gerade eine schwere Zeit durch«, sagte ich und lächelte sie teilnehmend an. »Hoffentlich können wir bald alle Schwierigkeiten lösen, damit Ihr Mann wieder nach Hause kommen kann.«

Auch sie saß in einem Stilsessel, in dem sie sich jetzt aufrichtete und sich bekreuzigte. »Bei Gott und der Heiligen Jungfrau, hoffentlich behalten Sie recht«, sagte sie. »Und hoffentlich kommt Alonso bald frei.«

Diese Zurschaustellung enthusiastischer Frömmigkeit überraschte mich, und ich mußte mich beherrschen, einen Menschen nicht zu voreilig nach Äußerlichkeiten zu beurteilen. Natürlich wußte ich, daß sie möglicherweise genau diesen Effekt beabsichtigt hatte, weil sie mir einen ganz bestimmten

Eindruck von sich vermitteln wollte. Was auch immer, ich wußte bereits, daß man viele Schichten zu durchdringen hatte, bis man zu Alonsos Frau vorstieß.

Ich ging auf ihr Stoßgebet nicht ein. »Ich habe Ihren Mann gefragt, ob ich die Personalakten einsehen kann«, sagte ich. »Hat er dies Ihnen gegenüber erwähnt?«

Isabel öffnete die obere Schublade des vornehmen Stilmöbel-Schreibtisches und nahm einen Hefter heraus. »Das können Sie behalten«, sagte sie. »Ich habe eine Kopie gemacht. Unsere derzeitigen Angestellten sind die einzigen, die je für das Juweliergeschäft Optima gearbeitet haben, diese Unterlagen sind also vollständig und auf dem letzten Stand.«

Zumindest machte sie mir die Sache leicht. Ohne einen Blick auf den Hefter zu werfen, dankte ich ihr dafür und steckte ihn in meine Aktenmappe. »Soweit ich verstanden habe, waren Sie bei der Schießerei nicht anwesend.«

»Nein, ich war zu Hause.« Ich sah in ihre kühlen, grauen Augen. »Ich bin fast nie mehr im Laden gewesen. Alonso braucht mich hier nicht. Und wissen Sie, Lupe, ich habe hier so viel gearbeitet, als wir damals den Laden eröffneten, daß ich mich jetzt nicht mehr darum reiße.«

Isabel hatte die Fähigkeit, lediglich mit dem Mund zu lächeln, während die Augen unverändert blieben. Ihr Blick war immer noch auf mich gerichtet. Das machte mich nervös. Und sie wirkte distanziert und absolut gelassen – nicht unbedingt das, was ich von einer Frau erwartet hatte, deren Ehemann im Stockade einsaß dafür, daß er einem Fremden sechs Kugeln in die Brust gejagt hatte.

»Sie wissen also lediglich aus Erzählungen, was dort vor sich gegangen ist«, stellte ich fest. »Ist das richtig?«

»Ja, das ist richtig. Alonso hat mich gleich nach der Schießerei angerufen und mir berichtet, was geschehen war.«

»Er hat Sie angerufen, bevor er die Polizei alarmiert hat?«

Ihre Augen verengten sich fast unmerklich. »Ich nehme an. Ich habe nicht darüber nachgedacht, bevor Sie jetzt eben darauf zu sprechen kamen.«

Ich wollte den Gesprächsfluß nicht stören, indem ich mir Notizen machte, also konzentrierte ich mich sehr auf alles, was Isabel von sich gab. Ich wußte auch, daß sie offener sprechen würde, wenn sie das Gefühl hatte, in ein Gespräch verwickelt zu sein und nicht in eine Befragung durch eine Detektivin. Ich arbeitete für sie, und ich war auf ihrer Seite, aber gleichzeitig mußte ich ihr Informationen entlocken, ohne daß sie mich als Bedrohung empfand.

So beiläufig wie möglich sagte ich also: »Was genau hat Ihr Mann Ihnen erzählt?«

»Ich war unter der Dusche, als das Mädchen an die Tür klopfte, um mir zu sagen, daß mein Mann am Telefon sei und daß es dringend sei«, berichtete Isabel. »Ich weiß noch, daß ich mir ein Handtuch umgewickelt habe und zum Telefon neben unserem Bett geeilt bin. Alonso war sehr aufgeregt, und ich hatte Schwierigkeiten, ihn zu verstehen. Aber er sagte, daß ein Mann mit einem Messer versucht habe, den Juwelierladen zu überfallen, und daß er ihn erschossen habe. Er sagte, ich solle gleich in den Laden kommen, und dann legte er auf.«

Isabel und ich starrten uns einen Moment lang an. Eine vage Spur der Rechtfertigung hatte sich in ihre Stimme eingeschlichen.

»Und was ist dann passiert?«

»Ich habe unsere drei Söhne angerufen«, antwortete Isabel. Sie fuhr sich langsam mit den Fingern durch ihr Haar, begann am Schädel und strich bis zu den Haarspitzen herunter. »Ich habe ihnen erzählt, was mit ihrem Vater passiert war.«

»Haben Sie alle drei sofort erreicht?«

Inzwischen hatte Isabel ihre teure Frisur so ziemlich ruiniert. Soweit ich sie einzuschätzen wußte, war dies eine Verzweiflungstat. »Nicht gleich«, antwortete sie. »Ich habe Ernesto über sein Autotelefon erreicht. Er war auf dem Weg ins Büro. Alonso junior habe ich zu Hause erreicht. Mariano, der jüngste – an ihn mußte ich eine Nachricht hinterlassen.«

»Und dann sind Sie auf direktem Weg in den Laden gefahren?«
»Nun, ich habe mich zuerst noch angezogen.« Wieder das Lächeln. »Aber, ja, ich bin direkt zum Juwelierladen gefahren.«
»Was passierte, als Sie dort ankamen?«
»Es standen nicht wenige Polizeiwagen herum«, erzählte Isabel. »Ich mußte ein Stück weiterfahren und einen Block entfernt parken, weil die Polizei die Straße abgesperrt hatte. Ein Notarztwagen war gerade angekommen, als ich den Laden betrat. Die Polizei ließ mich hinein, nachdem ich gesagt hatte, wer ich bin.«
Gott sei Dank hatte Isabel aufgehört, an ihren Haaren herumzufummeln. Das hatte mich allmählich nervös gemacht.
»Ich ging um den Ladentisch herum. Der ganze Raum war voller Leute. Einige waren in Uniform, andere trugen normale Kleidung.« Isabel gab sich ausdruckslos. »Alonso war in Silvias Büro, saß dort in einem Sessel. Er sah einfach schrecklich aus. Ich machte mir Sorgen um ihn, weil er an Bluthochdruck leidet, wissen Sie, und sein Arzt hat ihm geraten, sich nicht aufzuregen. Ich fragte ihn, wie es ihm gehe, und er antwortete nicht. Einen Augenblick später trug er mir auf, unseren Nachbarn, Carlos Gutierrez, anzurufen, um ihm zu sagen, daß er sofort seinen Anwalt – seinen Strafverteidiger – herüberschicken soll.«
»Hat Sie das überrascht?« fragte ich.
»Ganz gewiß.« Isabels Unterlippe zuckte zweimal hintereinander. »Ich wußte nicht, warum Alonso einen Strafverteidiger brauchen sollte. Er hatte auf einen Mann geschossen und ihn getötet, aber dieser Mann hatte versucht, ihn mit einem Messer zu überfallen. Ich dachte, solange man aus Notwehr handelt, kann man einen anderen Menschen umbringen.«
»Haben Sie dann Ihren Nachbarn, Mr. Gutierrez, angerufen?«
»Nein, Alonso junior hat das erledigt. Er kam direkt nach mir in den Laden. Ich wollte bei meinem Mann bleiben. Mir gefiel

nicht, wie er aussah.« Über Isabels Gesicht huschte ein kurzer Schrecken, weil sie sich, wie ich wußte, fragte, warum ich all diese Details wissen wollte. Aber sie fuhr dennoch fort. »Nachdem Alonso junior den Anwalt angerufen hatte, brachten die Kriminalbeamten meinen Mann ins Gefängnis und forderten uns auf zu gehen. Später erfuhr ich, daß sie selbst noch vier Stunden lang dort waren.«

»Haben Sie den Toten, Gustavo Gaston, gekannt?«

Für den Bruchteil einer Sekunde ein Zögern, ihre Augenlider zuckten. »Nein. Ich habe ihn nie zuvor gesehen. Nie in meinem Leben.«

Jetzt lächelte noch nicht einmal mehr ihr Mund. Wer dreimal leugnete, der leugnete einmal zuviel. Das war meine Erfahrung. Einmal zu leugnen, das war natürlich. Zweimal, nun, in Ordnung. Bei drei nachdrücklichen Leugnungen allerdings wurde ich hellhörig.

Aber für heute hatte ich genug von Isabel Arango. Schließlich war dies gerade mal unser erstes Gespräch. Ich begann, meine Unterlagen einzusammeln, um zu zeigen, daß wir fertig waren.

Isabel sah mich verwirrt an. »Das war's? Keine weiteren Fragen?«

»Im Moment nicht«, antwortete ich. »Aber ich werde noch so manches mit Ihnen zu besprechen haben, sobald ich in der Ermittlung weiter vorangekommen bin. Allerdings werde ich bis dahin noch einiges zu tun haben.« Ich stand auf. »Kann ich mich noch ein wenig umsehen, bevor ich gehe?« fragte ich. »Vielleicht könnten Sie mir noch ein paar Dinge erklären.«

»Gewiß.« Isabel trat geziert hinter ihrem Schreibtisch hervor, alles an ihr die vornehme Gastgeberin, die ihren begünstigten Gast herumführte.

»Ich weiß, daß Sie nicht anwesend waren, als die Schüsse fielen«, sagte ich. »Ich nehme also an, daß es keinen Sinn hat, Sie nach dem Ablauf zu fragen.«

»Nein, das stimmt nicht«, entgegnete Isabel beflissen. »Ich

weiß schon Bescheid. Ich war dabei, als Alonso vor der Polizei aussagte. Ich habe alles gesehen und gehört, was da vor sich ging.«

Ich konnte mir ihren mehr als nachdrücklichen Tonfall nicht erklären. »Nun, dann lassen Sie uns mit der Stelle beginnen, wo Alonso stand, als Gaston hereinkam.«

Isabel trat um den Tisch herum. »Hier. Alonso sagte, er habe genau hier gestanden, als er ihn bemerkte.«

Sie trat zur Seite, als ich ebenfalls nach hinten kam, um mir die Stelle anzusehen. Aus meiner Perspektive hatte ich einen guten Überblick über den Laden, bis vor zur Glasdoppeltür, die zur Straße hinausführte – das heißt, unter der Voraussetzung, daß die Tür zum hinteren Teil des Ladens zum Zeitpunkt der Tat geöffnet war. Sollte die Tür geschlossen oder auch nur angelehnt gewesen sein, dann konnte Alonso Gaston erst gesehen haben, als dieser fast vor ihm stand.

»Hat Ihr Mann gesagt, ob die Tür an jenem Morgen geöffnet oder geschlossen war?«

»Oh, diese Tür wird immer geschlossen gehalten«, sagte Isabel. »Wir wollen nicht, daß die Kunden nach hinten sehen können.«

Ich zeigte auf eine geschlossene Tür gegenüber vom Tisch. Hinter dieser Tür war Alonso verschwunden, um die Uhr zu reparieren. »Ist das Silvia Romeros Büro?« fragte ich.

Isabel bejahte, und weil im Moment niemand im Zimmer war, ließ sie mich gerne eintreten. Es wirkte auf den ersten Blick wie das Büro, in dem sie mich zunächst empfangen hatte, obwohl sich Silvia offensichtlich nichts aus vergoldeten Rokokomöbeln machte. In diesem Büro sah es aus wie in einem Discountladen für Büromöbel, und ich bemerkte sofort, daß es keinerlei Fotos oder persönliche Gegenstände zu sehen gab. Das war merkwürdig, denn laut Alonso hatte Silvia insgesamt seit vier Jahren für das Juweliergeschäft Optima gearbeitet, im vergangenen Jahr sogar Vollzeit. Dieses Büro bot keinerlei Hinweise auf das Wesen der Frau, die hier arbeitete.

»Silvia ist nicht hier, sie geht jeden Mittag um zwölf, um ihre Tochter Alejandra aus dem Kindergarten abzuholen«, erklärte Isabel und trat nach mir ins Zimmer. Ihre Stimme wurde kalt. »Silvia bringt das Kind zu ihrer Mutter, wo es bleibt, bis sie ihre Arbeit erledigt hat. Die Regelung ist ein wenig kompliziert, aber meistens funktioniert sie. Und es ist die einzige Möglichkeit, wie sie Vollzeit für uns arbeiten kann.«

Ich ging als erste aus dem Zimmer. Es gab dort nicht viel zu sehen. Ich reichte Isabel meine Visitenkarte und hielt meine Standardansprache darüber, daß ich alles, was in meiner Macht stand, tun würde, um in dem Fall zu ermitteln und Tommy zu helfen, Alonso sobald wie möglich aus dem Gefängnis herauszuholen.

Als ich losfuhr und das Juweliergeschäft hinter mir ließ, konnte ich mir mein Gefühl der Erleichterung kaum erklären, von dort wegzukommen und nicht länger mit Isabel zu tun zu haben. Nichts von dem, was ich gesehen oder gehört hatte, stellte für mich eine Verbindung zu Margarita her oder zeigte mir, was sie mir möglicherweise hatte mitteilen wollen, bevor sie starb. Eigentlich hielt mich nichts davon ab, Isabel beiläufig nach Margarita zu fragen, aber dabei konnte ich mir leicht die Finger verbrennen. Und was wäre dadurch gewonnen? Irgendeine Reaktion, mehr nicht. Die Arangos hatten Margarita als Innenarchitektin engagiert, und das war nun gewiß kein Skandal.

Intuitiv war mir klar, daß Isabel klug war und daß sie mir nur etwas erzählen würde, von dem sie wollte, daß ich es wußte – im Guten und im Bösen. Ich wußte noch nicht einmal, wonach ich, was Margarita betraf, suchte. Und als ich darüber nachdachte, hatte ich auch kein konkretes Konzept für die Anklage auf Totschlag. Aber ich hatte zuvor Mordfälle bearbeitet. Eine enge Freundin zu verlieren, die wichtige Informationen mit ins Grab genommen hatte, das war allerdings neu für mich.

Ich beschleunigte, um auf dem Weg zurück ins Büro noch bei Grün über die Ampel an der Kreuzung U.S. 1 und Douglas

Avenue fahren zu können. Tommy sollte mich dort treffen, und er war gewöhnlich pünktlich.
Ich hatte hin und her überlegt, ob ich Tommy von Margaritas rätselhafter Botschaft vor ihrem Tod erzählen sollte, und mich schließlich dagegen entschieden. Ich wollte nicht, daß er mich auf Schritt und Tritt beobachtete, um herauszufinden, ob ich mich Margarita oder seinem Klienten gegenüber loyaler verhielt. Ich teilte ihm mit, daß ich den Fall übernähme, um mich zu beschäftigen und mich von Margaritas Tod abzulenken, was nicht ganz unwahr war.
Seine Reaktion überraschte mich. Zunächst schien er sehr erfreut zu sein, aber dann fragte er, ob ich sicher sei, daß ich dazu schon in der Lage wäre. Es sei seit ihrem Tod erst eine Woche vergangen, meinte er, und ich könnte vielleicht noch mehr Zeit zum Abschalten gebrauchen. Dieser neue, sanft gefühlvolle Tommy war eine Offenbarung.
Natürlich hatte er mich auch angerufen, bevor ich aufgebrochen war, um bei Isabel vorbeizuschauen, hatte mich nach Ideen ausgehorcht und darauf bestanden, daß wir uns nach dem Gespräch treffen sollten. Die Flitterwochen waren vorbei. Er war wieder ganz der alte Tommy, der mich mit Anrufen und Fragen überschwemmen würde, bis der Fall abgeschlossen wäre.
Als ich auf den Parkplatz fuhr, sah ich, daß Tommy seinen Rolls auf meinem Platz geparkt hatte. Der Wagen hockte da wie eine glänzende verchromte Anmaßung. Es war bekannt, daß es für mich einer Todsünde gleichkam, wenn jemand mir meinen Parkplatz wegnahm. Ich stürmte also ins Büro, bereit, ihm eine ordentliche Standpauke zu halten, nur um ihn mit Leonardo zusammen in der Küche anzutreffen, der sich irgendeinen Drink zusammenmixte.
Die beiden gaben ein kurioses Bild ab. Tommy trug einen maßgeschneiderten marineblauen Nadelstreifenanzug. Leonardo hatte enge schwarze Radlerhosen und ein Popeye-T-Shirt an. Sie starrten in den Entsafter, als seien sie Marie und Pierre Curie, die in ein Mikroskop schauten. Sie waren

so vertieft in ihre Studie, daß sie meinen dramatischen Auftritt gar nicht bemerkten. Ich räusperte mich, um auf mich aufmerksam zu machen. Vollkommen zwecklos. Tommy beugte sich eher noch weiter über das Plastikgefäß, die Augen weit geöffnet.

»Entschuldigung!« rief ich. »Ich hoffe, ich störe nicht!«

Als Leonardo aufsah, schielte er vor lauter Konzentration. »Oh, hallo, Lupe«, sagte er dümmlich. »Tut mir leid, ich habe dich nicht hereinkommen gehört.«

Meine Neugierde siegte. »Was macht ihr denn?«

Tommy richtete sich auf und zeigte dabei seine ganze, imponierende Größe. Er legte seinen Arm um meine Schulter und flüsterte mir verschwörerisch ins Ohr: »Lupe, Liebling. Leonardo erklärt mir alles über diesen Drink, an dem er gerade arbeitet. Ein Drink, der die Welt verändern kann. Er will, daß ich von Anfang an mit einer Investition dabei bin.«

Ich durchbohrte Leonardo mit Blicken. Doch der gab vor, nichts zu bemerken. Eine unserer Abmachungen bestand darin, daß er nicht versuchte, Klienten anzuhauen, irgendeines seiner Projekte zu unterstützen. Aber ich war willens, das Spielchen mitzumachen. Tommy schien ernsthaft begeistert zu sein. Er führte mich zum Küchentisch.

»Hier ist er!« sagte er und zeigte auf den Entsafter. »Der Drink, der die Welt verändern wird.«

Ich steckte meinen Finger in die dickliche, pinkfarbene Flüssigkeit und musterte sie eingehend. Gerade als ich meinen Finger zum Mund führen wollte, griffen sie beide nach meinem Arm, hielten mich lautstark zurück.

»Was, zum Teufel, ist denn mit euch beiden Wahnsinnigen los?« wollte ich erschrocken wissen. »Das ist ein Drink, stimmt's? Heißt das nicht, daß man das Zeug *trinken* soll?«

»Das ist nicht für Frauen«, erklärte Leonardo düster. »Das ist nur für Männer.«

»Oh, verstehe«, meinte ich. »Er wird also nur die halbe Welt verändern. Was bewirkt er? Stattet er euch besser aus?«

»Gott, nein. Nichts so Primitives.« Tommy sah mich empört

an. »Männer, die davon trinken, verändern sich in jeder Hinsicht auf einschneidende Weise.«
Ich sah die beiden mit neuen Augen an. Sie waren keineswegs Wahnsinnige – sie waren Idioten.
»Wir meinen es ernst, Lupe«, sagte Leonardo, das verletzte Hündchen.
»Ihr glaubt das wirklich?« fragte ich fassungslos. »Wie verändern sich denn Typen, die von diesem Zeug trinken?«
»In jeglicher Hinsicht«, wiederholte Tommy geheimnisvoll. »Körperlich und emotional. Es ist wie ein Zaubertrank.«
»Nun, entschuldigt, wenn ich nicht losrenne und mir Aktien kaufe«, sagte ich.
»Du verstehst das nicht, Lupe – das ist ernst gemeint«, sagte Leonardo beharrlich. »Ein Chemiker hier in Grove hat seit mehr als einem Monat für mich daran gearbeitet.«
»Aber nicht dieser Hare-Krishna-Typ?« bellte ich. Aus dem schuldbewußten Blick meines Cousins konnte ich schließen, daß meine Vermutung stimmte. »Ich kann es nicht glauben, Leonardo. Der Typ ist ein totaler Junkie.«
»Was sagst du da?« hakte Tommy nach. Er trat einen Schritt von dem Entsafter zurück.
»Er stellt Designerdrogen her«, erklärte ich ihm. »Er ist so oft verhaftet worden, daß er den Vollzugsbeamten inzwischen Kärtchen zu Weihnachten schreibt.«
Tommy hielt sich eine Hand vor den Mund und sah Leonardo an, als würde diesem ein zweiter Kopf sprießen.
Leonardo starrte zu Boden. »Er sagte, es sei legal.«
Ich haßte es, ihnen ihre Seifenblase auf diese Weise zerstören zu müssen. Nein, eigentlich genoß ich es. Tommy hatte wahrscheinlich gedacht, Leonardos Chemiker sei ein ernstzunehmender Wissenschaftler mit Doktortitel, nicht irgendein religiöser Spinner mit einem Hang zu einem besseren Leben durch die Chemie. Nicht ohne Grund war der Drink ein »Zaubertrank«.
Inzwischen hatte Tommy seine Finger an die Halsschlagader gelegt, überprüfte seinen Puls. »Komm schon, du Schwät-

zer«, sagte ich. »Vor einer Minute hast du noch behauptet, es würde Wunder wirken.«

Ich ging zu dem Entsafter hinüber, goß mir ein Glas voll ein und stürzte es in einem einzigen Zug hinunter. Tommy, der wahrscheinlich Angst gehabt hatte, allein in Leonardos Gesellschaft zu sterben, wirkte erleichtert.

»Laß uns an die Arbeit gehen«, sagte ich. »Bevor wir Halluzinationen haben, daß uns Feuer aus der Nase tritt.«

»O Lupe«, winselte Leonardo.

»Irgendwelche Nachrichten?« erkundigte ich mich.

»Liegen auf deinem Schreibtisch«, antwortete er und griff mit dem Ausdruck größter Niedergeschlagenheit nach dem Entsafter.

In meinem Büro ließ ich Tommy die Tür hinter uns schließen.

»Ich kann es nicht glauben«, sagte er und wischte sich mit einem Taschentuch über die Stirn. »Ich war wirklich bereit, zu investieren. Du warst ganz schön streng mit ihm.«

»Das mußte ich sein«, entgegnete ich. »Sonst wird das nur noch schlimmer mit ihm.«

Tommy schien die Weisheit, die darin lag, zu erkennen und nickte wissend. Er legte sein Jackett ab und machte es sich auf meiner Couch bequem. Ich war ein wenig müde, deshalb ließ ich mich am anderen Ende nieder und legte meine Füße in seinen Schoß. Tommy fing an, meine Füße zu massieren, während ich ihn auf den neuesten Stand im Fall Alonso Arango brachte.

»Isabel ist ein hartes Stück Arbeit«, fing ich an. »Sie ist ein richtiger Eisklotz. In ihrem Mund würde Butter nicht schmelzen. Und wo ich gerade von ihrem Mund rede: Ich glaube, da kommen nur Lügen raus.«

»Ist das nur ein Eindruck?« fragte Tommy. »Oder hast du einen sicheren Anhaltspunkt?«

»Das ist ein Eindruck, *querido*. Aber vergiß nicht, sie und ich, wir haben den gleichen Chromosomensatz.« Ich schloß die Augen. Tommys Fähigkeiten der Fußmassage waren ausgezeichnet. »Sie lügt, wie ihr Ehemann – das muß eine Familieneigenschaft sein. Ich weiß nur noch nicht, was sie uns vorenthalten. Du solltest da besser einiges klarstellen. Halte ihnen den Vortrag darüber, daß man seinen Arzt oder Anwalt nie anlügt.«

»Lupe, du weißt, wie sehr ich dich schätze.« Tommy setzte sich auf und fing an, meinen Nacken und die Schultern zu bearbeiten. Er hatte sagenhafte Hände. »Aber ich brauche etwas Stichhaltigeres als ›Mr. and Mrs. Arango lügen‹, bevor ich ihnen eins auf die Finger geben kann.«

»Der erste Verdacht kam mir, als ich Isabel fragte, ob sie den Toten gekannt habe. Mit einem kleinen Zucken wich sie meinem Blick aus. Nur für eine Sekunde, aber das reichte aus, um es zu bemerken.«

»Vielleicht hat sie ein Gesichtszucken. Wie sollte Isabel Arango, die reiche Juweliersgattin, einen Bootsflüchtling kennen?« Ich griff nach seiner Krawatte und lockerte sie. »Es ist eher unwahrscheinlich, daß sie sich auf den Tennisplätzen im Riviera Country Club getroffen haben.«

»Das war kein Gesichtszucken. Sie kannte ihn, Tommy, oder hat von ihm gehört. Außerdem kann ich dir sagen, daß sie Silvia Romero haßt. Als sie über Silvia sprach, hätte sie auch einen unangenehmen Geruch beschreiben können.« Tommys Hände begannen, ein wenig weiterzuforschen. »Und du solltest sehen, wie sie ihr Büro eingerichtet haben. Du würdest das nicht verstehen, aber Frauen kriegen solche Sachen mit.«

»Dann fassen wir noch einmal zusammen. Wir haben ein Gesichtszucken. Wir haben häßliche Möbel.«

Sein Jackett fiel zu Boden, meines hatte ich längst ausgezogen.

»Wir haben einen merkwürdigen Tonfall. Und daraus ziehen wir die Schlußfolgerung: Isabel Arango lügt. Super, Lupe. Damit kommen wir bei Gericht durch. Ich leite am besten gleich die Verhandlung ein. Der Fall ist gelöst.«

Tommy stand auf, um die Tür zu verriegeln. Er kannte den Ablauf.

# 12

Elsa und Olivia Ramirez erwarteten mich bereits, als ich am nächsten Morgen kurz nach neun Uhr in meinem Büro auftauchte. Elsa saß steif auf dem Zweisitzersofa im Empfang, die perfekte Dame. Die Hände hatte sie gefaltet im Schoß liegen, ihre Beine waren auf Knöchelhöhe übereinandergeschlagen. Olivia dagegen war in der Küche und demonstrierte Leonardo lautstark, wie man den perfekten Kaffee kochte. Für die meisten Kubaner entspricht die Suche nach dem perfekten Kaffee der Suche nach dem Heiligen Gral – nie abgeschlossen, vollkommen vereinnahmend und letzten Endes wahrscheinlich vergeblich.

Obwohl Elsa und Olivia nur Cousinen waren, sahen sie sich so verblüffend ähnlich, daß man sie für Zwillinge hätte halten können. Und in ihrem Wesen waren sie offenbar so unterschiedlich, wie sich Augenfarbe, die Hauttönung und die Statur glichen. Ich bat sie in mein Büro, zog Olivia von Leonardo weg und bedeutete ihnen, sich zu setzen.

Ich mußte mich über den Genpool der Familie Ramirez wundern. Elsa hatte schulterlange, dunkelbraune Haare mit einzelnen grauen Strähnen, porzellanweiße Haut und strahlende kornblumenblaue Augen. Ich wußte aus ihrer Personalakte, daß sie einundvierzig war, aber irgendwie wirkte sie durch ihren gesetzten Gesichtsausdruck und die steife Präzision ihrer Bewegungen älter. Sie trug einen langen geblümten Rock und eine cremefarbene Bluse, helle Strümpfe und weiße schlichte Pumps mit niedrigen Absätzen. Und, Gott steh mir bei, die Frau roch nach Rosenwasser. Ich wartete fast darauf, daß sie in meinem Büro schlappmachte wie eine empfindliche Blume.

Olivia war drei Jahre jünger als ihre Cousine. Diese drei Jahre mußten für Elsa die Hölle bedeutet haben, wenn sie ihrer jüngeren Cousine irgendwann einmal auch nur im Ansatz ähnlich war. Olivia trug eine enge schwarze Bolerohose und eine dazu passende Weste und manövrierte in ihren roten Schuhen mit Pfennigabsätzen gekonnt in mein Büro, offensichtlich bereit für die Ladies' Night im Chippendale. Ihr gelocktes platinblondes Haar fiel ihr kaskadenartig den Rücken herunter und wurde von Kämmen zusammengehalten – nicht von irgendwelchen, sondern von glitzernden Kämmen, die zu den Diamantohrringen paßten, die an ihren üppigen Ohrläppchen baumelten. Olivia hatte wunderschöne himmelblaue Augen, die von auffallenden künstlichen Wimpern umrahmt waren. Mein erster Eindruck war, daß sie die Little-Havana-Antwort auf Dolly Parton sein wollte. Und wenn dies tatsächlich der Fall war, dann tat sie dies mit anerkennenswertem Erfolg.

»Wow, das ist also das Büro einer Privatdetektivin«, schwärmte Olivia. Sie beugte sich nach vorne, ihr großer Busen drückte gegen die Handtasche, die sie in ihren Schoß gebettet hatte. »Haben Sie auch eine Waffe? Hey, haben Sie schon mal auf jemanden geschossen?«

»Ja, ich habe eine Waffe.« Ich mußte lachen. »Und nein, ich habe noch nie auf jemanden geschossen.«

Elsa schien verärgert zu sein. »Miss Solano, bitte, ich entschuldige mich für meine Cousine. Sie benimmt sich so dumm.« Sie sah aus, als könnte sie tatsächlich gleich ohnmächtig werden. Ich überlegte im stillen, ob wir wohl irgendein Riechsalz da hätten.

»Nein, das ist schon in Ordnung«, erwiderte ich. »Es macht mir nichts aus, wirklich. Die Leute stellen mir andauernd solche Fragen.«

Elsa verzog das Gesicht und senkte den Blick, während Olivia mich anstrahlte wie ein kleines Mädchen. Obwohl es ein wenig unheimlich war, Yin und Yang – das vollkommene Gegenteil – dergestalt personifiziert zu sehen, war es an der Zeit, in unser Gespräch einzusteigen.

»Sie wissen beide, warum ich Sie hierhergebeten habe, richtig?« erkundigte ich mich. »Hat Ihnen Mrs. Arango erklärt, wer ich bin und welche Aufgabe ich übernommen habe?«

»Sie hat uns gesagt, daß Sie mit dem Anwalt zusammenarbeiten, der Alonso vertritt«, antwortete Elsa rasch. »Sie forderte uns auf, mit Ihnen zu kooperieren und Ihnen alles zu sagen, was wir wissen.«

»Richtig«, meinte ich. »Ich arbeite mit Thomas McDonald zusammen, Alonsos Anwalt. Wir wollen Mr. Arango so schnell wie möglich aus dem Gefängnis herausholen.«

Dies brachte Olivias Busen wieder in Bewegung. »Oh, wir werden alles tun, um mitzuhelfen«, hauchte sie. »Alles.«

»In der Regel spreche ich mit den Zeugen einzeln, hintereinander. Wenn Sie also nichts dagegen haben, möchte ich mit einer von Ihnen beginnen, während die andere draußen wartet.« Ich erhob mich und hielt die Tür auf. »Es ist gleichgültig, wer beginnt. Das können Sie selbst entscheiden.«

Elsa und Olivia sahen sich an, dann erhob sich Olivia. Ich konnte leicht ausmachen, daß Elsa von den beiden diejenige war, die ernstzunehmende Angelegenheiten in die Hand nahm. Ich wartete, bis Olivia aus dem Zimmer getänzelt war und schloß die Tür hinter ihr. Ob Leonardos Blick gequält wirkte oder ob überschwengliche Begeisterung darin lag, als Olivia auf seinen Schreibtisch zuging, konnte ich nicht mit Sicherheit sagen. Ich übersah ihn geflissentlich.

Elsa saß da und zupfte unbeholfen an ihrem Rock. Ich ließ ihr etwas Zeit – es war eine Menge Rock da, der zurechtgezogen werden konnte.

Ich lächelte, versuchte sie zu beruhigen. »Vielleicht könnten wir damit beginnen, daß Sie mir einige Hintergrundinformationen liefern, bevor wir über die Ereignisse im Laden sprechen.« Ich konnte nicht anders, als Elsa mit einer biederen Anstandsdame zu vergleichen. Selbst im Büro einer Privatdetektivin hatte sie offenbar das zwanghafte Bedürfnis, sich ihrer sozialen Stellung entsprechend korrekt zu verhalten – einwandfreie Haltung, desgleichen ihr Äußeres. Ich beobachtete

sie amüsiert. Es dauerte einige Momente, bevor sie sich mit dem Ergebnis ihres Zurechtzupfens zufriedengab und vorbereitet schien, meine Fragen zu beantworten.
»Nun, ich habe auf die eine oder andere Weise seit fünfzehn Jahren mit Alonso zu tun.« Plötzlich lief sie dunkelrot an, realisierte die verschiedenen Möglichkeiten der Interpretation, die ihre Bemerkung bot. »Ich meine nicht – ich, ich meine, daß ich Alonso schon so lange kenne.«
Es war faszinierend. Diese Frau wirkte, als sei sie direkt einem Buch von Jane Austen entstiegen. In Gesicht und Nakken tauchten rote Flecken der Verlegenheit auf, und ich dachte mir – vielleicht ein wenig gefühllos –, daß sie ganz gut zu den sittsamen Blumen auf ihrem Rock paßten.
Elsa beschloß, einfach weiterzureden – eine gute Entscheidung. »Alonso und ich arbeiteten vier Jahre lang in einem anderen Juweliergeschäft in der Miracle Mile, bevor er Optima eröffnete«, erklärte sie. »Ich wußte, daß es immer sein Ehrgeiz war, einen eigenen Laden zu besitzen. Vor der Revolution hatte er mehrere Geschäfte in Kuba, wissen Sie. Als der richtige Zeitpunkt gekommen schien, fragte er mich, ob ich Interesse hätte, meinen Job aufzugeben und mit ihm zu kommen.«
Ich hätte jetzt eine Augenbraue hochziehen und Elsa vollständig verunsichern können, aber das wäre zu grausam gewesen.
»Ich wußte, daß Alonso Erfolg haben würde«, fuhr sie fort. »Er arbeitet hart, und er kennt das Geschäft. Also habe ich eingewilligt. Ich war sehr glücklich bei Optima.« Sie strahlte mich an wie ein Schulmädchen, das gerade eine Frage richtig beantwortet hatte.
»Und wie ist das mit den anderen Angestellten bei Optima?« fragte ich. »Was können Sie mir über die erzählen?«
»Sie haben Olivia ja kennengelernt«, sagte Elsa. »Und dann ist da noch George. Wir drei sind für den Verkauf zuständig. Und Reina, sie ist die Putzfrau. Silvia Romero ist unsere Buchhalterin. Sie ist Puertoricanerin, wissen Sie.«
Elsa rümpfte die Nase. Es war kein Geheimnis, daß Kubaner

und Puertoricaner sich grundsätzlich nicht mochten. Beide hatten das Gefühl, der jeweils andere schade dem hispanischen Ruf.
»Was ist mit Isabel Arango?« fragte ich so unschuldig wie nur möglich.
Elsa fingerte an ihrer Perlenkette herum. Bis zu diesem Moment waren ihre Hände ruhig in ihrem Schoß gelegen. »Was mit ihr ist?«
»Versuchen Sie, mir von ihr zu erzählen«, sagte ich. »Wie oft kommt sie in den Laden? Hat sie mit den alltäglichen Geschäftsabläufen zu tun?«
Sie dachte einen Augenblick lang nach und beschloß dann zu kneifen. »Ich glaube nicht, daß ich die geeignete Person bin, um über Isabel Auskunft zu geben«, sagte sie ruhig. »Alonso kann Ihnen wesentlich mehr über sie sagen. Sie ist seine Frau.«
Elsas Reaktion konnte ich im wesentlichen entnehmen, was ich über Isabel wissen wollte, also ließ ich ihre Antwort durchgehen und wechselte das Thema. »Können Sie mir jetzt noch etwas über die Schießerei am Samstag morgen erzählen?«
Elsa war sichtlich erleichtert, daß ich von Isabel ablenkte. Sie berichtete mir, was sie gesehen oder eher nicht gesehen hatte, und war mir keine besonders große Hilfe. Sie hatte die Schubladen unter dem Ladentisch aufgeräumt, als Alonso Gaston erschoß, sie befand sich also nicht an einer Stelle, von der aus sie den Laden hätte überblicken können. Auf dem Boden zu sitzen und die Schubladen aufzuräumen war ihr samstägliches Ritual, das sie möglichst früh erledigte, damit sie nicht von irgendwelchen Kunden unterbrochen wurde.
»Ich entwirrte gerade ein paar Goldkettchen, als ich die Schüsse hörte«, sagte sie einsilbig. »Ich kenne dieses schreckliche Geräusch – ich habe es in Havanna während der Revolution oft genug gehört. Ich war aber so sehr auf den Schmuck konzentriert, daß das Geräusch mich irritierte. George rannte nach hinten und schrie, daß irgend jemand Alonso angegrif-

fen und Alonso den Mann erschossen habe. Das nächste, woran ich mich erinnern kann, ist, daß der ganze Laden voller Polizisten aus Coral Gables war.«

»Sie haben niemanden gesehen, der in den Laden hereingekommen ist oder ihn verlassen hat, kurz bevor die Schüsse abgegeben wurden?« fragte ich und musterte sie eingehend.

»Nein, tut mir leid. Ich saß auf dem Boden. Ich habe, bevor geschossen wurde, nichts gesehen und nichts gehört.«

»Kannten Sie den Toten, Gustavo Gaston?«

»Nein«, antwortete sie. Sie schauderte, als sei ihr kalt, obwohl die Temperatur in meinem Büro perfekt war. »Die Polizei hat mir später ein Foto von ihm gezeigt, ich konnte ihn mir also genau ansehen. Aber ich habe ihn nie zuvor gesehen.«

»Wann hat man Ihnen das Foto gezeigt?«

»Am Montag nach der Schießerei«, sagte sie. »Sie haben mit allen im Laden gesprochen. Ich habe ihn nie gesehen. Er lag hinten auf dem Boden, und ich hatte nicht nach hinten gehen wollen.«

Elsa sah mich mit ihren großen blauen Augen an. Entweder erzählte sie mir die Wahrheit, oder aber sie hatte eine Auszeichnung als beste Schauspielerin in einem Krimi verdient. Ich stand noch immer ziemlich am Anfang meiner Ermittlungen, und es gab keinen Grund, ihr nicht zu glauben.

»Danke«, sagte ich höflich. »Sie sollten wissen, daß ich unter Umständen noch einmal mit Ihnen sprechen muß, wenn sich irgend etwas Neues ergibt.« Sie lächelte mich gequält an, ergeben in die unabänderliche Widrigkeit des Lebens, und rief dann ihre Cousine herein.

Elsa ging hinaus, und Olivia schwebte in mein Büro. Sie ließ sich auf den Stuhl plumpsen, auf dem gerade Elsa gesessen hatte. »Ist er verheiratet?« fragte sie, als die Tür geschlossen war, und machte eine Kopfbewegung in Richtung Empfang – wo zweifelsohne ein entkräfteter Leonardo saß und sich von ihr erholte.

»Nein«, antwortete ich.

»Freundin?«

Das war schon heikler. »Nun, nicht daß ich wüßte.« Leonardo ging mit Frauen aus, aber ich weiß nicht, ob sich jemals etwas daraus entwickelte. Ich hatte im übrigen schon vor langer Zeit aufgehört, über Leonardos sexuelle Präferenzen zu spekulieren. Unsere Familie hatte sich schon genug das Maul zerrissen, ohne daß auch ich noch meinen Teil dazu beitragen mußte.

Olivia hatte diesen jahrhundertealten, weiblichen Raubtierblick in den Augen, als sie ihren wollüstigen Körper auf dem Stuhl plazierte. Das war ein ziemlicher Akt; offensichtlich mußte sie in einer ganz bestimmten Pose dasitzen, um alles angemessen zu arrangieren.

»Ich muß Ihnen ein paar Fragen zu jenem Samstag morgen im Laden stellen. Einverstanden?« begann ich.

»Ja, ja, natürlich.« Sie ergoß sich wie eine geöffnete Schleuse. »Wie ich schon sagte, ich werde alles tun, um Alonso aus dem Gefängnis zu holen. Der Mann ist ein Heiliger, das kann ich Ihnen sagen! Er hat sich bereits einen Platz im Himmel verdient, wissen Sie. Er ist einer der nettesten Männer, die ich je in meinem Leben getroffen habe.«

Sie hielt in ihrer Verkündung ewiger Treue kaum inne, um zu atmen, und ich stellte fest, daß sie mir allmählich sympathisch wurde. Es war schwierig, sich ihr zu entziehen. Leider konnte sie mir trotz ihrer guten Absichten nicht sehr helfen.

»Es tut mir so leid«, fuhr sie fort. »Wenn ich gewußt hätte, daß dieser schreckliche Kerl Alonso angreifen würde, dann wäre ich nach hinten gerannt, um ihn aufzuhalten! Aber ich telefonierte gerade mit meiner Mutter und stand mit dem Rücken zum Laden da, weil ich mich ein wenig versteckte.«

»Ein wenig versteckte?« hakte ich nach. »Was soll das bedeuten?«

»Alonso möchte nicht, daß wir während der Arbeitszeit im Laden private Telefongespräche führen«, erklärte sie. »Außer im Notfall, und das war kein Notfall. Aber verstehen Sie mich nicht falsch – Alonso ist uns gegenüber sehr fair.«

Olivia verteidigte ihren Chef augenblicklich. »Meine Mutter

gab mir ein Käsekuchenrezept durch, das sie im Haus meiner Tante ausprobiert hatte«, meinte sie. »Ich schrieb es auf. Die Leute glauben immer, es sei einfach, Käsekuchen zu machen, aber das stimmt nicht.«

Mir fiel keine Antwort ein, und Olivia schien zu merken, daß sie vom Thema abgekommen war. »Auf jeden Fall«, sagte sie, »ist Käsekuchen ziemlich heikel. Das Timing ist dabei alles, deshalb habe ich mich so sehr darauf konzentriert, das Rezept aufzuschreiben. Ich wollte nicht, daß alle mein Gespräch mithören, und verhielt mich da hinten ganz ruhig. So früh am Morgen waren noch keine Kunden da, ich habe also eigentlich nichts Verbotenes getan. Aber im nachhinein könnte ich mich ohrfeigen. Ich hätte sehen sollen, was passiert ist. Ich hätte etwas tun sollen, um Alonso zu helfen.«

Olivias Augen begannen sich mit Tränen zu füllen. Einen Moment später rannen ungehindert dicke Tropfen über ihr Gesicht und den breiten Hals und rollten schließlich in ihren Ausschnitt, wo sie verschwanden.

»Es ist ja gut«, beruhigte ich sie. »Sie hätten nichts ausrichten können.«

Ich hätte ihr ein Taschentuch geben sollen, aber ich war zu sehr von dieser improvisierten Vorstellung gefesselt. Aus den Tiefen ihrer Handtasche zog Olivia ein lavendelfarbenes Spitzentaschentuch hervor und schneuzte sich lautstark.

»Und das Rezept war noch nicht einmal besonders gut!« jammerte sie. »Der Käsekuchen ist nichts geworden.«

Die Ungerechtigkeit all dessen ließ sie wieder zu weinen beginnen; aber dieses Mal hatte sie ihr Taschentuch schon parat. Ich war ein wenig enttäuscht. Es war merkwürdig faszinierend gewesen, zu beobachten, wie ihre Tränen die wellige Straße gen Süden rollten, von den großen Augen bis hin zu ihrem aufsehenerregenden Busen.

Aber das hier führte zu nichts, und das war schnell klar. Ich nahm ein Foto aus meinem Schreibtisch und schob es zu ihr hinüber. »Kennen Sie diesen Mann?«

Olivia schüttelte den Kopf.

»Das ist Gustavo Gaston, der Tote. Ihn hat Alonso erschossen. Und Sie sind sicher, daß Sie ihn nicht kennen?«
Wieder wollte sie den Kopf schütteln, nahm aber statt dessen nun das Foto in die Hand und musterte es genau. »Oh, das sieht aus wie das Foto, das die Polizei uns gezeigt hat, als sie in den Laden kam«, sagte sie. »Wer ist er? Warum hat er Alonso angegriffen?«
Nun war ich an der Reihe, den Kopf zu schütteln. »Das versuche ich herauszufinden. Fällt Ihnen noch irgend etwas ein, was von Nutzen sein könnte?«
Olivia schneuzte sich noch einmal niedergeschlagen in ihr Taschentuch und verneinte. Das war's. Ich erhob mich und begleitete sie in die Rezeption hinaus, wo Elsa geduldig wartete. Ich gab ihnen beiden meine Visitenkarte. »Haben Sie kein Kärtchen?« erkundigte sich Olivia bei Leonardo und klimperte mit ihren Wimpern.
Leonardo vergrub seinen Kopf in einem Stapel Post. »Nein, ich bin hier der Assistent. Ich brauche keine Visitenkarte.«
»Nun, *Leonardo*«, sagte Olivia und schürzte die Lippen. »Ich nehme an, ich kann Sie jederzeit hier erreichen, wenn es sein muß.«
Elsa hatte Olivia inzwischen fest an deren Weste gepackt. Die Ältere der beiden verlor sich in Entschuldigungen, während sie Olivia hinauszerrte.
Als sie schließlich weg waren, setzte ich mich in den Besuchersessel und starrte Leonardo an. Nach einer Weile sah er auf und lächelte mich an.
»Was denn?« rief er.
»Sie ist eine harte Nuß, was?« fragte ich.
Leonardo rutschte unruhig hin und her und tat so, als sei er von irgendeiner Postwurfsendung völlig fasziniert. »Welche?« erkundigte er sich schließlich.
Ich brach in lautes Gelächter aus.
Jetzt gab er selbst einen von Jane Austens Charakteren ab und errötete. »Weißt du, Lupe«, sagte er. »Was auch immer du mir bezahlst, manchmal ist es einfach nicht genug.«

# 13

George Mortimer kam pünktlich um zwei zu unserem Gespräch. Mein Mut sank, als sich bereits nach kurzer Zeit herausstellte, daß er die gleiche Geschichte zu erzählen hatte wie die Cousinen Ramirez – er hatte nichts gesehen oder gehört, bevor die Schüsse gefallen waren. Zumindest hatte er eine gute Entschuldigung: George hatte am Samstag morgen beträchtliche Zeit auf der Toilette zugebracht, wo er dafür büßte, bei Montezuma's, einem mexikanischen Restaurant, einen besonders tückisch scharfen Burrito gegessen zu haben.
»Wie lange waren Sie auf der Toilette?« fragte ich.
»Kann ich Ihnen nicht mit Sicherheit sagen, aber es kam mir endlos vor«, antwortete George. »Ich schwöre Ihnen, der Koch im Montezuma's ist immer noch darüber verbittert, daß Texas an die Vereinigten Staaten gegangen ist oder so etwas. Die haben sich für das Restaurant den richtigen Namen ausgedacht. Ganz klar, irgend jemand hat sich an mir gerächt.«
»Erzählen Sie mir über Ihre Arbeit im Juweliergeschäft Optima«, forderte ich ihn auf.
Er war froh, daß ich das Thema wechselte. »Ich arbeite von uns drei Verkäufern die kürzeste Zeit dort. Diesen März fünf Jahre. Ich hatte nie vor, bei einem Juwelier zu arbeiten, wissen Sie – das war nur als Job gedacht, bis etwas Besseres kommt. Aber die Arbeit dort gefiel mir, und so blieb ich. Alle dort sind wirklich nett, und wenn nicht viel los ist, erlaubt mir Alonso zu lesen. Ich lese fürchterlich gern, praktisch alles.«
»Das ist ja schön«, sagte ich. »Aber warum fangen Sie nicht von vorne an.« Ich lächelte ihn aufmunternd an. Ich hatte stark den Eindruck, daß das Gespräch, solange ich es nicht in die Hand nahm, nirgendwo endete.
»Verzeihung«, sagte er etwas tumb. »Ich habe vor fünf Jahren

meinen Abschluß in mittelalterlicher Geschichte an der Universität gemacht. Es war sehr interessant, aber nicht praxisorientiert, wie Sie sich sicherlich vorstellen können. Ich habe meine Bewerbung millionenfach verschickt, habe wie ein Verrückter korrespondiert, Anzeigen beantwortet, meine Verwandten genervt – die ganze Bandbreite. Aber es ist nichts dabei herausgekommen. Und ich meine *nada.*«

George' ungefähren Hintergrund kannte ich aus der Personalakte, die ich von Isabel bekommen hatte, aber ich wollte gern seine eigene Version hören. Es fiel mir schwer zu glauben, daß er bereits sechsundzwanzig war, nur wenige Jahre jünger als ich. Mit fettigem Haar und ein paar mehr Pickeln hätte er auch als Sechzehnjähriger durchgehen können, obgleich er auf seine Art gut aussah. Sein gewelltes, blondes Haar hätte einen frischen Schnitt vertragen und seine blasse, unlebendig wirkende Haut eine gründliche Reinigungsmaske gebrauchen können. Obwohl er konventionell gekleidet war – khakifarbene Hose, marineblauer Blazer, ein gebügeltes weißes Hemd und eine dezente Krawatte –, lag in seinen Augen das schelmische Funkeln eines wilden Mannes. Seine klaren hellbraunen Augen sahen mich fest an, während er sprach, und scheinbar mit jedem Augenblick rückte er auf seinem Stuhl näher zu mir heran. Ich hatte den Eindruck, daß er das Gespräch nicht so ernst nahm, wie dies vielleicht der Fall hätte sein sollen in Anbetracht der Tatsache, daß sein Chef des Mordes angeklagt wurde und im Gefängnis saß.

»Vom Mittelalter zur Miracle Mile, das muß ja eine große Umstellung gewesen sein«, versuchte ich überzulenken.

»Das können Sie laut sagen!« George setzte ein gewinnendes Lächeln auf – nun, irgend jemanden mußte er zu irgendeinem Zeitpunkt einmal damit gewonnen haben. »Nach sechs Monaten der Jobsuche beschloß ich, daß es an der Zeit wäre, Klinken zu putzen. Ich fing bei den Läden oben in der Miracle Mile an und arbeitete mich immer weiter vor. Ich war in der Mitte des zweiten Häuserblocks angekommen, als ich bei Optima landete.«

»Sie sind von Tür zu Tür gegangen, um nach Arbeit zu suchen?« fragte ich. Ich wußte nicht, daß es auf dem Arbeitsmarkt so schlecht aussah, selbst für einen jung wirkenden Mediävisten.

»Hey, welche Mittel auch immer«, sagte er zurückhaltend. »Und mein Timing hätte nicht besser sein können. Optima war voll mit Kunden. Alonso arbeitete am Ladentisch, Olivia verpackte hinten einen riesigen Warenauftrag, und Elsa war krank. Alonso war überlastet und verzweifelt, und er hat mir auf der Stelle einen Job angeboten. Ich sollte so lange bleiben, bis Elsa zurückkam, aber schlußendlich behielt er mich ganz. Die Arbeit dort ist super.«

»Ich verstehe. Was können Sie mir über Isabel Arango erzählen?« fragte ich und versuchte, ihn kalt zu erwischen, solange er in Plauderlaune war.

Statt aber direkt zu antworten, rutschte George unruhig auf seinem Stuhl hin und her, wich meinem Blick aus. »Ich kenne sie nicht besonders gut«, sagte er dann. »Ich meine, sie kommt nicht allzu häufig in den Laden. Ich habe kaum mit ihr zu tun.«

Ich entschied, nicht weiter darauf einzugehen. Dennoch wurde mir klar, daß Alonsos Frau der besonderen Aufmerksamkeit bedurfte; ich mußte nur noch herausfinden, warum. »Sind Sie sicher, daß es nichts mehr gibt, was Sie mir über den Morgen der Schießerei erzählen könnten?« erkundigte ich mich.

George schüttelte den Kopf, war sichtlich erleichtert, daß ich nicht länger mit ihm über Isabel sprechen wollte. Ich öffnete meine Schreibtischschublade und nahm dasselbe Foto von Gustavo Gaston heraus, das ich auch den Cousinen Ramirez gezeigt hatte. »Kennen Sie diesen Mann?« fragte ich.

George nahm das Foto und musterte es eingehend. Eine Strähne seines blonden Haares fiel ihm in die Stirn. »Sollte ich?«

»Er ist der Tote«, erwiderte ich. »Derjenige, den Alonso erschossen hat.«

»O ja, richtig, jetzt erinnere ich mich. Die Polizei hat mir ein Bild von diesem Typen gezeigt. Sah diesem hier ziemlich ähnlich.«

George legte das Foto auf meinen Schreibtisch, als habe er sich plötzlich die Finger verbrannt. »Ich werde Ihnen das gleiche sagen, was ich auch der Polizei gesagt habe«, begann er. »Ich habe ihn nie zuvor gesehen. Na ja, das stimmt nicht ganz – ich habe ihn auf dem Boden liegen gesehen, als er tot war. Er sah allerdings ganz anders aus, er war blutüberströmt und lag völlig verdreht da. Ich habe weggesehen, und trotzdem habe ich schon ein paarmal von ihm geträumt.«

Er hatte wirklich ein Talent zum Schwatzen, das, wie es schien, mit seiner traumatischen Erinnerung gediehen war. »Er war der erste Tote, den ich je gesehen habe«, fuhr er fort. »Ich meine, ich war noch nicht einmal bei einer Beerdigung.«

»Schon gut, George. Ich habe nicht erwartet, daß Sie ihn kennen oder wiedererkennen. Das war nur ein Versuch.« Ich legte das Foto wieder in die Schublade und hoffte, er würde sich beruhigen. »Dem Polizeibericht konnte ich entnehmen, daß Sie einer der ersten waren, die zum Tatort kamen.«

George nickte. »Ich kam gerade aus der Toilette, als ich einen Knall hörte. Ich wußte nicht, was das war, konnte nur sagen, daß er von hinten gekommen war.« Er leierte. »Ich wußte, daß Elsa, bevor ich auf die Toilette gegangen war, an irgendwelchen Schubladen herumgeräumt hatte und daß Olivia telefonierte. Ich sah zuerst zu ihnen hinüber, um mich zu vergewissern, daß ihnen nichts zugestoßen war. Die beiden standen wie betäubt da. Ich wußte, daß Alonso hinten Uhren repariert hatte, also ging ich hinter, um nach ihm zu schauen.«

»Wie lange haben Sie abgewartet, bis Sie nach hinten gingen?« fragte ich.

George zuckte die Schultern. »Nicht lange, noch nicht einmal eine Minute. Gerade lange genug, um sicherzustellen, daß Olivia und Elsa nicht verletzt waren, und dann noch so lange, wie es dauert, durch den Laden zu gehen.«

»Was haben Sie dort hinten vorgefunden?«
»Als erstes war ich erleichtert, Alonso dastehen zu sehen. Ich wußte zu diesem Zeitpunkt noch nicht, daß das, was ich gehört hatte, Schüsse waren, aber ich erinnere mich, daß ich froh war zu sehen, daß er in Ordnung war.« George schloß die Augen, stellte sich die Szenerie vor. »Dann entdeckte ich Silvia. Sie und Alonso schauten beide auf den Boden hinunter, aber von dort aus, wo ich stand, konnte ich nicht sehen, was da war. Ich mußte um den Arbeitstisch herumgehen, um die Leiche am Boden sehen zu können. Dann bemerkte ich auch die Waffe in Alonsos Hand.«
Ich starrte ihn an. »Was haben Alonso und Silvia denn gemacht?«
»Nichts. Sie standen da wie Statuen.« George lachte nervös. »Es war wie im Fernsehen, wissen Sie, *Murder, She Wrote* oder irgend so etwas. Ich fragte sie, was passiert sei.«
»Und was haben sie geantwortet?« fragte ich.
»Nichts. Sie haben nichts gesagt. Sie standen nur da, rührten sich nicht vom Fleck, sagten keinen Ton.« George rutschte wieder auf seinem Stuhl herum und überkreuzte die Beine. »Es war irgendwie seltsam. Ich sagte zu ihnen, daß wir die Polizei rufen müssen. Meine Stimme klang richtig laut, als würde ich sie anschreien.«
»Hat entweder Alonso oder Silvia erklärt, was vorgefallen war?«
»Sie haben überhaupt nichts gesagt«, erwiderte George. »Sie standen unter Schock. Ich bekam heraus, daß der Tote versucht hatte, den Laden zu überfallen, als Alonso Isabel berichtete, was geschehen war.«
Ich kritzelte mir eine kurze Notiz auf das Papier. »Haben Sie die Polizei gerufen?«
»Nicht sofort. Alonso sagte, er würde das tun. Er ging zuerst in sein Büro und rief Isabel an, und ich konnte hören, was er sagte, weil er die Tür nicht ganz geschlossen hatte. Dann rief er die Polizei an, und die waren schneller da, als wir schauen konnten.«

Ich klopfte mit meinem Stift auf meinen Schreibtisch und lächelte George, wie ich hoffte, aufmunternd an. »Fanden Sie es seltsam, daß Alonso zuerst seine Frau anrief?«

»Ja, um ehrlich zu sein, hatte ich später das Gefühl, daß es ein bißchen ungewöhnlich war. Aber in dem Augenblick war alles so verwirrend, daß es mir kaum auffiel«, antwortete George. »Sie stehen sich wirklich nah, Alonso und Isabel, das erklärt also vielleicht, warum er sie anrief. Wirklich, wissen Sie, wie soll sich denn jemand verhalten, der gerade jemanden erschossen hat?«

Damit hatte er wohl recht. »Und was hat Silvia die ganze Zeit über gemacht?«

»Zuerst stand sie nur da. Aber als Alonso in sein Büro ging, um zu telefonieren, wanderte sie auf und ab. Sie sah so aus, als sei sie wirklich nervös und aufgeregt.«

Ich nahm einen großen Schluck von Leonardos Saft; er war, nachdem er nun über eine Stunde auf meinem Schreibtisch gestanden hatte, warm. George war willens zu reden, aber man mußte ihm jedes Wort mühsam aus der Nase ziehen. Ich fühlte mich wie die Gastgeberin einer Talkshow mit einem leicht langweiligen Gast. »Und was war mit den anderen Mitarbeitern?« erkundigte ich mich. »Was haben die gemacht?«

»Elsa und Olivia kamen kurz nach mir nach hinten gelaufen«, sagte George. »Ich hielt sie in der Tür auf und berichtete ihnen, was geschehen war. Als sie hörten, daß dort hinten ein Toter lag, warteten sie vorne im Laden auf die Polizei. Reina kam kurz darauf. Sie muß wohl durch den Hintereingang hereingekommen sein. Ich habe sie nämlich nicht durch den Laden gehen sehen. Ich glaube, das waren alle.«

George sah betont bedauernd auf seine Armbanduhr. Ich wußte also, daß ich mein Gespräch abschließen mußte, wollte ich nicht seine Aufmerksamkeit verlieren. Obwohl er mir nicht besonders viel zu sagen gehabt hatte, so hatte er doch dazu beigetragen, einige wichtige Lücken zu füllen. Ich erhob mich, um anzudeuten, daß wir fertig seien, und er belohnte mich mit einem weiteren Lächeln. »Vielen Dank, George, dafür, daß Sie gekommen sind«, sagte ich. »Sie waren mir eine große Hilfe.«

Er reckte beschwingt sein Kinn und blinzelte mit seinen langen Wimpern – mit Sicherheit flirtete er. »Lupe, Sie haben mir all die Fragen gestellt. Jetzt bin ich an der Reihe. Wie wär's, wenn Sie mich zur Espuma Night im Amnesia in South Beach begleiten würden?«

Ach, du meine Güte.

Ich war vorne im Empfang und schüttelte immer noch den Kopf über George' Einladung zu einer Schaumparty in einem In-Club, als Leonardo einen Anruf entgegennahm und ihn auf die Warteleitung legte.

»Silvia Romero ist dran«, sagte er.

Als ich den Hörer in meinem Büro abnahm, wurde ich von einer sanften, flüsternden Stimme begrüßt. »Hier spricht Silvia, die Buchhalterin vom Juweliergeschäft Optima«, sagte sie. »Ich weiß, daß Sie versucht haben, mich zu erreichen, um einen Termin mit mir zu vereinbaren, und ich wollte mich entschuldigen, daß ich bislang noch nicht zurückgerufen habe.«

»Schon gut«, meinte ich. »Ich bin froh, daß wir uns jetzt sprechen.«

»Könnte ich heute nachmittag bei Ihnen vorbeischauen?« fragte sie. »Das heißt, nur, wenn es Ihnen paßt.«

Und wie es paßte. Ich hatte ihr Nachrichten hinterlassen, sowohl im Laden als auch zu Hause, und keine Reaktion erhalten. Ich konnte mir keinen Grund vorstellen, warum sie mir ausweichen sollte, aber ich hatte irgendwie den Verdacht, daß dem so war. Sie war die erste Person, die Gustavo Gaston tot gesehen hatte, und damit kam ihr eine Schlüsselfunktion in meinem Fall zu. Wir einigten uns darauf, daß wir uns innerhalb der nächsten Stunde bei mir im Büro treffen wollten.

Sie tauchte nach einer halben Stunde auf. Silvia Romero war eine kleine, schmächtige, freundliche Frau, die um die Dreißig zu sein schien. Obwohl sie unglaublich tiefschwarze Haare und dunkle Augen hatte, war sie nicht unbedingt hübsch. Ich hätte sie wahrscheinlich eher als zerbrechlich bezeichnet denn als hübsch. Sie wirkte, als bekäme sie gleich blaue Flekke, wenn jemand sie zu fest anfaßte.

Ich mußte ihre rechte Hand fast an mich ziehen, um sie schütteln zu können, als ich Silvia begrüßte. Man mochte ihre Schüchternheit und Zartheit anziehend finden, ich hielt sie für schwach.

»Miss Romero«, sagte ich, nachdem ich die Tür hinter uns geschlossen hatte. »Würden Sie mir bitte erzählen, was sich am Samstag morgen im Juweliergeschäft Optima ereignet hat?«

»Nun, ich weiß nicht allzuviel darüber, was sich ereignet hat. Ich war zur Post gegangen, um Briefmarken zu kaufen.« An ihrem schlanken Hals pulsierte eine Ader, während sie sprach. »Der Laden wird samstags um zwölf Uhr mittag geschlossen, und ich mußte noch ein paar Dinge versenden. Ich ging zu Fuß zur Post in Coral Gables, die nur ein paar Häuserblocks entfernt liegt. Ich ging wie gewöhnlich zum Hintereingang hinaus, der auf ein kleines Quersträßchen führt.«

Sie schien fast Angst vor mir zu haben, aber ich hatte das Gefühl, daß sie sich allen Menschen gegenüber so verhielt. »Und was ist passiert, als Sie von der Post zurückkamen?«

»Ich kam den gleichen Weg zurück, zum Hintereingang herein«, sagte sie. »Ich sah Alonso über einem Mann stehen, der ausgestreckt am Boden lag. Der Mann blutete, daran kann ich mich am besten erinnern – an das Blut. Alonso hielt eine Waffe in der Hand. Danach kann ich mich kaum mehr an etwas erinnern. Die Polizei stellte mir eine Menge Fragen, und ich habe sie alle beantwortet, aber ich weiß wirklich nicht mehr besonders viel, außer das, was mir später erzählt wurde.«

Mir fiel ein, daß George Mortimer mir nur eine Stunde zuvor erzählt hatte, daß Silvia merkwürdig ruhig, fast ein wenig benommen gewirkt hatte. Meiner Erfahrung nach entsprach das dem, wie Menschen oft reagieren, wenn sie sich in einer schockierenden oder schauerlichen Situation wiederfinden. Sie wirken nicht nervös oder aufgeregt – sie verfallen für eine gewisse Zeit in einen zombiehaften Zustand. Bei all ihrer Zartheit kam mir Silvia plötzlich wie eine starke und kluge Frau vor. Ich beschloß, sie anders anzugehen.

»Lassen Sie uns von vorne anfangen«, schlug ich vor. »Erzählen Sie mir von sich selbst.«

Silvia wurde unruhig, steckte ihre Bluse fest in ihren schlichten Rock. Sie war so zart, daß es schwerfiel, sich vorzustellen, daß sie ein Kind geboren hatte.

»Da gibt es wirklich nicht viel zu erzählen.« Sie wirkte verlegen. »Ich bin dreißig Jahre alt und Einzelkind. Ich bin Puertoricanerin, in Miami geboren. Ich wohne in Westchester, hinter dem Haus meiner Eltern. Ich habe Buchhalterin gelernt und vor acht Jahren zu arbeiten begonnen.«

Ich ließ sie reden, unterbrach sie nicht. Ihre Haltung wurde zunehmend spröde und reserviert. »Ich hatte verschiedene Jobs überall hier in Coral Gables, meistens in der Miracle Mile, wo ich in Teilzeit arbeitete, aber jetzt arbeite ich hauptsächlich für Alonso. Es gefällt mir viel besser, nur für einen Arbeitgeber zu arbeiten. Ich erledige zwar immer noch etwas Arbeit für andere Geschäfte, aber Optima ist meine Hauptarbeitsstelle.«

Das meiste davon war mir aus ihrer Personalakte bereits bekannt, aber es war immer hilfreich zu hören, wenn Leute sich selbst beschrieben. Es war zum Beispiel interessant, daß sie nichts über ihre Ehe und über ihre Tochter gesagt hatte. Silvia trug keinen Ehering, und als ich mich über ihre Vergangenheit kundig gemacht hatte, war nirgendwo ein Ehemann aufgetaucht. Sie machte allerdings nicht den Eindruck, als würde sie auf diesem Gebiet freiwillig Informationen herausrücken, und es wäre taktisch unklug gewesen, sie danach zu fragen.

»Lassen Sie uns nun zum Samstag morgen zurückkehren«, sagte ich ruhig. »Gibt es irgend etwas, wovon Sie glauben, es könnte für die Verteidigung von Alonso Arango hilfreich sein?«

Zum ersten Mal erhielt ich einen Beweis für die Energie, von der ich vermutet hatte, daß sie in Silvia schlummerte. Ihre Wangen röteten sich, und ihre kleinen Hände ballten sich in ihrem Schoß zu Fäusten. »Ich verstehe nicht, warum er im Gefängnis ist«, sagte sie. »Der Mann ging mit einem Messer auf ihn los. Damit handelt es sich doch um Notwehr, oder?«

»Das Messer ist nie gefunden worden«, erwiderte ich. »Und Alonso hat sechs Schüsse abgefeuert. Sowohl die Polizei als auch die Richterin finden, das sind zu viele für einen Mann, der sich nur verteidigen wollte. Wenn das Messer gefunden worden wäre, dann läge die Sache noch einmal anders. Unser größtes Problem ist, daß es keinen Zeugen gibt, der Alonsos Absicht bestätigen könnte.«

»Ich nehme an, ich bin noch am ehesten die Zeugin, die Sie zu finden versuchen«, sagte Silvia mit einem überraschend harten Unterton in der Stimme. »Ich war dort, kurz nachdem es passiert ist. Wie kann ich helfen?«

Alle sagten, sie wollten gerne helfen, und niemand war dazu in der Lage. Ich zuckte die Schultern. »Beschaffen Sie mir einen Zeugen oder das Messer«, sagte ich. »Eines von beiden wäre von großem Nutzen.«

Silvia fixierte mich mit ihrem Blick. »Sagen Sie mir bitte, was mit Alonso geschehen wird.«

In meinem Kopf schrillten alle Alarmglocken. Ich hatte es nicht für wichtig genug erachtet, mir Silvia Romero gründlich anzusehen, jetzt bedauerte ich es. Ich konnte eine kleine Veränderung an ihr beobachten, von der farblosen Buchhalterin zur leidenschaftlichen Frau, die versuchte, ihrem Chef zu helfen. Dies war nicht völlig unangemessen, aber Leute verändern ihre Persönlichkeit nicht ohne guten Grund so schnell.

»Ich kann es nicht genau sagen«, kam ich ihr schließlich entgegen. »Es hängt viel von meinen Ermittlungen ab, und darüber hinaus davon, welche Abmachung Alonsos Anwalt mit der Richterin vereinbaren kann.«

»Wenn Sie ›Richterin‹ sagen, dann klingt das ja richtig bedrohlich«, bemerkte Silvia.
»Keine Frage«, sagte ich. »Alonsos Anwalt, Mr. McDonald, versucht, Alonso auf Kaution aus dem Gefängnis freizubekommen. Er wird den Staatsanwalt und die Richterin darauf hinweisen, daß Alonso nicht vorbestraft ist und eine starke Bindung an seine Umgebung hat. Er will sie davon überzeugen, daß Alonso, während er auf seinen Prozeß wartet, nicht fliehen wird.«
»Alonso würde nie vor Schwierigkeiten davonlaufen«, sagte Silvia. Ihre kleinen Hände zitterten. »Das weiß ich ganz genau.«
So, das genügte. Ich war überzeugt, daß es sich lohnen würde, mir Silvias Vergangenheit genauer anzuschauen. »Im Moment habe ich keine weiteren Fragen«, sagte ich, erhob mich und reichte ihr meine Visitenkarte.
Als wäre es ein nachträglicher Einfall, zeigte ich ihr das Foto von Gustavo Gaston. »Noch eine Sache – ich hätte es fast vergessen, verzeihen Sie.« Silvia sah mich fragend an. »Wissen Sie, wer das ist?«
Sie schüttelte fast unmerklich den Kopf. Dann senkte sie den Blick, eindeutig beunruhigt.
»Das ist Gustavo Gaston, der Tote«, teilte ich ihr mit.
Silvia sprang auf, als hätte ich sie in den Hintern gezwickt. Und ihre Erleichterung war mehr als deutlich, als ich sie durch mein Büro führte und ihr die Tür aufhielt. Ich sah ihr nach, wie sie mit ihrem weißen Toyota davonfuhr.
Leonardo trat hinter mich. Er bückte sich, um die Gewichte zu regulieren, die er an seinen Waden befestigt hatte. »Ein Penny für deine Gedanken«, brummte er, noch immer vornübergebeugt.
»Etwas ist hier nicht ganz koscher«, sagte ich und sah auf die Straße hinaus. »Ich rieche Lügen.«
»Nun, ich rieche die Happy-Hour im Café Tu Tu Tango«, meinte er. »Laß uns ein paar Margaritas trinken. Du kannst fritiertes Zeug essen, und ich schaufle mir Gemüse rein.«

Binnen fünf Minuten hatte wir die Lichter gelöscht, die Türen verriegelt und die Alarmanlage eingeschaltet. Leonardo warf sich noch in formelle Kleidung – einen glänzend silbrigen Trainingsanzug –, und weg waren wir.

Es war Zeit, einen freien Kopf zu bekommen, bevor ich weitermachte. Ich hatte Mutmaßungen, Intuitionen und vage Hinweise. Leonardo wollte nichts davon hören. Wir gingen in Richtung Cocowalk, und er zog mich am Arm, damit ich schneller ging. Es wäre ein Verbrechen, wenn wir in unserer Stammkneipe erst auftauchten, wenn das Essen bereits ausgegangen war.

# 14

Am nächsten Morgen wachte ich in meiner Wohnung auf, duschte, zog mich an und ging früh ins Büro. Ich hatte mir vorgenommen, ein paar Stunden Arbeit hinter mich zu bringen, bevor die alltäglichen Ablenkungen begannen. Aber ich war nicht früh genug gekommen. In der Einfahrt neben dem Haus standen, als ich auf meinen Parkplatz zufuhr, zwei Fahrzeuge.

Sobald ich ins Büro eintrat, hörte ich das bekannte Geräusch: Leonardos Stöhnen aus dem Fitneßraum. Jemand hätte ihn dort drin foltern können, und ich wäre gar nicht auf die Idee gekommen, daß irgend etwas nicht stimmte. Ich hörte das Klirren von Metall, gefolgt von einem fröstelnden Quietschen, wie ein Büffelweibchen, das gerade ein Junges gebar. Schaudernd ging ich an der geschlossenen Tür vorbei in mein Büro.

»Lupe, *querida*«, sagte eine Stimme von meinem Sofa. »Hier ist mein Bericht über Gustavo Gaston. Die Rechnung liegt auf dem Tisch. Weck mich, wenn du noch Fragen hast. Ansonsten, laß mich schlafen.«

Nestor Gomez, von den Ermittlern, die für mich arbeiteten, derjenige, der mir am liebsten war, hatte die Augen geschlossen und die Hände glückselig auf seiner Brust gefaltet, während er sich tiefer in die Polster des Sofas kuschelte. Ich sah in sein faltiges Gesicht. Er war dreißig Jahre alt, aber man hätte ihn leicht auch auf fünfzig schätzen können.

Ursprünglich stammte Nestor aus Puerto Plata in der Dominikanischen Republik, und er hatte nur ein Ziel im Leben – seine zwölf Brüder und Schwestern so schnell wie möglich nach Miami zu holen. Nestor tat nichts, außer zu arbeiten; soweit ich wußte, aß oder schlief er nur selten, und ich

nahm an, daß Sex und irgendwelche romantischen Ideen für ihn nicht in Frage kamen.
Das letzte Mal, als ich gewagt hatte, ihn zu fragen, wie es ihm gehe, hatte er geantwortet, er sei »zur Hälfte hier« – was bedeutete, daß die Hälfte seiner Familie nun bei ihm in Miami lebte. Ich freute mich für ihn, aber insgeheim und eigennützig fürchtete ich den Tag, an dem die komplette Familie Gomez eine Postadresse in Miami besitzen würde. Nestor konnte arbeiten wie ein Tier, er war in der Lage, mehrere Rund-um-die-Uhr-Beobachtungen hintereinander durchzuziehen. Und in den sieben Jahren, die ich ihn bereits kannte, hatte er mir nie irgend etwas vermasselt. Er war teuer, aber ich beklagte mich nie. Er war jeden Peso wert.
»Irgend etwas Interessantes?« fragte ich, während ich meine Handtasche auf den Schreibtisch legte und seinen Bericht öffnete.
»Komm schon, Lupe«, stöhnte Nestor. »Lies das verdammte Ding, und laß mich für ein paar Minuten die Augen zumachen. Ich habe seit drei Tagen so eine Ehegeschichte laufen. Ich bin am Ende. Ich habe den Kram für dich tagsüber erledigt und die Frau nachts unter Beobachtung genommen.«
Ich wollte, daß er weiterredete, damit er mir nicht in tiefes Koma fiel und überhaupt nicht mehr in der Lage war, mir irgendwelche Fragen zu dem Bericht über Gustavo Gaston zu beantworten. »Drei Tage?« hakte ich deshalb nach. »Was war das denn für eine Geschichte?«
»Der Mann dachte, seine Frau würde fremdgehen. Also hat er ihr erzählt, er müsse zu einem dreitägigen medizinischen Kongreß nach Las Vegas, nur um zu sehen, was sie tut. Es stellte sich heraus, daß er recht hatte. Die Frau hat ihn am Flughafen abgesetzt, ihm einen echt saftigen Zungenkuß gegeben und ist für ein nachmittägliches Vergnügen zur Wohnung ihres Freundes weitergefahren. Ich habe ein paar klasse Fotos von ihr und diesem Typen – er vermietet Motorboote in Key Biscayne. Das wird gar nicht so leicht für sie, von den Mieteinkünften ihres Geliebten zu leben, verglichen damit,

was sie gewohnt ist. Der baldige Exmann ist ein Kardiologe. Wie man sich bettet, so liegt man.«

Nestor erzählte mir die ganze Geschichte mit gedämpfter, monotoner Stimme und öffnete seine Augen dabei kein einziges Mal. Zumindest blieb er wach und ließ mir die Möglichkeit, seinen Bericht zu überfliegen. Während ich las, nagte irgend etwas an mir. Schlimmer noch, ich konnte gar nicht genau sagen, was es war, irgend etwas in meinem Hinterkopf versuchte meine Aufmerksamkeit auf sich zu ziehen.

Laut Nestors Bericht war Gustavo Gaston vierzig Jahre alt, als er starb. Er war von der Küstenwache südlich von Key West aufgefangen worden, als er vor sechs Jahren auf einem Floß von Kuba nach Amerika gekommen war. Er hatte einige Tage in einem Durchgangslager verbracht. Per Gerichtsbeschluß war er dort herausgekommen und nach Miami gegangen, wo er auch geblieben war. Gemeldet war er unter einer Adresse in einem großen Apartmentgebäude im Süden von Little Havana.

Gustavo war in Miramar geboren worden, einem Vorort von Havanna, und er hatte an der Universität von Havanna Architektur studiert. Erstaunlicherweise hatte er eine ganze Reihe von Preisen für die Entwürfe großer Wohnsiedlungen im kommunistischen Kuba gewonnen. Er war für einen angeblichen Gelegenheitsdieb sehr gebildet und qualifiziert. Ich war nicht besonders überrascht zu sehen, daß er nicht vorbestraft war.

Nachforschungen bei der Sozialversicherung hatten ergeben, daß Gustavo in Miami eine ganze Reihe von Jobs gehabt hatte. Manche Vollzeit, andere Teilzeit, aber alle hatten sie eines gemeinsam – sie waren niedrig und schlecht bezahlt. Bei einem Mann mit einem solch kultivierten Hintergrund überraschte es, kaum Anzeichen von Ehrgeiz zu sehen. Nach seiner Ankunft in Miami hatte Gustavo für kurze Zeit in einem Großhandelslager in der Nähe des Flughafens gearbeitet. In den vergangenen sechs Jahren dagegen war er fast ausschließlich in Coral Gables tätig gewesen. Bei seinen

letzten drei Jobs hatte er als Liefermann für drei ganz unterschiedliche Geschäfte gearbeitet: einen Brautladen, einen Anglerladen und ein Rahmengeschäft. Der Brautladen lag in der Miracle Mile, die anderen beiden Geschäfte nur zwei Häuserblocks vom Juweliergeschäft Optima entfernt.
Ich wurde von einem ohrenbetäubenden Schnarchen des erschöpften Wesens auf meinem Sofa in die Realität zurückgerissen. Nestor hatte sein Gesicht mit einem Hut bedeckt und atmete so schwer, daß dieser sich zu heben und über seinem Kopf zu schweben schien. Nestor schnarchte! Obwohl ich enttäuscht war, so lag doch auch eine gewisse Genugtuung darin, einen handfesten Beweis dafür zu haben, daß er ein Mensch war.
Ich warf mit einem Papierknäuel nach ihm. »Nestor, wach auf!«
Die schlafende Schönheit rührte sich nicht. Selbst ein mitleiderregender spitzer Schrei von Leonardo aus dem Fitneßraum weckte ihn nicht auf. Ich ging zu Heftklammern und Radiergummis über, zielte auf die Stelle zwischen seinen Beinen. Als es auf seiner Hose allmählich völlig chaotisch aussah, bewegte er sich schließlich.
»*Mierda*, Lupe«, röchelte er. »Was willst du? Ich habe geträumt, ich sei mit Gloria Estefan im Bett.«
Ich überhörte seine Klage. Soweit ich wußte, machte er in seinen Träumen immer mit Gloria Estefan herum. Die einzige Variation schien in der Position zu liegen, in der sie ihrer Lust frönten.
»Was weißt du sonst noch über Gaston?«
»Nicht viel«, murmelte Nestor. »Ich wollte, daß du seinen Hintergrund kennst, bevor ich alles weitere unternehme. Was haben wir überhaupt für ein Budget?«
Ich mußte mich über meinen Schreibtisch beugen, um ihn verstehen zu können, denn der Hut bedeckte noch immer sein Gesicht. »Der Klient ist im Gefängnis, des Totschlags angeklagt, nicht auf Kaution freigelassen«, sagte ich. »Wir haben ziemlich freie Hand, aber übertreib es nicht.«

Dies ließ ihn ein wenig munterer werden. Er dehnte sich, hielt aber mit einer Hand den Hut fest. »Nun, dann sollten wir Marisol einspannen«, meinte er. »Sie ist gut, und sie ist schnell.«

»Gute Idee«, sagte ich laut, um zu verhindern, daß er wieder wegnickte. »Sie ist perfekt.«

Marisol Velez war eine der besten Privatdektektivinnen, die ich kannte, und ganz gewiß die beste mit einer Videokamera. Sie stammte aus Asuncion in Paraguay, und sie hatte ungefähr die letzten zehn Jahre in Miami verbracht. Sie war groß, blond und sehr sinnlich. Sexappeal strömte aus jeder ihrer Poren, und sie genierte sich nicht, dies zu ihrem Vorteil zu nutzen. Früh in ihrer beruflichen Laufbahn hatte sie gelernt, aus ihren Attributen Kapital zu schlagen. Mir waren einige Situationen bekannt, in denen Marisol Erfolg gehabt hatte, einem Informanten – männlich, natürlich – Informationen abzugewinnen, wo andere, erfahrenere Detektive versagt hatten. Ich hatte nie gefragt, wie ihr das gelang. Ich war lediglich für die Ergebnisse dankbar.

Offensichtlich sah Nestor schließlich ein, daß ich ihn nicht schlafen lassen würde. Er hievte sich mit einem tiefen Seufzer vom Sofa hoch und ging zu dem kleinen runden Spiegel an der Wand. Es dauerte eine ganze Minute, bis er die Tränensäcke unter seinen Augen in eine Position gebracht hatte, mit der er leben konnte. Er unternahm zudem einen flüchtigen Versuch, sein Hemd in die Hose zu stecken und ging zur Tür.

»Ich kümmere mich gleich darum«, sagte er. »Du hörst von mir, sobald ich was Brauchbares für deinen Bericht habe.«

Ich schüttelte den Kopf und sah ihm gehässig nach – was er natürlich nicht mehr bemerkte. Nestors Gebaren nervte mich immer. Ich mochte andere Ermittler lieber, die sich regelmäßig mit mir absprachen und nicht selbst entschieden, wann sie etwas hatten, das meine Aufmerksamkeit wert war. Wiederum hatte ich mich mit der Warterei abgefunden. Was Nestor tat, war extrem gut, und es war zu spät, ihm andere Sitten anzugewöhnen.

In der Diele blieb Nestor stehen und drehte sich mit besorgtem Blick zu mir um. »Du weißt, daß ich mich normalerweise nicht um die Privatangelegenheiten anderer Leute kümmere, Lupe«, sagte er. »Aber hast du dich in letzter Zeit auf irgend etwas Seltsames eingelassen?«

Ein Scherz lag mir auf der Zunge, aber ich bemerkte, daß Nestor es ernst meinte. »Wovon, um alles in der Welt, sprichst du?«

»Vielleicht hat es nichts zu bedeuten«, sagte er. »Aber ich habe gesehen, wie Tom Slattery diese Adresse hier observierte.«

»Du brauchst wirklich Schlaf«, erwiderte ich. »Wer, zum Teufel, ist Tom Slattery?«

»Du weißt, wer er ist. Er ist dieser Ermittler, der früher für den Staatsanwalt gearbeitet hat – bis er wegen eines Einbruchs gefeuert wurde.« Ich muß ziemlich verständnislos gewirkt haben, denn Nestor seufzte frustriert. »Du weißt doch – dieser riesige Kerl, groß, fettige schwarze Haare, Knopfaugen, schmutzige Zähne, die wie bei einem Biber hervorstehen.«

Nestors Beschreibung, die er mir mit zusammengekniffenen Augen und verzogenem Mund lieferte, klang so abwertend, daß ich wußte, daß er und dieser Slattery sich nicht grün waren.

Plötzlich konnte ich mich erinnern; Nestors Beschreibung hatte meinem Gedächtnis auf die Sprünge geholfen, und ich gab einen Würgeton von mir. »Wie konnte ich ihn vergessen? Er war so feist. Wenn er in den Aufzug einstieg, versuchte er mich anzurempeln und anzugrapschen.«

»Nun, *querida*, er observiert dein Büro.« Nestor öffnete die Eingangstür. »Ich dachte, ich sage dir einfach Bescheid. Du solltest aufpassen.«

Ich blieb an meinem Schreibtisch sitzen, nachdem er gegangen war, und versuchte, diese Information zu verdauen. Warum sollte mich jemand beobachten? Möglicherweise hatte es mit dem Fall Arango zu tun. Es konnte aber genausogut mit hundert anderen Fälle in Zusammenhang stehen, die ich in der Vergangenheit bearbeitet hatte. Was auch immer es war, es war keine gute Nachricht. Slattery war ein ekliger Schleimer. Ich brauchte ihn in meinem Leben nicht.

Plötzlich steckte Nestor seinen Kopf noch einmal in die Tür. »Wenn du wegen diesem Typen Hilfe brauchst, dann ruf mich an«, sagte er. »Ich kann dir dieses Problem vom Hals schaffen, wenn du willst. Sag mir einfach Bescheid.«

Bevor er endgültig ging, verlangte Nestor mir noch das Versprechen ab, daß ich über sein Angebot nachdenken würde. Aber in gewisser Weise wollte ich nicht darüber nachdenken, was das alles zu bedeuten hatte.

Aus dem Nebenzimmer hörte ich Gejammer und den Klang von Gewichten, die auf den Boden fielen und noch ein paarmal abfederten. Leonardo murmelte vor sich hin und keuchte schwer. Wer sollte es wagen, mir Schwierigkeiten zu machen? dachte ich. Es war für jedermann in Hörweite absolut offensichtlich, daß ich hier in meinen Räumen einen Mann eingesperrt hatte, den ich fast zu Tode folterte.

# 15

Um zehn Uhr war ich zu Hause in meiner Wohnung, aber ich war immer noch mit meiner Arbeit beschäftigt und wartete auf eine Mitteilung von Marisol Velez darüber, was sie an diesem Tag erreicht hatte. Ich nutzte die Zeit, um noch einmal alle Notizen durchzugehen, die ich mir im Fall Arango gemacht hatte. Ich hatte eine Menge Arbeit erledigt und Berichte zusammengetragen, aber ein klares Bild wollte noch nicht entstehen. Und ich war noch nicht weitergekommen, was Margaritas Verbindung zu den Arangos anging. Sie hatte die Innenausstattung in deren Haus in Coral Gables gemacht. Gaston, der Bootsflüchtling, war früher einmal ein anerkannter Architekt gewesen. Das Messer, von dem Alonso behauptete, er habe sich dagegen zur Wehr setzen müssen, war immer noch nicht aufgetaucht. Alles ging viel tiefer, das wußte ich, und führte irgendwohin.
Frustriert kümmerte ich mich um meinen Haushalt, den ich völlig vernachlässigt hatte. Wegen all der Nächte, in denen ich spät nach Hause gekommen war oder die ich in Cocoplum verbracht hatte, waren meine Zimmerpflanzen vertrocknet, das Geschirr stapelte sich im Becken, und die frische Wäsche stapelte sich auf der Kommode im Schlafzimmer. Nun, denn. Haushalt war nie etwas gewesen, das ich in meine Terminverwaltung im Computer aufnahm, weil die Chance eigentlich zu gering war, daß ich jemals darüber verzweifeln würde. Ich öffnete die Türen zu meiner Terrasse, um die kühle Nachtluft hereinströmen zu lassen. Und ich hatte Erbarmen mit den Pflanzen, goß sie und besprühte die Blätter. Ich suchte gerade nach dem Pflanzendünger, als das Telefon läutete. Ich war nervös und zuckte zusammen. Beim zweiten Klingeln hob ich ab.

»Er arbeitet für wen?« schrie ich ins Telefon. Ich konnte nicht deutlich verstehen, was gesagt wurde, so beunruhigt und nervös war ich.

Marisol wiederholte den Namen geduldig. »Fernando Godoy. Es war nicht schwer herauszufinden. Der Typ fuhr heute dreimal direkt an Godoys Büro vorbei.«

»Ich kenne den Namen, ich weiß im Moment nur nicht, woher.« Ich schlug mir an den Kopf, als könnte ich mich dadurch erinnern.

»Er ist ein widerlicher Anwalt«, fuhr Marisol giftig fort. »Er arbeitet im ersten Stockwerk eines Wohngebäudes ohne Aufzug in der Red Road in South Miami. Für ihn würde ich nie arbeiten, das ist schon mal klar.«

»*Mierda!*« rief ich. »Jetzt weiß ich, wer dieser *hijo de puta* ist.« Es war der Anwalt, den Rodrigo für seinen Prozeß gegen Dade County engagiert hatte, derjenige, der ihm helfen wollte, aus dem Leichnam Margaritas Kapital zu schlagen.

»Hör zu, *chica*, brauchst du mich noch? Ich bin fix und fertig. Ich möchte nach Hause gehen.« Marisol klang erschöpft. Ich hatte sie über mehrere Tage hinweg viele Stunden lang arbeiten lassen, ohne irgendwelche Pausen.

»Du hast gute Arbeit geleistet. Geh nach Hause«, sagte ich. »Und vielen Dank. Sag mir, wieviel du verlangst, schreib mir keine Rechnung. Ich bezahle dich bar.« Das ging auf meine Kosten.

»Super. Wir sprechen uns morgen.« Sie legte auf.

Nachdem Nestor mir erzählt hatte, daß Tom Slattery das Detektivbüro Solano observierte, war ich seinem Rat gefolgt und hatte Marisol angeheuert – statt sie aber für den Fall Arango arbeiten zu lassen, beauftragte ich sie herauszufinden, wer Slattery angestellt hatte. Marisol hatte zuerst ein Video von Slattery gemacht, als er mich observierte. Es zeigt diesen riesigen häßlichen Kerl, wie er vom Auto aus mit seinem Fernglas zu meinem Haus herüberspähte. Dann hatte sie ihn erwischt, wie er mir zu einem kubanischen Deli gefolgt war, wo ich allein zu Mittag gegessen hatte.

Es wäre vielleicht noch amüsant gewesen, bis ich von Godoy erfuhr. Das war kein Zufall. Mit Sicherheit stand Rodrigo dahinter, aber warum? Was an meinem Kommen und Gehen war so wichtig für ihn?
Bevor ich zu Bett ging, trank ich noch ein Glas Gevrey-Chambertin, dann noch eines. Es ist unmöglich, bei einem so guten Wein nach einem Glas aufzuhören. Ich nippte es auf der Terrasse, während ich in den gelben Seiten nach Schuhläden suchte. Ich riß die Seite heraus und legte sie zum Telefon.
Um halb neun am nächsten Morgen rief ich in Rodrigos Schuhgeschäft an. Ich hatte schon vermutet, daß ich ihn nicht antreffen würde, nachdem er darauf spekulierte, demnächst Millionär zu sein. Aber er war da, und zu meiner Überraschung war er auch derjenige, der ans Telefon ging.
Ich hörte durch das Telefon alle möglichen Geräusche, als er herumzuhantieren anfing, nachdem er meine Stimme gehört hatte. Dann räusperte er sich und riß sich zusammen. »Lupe! Wie schön, wieder einmal von dir zu hören!« Mitten im Satz erhob sich seine Stimme von einem tiefen Baß zu einem hübschen Sopran. Er erinnerte mich so sehr an einen Teenager, den man auf der Toilette beim Rauchen erwischt hatte, daß ich fast erwartete, den Bartflaum an seinem Kinn sprießen zu hören. »Ich hatte gerade darüber nachgedacht, mich bei dir zu melden.«
»Prima«, sagte ich. »Ich wollte nur anrufen, um zu hören, wie du zurechtkommst, mit der Zeit.«
Ich hatte keinen festen Plan im Kopf, aber ich wußte, daß Rodrigo mir entgegenkommen würde. »Oh, soweit ganz gut«, sagte er. »Und du?«
Ich sah seinen Adamsapfel förmlich vor mir, wie er auf und nieder hüpfte. »Das gleiche. Ich wollte mich nur mal gemeldet haben.« Es fiel schwer, meine Stimme freundlich und neutral klingen zu lassen, wo ich doch wußte, daß dieser Bastard einen Beschatter auf mich angesetzt hatte – und noch nicht mal einen guten. Er hätte mir gegenüber wenigstens etwas Respekt zeigen und einen echten Profi anheuern können.

Aber Rodrigo war schon immer von der billigen Sorte gewesen.
»Das ist wirklich nett«, sagte er und kam dabei ein wenig ins Stottern.
»Hey, ich habe mir überlegt, ob wir uns nicht mal wieder sehen sollten«, sagte ich süßlich. »Es tut mir leid, daß ich dich habe sitzenlassen, als wir uns das letzte Mal getroffen haben. Ich hoffe, du bist nicht sauer. Das war wirklich keine böse Absicht, ich war nur irgendwie neben der Kappe.« Ich plapperte vor mich hin, aber ich wußte, daß ich damit bei ihm landen würde. Er war ein Sexist, und er würde begierig jedes Zeichen dafür aufsaugen, daß er die Fäden in der Hand hatte – und nicht ich. Idiot.
»Das wäre prima«, sagte er schwärmerisch. »Diese Woche bin ich allerdings sehr beschäftigt. Wie wäre es irgendwann nächste Woche?«
Feigling.
»Nächste Woche geht prima – ich habe selbst eine ganze Menge am Hals. Freut mich zu hören, daß dich der Laden beschäftigt hält. Ich sage immer, es geht nichts über handfeste Arbeit, wenn man in schwierigen Zeiten von seinen Problemen auch einmal loskommen möchte.« Ich fühlte mich wie ein absoluter Trottel, als ich mich so reden hörte, aber ich hoffte, daß er auf diese Weise ebenfalls zu schwatzen anfangen und mir etwas verraten würde, was von Nutzen wäre.
»Es ist nicht nur das Schuhgeschäft, MMV Interiors kommt ja noch dazu.« Rodrigo schniefte tatsächlich ins Telefon hinein. Zumindest respektierte er mich insoweit, daß er versuchte, sich zu benehmen. »Ich muß Leonora helfen, das Geschäft aufzulösen, aber ich schiebe es immer noch hinaus. Ich mag Margaritas Dinge gar nicht durchsehen, es ist so schmerzlich. Aber ich nehme an, ich muß.«
»Du mußt jetzt stark sein, Rodrigo.« Ich hoffte, Margarita würde jetzt im Himmel in ein herzhaftes Lachen ausbrechen, wenn sie beobachtete, wie ich mich bei ihrem Ehemann einschleimte.

Nachdem wir vereinbart hatten, uns in der übernächsten Woche zu treffen, legten wir auf. Ich fragte mich, ob Slattery mich auch bei diesem speziellen Termin beschatten würde. Unser Gespräch hatte mich darin bestätigt, daß ich es jetzt, wo Rodrigo vorhatte, das Büro zu räumen, nicht länger hinauszögern konnte, Margaritas Räume nach Hinweisen auf ihr Privatleben zu durchsuchen. Ich rief Leonora an, um mich zu vergewissern, daß sie da war, und machte mich auf den Weg zu MMV Interiors.

Die Fahrt von meiner Wohnung zu MMV Interiors dauerte nur eine halbe Stunde, trotz des Umwegs, den ich wählte für den Fall, daß ich so früh am Tag schon beschattet wurde. Ich suchte ständig im Rückspiegel nach Slatterys zerbeultem Chevy, konnte ihn aber nicht entdecken. Ich wußte ja nicht einmal, ob Slattery noch damit beauftragt war, mich zu beschatten; vielleicht hatte ein anderer Ermittler übernommen. Es gab noch eine andere, eher unwahrscheinliche Möglichkeit. Godoy hatte Slattery unter Umständen durchaus mit dem Wissen angeheuert, daß dieser auffliegen würde. Rodrigo und sein Anwalt setzten vielleicht darauf, daß ich, was Slattery betraf, überheblich werden würde, nur um mich dann von einem zweiten Ermittler beschatten zu lassen, einem, der so gut war, daß ich ihn nicht bemerken würde. Diese Taktik war gerissen und durchaus nicht unüblich, aber ich hatte trotzdem nicht den Eindruck, daß sie hier angewendet wurde. Rodrigo war zu blöde. Nur für den Fall beschleunigte ich, fuhr über gelbe Ampeln, machte ein paarmal kehrt – bis ich einigermaßen sicher war, daß mir niemand gefolgt war.

Leonora saß am Schreibtisch im Empfang und wartete auf mich. Seit unserer letzten Begegnung war die arme Frau um zehn Jahre gealtert – und schon damals hatte sie nicht besonders gut ausgesehen. Als ich eintrat, kam sie um den Schreibtisch herum, um mich zu begrüßen. Bevor ich mich dagegen wehren konnte, umarmte und küßte sie mich und brach dann in Tränen aus.

Fast mußte ich Jujutsu anwenden, um mich zu befreien. »Ich freue mich, dich zu sehen, Leonora«, sagte ich steif. Ich brauchte ihr theatralisches Getue nicht, das den Kummer nur wieder neu anstachelte, den ich gerade einigermaßen gebändigt hatte. »Könnte ich mich vielleicht in Margaritas Büro umsehen? Es gibt ein paar Dinge von ihr, die ich gerne mitnehmen würde. Nur Erinnerungen, nichts Wertvolles.«
»Alles, was du willst, meine Liebe«, sagte Leonora, die wieder einigermaßen Fassung gewonnen hatte. Sie saß inzwischen auf ihrem Schreibtisch und machte eine Kopfbewegung in Richtung von Margaritas Büro. »Rodrigo hat gleich nach dir angerufen. Er sagte, er wolle heute vorbeikommen, um vor dem Verkauf einige Sachen durchzuschauen.«
»Verkauf?« hakte ich nach. »Was für ein Verkauf?«
»Er verkauft nicht nur das Geschäft, er verkauft auch alles, was damit einhergeht.« Leonora verschränkte die Arme und biß sich auf die Lippe, offensichtlich entsetzt. »Alles. Ich wußte, daß er die Kundenliste verkaufen würde, aber daß es auch die persönlichen Dinge sind – ihre Bilder, die Möbel, die sie ausgesucht hat, sogar die Teppiche.«
Ich konnte den Gedanken fast nicht ertragen. »Nun, lange wird es nicht dauern«, meinte ich.
Ich ging in Margaritas Büro und gab der Tür einen sanften Stoß, so daß sie nur noch einen Spaltbreit geöffnet war. Leonora hatte den größten Teil der persönlichen Gegenstände Margaritas noch nicht eingepackt. Ich konnte also leicht in allem herumstöbern. Ich hatte keine Ahnung, wonach ich suchte. Ich fing mit einem Ablagekorb links auf dem Schreibtisch an, in dem die Eingänge lagen, und arbeitete mich zu einem Körbchen mit den Ausgängen auf der rechten Seite vor. Ich öffnete die Schubladen, aber nichts sprang mir ins Auge. Die Sache schien schon aussichtslos zu sein.
Das Telefon – mit Lautsprecher und Kurzwahlsystem – stand zu meiner Rechten, aber als ich mich herumdrehte, sah ich einen privaten Anschluß auf der Anrichte hinter mir. An diesen Apparat war ein Anrufbeantworter angeschlossen.

Ich hatte das Gefühl, in Margaritas Privatsphäre einzudringen, dennoch spulte ich die zehn aufgezeichneten Nachrichten zurück. Zwei davon stammten von mir. Fünfmal war aufgelegt worden. Drei stammten von einem Mann, der sich als »Ich« ausgab. Er bat um ihren Rückruf, sobald sie aus Palm Beach zurück sei. Die ersten beiden Nachrichten waren in ganz normalem Tonfall gesprochen, aber in der dritten lag Sorge. Die Stimme des Mannes war ganz bestimmt nicht Rodrigos Stimme.

Ich nahm das Band aus dem Gerät und steckte es in meine Handtasche. Dann entdeckte ich ein schwarzes Elektrokabel, das vom Telefon über die Anrichte zu einem Stapel Akten verlief. Ich folgte dem Kabel, schob das Papier zur Seite und sah, daß es zu einem Gerät führte, das die Telefonnummern der Anrufer identifizierte und speicherte.

Ich drückte auf den Knopf, und die letzten zehn Nummern erschienen auf dem Bildschirm. Aus der Reihenfolge der Nummern konnte ich schließen, daß die fünf Anrufe, bei denen aufgelegt worden war, entweder von auswärts oder von einem Handy aus getätigt worden waren. Meine Nummer tauchte zweimal auf, und die Nummer des Mannes dreimal. Ich notierte mir diese Telefonnummer, zog den Stecker des Geräts aus der Steckdose und schob es ebenfalls in meine Tasche. Ich hatte keine Ahnung, warum Margarita so viele Telefonapparate in ihrem Büro hatte, aber ich hatte das vehemente Gefühl, daß sie mir etwas Wichtiges mitteilten.

Auf meinem Weg hinaus bedankte ich mich überschwenglich bei Leonora und klopfte ihr auf die Schulter. Wir redeten noch eine Zeitlang miteinander, und ich zeigte ihr ein Foto von Margarita und mir, das ich in meiner Geldbörse aufbewahrte. Leonora war ein brodelnder Kessel der Gefühle und der Gefühlsduselei. Es kostete mich viel Selbstbeherrschung hinauszugelangen, ohne selbst zusammenzubrechen.

Es gab keinen Grund, Leonora davon zu erzählen, daß ich das Anrufbeantworterband und das Gerät für die Anrufidentifizierung mitgenommen hatte. Ich vertraute Leonora und

wußte, daß sie aufrichtig war, aber ich konnte mich nicht darauf verlassen, daß sie nicht doch zu plappern beginnen würde. Sie gehörte zu der Sorte Menschen, die, ohne darüber nachzudenken, Geheimnisse offenbarten, nur um ein Gespräch mit irgend jemandem nicht ins Stocken geraten zu lassen. Zum ersten Mal bemerkte ich, daß sie unendlich einsam war und daß der Verlust Margaritas für sie wesentlich mehr bedeutete, als ihre Lebensgrundlage und eine nette Freundin zu verlieren. Ich vermutete, daß es für sie auch zur Folge hatte, daß sie den Kontakt zur Außenwelt verlor.
Ich fuhr in mein Büro zurück, mit einem Auge stets auf den Rückspiegel konzentriert. Es schien mir zur Gewohnheit zu werden.

# 16

Ich rutschte unruhig auf meinem Stuhl hin und her. Drei Paar nahezu identische dunkle Augen, die mich eingehend musterten, machten mich nervös. Der Ertrag aus dem Genpool Arango – Alonso junior, Ernesto und Mariano – saß in einem klaustrophobisch engen Halbkreis um mich herum und sah mich an. Keiner von ihnen hatte, seit wir uns miteinander bekannt gemacht hatten, ein Wort gesagt.
Ich hatte dieses Treffen einberufen, das sie lieber im Haus ihrer Eltern in Coral Gables abhalten wollten als in meinem Büro. Das war mir recht, denn auf diese Weise hatte ich die Möglichkeit, mir ihr Zuhause anzuschauen. Isabel und Alonso wohnten in einem stattlichen alten Haus im spanischen Stil in der Nähe der Universität von Miami. Von der Straße aus war es hinter dichten, verwilderten Bäumen kaum zu sehen. Die Grundstücksordnung in Coral Gables verlangte, daß Häuser eine bestimmte Anzahl von Metern von der Straße zurückversetzt lagen, um die Einheitlichkeit zu gewährleisten, die Stadtplaner für das Glück der Einwohner als so wichtig erachteten – und für den Wert der Immobilien. Die Arangos hatten den verlangten Abstand verdreifacht und das Grundstück aggressiv mit Blätterwerk bepflanzt. Aus einem steinernen Springbrunnen vor dem Säulengang spritzte Wasser hoch in die Luft. Offensichtlich war die Fontäne da, um zu beeindrucken, und dies war gelungen. Das Haus selbst war nicht so ausgedehnt, wie man hätte erwarten können, aber es machte an Charme wett, was ihm an Größe fehlte. Vor jedem Fenster sah man Balkone mit üppigen Blumenkästen, deren Duft sich harmonisch mit dem der Bäume und Büsche vermischte und der Luft einen tropischen Charakter verlieh. Ich hatte nichts gegen Pflanzen – obwohl

meine eigenen das Gegenteil behaupten –, aber die Pollen in der Luft ließen meine Augen tränen.

Ein uniformiertes Dienstmädchen geleitete mich in das Wohnzimmer, wo die Brüder bereits warteten. Ihre Mutter hatte sie mit Sicherheit vorbereitet, was mich betraf, denn sie schienen von meinem Äußeren nicht überrascht und grüßten mich als sozial ebenbürtig.

Das Mobiliar in diesem Zimmer demonstrierte vor allem eines – die Hausherrin hatte ihre Vorliebe für französische Stilmöbel nicht auf das Büro beschränkt. Ich verharrte kurz bei dem Gedanken, daß Margarita dieses Haus ausgestattet hatte. Sie war ihrer eigenen Vorliebe für äußerste Schlichtheit nachgekommen – soweit dies bei Isabels offenbar starker Neigung zu vorwiegend verspieltem, goldfarbenem Dekor möglich war. Der Kompromiß verströmte einen Hauch stiller Blasiertheit und hob eine Sammlung kubanischer Kunst der Hauseigentümer hervor. Ich hatte sofort einen Wilfredo Lam entdeckt, der hübsch in einem Alkoven im Eingangsbereich ausgestellt war. Als ich um die Ecke in das vertieft angelegte Wohnzimmer trat, fiel mein Blick auf zwei Ölgemälde von Emilio Sanchez, die nebeneinander hingen.

Margarita hatte ihre kubanischen Kunden immer ermuntert, Kunst ihrer Landsleute zu kaufen, und ich fragte mich, wieviel von dieser Kollektion wohl vorhanden war, bevor sie engagiert worden war. Wenn das nicht Anlaß für einen Konflikt gewesen war, dann hatte es mit Sicherheit genügend andere gegeben. Ich wußte, wie sehr Margarita französische Stilmöbel verabscheut hatte, und all das Vergoldete hätte sie zur Verzweiflung gebracht. Margarita haßte alles Grazile. Sie war der Meinung, Häuser seien dazu da, darin zu wohnen, und nicht, um damit zu protzen. Es wirkte ein wenig seltsam auf mich, daß sie bei so offensichtlich unterschiedlichem Geschmack engagiert worden war, das Haus der Arangos auszustatten. Ich stellte fest, daß ich nicht wußte, wer sie empfohlen hatte.

Mein Kaffee kam schließlich, und erst jetzt lösten die Brüder ihr kollektives Starren auf. »Vielen Dank für den Kaffee«, sagte ich. »Köstlich.«
Alonso junior murmelte irgend etwas Unverständliches. Das Dienstmädchen entfernte sich, überließ uns dieser entzückenden sozialen Interaktion. Ich stellte meine Tasse ab, erkannte das Dekor darauf – die Vögel von Herend. Die Geschäfte bei Optima mußten spektakulär gut gelaufen sein, denn ungarischer Porzellankram war unerschwinglich teuer.
»Dann fange ich jetzt mal an«, schlug ich vor und sah, während ich sprach, von einem zum anderen. »Aus dem Polizeibericht sowie aus Aussagen der Angestellten von Optima ist mir bekannt, daß keiner von Ihnen im Laden war, als sich der Vorfall ereignete. Ich habe dieses Treffen einberufen, um herauszufinden, ob Sie irgend etwas zu den Ermittlungen beitragen können.«
Ich lächelte sie aufmunternd an. Ich hatte eigentlich keine große Hoffnung, daß sie von Nutzen sein könnten, aber es schadete nie, der Familie eines Klienten das Gefühl zu vermitteln, daß man in der Ermittlung alles nur Mögliche tat. Immerhin verdiente man nicht nur sein Geld damit, man gab auch das ihre aus.
Alonso junior räusperte sich. Als der Älteste trug er offenbar die Verantwortung für alle drei. »Wie stehen die Chancen für unseren Vater, wenn dieser Fall vor Gericht kommt?« fragte er nüchtern. »Wir haben unter uns darüber gesprochen, und wir wollen keine Spekulationen anstellen, daß dieser Fall hier in Miami vor die Jury kommt. Aber gehen wir einmal vom Schlimmsten aus, was glauben Sie, wird geschehen?«
Alonso junior war ungefähr einsachtzig groß, gut gebaut, hatte dichte, lockige braune Haare und einen durchdringenden Blick. Trotz der starken Bräunung hatte seine Haut noch einen olivgrünen Farbton, der mit seinen Haaren hübsch kontrastierte. Er trug saloppe Khakis, ein Button-down-Hemd mit offenem Kragen und ausgetretene Mokkasins ohne Sokken. Meine Nachforschungen über ihn hatten ergeben, daß er

achtundzwanzig Jahre alt war und seit fünf Jahren sein eigenes Geschäft besaß – AAA Lines, ein Maklerbüro für Yachten in Coconut Grove.

»Lassen Sie mich ehrlich sein«, sagte ich zu ihm. »Ich will nicht ablenken, aber ich bin nicht die geeignete Person für derlei Fragen. Für eine realistische, fundierte Meinung müssen Sie mit Mr. McDonald sprechen. Mein Job besteht darin, im Fall Ihres Vaters Informationen zusammenzutragen. Im Moment ist unser Ziel, ihn aus dem Gefängnis zu holen.«

»Natürlich«, erwiderte Alonso junior. »Sie werden verstehen, daß wir sehr besorgt sind.«

Er wandte sich an den mittleren der drei Brüder, Ernesto, und wechselte einen Blick mit ihm. Ernesto arbeitete als Banker in der Wertpapierabteilung bei der Barnett Bank im Zentrum von Miami. Er trug einen formellen, einwandfrei geschnittenen grauen Nadelstreifenanzug und schwarze Flügelschuhe, die zu spiegelnder Perfektion poliert waren. Er war nur ein Jahr jünger als Alonso junior, aber er hätte leicht auch als Mann von gut Mitte Dreißig durchgehen können – sein Benehmen war so gesetzt wie sein Anzug. Seine Haut war viel heller als die seiner Brüder; er wirkte, als habe er nie die Sonne gesehen, kein leichtes Unterfangen in Miami, wo man sich die Haut schon verbrennen kann, wenn man nur die Post holen geht. Er war zudem der größte, und beträchtlich dünner als die beiden anderen. Seine Hände waren manikürt, die Nägel kurz geschnitten und poliert, und außer einer schmalen Golduhr trug er keinen Schmuck. Er schien ein Mann zu sein, der auf Kontrolle achtete.

Ich blätterte meinen Notizblock durch zu dem Teil, der mein Interview mit Isabel enthielt. »Sie wissen alle, daß ich in der vergangenen Woche mit Ihrer Mutter gesprochen habe, ja?« erkundigte ich mich.

Alle drei verlagerten sie ihr Gewicht auf den Stühlen gleichzeitig. Es machte den Anschein, als sei jede Bewegung überspannt und sorgsam bedacht, und nun ächzten die Stühle auch noch bei jeder Bewegung. Ich fragte mich, welche Frau so zierliche französische Möbel wählen würde, wenn ihre unmittelbare Familie aus vier großen Männern bestand.

»Sie hat mir alle Einzelheiten beschrieben, die sich am Samstag morgen abgespielt haben«, sagte ich.

Statt irgendeiner nervösen Zappelei – alle drei schienen bemerkt zu haben, daß sie am besten still sitzen blieben und sich der Hoffnung hingaben, daß die Stuhlbeine nicht unter ihnen umknickten – bekam ich als Antwort ein dreifaches vages Nicken. In diesem Moment stellte ich fest, daß Mariano, mit dreiundzwanzig der jüngste der drei Brüder, sich besonders bemühte, freundlich zu sein. Sein Lächeln und seine Blickkontakte waren bereits über das Maß hinausgegangen, das in jedem Benimmbuch von einem Gastgeber gefordert wurde.

Aus meinen Unterlagen wußte ich, daß er Mitbesitzer von Best Plants war, einer Landschaftsgärtnerei im Südwesten von Miami. Wie sein ältester Bruder war Mariano salopp gekleidet, trug Jeans und ein rosafarbenes Polohemd. Er sah seiner Mutter vor allem im Profil verblüffend ähnlich. Als er sich nach vorne beugte, rutschte sein Hemdsärmel über seinen muskulösen Bizeps und brachte eine Tätowierung zum Vorschein. Ich konnte das Motiv nicht erkennen. Er bemerkte, daß ich auf seinen gebräunten Arm schaute, und ließ die Muskeln spielen.

»Alonso«, sagte ich. »Ihre Mutter hat mir erzählt, daß sie Sie zu Hause erreicht hat.«

»Ja, ich war zu Hause«, sagte Alonso junior. »Es war Wochenende. Unter der Woche muß ich sehr früh aufstehen, so daß ich am Wochenende fast bis Mittag im Bett bleibe. Außerdem hatte ich Gesellschaft.«

Alonso lief krebsrot an, und Mariano gluckste verständnisvoll. Ich beherrschte mich und lächelte nicht. Es war irgendwie süß, daß Alonso – ein achtundzwanzigjähriger Mann – peinlich berührt war, wenn er erwähnte, daß er eine Romanze mit einer Dame hatte.

Ich beschloß, ihn in Frieden zu lassen. »Und Sie, Ernesto? Ihre

Mutter sagte, sie habe Sie auf dem Weg ins Büro erreicht. Sind Sie am Samstag in die Arbeit gefahren?«

»Ja, aber nicht, weil ich wollte«, sagte Ernesto mit ausdrucksloser, gedämpfter Stimme. »Ich war seit Dienstag auswärts gewesen, in New York, und ich wollte eben die Post durchsehen und den Anrufbeantworter abhören, damit ich am Montag nicht von Arbeit überhäuft würde. Ich hatte vor, ein paar Stunden lang zu arbeiten.«

Definitiv ein selbstbewußter Persönlichkeitstyp, dachte ich, als er diskret auf die Uhr sah, der Typ Mann, der in rasendem Tempo seine Sekretärinnen verschleißt.

Mariano redete los, ohne gefragt worden zu sein. »Meine Mutter konnte mich nicht gleich erreichen, weil ich mit dem Auto unterwegs war. Ich fuhr zu einem Job«, sagte er. »Ich habe normalerweise ein Telefon im Auto, aber mein Wagen war gerade aufgebrochen worden, und ich hatte das Telefon noch nicht ersetzt. Meine Mutter funkte meinen Piepser an, und ich mußte erst die nächste Tankstelle mit Telefon finden, bevor ich sie zurückrufen konnte. Ich war ziemlich beunruhigt, Miss Solano, um Ihnen die Wahrheit zu sagen. Ich habe seit vier Jahren ein Funkrufgerät, und meine Mutter hat das Ding zum ersten Mal benutzt. Ich wußte, daß etwas Ernstes passiert war.«

Ernesto hüstelte leise und gepreßt, so als wollte er seinen jüngeren Bruder zum Schweigen bringen. »Auf jeden Fall«, sagte er, »tauchten wir alle drei binnen weniger Minuten im Laden auf. Unsere Mutter war bereits dort.«

»Es war schrecklich, wie Sie sich sicherlich vorstellen können«, sagte Alonso. »Überall war Polizei. Der Tote lag noch auf dem Boden – wir konnten ihn sehen. Und die Presse kam bereits. Wir blieben dort, bis sie unseren Vater ins Gefängnis abführten.«

Dieser Teil war unschwer vorzustellen. Ich wußte, wie chaotisch und aufreibend es in der Regel an einem Tatort zuging. Ich machte ein möglichst neutrales Gesicht und fragte: »Kannte einer von Ihnen den Toten, Gustavo Gaston?«

Sie schüttelten alle drei den Kopf. »Wir sahen ihn zum ersten Mal hinten im Laden, wo er auf dem Boden in seinem eigenen Blut lag«, sagte Alonso. In seinen Augenwinkeln entstanden Fältchen, und ich bemerkte, daß die Erinnerung ihn verwirrte.

»Und Sie wissen auch nicht, was passiert ist?« fragte ich weiter. Bevor sie verneinen konnten, stieß ich nach. »Überlegen Sie gut, bitte. Vielleicht gibt es etwas, woran Sie sich nicht sofort erinnern. Irgend etwas Unbedeutendes. Irgend etwas.« Ich flehte um Hilfe, obwohl ich wußte, daß es aussichtslos war. Ich sah von einem der Brüder zum anderen, und alle drei schienen ernsthaft bemüht, ihr Gedächtnis nach Fakten zu durchforsten. Natürlich kam nichts.

Es gab keinen Grund, sie weiter in die Mangel zu nehmen, und Ernestos Blicke auf die Uhr waren zu einer auffälligen Demonstration der Ungeduld geworden.

»Vielen Dank«, sagte ich. »Ich werde Sie über die Ermittlungen auf dem laufenden halten. Sie haben alle drei meine Visitenkarte. Zögern Sie bitte nicht, mich anzurufen, wenn Ihnen noch irgend etwas einfällt.«

Bis zum Schluß wahre Gentlemen, begleiteten sie mich zu meinem Mercedes hinaus. Alonso half mir an der Tür, schirmte mich vor Mariano ab wie der große Bruder, der einen jungen weiblichen Gast vor den übereifrigen Hormonen seines jüngsten Bruders schützt. Was, glaube ich, eine ziemlich genaue Beschreibung dessen war, was sich abspielte. Ernesto saß bereits in seinem Saab, bevor Alonso meine Tür mit einem verbissenen Lächeln zugeschlagen und mir schwach nachgewunken hatte.

Es gab immer noch keine aufschlußreiche Verbindung zwischen den Arangos und Margarita.

# 17

Früh am nächsten Morgen fuhr ich zu Tommys Kanzlei, damit wir uns im Fall Arango gegenseitig auf den neuesten Stand bringen konnten. Tommy hatte gesagt, er habe einige Unterlagen, die ich mir ansehen sollte, und vorgeschlagen, daß wir noch einmal ins Stockade gehen sollten, um ein weiteres Gespräch mit Alonso zu führen. Ich sprach mich gegen diesen Vorschlag aus; mir war nicht klar, was ein zweites Gespräch mit Alonso ergeben sollte, und ich wollte ihn nicht als Informanten verschleißen, ohne einen genauen Plan zu haben. Ich wußte aus der Vergangenheit, daß Tommy sich mit seinen Klienten aus verschiedenen Gründen gerne so oft wie möglich traf – unter anderem deshalb, weil er sich vergewissern wollte, daß seine Klienten das Gefühl hatten, daß er für die abscheulichen Summen, die auf der Rechnung auftauchten, auch etwas getan hatte.

Alonso sollte in der kommenden Woche vernommen werden, und Tommy fühlte sich unter Druck gesetzt. Was bedeutete, daß er den Druck an mich weitergab. Ich hatte ihm von der bislang kaum greifbaren Verbindung Margaritas zu den Arangos noch immer nichts erzählt. Und ich hatte ihm nicht erzählt, daß ich von Ermittlern beschattet wurde, die von Rodrigos Anwalt angeheuert worden waren. Es beruhigte mich nicht gerade, zu wissen, daß irgend jemand mich vielleicht in diesem Augenblick beobachtete, aber es war schon wieder genügend Zeit vergangen, um zu wissen, daß sich dessen Arbeit auf bloße Beobachtung beschränkte. Mein Treffen mit Rodrigo würde klären, warum ich observiert wurde. Hoffte ich zumindest.

Ich fuhr die nördliche U.S. 1 entlang, den Rückspiegel ständig im Blick. Niemand folgte mir, es sei denn, ich hatte einen Beschatter, der diesselbe Ausbildung genossen hatte wie James Bond. Es herrschte der übliche Mikrokosmos amerikanischer Gesellschaftsschichten – BMWs neben alten Chevys, ein Lexus, der einen vierzylindrigen Kompaktwagen überholte –, aber kein einziges Auto lenkte meine Aufmerksamkeit auf sich.

Es ist nicht leicht, die Schwierigkeiten zu beschreiben, die sich bei einer sauber durchgeführten Beschattung ergeben. Hadrian Wells, der Ermittler, der mich vor acht Jahren als erster mit der Branche vertraut gemacht hatte, hatte mir ein paar Faustregeln mit auf den Weg gegeben. Wenn es das gäbe, dann müßte er meiner Meinung nach einen Doktortitel der Observation innehaben, denn er hatte als Agent für den FBI gearbeitet, bevor er sich aus dem Arbeitsleben zurückzog und nur noch als Privatdetektiv ermittelte. Laut Hadrian – der mir seine Lektionen gewöhnlich erteilt hatte, während er einen Arm um meine Stuhllehne gelegt hatte und langsam, aber sicher in Tuchfühlung mit mir kam – brauchte man für eine saubere Überwachung drei Wagen. Einer dieser drei war das »Auge«, der das Objekt stets im Blick behielt. Dieser Wagen wechselte sich in seiner Funktion als »Auge« mit den beiden anderen ab, so daß das Objekt keinen Verdacht schöpfte und sie nicht aufflogen. Und, hatte er noch hinzugefügt, es sollten immer zwei Autos zwischen dem »Auge« und dem Objekt fahren.

Dann hatte Hadrian mir Zigarrenrauch ins Gesicht gehustet und sich bitter über die unzulänglichen Überwachungen beklagt, die er durchgeführt hatte, seit er nicht mehr beim FBI war. Die Beschattung mit drei Wagen war aufwendig, was Geld und menschliche Arbeitsleistung betraf. Meistens konnte es sich nur die Regierung leisten, drei Fahrer zu engagieren, um ein Objekt unter Beobachtung zu nehmen.

Ich hatte das Glück, daß meine erste Beschattung einer dieser seltenen Drei-Mann-Jobs war. Ich arbeitete damals noch bei White & Blanco, und ich war beauftragt worden, einen Fall, in dem es um Versicherungsbetrug mit möglicher krimineller

Folge ging, zu bearbeiten. Objekt war ein fünfzigjähriger Lehrer, dessen dritte Frau gerade unter fragwürdigen Umständen gestorben war – das heißt, sie ertrank in der Badewanne über der Lektüre des neuesten Romans von Danielle Steel. Die Versicherung befand sich in der unangenehmen Situation, auf die Police eine Million Dollar zu bezahlen, es sei denn, sie könnte Betrug nachweisen. Die Versicherung war wild entschlossen, nicht zu bezahlen, weil sie diesem Lehrer für den Unfalltod der ersten beiden Frauen bereits zwei Millionen Dollar geblecht hatte. White & Blanco wurden, ausgestattet mit einem Blankoscheck für die Unkosten, beauftragt herauszufinden, was mit Ehefrau Nummer drei passiert war.
Die Überwachung verlief wie immer – nämlich nervenaufreibend schwierig. Das Haus des Lehrers lag in der Mitte eines Häuserblocks, es gab keine Bäume, keine sonstigen Verschleierungsmöglichkeiten. Wir mußten uns zwei Parallelstraßen weiter postieren, von wo aus die Sicht miserabel war. Ich saß stundenlang in der sengenden Sonne in meinem Auto, meine Blase schien gleich zu platzen. Ich weiß noch, daß ich in den Abgründen meiner Langeweile von meinem abgesplitterten Nagellack wie besessen war. Wie ein mittelalterlicher Theologe sann ich über den tieferen Sinn dessen nach, den Lack entweder selbst aufzupolieren oder bis zum nächsten Termin bei meiner Nagelpflegerin auszuhalten.
Dann kam über Funk eine Mitteilung: »Objekt bewegt sich in Richtung Norden. Wagen zwei – übernehmen!« White & Blanco hielten nicht viel davon, teures Geld für eine erstklassige Ausrüstung auszugeben. Ich war mir also nicht sicher, ob ich richtig gehört hatte. Die Mitteilung wurde wiederholt, lauter und mit Zoten angereichert. Ich war Wagen Zwei – niemand verwendet über Funk seinen richtigen Namen –, und der Lehrer kam in meine Richtung gefahren.
Ich warf den Motor an, mein Adrenalinspiegel schnellte hoch. Ich drückte aufs Gaspedal. Ich war kurz davor, über die nächste Kreuzung zu sprengen, hielt dann aber mit quiet-

schenden Bremsen an. »Wagen Eins«, sagte ich voller Panik. »Hier spricht Wagen zwei. Eine Frage. Ist Norden links oder rechts?«
»Links«, schnarrte es. »Verdammte Tussi.«
Ich bog also glücklich nach links ab und konnte mein Gesicht in dem abscheulichen Loch, in dem wir arbeiteten, weiterhin zeigen. Der Lehrer wurde dabei erwischt, wie er eine Frau besuchte, die abrufbereit darauf wartete, Ehefrau Nummer vier zu werden. Verständlicherweise ließ ihr Enthusiasmus nach, als man ihr die Vorgeschichte ihres Verlobten mitteilte. Und der Lehrer war, obwohl er seine Schuld nie eingestand, mit dem Staatsanwalt aneinandergeraten. Er ließ mildernde Umstände geltend machen und saß nur einige wenige Jahre im Gefängnis, aber immerhin bekam er seine dritte Million nicht. Natürlich wurden die ersten beiden Millionen nie gefunden, wahrscheinlich lagen sie auf einem Bankkonto in der Schweiz oder irgendwo in Südamerika. Aber im Vergleich zu vielen nachfolgenden Fällen konnte dies als Erfolg gewertet werden.
Damals war ich am selben Tag noch in einen Laden gegangen und hatte mir für das Armaturenbrett im Auto einen Kompaß gekauft. Ich hatte meine Lektion gelernt.

Es war jetzt fast neun Uhr, und ich würde, kaum zu glauben, pünktlich bei Tommy auftauchen. Seine Kanzlei erstreckte sich über die beiden obersten Stockwerke des höchsten Gebäudes der Stadt. Er praktizierte mit nur drei weiteren Anwälten zusammen, aber die Kundenliste war so umfangreich, daß sie über fünfzig Leute für die verschiedensten Jobs angestellt hatten – Assistenten, Anwaltsgehilfinnen, Sekretärinnen, Studenten zur Aushilfe und Berater. Das Ganze war so erfolgreich, daß selbst die Büroleiterin ihren eigenen Mitarbeiterstab hatte. Das Büro stank nach Geld. Ich ging gerne hin, nicht nur wegen der prosperierenden Atmosphäre, sondern auch wegen des außergewöhnlich guten Kaffees, den man serviert bekam.

Ich schlenderte durch die Gänge zu Tommys Büro. Wie gewöhnlich sah er so aus, als sei er gerade aus einem Modemagazin für Männer gesprungen. Er trug einen mattblauen Nadelstreifenanzug und ein gestärktes weißes Hemd. Er saß hinter seinem massiven Schreibtisch vor einem Panoramafenster, das sich von einer Wand zur anderen erstreckte und ihm einen Postkartenblick über die Biscayne Bay gewährte. Er winkte und warf mir eine Kußhand zu, als er mich hereinkommen sah.

Er telefonierte gerade – wovon ich ausgehen konnte, wenn ich kam. Ich ging zum Fenster und sah den Vögeln zu, die am dunstigen morgendlichen Himmel anmutige Bögen flogen. Tommys Büro lag so hoch oben, daß man sich tatsächlich auf einer Ebene mit den Vögeln befand. Ich hatte ihm oft geraten, er solle einen Fütterautomaten installieren lassen.

Ich wollte Tommy nicht belauschen, aber es war unmöglich wegzuhören. Er schrie fast, und der Lautsprecher war an, so daß ich auch den glücklosen Klienten verstehen konnte.

»Ich habe Ihnen gesagt, die Finger von Drogen zu lassen!« sagte Tommy wie ein Schuldirektor. »Jetzt kann ich nichts für Sie tun. Nichts! Die Bullen haben nur darauf gewartet, daß Sie Scheiße bauen – wie ich Ihnen gesagt habe. Jetzt müssen Sie sich selbst darum kümmern, *chico.*«

Er lehnte sich in seinem Stuhl zurück und legte die Füße auf den Schreibtisch. Wir bewunderten beide seine auf Hochglanz polierten Schuhe. Er zwinkerte mir zu, bedeckte die Sprechmuschel mit seiner Hand und flüsterte: »Ich treibe nur mein Honorar hinauf. Ich lasse ihn ein paar Tage lang im Stockade schwitzen, dann hole ich ihn raus. Er wird mich auf Knien bitten, mir mein Honorar zahlen zu dürfen. Geschieht ihm recht. Er verhält sich wie ein Arschloch.«

Ich haßte diesen Teil des Geschäftes, und für diese Seite Tommys interessierte ich mich nicht besonders. Ich konnte hören, wie der Klient ins Telefon hineinschluchzte. »Hören Sie, ich werde sehen, was ich für Sie tun kann.« Tommy seufzte. »Bleiben Sie dran.«

Unsanft brach Tommy das Gespräch ab. Er hatte durchaus Sinn für das Melodramatische, aber selbst bei ihm gab es gewisse Grenzen.
»Idiot!« murmelte Tommy. »Der Typ hat ein Strafregister so lang wie mein Arm. Ich habe ihn schon so oft aus Schwierigkeiten herausgeholt, daß er, wenn ich mich in den Ruhestand zurückziehe, quasi für meine Rente aufkommt. Ich sollte ihn als Vermögenswert auflisten, sollte ich jemals gezwungen sein, meine Finanzlage darzustellen.«
Er wandte sich mir zu, hörte auf zu schwadronieren. Im nüchternen Tonfall eines Professors, der einen seiner weniger hellen Studenten ansprach, sagte er: »Man darf allerdings eines nicht vergessen. Es sind genau diese Klienten, die für deine Miete aufkommen und alles am Laufen halten.«
»Tommy«, meldete ich mich schließlich zu Wort. »Was ist der neueste Stand im Fall Alonso Arango?«
Tommy sah mich überrascht an, weil ich seinen weisen Erguß unterbrochen hatte. »Eigentlich nicht viel«, antwortete er. »Ich habe noch mal beantragt, ihn auf Kaution freizulassen, und unsere Sparky Markey hat wieder abgelehnt. Wir haben auf ›nicht schuldig‹ plädiert, und die Verhandlung wurde anberaumt. Der Antrag von mir soll nächste Woche zur Anhörung kommen, aber ich kann das Ergebnis schon ziemlich genau vorhersagen.«
»So schlecht?«
»So schlecht.« Tommy nahm seinen in Leder gebundenen Kalender zur Hand und blätterte darin herum. »Laß sehen, heute ist Mittwoch, der einundzwanzigste März. Das Verfahren beginnt am Montag, den zehnten Juni, in aller Frühe. In weniger als drei Monaten.«
»Das ist wahrscheinlich zu früh«, meinte ich. »Wirst du eine Vertagung beantragen?« Ich entdeckte das Silbertablett auf der Kredenz und goß mir eine Tasse dampfenden Kaffee ein. Er roch, als seien die Bohnen am Morgen geerntet und geröstet worden.
»Kommt darauf an, was du mir bis dahin zu berichten hast.«

Tommy nahm seine Füße vom Schreibtisch, richtete sich auf und strich seine Krawatte glatt. In einen strengen Rechtsanwalt verwandelt, zog er eine dicke Akte hervor und begann den Umschlag zu lesen – um genau zu sein, die erste Seite, auf der alle offiziellen Daten vermerkt waren, die in dem Fall bis dato eine Rolle spielten. »Wer ist der zuständige Staatsanwalt?« erkundigte ich mich.

Tommy sah mich an und kicherte. »Wir haben Glück«, meinte er. »Stellvertretende Staatsanwältin ist keine andere als Ms. Aurora Santangelo. Deine persönliche Vorliebe, und meine auch.«

»Diese Ziege«, sagte ich. Wann würde ich endlich gute Nachrichten zu hören bekommen? »Womit haben wir die verdient?«

»Ich wußte, das würde dir den Rest geben«, sagte Tommy, seine Nase noch immer in die Akte gesteckt.

Aurora Santangelo war eine strenge Staatsanwältin; sie haßte es, Fälle zu verlieren, ganz egal, welche, und tat alles, um zu gewinnen. Sie haßte mich, seit wir viele Jahre zuvor einmal aneinandergeraten waren, als sie mich bezichtigte, heimlich mit Zeugen verhandelt zu haben.

Ich war von einem Strafverteidiger aus Miami – es war nicht Tommy gewesen – engagiert worden, die Aussage eines Vergewaltigungsopfers zu bekommen, nachdem die Frau nicht mehr mit der Staatsanwaltschaft zusammenarbeitete. Aurora war die zuständige Staatsanwältin, und ohne Aussage des Opfers gab es kein Verfahren, denn andere Zeugen waren nicht vorhanden. Mein Job bestand darin, dem Opfer eine Aussage zu entlocken, im wesentlichen des Inhalts, daß sie noch einmal darüber nachgedacht habe und zu dem Schluß gekommen sei, daß der Fall nicht weiter verfolgt werden solle. Das Opfer selbst hatte den Verteidiger kontaktiert und der Staatsanwältin persönlich mitgeteilt, daß sie die Anklage nicht weiterverfolgen wolle. Ich bekam die Aussage, ließ sie beglaubigen und reichte sie dem Verteidiger ein, der sie Aurora präsentierte.

Aurora behandelte das Opfer wie den letzten Dreck. Sie verlor die Geduld und beschimpfte die Frau als Feigling. Die Frau jedoch wollte ganz einfach nicht aussagen und offenlegen, was ihr eines Nachts wiederfahren war, nachdem sie zuviel getrunken und ein paar dumme Dinge getan hatte. Mir tat diese Frau zutiefst leid – sie war eine ruhige, bescheidene Frau mittleren Alters, eine Mutter, die immer zur Kirche ging und die sich, weil sie bei einer Party zuviel getrunken hatte, eine Menge verdammter Schwierigkeiten aufgehalst hatte. In gewisser Hinsicht konnte ich ihr keine Vorwürfe machen, daß sie ihr Verhalten nicht der Öffentlichkeit präsentieren wollte.

Aurora gelang es nicht, die Frau dazu zu bewegen, ihre Meinung zu ändern, deshalb legte sie es statt dessen auf mich an. Ich mußte tatsächlich in den Zeugenstand treten und mein Vorgehen verteidigen. Es war widerlich. Obwohl die Anklage gegen mich frei erfunden und haltlos war, war ich von immer wiederkehrenden Ängsten geplagt worden und hatte innerhalb einer Woche vier Pfund abgenommen. Der Richter stellte das Verfahren ein und erteilte Aurora eine Rüge, weil sie das Gericht mit einer persönlichen Fehde aufgehalten hatte. Seither hatte sie es auf mich abgesehen.

Tommy drückte auf den Summer auf seinem Schreibtisch und lächelte mich noch immer an. Ich wußte, daß er sich einfühlen konnte; er hatte eine ganze Menge Feinde in der Stadt. Einen Augenblick später erschien seine Sekretärin. »Sonia«, sagte er. »Würden Sie von dieser Akte eine Kopie für Lupe machen, bitte?«

Natürlich würde sie. Sonia war zwanzig und hübsch und wußte, wovon sie sich Vorteile erhoffen konnte. Tommy tat so, als bemerke er sie nicht weiter.

Ich setzte mich auf die andere Seite seines Schreibtisches, schlug meinen Notizblock auf und erzählte ihm der Reihe nach von den Gesprächen, die ich geführt hatte. Tommy nahm seine Zuhörerpose ein – das Kinn in eine Hand gestützt, die Augen halb geschlossen.

Bevor ich ihm über die Arango-Söhne zu Ende erzählen konnte, ertönte mein Piepser. Ich rief von Tommys Apparat aus im Büro an.

»Lupe, ich weiß, du bist in einer Besprechung, und es tut mir leid, daß ich dich störe«, sagte Leonardo. Im Hintergrund war Musik zu hören, und es schien so, als feierte Leonardo eine seiner Lupe-ist-nicht-da-Partys, aber er selbst klang ernst und er sprach schnell. »Die Nummer auf Margaritas Gerät zur Anrufidentifizierung ist wieder angezeigt worden, vor einer Sekunde.«

Ich hatte Leonardo damit beauftragt, unsere Kontaktleute in der Telefonfirma anzurufen, um die Nummer für uns zu eruieren. Das kostete ein halbes Vermögen.

»Ja?« sagte ich. »Wer ist es?«

»Sitzt du?«

»Leonardo, mach jetzt keine Spielchen«, sagte ich. Tommy sah von seiner Akte auf. »Wer ist es?«

»Alonso Arango junior.«

Ich würde keinen Stift brauchen. Diesen Namen konnte ich mir merken. Ich legte auf und wandte mich wieder Tommy zu. »Mir ist etwas dazwischen gekommen. Ich rufe dich später an.«

Ich raste aus seinem Büro, ließ ihn mit einer unausgesprochenen Frage auf den Lippen zurück. Ich hielt nur kurz inne, um von Sonia etwas entgegenzunehmen – die Akte, die sie gerade kopiert hatte.

*Mierda.* Kein Wunder, daß Margarita mit mir über Alonso Arango hatte sprechen wollen. Sie hatte Informationen für mich gehabt, gut – wahrscheinlich mehr, als ich mir vorstellen konnte.

# 18

Ich wartete auf den Aufzug vor Tommys Kanzlei und stöberte die Akte Arango nach der Telefonnummer durch, die Alonso Arango junior mir angegeben hatte. Ich fand sie genau in dem Augenblick, als sich die Türen im Erdgeschoß öffneten. In der Eingangshalle gab es ein öffentliches Telefon – Leonardo hatte mir erst vor kurzem einen Vortrag über die astronomischen Kosten gehalten, die sich bei mir gewöhnlich für mein Handy ergaben. Ich balancierte die Akte auf der Hüfte und durchsuchte meine Handtasche nach einem Vierteldollar. Dann wählte ich die Büronummer von Alonso junior und betete, daß er dort wäre.

Er war – und ging auch selbst ans Telefon. Er klang überrascht, mehr als ich erwartet hätte. »Ich fürchte, ich kann nicht. Heute vormittag kommen einige Kunden vorbei, die sich eine Yacht anschauen wollen, und ich wollte sie den ganzen Tag aufs Wasser hinausnehmen. Kann ich Sie anrufen, um einen Termin zu vereinbaren?«

Er wich mir aus. »Na klar«, antwortete ich freundlich. »Sie haben meine Nummer, stimmt's?«

»Ja, habe ich«, sagte er steif. »Ich werde Sie anrufen.«

Meine Nackenhaare stellten sich auf, was bedeutete, daß er log. Mir fiel kein vernünftiger Grund ein, warum Alonso junior mir ausweichen sollte, aber ich war sicher, daß es einen gab.

Nach wenigen Minuten stieß ich auf den Highway, fuhr in Richtung Yachthafen Coconut Grove, der als Alonsos Büroadresse angegeben war. Ich übertrat ein paar Verkehrsregeln und war innerhalb von zwanzig Minuten dort.

Ich entdeckte einen knallroten Camaro, der neben einem orangefarbenen Straßenhütchen vor dem Büro geparkt

war. Aus meiner Akte wußte ich, daß es Alonsos Büro war. Das Gebäude selbst war einstöckig und zweckmäßig gebaut, mit Blick auf die Dinner Key Marina, die wiederum an einen riesigen Yachthafen im Norden von Grove angrenzte.
Ich parkte in einem Halteverbot auf der anderen Straßenseite, während ich überlegte, was zu tun sei. Ich nahm mein Fernglas aus dem Handschuhfach und fokussierte das bronzene Namensschild neben der Eingangstür an. Das Gebäude beherbergte zwei Mieter: AAA Lines; und Miami Marine Underwriters, ein Seeversicherungsgeschäft. Das erleichterte mir die Arbeit. Es würde nicht besonders viel Parteienverkehr geben.
Ich fuhr langsam einen großen Kreis auf dem Parkplatz, versuchte zu entscheiden, wo ich meinen Wagen abstellen sollte. Schließlich parkte ich unter einer wuchtigen Eiche auf der westlichen Seite des Parkplatzes – der Kompaß am Armaturenbrett leistete mir noch immer gute Dienste – und machte es mir bequem. Es kümmerte mich nicht allzusehr, daß man mich entdecken könnte. Eine einzelne Frau in einem Mercedes würde niemanden auf den Plan rufen. Von meiner Warte aus konnte ich sowohl das Bürogebäude als auch Alonsos Camaro sehen.
Ich sah auf meine Armbanduhr. Zehn Uhr. Ich fluchte, als ich feststellte, daß der einzige Lesestoff im Auto eine Ausgabe des *Herald* vom Vortag war. Allerdings hatte ich noch keine Gelegenheit gehabt, sie zu lesen – was bedeutete, daß mir neu war, was auch immer darin stand. Theoretisch sollten Detektive nicht lesen, solange sie observieren, aber der *Herald* galt nicht als besonders anspruchsvolles Blatt. Ich dachte mir also, daß die Lektüre meinen Job nicht beeinträchtigen würde.
Fünfzehn Minuten später war ich durch – nichts überraschend Neues, das meiste waren Anzeigen. Ich faltete die Zeitung zusammen und richtete mich darauf ein zu warten. Niemand hatte das Gebäude betreten oder verlassen. Ich bereute den doppelten Espresso, den ich zum Frühstück getrunken hatte, und den Kaffee, den ich mir in Tommys Büro genom-

men hatte, denn ich wußte, es würde nicht mehr lange dauern, und dann wäre die Rechnung fällig. Nur um mich selbst noch ein bißchen zu quälen, malte ich mir vor meinem inneren Auge das kühle, großzügige Marmorbad in Tommys Kanzlei aus – das Bad, das zu benutzen ich versäumt hatte, bevor ich aufgebrochen war.

Die Eiche spendete genügend Schatten, aber dennoch wurde es bereits heiß. Ich zog mein Jackett aus und legte es sorgfältig auf den Rücksitz, dann schälte ich mich aus meiner Strumpfhose und achtete geflissentlich darauf, das delikate Stück nicht mit meinen langen Fingernägeln einzureißen. Die Haare faßte ich zu einem Dutt zusammen und steckte ihn mit einem Kamm aus Schildpatt fest, den ich im Handschuhfach fand. Nachdem ich einige Minuten auf die Eingangstür des Büros gestarrt hatte, beschloß ich, meine Zeit sinnvoll zu nutzen. Ich zog meine Handtasche auf meinen Schoß und begann, darin herumzukramen. Mit einem zufriedenen Seufzer fand ich, wonach ich gesucht hatte, unter meiner Beretta. Ich klappte die Sonnenblende auf der Fahrerseite herunter und begann, mir mit der Pinzette, die ich für solch besondere Gelegenheiten bei mir hatte, die Augenbrauen zu zupfen.

Ich bewunderte gerade die geschwungene Linie, die ich an meiner rechten Augenbraue kreierte, als die Bürotür aufging und Alonso herausgeschossen kam. Er sprang in seinen Camaro, ließ den Motor an und brauste in Richtung Süden davon. Ich warf die Pinzette über die Schulter nach hinten und folgte ihm, ignorierte alle Fahrschulregeln, nur um ihm auf den Fersen zu bleiben.

Alonso fuhr so schnell, daß ich fast sicher war, ihn zu verlieren. Ich jagte über die U.S. 1 und tröstete mich damit, daß selbst dieser Umstand kein Desaster wäre. Ich wußte, daß er mich angelogen hatte, was die ganztägigen Kunden anging, und daß er mir ausweichen wollte. Er mochte vielleicht ein Sohn sein, der seinen Vater aus dem Gefängnis haben wollte, aber auf seiner Tagesordnung hatte er andere Dinge stehen.

Ich kam mir vor wie ein Formel-1-Pilot, als ich über den Highway raste und versuchte, Alonsos Spur zu folgen, ohne aufzufliegen. Abgesehen von dem Risiko, mit siebzig Meilen in der Stunde einen Unfall zu bauen, bestand meine größte Angst darin, daß man mich wegen überhöhter Geschwindigkeit anhalten würde. Ich konnte keinen weiteren Strafzettel mehr gebrauchen, und von Alonso durfte ich auch nicht entdeckt werden. Ich betete, daß wir ankamen, wo auch immer wir – gemeinsam – hinfuhren, bevor das Glück mich verließ.

Ein paar Meilen später setzte Alonso seinen Blinker nach rechts, um in die 144th Street einzubiegen. Ich bremste ab und ließ einigen Abstand zwischen uns entstehen, bevor ich hinter ihm abbog. Jetzt hatte ich keine Eile mehr, denn ich wußte inzwischen, wohin Alonso fuhr. Eine ganze Minute nach ihm fuhr ich auf den Parkplatz von Mariano Arangos Pflanzenschule und parkte außer Sichtweite.

Alonso blieb etwa eine Stunde im Büro seines jüngeren Bruders, bevor er wieder herauskam, in seinen Camaro sprang und in Richtung Norden fuhr. Dieses Mal fuhr er zu meiner unendlichen Erleichterung mit normaler Geschwindigkeit. Meine Blase sendete inzwischen Alarmstufe Rot, aber ich folgte ihm trotzdem zurück nach Dinner Key, wo er seinen Wagen an der gleichen Stelle parkte und ins Haus ging. Fünfzehn Minuten später stoppte ein Junge auf einem Fahrrad vor dem Haus, hielt waagerecht eine braune Papiertüte, die an einem Ende zugeklammert war, und trug sie behutsam hinein.

Alonso aß also aus der Papiertüte. Soviel zu seinem Mittagessen mit Klienten.

Ich sah auf die Uhr. Ein Uhr, auch für mich Zeit, etwas zu essen. Das würde mir nie im Leben passieren, ohne triftigen Grund das Mittagessen ausfallen zu lassen.

# 19

Ich kehrte in mein Büro zurück und hatte gerade die Hälfte meines Pita-Hummus-Sandwiches aufgegessen, das ich mir nach der Überwachung von Alonso Arango junior auf dem Weg zurück bei der Letzten Karotte geholt hatte, da kam Leonardo mit einem Stapel Papier herein.

»Sehr gut.« Er nickte anerkennend angesichts der Manscherei aus Bohnensprossen und irgendeinem klebrigen organischen Zeug, das die Servietten auf meinem Schreibtisch durchweichte. Er spähte in meinen Plastikbecher. »Aber was trinkst du denn dazu?«

»Karottensaft«, antwortete ich. Nur damit er nicht allzu zufrieden war, welchen Einfluß er auf meine Ernährungsgewohnheiten nahm, rümpfte ich voller Abscheu die Nase. »Ich brauche Vitamin A für meine Augen. Ich war gerade auf Überwachung und hatte das Gefühl, daß ich nicht mehr so gut sehe wie früher.«

»Vielleicht habe ich es mir auch nur eingebildet«, fügte ich schnell hinzu, als ich merkte, daß er zu einem Kommentar ansetzte – wahrscheinlich wollte er mir Augengymnastik empfehlen. Ich biß in mein Sandwich.

Während ich kaute, setzte sich Leonardo gegenüber von meinem Schreibtisch auf den Stuhl und arrangierte seine Gürteltasche, so daß sie ihm gerade recht im Schoß saß. Dann zog er die Beine seiner fuchsienfarbenen Radlerhosen soweit hinunter, so daß sie unten am Oberschenkel auf gleicher Höhe abschlossen.

Ich nahm einen weiteren Bissen und musterte ihn unaufhörlich; ich wußte, daß das Ritual noch nicht vorbei war. Als nächstes fummelte er am Kragen seines Sporttrikots herum, so lange, bis er sich damit hinreichend wohl fühlte. Manch-

mal machte ich mir Sorgen um ihn. Nicht nur, daß dieses ganze Herumgefummel ein wenig beunruhigend wirkte, es schien zudem so, daß seine Klamotten zunehmend mit Bedacht ausgewählt wurden. Der Farbton seines T-Shirts war die perfekte Ergänzung zu seinen hautengen Hosen. Zum ersten Mal bemerkte ich, daß er verschiedene Gürteltaschen besaß. Die heutige war glänzend schwarz, eine wirklich gute Wahl, um das Marineblau seines Hemds farblich zu ergänzen.
Ich wollte gerade einen Kommentar abgeben zu den Folgen des Ausdrucks »zwanglose« Kleidung in der Praxis, als er seufzte und mir seinen Papierstapel herüberreichte.
»Heute vormittag sind die Unterlagen der Sozialversicherung eingegangen«, sagte er. Leonardo hatte sich die Zeit genommen, die offiziellen Beschäftigungsdokumente der fünf Angestellten bei Optima in den Computer einzugeben. Ich dachte, es könnte nützlich sein, die offiziellen Unterlagen mit denen, die mir Isabel Alonso ausgehändigt hatte, zu vergleichen.
Ich blätterte die Unterlagen Seite für Seite durch und sah sie mir genau an. Die Angaben zu Elsa und Olivia Ramirez stimmten überein, bei George Mortimer ebenfalls. Die Putzfrau, Reina Sotolongo, hatte bei der Sozialversicherung einige ihrer Stellen unterschlagen, aber dies überraschte nicht. Sie wurde mit größter Wahrscheinlichkeit bar bezahlt und hatte diese Angaben aus Steuergründen zurückgehalten.
Die echte Überraschung war die Buchhalterin, Silvia Romero. Sie hatte bei Optima verschwiegen, daß sie einmal in einem Brautladen in der Miracle Mile gearbeitet hatte. Dunkel erinnerte ich mich an etwas. Ich zog Gustavo Gastons Akte heraus und begann darin zu lesen. Bingo. Nestor hatte in den Unterlagen alle Stellen aufgelistet, wo der Tote gearbeitet hatte, und hier tauchte der Laden auf. Vor fünf Jahren war Gustavo Gaston im selben Brautladen in der Miracle Mile beschäftigt gewesen, zur selben Zeit wie Silvia Romero.
Einige Minuten lang saß ich nur da und starrte auf die Akten. Leonardo war noch immer da, aber er wußte Besseres, als mich zu unterbrechen, wenn ich mich konzentrierte. Er

nutzte die Zeit sinnvoll, wie ich aus den Augenwinkeln heraus sah – er öffnete den Reißverschluß seiner Gürteltasche, nahm einige Plastikfläschchen heraus und warf sich ein paar Pillen in den Mund. Trotz des Umstands, daß unser Häuschen lediglich zweihundert Quadratmeter hatte, wollte er es offensichtlich nicht darauf ankommen lassen, seine Gesundheitspillen nicht am Körper mit sich herumzutragen.
Wenn ich nicht gerade auf eine handfeste Spur gestoßen wäre, hätte ich ihn getadelt. Aber es war, verdammt noch mal, nur eine harmlose Form des Wahnsinns.
Ich stand also statt dessen auf und griff nach meiner Tasche. »Ich bin in einer Stunde zurück, wenn ich Glück habe«, sagte ich und war verschwunden, bevor er um irgendwelche Erklärungen bitten konnte.
Ich stieg in den Mercedes und fuhr in Richtung Nordwesten von Miami. Ich agierte aus einem bloßen Gefühl heraus, aber es war zumindest logisch. Und wenn ich mich getäuscht hatte, nun, dann hatte ich ein paar Stunden Zeit verschwendet. Es war ohnehin gerade Zeit für Leonardos zweites Konditionstraining des Tages – und er mußte an seinem Hintern arbeiten. Eine vergebliche Verfolgungsjagd war lohnenswerter, als meinem Cousin zuzuhören, wie er seine Qualen ertrug, während er versuchte, seinen Hintern zu formen.
Der Parkplatz hinter dem Standesamt war wie gewöhnlich voll belegt, also drückte ich dem Wachmann fünf Dollar in die Hand, damit er mich meinen Wagen auf dem Parkplatz für die Angestellten abstellen ließ. Ich sprang aus dem Mercedes und schaltete die Alarmanlage ein, schaute mir das Auto an, als könnte es das letzte Mal sein, daß ich es zu Gesicht bekam. Das Standesamt lag direkt hinter dem Gefängnis von Dade County, in einem Teil der Stadt, in dem Autos manchmal binnen Minuten verschwanden. Mit einem letzten Klaps auf die Kühlerhaube ging ich auf das aufsehenerregend häßliche Gebäude zu.
Munter ging ich an dem Fenster der Anmeldung vorbei und klopfte an die Milchglasscheibe, auf der »Beerdigungsunter-

nehmer und Justizbeamte« stand. Ich stöhnte, als das Fenster geöffnet wurde. Es war eine der höheren Verwaltungsangestellten, eine erstrangige Hexe, die offenbar chronisch unter prämenstruellen Beschwerden litt.

»Guten Tag«, sagte ich, meine Stimme voller Saccharin, und hoffte, daß sie mich nicht von vergangenen Besuchen her wiedererkannte, als wir aneinandergeraten waren.

»Ausweis«, schnarrte sie, und ihr Gesicht verzog sich zur üblichen Grimasse. Sie sah an mir vorbei, als rieche es in der Eingangshalle nach irgend etwas Verrottetem, was sie aber nicht einwandfrei identifizieren konnte. Ich konnte mir ihren Namen nie merken – ich hatte mich nie darum bemüht –, aber ihr Gesicht konnte ich in einer noch so großen Menschenmenge ausmachen. Strähnige braune Haare, spülwasserfarbene Augen, bläßliche Haut, schiefe Zähne. Sie war also in der Abteilung für die äußere Erscheinung übers Ohr gehauen worden. Ich nehme an, sie hat nie davon gehört, daß man eine Menge kompensieren kann, indem man um eine freundliche Art bemüht ist.

Ich kramte in meiner Tasche, spähte an ihr vorbei, um vielleicht in dem engen Dienstraum meinen Freund Mario Soli zu entdecken. Schließlich zog ich meine Brieftasche heraus und zeigte ihr meine Lizenz als Privatdetektivin.

»Sie haben an diesem Fenster nichts zu suchen«, sagte sie mit verdrossener Stimme. Nun, das war für uns beide nichts Neues. Noch hatte ich den Eindruck, sie habe mich nicht erkannt – wäre dies der Fall gewesen, so wäre sie noch pampiger geworden.

Mit lauter Stimme entschuldigte ich mich überschwenglich, hoffte, daß Mario irgendwo dort hinten war und mich hören würde. Über die Schulter der Frau hinweg sah ich jemanden winken. Ich kniff die Augen zusammen – den Karottensaft hatte ich nicht ausgetrunken – und erkannte Mario. Ich nickte, um ihm zu bedeuten, daß ich ihn erkannt hatte, und entschuldigte mich erneut bei der Verwaltungsangestellten. Mario hatte mir erzählt, daß sie ihn im Verdacht hatte, in der Vergangenheit Informationen an nicht bevollmächtigte Personen – wie etwa mich – ausgegeben zu haben, und ich wollte nicht, daß er Schwierigkeiten bekam. Sie wandte sich ab und schloß das Fenster vor meiner Nase.

Fünf Minuten später trat Mario durch eine Seitentür heraus und kam zu mir in die Eingangshalle. Ich küßte ihn mit etwas mehr Leidenschaft, als ich mir hätte erlauben dürfen, auf die Wange, aber ich würde ihn gleich um einen großen Gefallen bitten. Ich kannte Mario seit Jahren, seit meiner Zeit bei White & Blanco, und er hatte mir in der Vergangenheit oft ausgeholfen.

»Du siehst klasse aus, Mario«, log ich schamlos.

Mehr als erfreut über mein Kompliment, streckte er seine Brust heraus und zog den Bauch ein – ich hoffte, er würde nicht ohnmächtig werden. Mario war ein anständiger Familienvater, aber ich hatte immer den Verdacht, daß ein aufmunterndes Wort von mir genügen würde, und er würde seine Frau und seine fünf Kinder auf der Stelle verlassen. Ich mochte ihn gern, aber um die Wahrheit zu sagen, fiel es mir schwer, die Grenze zu ziehen zwischen Mario als Menschen und Mario als Beamten, der Zugang zu Informationen hatte, die ich nirgendwo sonst bekommen konnte.

»Lupe, ich habe dich vermißt!« brach es aus Mario heraus, und er sah mir tief in die Augen. »Was hast du so getrieben?«

»Gearbeitet. Das Übliche.«

»Sag mir die Wahrheit. Bist du gekommen, um mich zu besuchen, oder brauchst du Informationen?«

Der Mann hielt tatsächlich hoffnungsvoll den Atem an, während er auf meine Antwort wartete. Ich fühlte mich wie ein echtes Stück Scheiße.

»Beides«, erwiderte ich. Als ich die Erleichterung in seinen Augen sah, fühlte ich mich ein wenig besser. »Ich freue mich immer, dich zu sehen. Das weißt du ja, Mario, aber ich bin auch auf der Suche nach etwas.«

»Okay.« Er zuckte die Schulter. Ich nehme an, dies war besser als nichts. »Was kann ich für dich tun?«

»Ich brauche eine Geburtsurkunde.«
Mario wippte auf den Fersen, seine Brust sank in sich zusammen. »Lupe, das haben wir doch schon einmal durchdiskutiert«, entgegnete er. »Du weißt genau, daß ich dir ohne richterliche Anweisung keine Geburtsurkunde aushändigen darf.«
»Ich weiß, Mario«, sagte ich. »Aber bitte, nur dieses eine Mal.«
Ich konnte sehen, wie in Marios Kopf der Krieg ausbrach. Auf der einen Seite wollte er, daß ich mit ihm zufrieden war, auf der anderen Seite fürchtete er Bestrafung durch meine Freundin am Fenster.
»Ich könnte deinetwegen meine Arbeit verlieren, verstehst du?«
Das sagte er immer. »Niemand wird davon erfahren, Mario. Ich habe den Namen der Mutter bei mir sowie den wahrscheinlichen Geburtstermin des Kindes.« Ich griff nach dem Knoten seiner Krawatte und zog ihn zurecht. »Mario, bitte. Ich brauche sie wirklich. Es wird nur eine Minute dauern, nachzuschauen.«
Mario steckte seine Hände in seine Taschen und murmelte kaum hörbar: »Also gut. Aber das ist das letzte Mal. Ich schwöre dir, das letzte Mal.«
Ich reichte ihm ein Stück Papier, auf dem alle Angaben standen, die er brauchen würde.
»Warte in der Nähe der Toiletten auf mich«, sagte er und schaute sich in der Eingangshalle um. »Es könnte ein Weilchen dauern.«
»Kein Problem«, erwiderte ich. »Ich warte dort.«
Als er sich auf dem Absatz umdrehte und in Richtung seines Büros ging, konnte ich bereits sehen, daß er seinen Spaß an der Sache hatte. Er beklagte sich immer, daß ich ihn ausnützen würde – und ich nützte ihn aus, gnadenlos –, aber ich wußte, daß er zu klug war, um sich dabei erwischen zu lassen, wie er unbefugt Akten einsah. Daß ich hin und wieder in seinem Leben auftauchte, vermittelte ihm ein prickelndes Ge-

fühl und erlaubte ihm die Vorstellung, er sei an einem Mantel-und-Degen-Streich beteiligt.
Zwei Stunden verstrichen, bevor Mario wieder auftauchte. Ich hatte auf einer Bank in einem Gang gesessen, der zu den Toiletten führte, und ging jetzt wenige Schritte hinter ihm her.
Er betrat die Herrentoilette und kam einige Minuten später wieder heraus, dabei verhielt er sich übertriebenermaßen so, als hätte er mich nicht gesehen. Anstatt in sein Büro zurückzukehren, ging er zu dem Trinkbrunnen hinüber. Ich folgte ihm und stellte mich hinter ihm an. Als er genug getrunken hatte, drehte er sich um, rempelte mich an und drückte mir dabei ein gefaltetes Papier in die Hand. Er entschuldigte sich für seine Unbeholfenheit und ging zurück in sein Büro.
Der Mann war unglaublich paranoid. Es war weit und breit niemand zu sehen, und er verhielt sich, als würde er beobachtet. Ich fing an, mir Sorgen um ihn zu machen – vielleicht hatte er zu viel Zeit damit zugebracht, Mikrofiches zu lesen. Ich sah ihm nach, wie er davonschlich, und mußte mich zusammenreißen, nicht zu lachen. Sein übliches Watscheln verwandelte sich für wenige Schritte in einen stolzen Gang. Mario war definitiv aufgeheizt. Ich zweifelte, daß Mrs. Soli wußte, was am Abend auf sie zukommen würde, wenn James Bond von seiner letzten Mission zurückkehrte.
Ich ging zum Parkplatz zurück und jagte die Klimaanlage in meinem Mercedes hoch. Erst jetzt faltete ich den Zettel auseinander, den mir Mario in die Hand gedrückt hatte.
Ich hätte auch raten können. In meiner Hand hielt ich eine Fotokopie der Geburtsurkunde von Silvia Romeros Tochter. Als Vater war Gustavo Gaston eingetragen. Mehr als eindeutig.

# 20

»Lourdes?«

»Mmmmm. Was?«

»Warum machst du dir Sorgen, daß du einen Rand vom Badeanzug kriegen könntest? Du bist doch Nonne. Ich meine, wer wird schon davon erfahren?«

»Gott und ich wissen Bescheid, meine kleine Schwester«, murmelte sie. Ihr Gesicht war in ein Handtuch vergraben. »Gott und ich wissen Bescheid.«

Eine solche Antwort machte mich immer neugierig. »Ist das auch der Grund, warum dein Bikini alle paar Monate verschwindet und dann wieder auftaucht?«

»So ist es.« Sie drehte sich um und ließ sich nun von vorne bescheinen.

Lourdes und ich lagen »oben ohne« am Haus in Cocoplum in der Sonne, an einer kleinen Ausbuchtung des Stegs, die vor Blicken geschützt war. Als Papa vor vielen Jahren Pläne entworfen hatte, den Anlegesteg zu vergrößern, hatten meine Schwestern und ich ihn dazu überredet, ein Plätzchen einzuplanen, an dem wir uns sonnen konnten, ohne daß die Nachbarn uns sehen würden. Papa förderte stets die Sittsamkeit, und so hatte er zugestimmt. Ich weiß nicht, ob Papa auch so willfährig gewesen wäre, wenn er gewußt hätte, daß das Plätzchen von seinen ausgelassenen, kindischen Töchtern auch zu anderen Aktivitäten genutzt wurde.

Ich blinzelte in die Sonne. »*Chica*, weißt du noch, als du kuba-amerikanische Freiwillige zusammengetrommelt hast, um die Floßflüchtlinge, die in Key West landeten, einzuschleusen?«

»Klar, das war vor ein paar Jahren. Aber es ist ein bißchen spät, dich jetzt dafür zu melden.« Lourdes schnitt eine

Grimasse. »Clinton schickt sie ja inzwischen alle nach Kuba zurück.«
»Ich will mich ja nicht melden«, erwiderte ich. »Es geht um den Fall, an dem ich gerade arbeite. Ein Mann, der ermordet worden ist, kam auf einem Floß von Kuba nach Amerika, und er wurde durch das Durchgangslager in Key West geschleust. Ich möchte eine Idee verfolgen, die mir zu der Frau unseres Klienten und zu diesem Flüchtling gekommen ist.«
Damit hatte ich Lourdes' Aufmerksamkeit. Sie drehte ihren Kopf und sah mich an, blieb aber gleichzeitig auch noch der Sonne zugewandt. »Schieß los«, sagte sie.
»Der Ermittler, den ich unter Vertrag stehen habe, Nestor, hat einige Hintergrundinformationen über sie zusammengetragen. Es stellte sich heraus, daß sie sich in einigen kubanischen Angelegenheiten engagiert hat, unter anderem bei der Unterstützung der Floßflüchtlinge. Ich möchte herausfinden, ob sie jemals auch im Durchgangslager gearbeitet hat.«
Die Idee, daß Isabel in irgendeiner Verbindung zu Gaston stand, war nicht mehr aus meinem Kopf herauszukriegen, also mußte ich die Verbindung finden. In diesem Moment versteckte sich die Sonne hinter einer bedrohlichen Wolke, so daß ich die Augen öffnen konnte.
Es war erst kurz nach zwölf. Wenn ich den Hals reckte, dann konnte ich die Boote sehen, die ihren Weg auf dem Gables Waterway in Richtung Bay nahmen. Ich zog mir mein Bikinioberteil an und stand auf, um einen besseren Blick zu haben.
Die Sonne funkelte wie Lametta auf dem Wasser. Vorsichtig kletterte ich auf einen Felsen, der aus dem Wasser ragte. Ich wußte, daß man mich jetzt sehen konnte und daß es nicht lange dauern würde, bis irgendwelche Männer auf vorbeifahrenden Booten mir zuwinkten.
Ich hätte meine Uhr danach stellen können. Schon waren die Signalhörner zu hören. Ich bekam einige Angebote für eine nachmittägliche Vergnügungsfahrt zugerufen. Es funktionierte immer. Ich kletterte den Felsen herunter.

»Hast du von deinen Bewunderern so schnell schon genug?« fragte Lourdes lachend, als ich zu ihr zurückkehrte.
»Ich habe bereits reichlich Spaß gehabt, mehr kann ich an einem Tag nicht vertragen«, erwiderte ich und goß mir frischen Eistee aus einem Krug ein, den Aida für uns zubereitet hatte. »Willst du?« fragte ich meine Schwester.
»Na klar, danke«, sagte sie und wischte sich über die Stirn. Sie sah zu der Wolke hinauf, die noch immer die Sonne verdeckte, so als könne sie sie mit Hilfe ihres Willens vertreiben. »Was mußt du denn über die Freiwilligen im Durchgangslager wissen?«
»Ich brauche eine Liste der Helferinnen aus Miami, die dort gearbeitet haben.« Ich reichte ihr ein Glas. »Zwischen Januar und März 1990.«
Gustavo Gaston war am ersten Januar 1990 von einem Sportfischerboot in der Florida Straits aufgegabelt worden. Ich nahm also an, daß er kurz darauf im Durchgangslager eingetroffen sein mußte. Ich hatte keine Ahnung, wann genau er Key West verlassen hatte, um nach Miami zu gehen, aber ich dachte mir, daß mir zwei Monate ein angemessenes Polster bieten würden.
Für diesen Teil meiner Ermittlung mußte ich einfach die Daten zurückrechnen. Durch die Recherche bei der Sozialversicherung wußte ich, daß Gustavo Gaston seinen ersten richtigen Job – im Brautladen in der Miracle Mile – in Miami im Juni 1990 angetreten hatte. Dort war er die nächsten achtzehn Monate als Liefermann angestellt gewesen. Gestand man dem unerfahrenen Immigranten ein paar Monate Zeit zu, seine erste Stelle zu finden, so hatte er Key West, wie ich annahm, acht oder zehn Wochen nach seiner Ankunft verlassen. Keiner der Kubaflüchtlinge blieb lange, und wer wollte ihnen daraus schon einen Vorwurf machen. Alle wollten sie so schnell wie möglich nach Miami.
Lourdes dachte über meine Bitte einige Minuten lang nach, während ihr Blick der Wolke folgte. »Du weißt, daß du das schier Unmögliche verlangst«, sagte sie schließlich. »Einige

der Freiwilligen arbeiteten gerade mal einen Tag lang dort. Manche gaben nur ihre Vornamen an. Manche kamen als Mitglieder einer Organisation, und in diesem Fall bekamen wir manchmal nur den Namen dieser Gruppe.«

»Ich verstehe«, sagte ich. Das war nicht, was ich hören wollte.

»Die ganze Sache war nicht besonders gut organisiert«, fuhr sie fort. »Ich will, daß du das weißt.«

»Tu, was du kannst«, sagte ich.

Sie sah mich an. »Weil du so einen Verdacht hast?«

»Weil ich einen Verdacht habe«, wiederholte ich.

Sie schüttelte kaum merklich den Kopf, sah dann auf. Die Wolke war verschwunden. Sie lehnte sich wieder zurück und schloß die Augen. »Nun, so wie deine Stimme klingt«, sagte sie, »bin ich willens zu vermuten, daß du an was dran bist.«

# 21

Am Telefon klang die Stimme des Mannes zögernd. »Miss Solano?« erkundigte er sich.

»Lupe«, verbesserte ich ihn automatisch. Leonardo hatte mir gerade gesagt, daß Alonso Arango junior am Telefon war. Zwei Tage waren vergangen, seit ich ihn angerufen und um ein Treffen gebeten hatte. Ich hatte mich gefragt, wie lange es wohl dauern würde, bis er den Mut fand, mich zu kontaktieren.

»Dann eben Lupe«, sagte er mit einem leisen, verlegenen Glucksen. »Würde es Ihnen passen, wenn wir uns heute treffen könnten?«

»Na klar« erwiderte ich. »Wo und wann?«

Wir einigten uns darauf, uns um zwölf Uhr mittags bei ihm im Büro zu treffen. Es war schon fast elf, ich mußte mich also beeilen, einige Berichte fertig zu schreiben, bevor ich zur Dinner Key Marina aufbrach.

Ich hatte mich den ganzen Vormittag über mit Gustavo Gastons Vergangenheit beschäftigt und so viele Widersprüche entdeckt, daß ich hin und wieder den Eindruck hatte, als würde ich über zweierlei Personen Ermittlungen anstellen. Da war Gaston, der gut ausgebildete, intelligente, erfolgreiche kubanische Architekt. Und da war der Mann, der niedrigste Arbeiten verrichtete und in einem Apartment mit Kochnische in einem heruntergekommenen Viertel von Little Havana lebte. Von dem wahren Gustavo hatte ich keine Vorstellung, und beide Versionen standen im Widerspruch zu dem Bild eines Mannes, der vor fast einem Monat angeblich mit einem Messer auf Alonso losgegangen war.

Lange Zeit starrte ich auf das Foto von Gaston, sah in seine intelligenten dunklen Augen, versuchte herauszufinden, was in seinem Kopf vor sich gegangen sein mochte. Ich konnte mir vorstellen, daß er der Typ Mann war, den Frauen anziehend fanden. Ich hatte auch das Foto aus seinem Führerschein, und darauf sah er trotz Überbelichtung und Unschärfe eines Automatenfotos sogar gut aus. Im wirklichen Leben mußte er ein ziemlich guter Typ gewesen sein.

Silvia Romero hatte ihn in der Geburtsurkunde als Vater ihres Kindes angegeben. Man brauchte keinen Detektiv, um zu folgern, daß sie mich angelogen hatte, als sie mir erzählte, sie hätte den Toten nicht gekannt. Deswegen mußte ich sie von Marisol Velcz beschatten lassen.

Lourdes hatte das schier Unmögliche für mich erreicht und eine Liste der Freiwilligen im Durchgangslager von Key West aufgetrieben. Isabel Arango war tatsächlich in der Zeit dort gewesen, als Gustavo durchgeschleust wurde. Ich hatte nicht damit gerechnet, daß es Lourdes gelingen würde, aber ich nehme an, daß es die Sache leichter macht, wenn man Nonne ist und Gott auf seiner Seite hat. Isabel war Mitglied einer Gruppe kuba-amerikanischer Society-Damen in Miami gewesen, die an zwei Tagen der Woche freiwillig halfen, an die Neuangekommenen aus Kuba Essen und Kleidung zu verteilen.

Ich hatte dem Durchgangslager auf meinen Fahrten nach Key West einige Male einen Besuch abgestattet. Das Lager war ein kleines, eingeschossiges Gebäude auf Stock Island, gleich nördlich von Key West. Es war ein Ort der Emotionen: die Hoffnung der Floßflüchtlinge, die eine schreckliche Überfahrt überlebt hatten, und die Verzweiflung wegen all der anderen, die gestorben oder im Meer verschollen waren, als sie die gleiche Flucht wagten.

Das Durchgangslager war so angelegt, daß sich zwei Menschen, die gleichzeitig dort waren, kaum aus dem Weg gehen konnten. Ich hatte sichere Anhaltspunkte, daß Isabel und Gustavo zur selben Zeit am selben Ort waren, und ich hatte die Möglichkeit eruiert, daß sie sich bereits früher einmal getroffen haben könnten. Zu diesem Zeitpunkt konnte mich nichts mehr von der Überzeugung abhalten, daß Isabel den Toten gekannt hatte.

Der nächste Schritt bestand darin, Gustavos Zimmer in Little Havana anzuschauen. Ich wußte, daß die Polizei gerade die Tatortabsperrung aufgehoben hatte. Ich würde also wahrscheinlich ohne größeren Aufwand hineinkommen. Bevor Alonso junior angerufen hatte, hatte ich vorgehabt, am Nachmittag hinzufahren. Jetzt mußte ich damit noch warten.

Um Viertel vor zwölf packte ich meine Unterlagen zusammen. Ich funkte, bevor ich ging, noch Marisol an, um zu erfahren, ob sie mir irgend etwas über Silvia Romero zu berichten hatte. Marisol beschattete die Buchhalterin, darüber hinaus aber hatte sie sich in dem Viertel, in dem Silvia und ihre Tochter lebten, umgesehen. Ihr Zuhause war ein Gartenhäuschen hinter dem Haus ihrer Eltern in Westchester, einem vorwiegend von Kubanern bewohnten Stadtteil im Westen von Miami.

Marisol rief nicht gleich zurück, aber das bereitete mir eigentlich keine Sorgen. Sie würde sich bei mir melden, sobald sie etwas zu berichten hätte, das wußte ich, und wahrscheinlich nicht früher. Einen Augenblick lang wünschte ich, sie und Nestor wären fest bei mir angestellt – dann könnte ich ihnen eine Mahnung schicken und sie zwingen, ihre Arbeitsweise zu ändern und regelmäßig Kontakt mit mir aufzunehmen. Allerdings hatte ich eines schon vor langer Zeit gelernt – Privatdetektive waren Eigenbrötler.

Als ich bei AAA Lines ankam, erwartete mich Alonso junior gleich an der Eingangstür.

»Freut mich, Sie zu sehen«, sagte er herzlich. »Vielen Dank, daß Sie soviel Geduld mit mir haben. Bitte, setzen Sie sich.« Er zeigte auf einen Stuhl am Fenster. Alonso war angezogen, wie ich ihn zuvor bereits gesehen hatte. Er trug Khakis, ein blaues Baumwollhemd mit offenem Kragen und Top Siders ohne Socken. Ich stellte ihn mir als den Typ Mann vor, der alle seine Kleidungsstücke in mehrfacher Ausführung einkaufte und sie in seinem Schrank stapelte oder nebeneinanderhängte, um sich am Morgen keine Gedanken machen zu müssen, was er an diesem Tag anziehen sollte.

Soweit ich dies beurteilen konnte, war die Firma eine vollkommen schnörkellose Angelegenheit. Das Büro war äußerst zweckmäßig eingerichtet, bei den metallenen Schreibtischen und Stühlen angefangen, die planlos in dem großen offenen Büroraum arrangiert waren, bis hin zu den Kalendern an der Wand, bei denen es sich um Werbegeschenke von Banken und Tankstellen handelte. Es schien keine Sekretärin, keinen Assistenten, keine Rezeptionistin und keinen Laufburschen zu geben. Soweit ich beurteilen konnte, *war* Alonso junior AAA Lines.

Er saß auf der Kante seines Schreibtisches. »Sie wollten mit mir sprechen.« Das war eine Feststellung, keine Frage.

Ich beschloß, nicht darauf einzugehen, daß er mich angelogen hatte. »Ja, allerdings nicht nur wegen der Sache mit Ihrem Vater, sondern auch in einer persönlichen Angelegenheit.«

Wie gesagt, ich hatte mir vorgenommen, sofort zur Sache zu kommen. Aber die Worte waren mir einfach herausgerutscht, und es gab keine Möglichkeit, sie zurückzunehmen.

Seine braunen Augen huschten für den Bruchteil einer Sekunde von mir weg. »Nun. Worüber wollen Sie denn als erstes sprechen – über meinen Vater oder über Ihre persönliche Angelegenheit.«

Dieses Gespräch hatte seine eigene Dynamik. Ich atmete tief durch. »Sie haben Margarita Vidal gekannt, nicht wahr?«

Alonso strich seine Hose glatt und starrte auf ein Bild an der Wand, auf dem ein Boot über eine Welle wogte. »Ja«, antwortete er. »Sie hat das Haus meiner Eltern in Coral Gables eingerichtet.«

»Es gibt eine Anrufspeicherung, die belegt, daß Sie an dem Tag, an dem Margarita gestorben ist, mehrfach ihren privaten Anschluß im Büro angerufen haben.«

Alonso schürzte die Lippen und nickte zustimmend. »Lassen Sie uns hinausgehen und einen Spaziergang machen«, sagte er. »Ich brauche frische Luft.«

Wir gingen aus dem Büro hinaus, das anfing, mich depressiv zu machen, und spazierten gemeinsam zum Hafendamm hinter dem Gebäude. Einige Minuten lang standen wir schweigend da, sahen zu, wie die sanften Wellen sich an dem Dock brachen. Dann ging Alonso auf die Mole zu, ich folgte ihm. Dort stand eine Steinbank, und wir setzten uns.

»Ich kannte Margarita, und nicht nur, weil sie das Haus meiner Eltern ausgestattet hat«, begann Alonso. Er kniff die Augen zusammen, und ich wußte, daß der Wind nicht der einzige Grund dafür war. »Ich habe sie schon einige Jahre früher kennengelernt, als sie eine Yacht ausstattete, die brasilianische Kunden von mir gekauft hatten. Ich habe sie meinem Vater und meiner Mutter empfohlen, als sie professionelle Hilfe für ihr Haus wünschten.«

»Sie war meine beste Freundin«, sagte ich.

»Ich weiß. Sie hat mir über Sie erzählt.« Alonso schüttelte den Kopf, als ärgere er sich über sich selbst. »Als ich erfuhr, daß Sie den Fall meines Vaters bearbeiten, wußte ich nicht, was ich tun sollte. Das war so ein Zufall. Sie starb, bevor ich mit ihr darüber sprechen konnte.«

»Sie wußte Bescheid«, erwiderte ich. »Ganz zuletzt. Sie sind der Vater, nicht wahr?«

Ich bemerkte, daß Alonso ein Mann war, der Schwierigkeiten hatte, seine Gefühle zu handhaben. Er sah ausdruckslos auf das Wasser hinaus. »Sie ist nach Palm Beach gefahren, um darüber nachzudenken, was sie tun sollte«, sagte er. »Sie wußte, daß sie ihren Zustand nicht viel länger mehr verbergen konnte. Bald hätte man es gesehen, daß sie ein Kind austrug.«

Alonso erhob sich und lehnte sich gegen das Geländer der Mole. Wellen brachen sich an den Felsen unten und spritzten herauf. Es dauerte nicht lange, da war sein Hemd voller dunkelblauer Flecken. Er schien es nicht zu bemerken.

»Sie wollte es Ihnen sagen«, fuhr er fort. »Sie wollte Ihnen so viel sagen, aber sie brachte es nicht fertig. Nicht, solange sie sich nicht fest entschlossen hatte, Rodrigo zu verlassen.«

»Und ich wußte nichts davon«, sagte ich unglücklich. »Es ist ihr wirklich gelungen, das alles vor mir zu verbergen.«
»Sie wußte, daß Sie und nahezu jeder gegen ihre Heirat mit Rodrigo waren. Die beiden waren nur ein paar Monate verheiratet, da wußte sie bereits, daß alles schiefging. Aber sie war zu dickköpfig und zu stolz, um die Wahrheit zuzugeben, und so litt sie still vor sich hin.«
Ich hörte überwältigt zu. Alonsos Stimme war von solcher Vertrautheit, solcher Fürsorge erfüllt. Ich begriff, daß Margarita ihrem Liebhaber Dinge von sich preisgegeben hatte, die sie nie zuvor irgend jemandem mitgeteilt hatte. Das machte mich traurig und gleichzeitig auch eifersüchtig.
Alonsos Gefühle übermannten ihn. Er stieß einen wütenden, unartikulierten Seufzer aus und hieb dann so heftig auf das Geländer ein, daß ich fürchtete, er würde sich die Hand aufreißen.
»Sie war bei Ihnen, als Ihre Mutter an jenem Samstag morgen anrief«, vermutete ich, »um Ihnen zu sagen, daß Ihr Vater Gustavo Gaston erschossen hat?«
Alonso wirkte einen Moment lang überrascht, nickte dann.
»Sie war bei mir in meiner Wohnung. Zwei Wochen zuvor hatte sie herausgefunden, daß sie schwanger war, aber sie hatte noch gewartet, mir davon zu erzählen.«
»Warum?« fragte ich, obwohl ich es hätte wissen können.
»Sie wollte eine Weile darüber nachdenken, allein. Gott, Sie können sich vorstellen, wie das war – innerhalb von fünf Minuten erfuhr ich von dem Baby und dann von meinem Vater!« Alonso strich sich die nassen Haare aus der Stirn. »Ich mußte sofort aufbrechen. Und bei allem, was im Zusammenhang mit meinem Vater auf mich zukam, war es mir tagelang nicht gelungen, mich mit ihr zu treffen.«
Ich wollte mir noch nicht einmal vorstellen, wie sich Margarita in dieser Zeit gefühlt hatte. Kein Wunder, daß sie so zerstreut und schwach wirkte, als wir uns in South Beach zum Mittagessen getroffen hatten. Wieder durchfluteten mich Schuldgefühle – ich hatte nichts getan, um ihr zu helfen.

Ich wußte, daß sie gute, notwendige Gründe hatte, alles vor mir zu verbergen: Sie mußte ein schwerwiegendes Geheimnis wahren, und sie mußte tief in sich hineinblicken, um zu entscheiden, was sie tun sollte. Ich wußte nicht, wo ich am besten beginnen sollte; konnte ich mir, ihr und selbst Alonso verzeihen? Und was am meisten schmerzte, war der Umstand, daß es eigentlich keine Rolle mehr spielte, was ich über ihre schwierige Situation dachte. Ihre Probleme hatten mit mir nichts zu tun gehabt. Bis jetzt.

»Wissen Sie von Rodrigos Plänen, Dade County für ihren Tod zu verklagen?« erkundigte ich mich.

Alonsos Gesicht wurde lang. »Was?« fragte er. »Was will dieses Arschloch tun?«

Ich legte ihm die ganze Angelegenheit dar, einschließlich dem Aspekt, daß das Baby – sein Baby – im Mittelpunkt eines Verfahrens stehen sollte, das Rodrigo wirklich eine gute Summe Geldes einbringen würde. Es gab keinen Grund, Alonso irgend etwas vorzuenthalten. Er würde in der Zeitung darüber lesen, sobald die Klage erhoben war. Und ich hegte keinerlei Zweifel, daß Rodrigo und Fernando Godoy – diese beiden herzlosen Blutsauger – keine Zeit verschwenden würden, genau dies zu tun.

Alonso konnte nur bitter auflachen. Nicht nur, daß er seine Geliebte, Margarita, verloren hatte, die er heimlich betrauern mußte. Darüber hinaus mußte er nun dabeistehen und zusehen, wie der entfremdete Ehemann vom Tod seines eigenen Kindes profitierte.

»Von wem, glaubt Rodrigo, ist das Kind?« fragte er fast so, als sei ihm dies noch nachträglich eingefallen. »Hat er irgendeine Ahnung?«

»Er hat mich angerufen, um Informationen von mir zu bekommen. Ich glaube daher nicht, daß er irgend etwas weiß«, meinte ich. »Ich nehme an, er geht davon aus, daß der Vater weiterhin schweigt, um die Erinnerung an Margarita nicht in den Schmutz zu ziehen, indem er sie des Ehebruchs bezichtigt.«

Es dauerte eine Weile, bevor Alonso auf das, was ich gesagt hatte, reagierte. Er starrte mich an, die Hände in die Hüften gestemmt. »Mit anderen Worten, Rodrigo geht ein kalkuliertes Wagnis ein«, sagte er.
Ich zuckte die Schultern. »Das nehme ich an.« Wir blieben noch eine Zeitlang an der Mole, Alonso stand am Geländer, ich saß auf der kalten Steinbank. Ich war entspannt, sah auf das Wasser, spürte den sanften Wind. Ich begriff jetzt, warum sich Margarita von Alonso Arango, der jünger als sie war, angezogen gefühlt hatte. Er war zuverlässig und anständig.
»Sie wollten außerdem über meinen Vater sprechen, oder?« sagte Alonso nach einer Weile.
»Ein andermal«, erwiderte ich. Er konnte mir bei meinen Ermittlungen kaum behilflich sein, das wußte ich, und ich hatte zum gegenwärtigen Zeitpunkt an genügend Wunden gerührt. Ich wollte wissen, ob seine Mutter Gustavo Gaston in Key West kennengelernt hatte, aber es gab geeignetere Wege, dies herauszufinden.

# 22

Das Herz blieb mir fast stehen, als ich auf den Parkplatz bei meinem Büro einbog. Auf dem Platz für die Besucher stand Marisols Wagen – ein widersinnig nichtssagender, viertüriger schwarzer Buick. Ich eilte hinein, denn wenn Marisol im Detektivbüro Solano auftauchte, dann mußte sie Informationen über Silvia Romero haben.

Leonardo saß nicht an seinem Schreibtisch, als ich eintrat, aber ich wußte, wo ich ihn finden würde. Ich mußte nur meiner Nase in die Küche folgen. Ich hätte wissen sollen, daß er und Marisol groß aufkochen würden; Marisol war Leonardos liebste Ermittlerin, nicht nur weil sie hübsch und charmant war, sondern auch weil sie sein Fabel für Naturkost teilte. Natürlich erzielten sie trotz ihrer gemeinsamen fixen Idee dramatisch unterschiedliche Ergebnisse. Sie folgten beide einer Ernährungsweise, die einfach und fettfrei war und weder Konservierungsmittel noch Zucker enthielt. Als Folge hatte sich Leonardo zu einem muskulösen, schnittigen Artgenossen mit festem Bauch entwickelt. Marisol war, wenn sich überhaupt etwas verändert hatte, kurvenreich, rundlich und wollüstig geworden. Was mich dazu führte, zu argwöhnen, daß sie ihre Diät nicht strikt einhielt. Ich war mir ganz sicher, daß Leonardo hin und wieder sündigte. Den meisten Männern wäre es jedoch mit Sicherheit gleichgültig, was Marisol auf sich nahm, um auszusehen, wie sie aussah – solange sie blieb, wie sie war.

Ich kam gerade in dem Augenblick in die Küche, als sie den Karottenkuchen mit einem Guß aus Rahmkäse verzierten. Es sah für mich nicht wie besonders gesundes Essen aus.

»Hallo, Kinder«, sagte ich. »Laßt mir ein bißchen von dem Guß übrig.«

»Hey, Lupe«, erwiderte Marisol, den Mund voller Creme. Sie und Leonardo hatten die Schüssel fast schon ausgekratzt. »Ich habe gar nicht gehört, daß du hereingekommen bist.«
»Nun, wenn ihr fertig seid, kannst du dich dann vielleicht hier losreißen, nur gerade so lange, um mir deinen Bericht über Silvia Romero abzuliefern?« fragte ich.
»Der Bericht liegt auf deinem Schreibtisch. Ich lass' dir ein paar Minuten Zeit für die Lektüre, bis wir den Kuchen vollends fertig haben.«
»Mit wenig Zucker«, murmelte Leonardo, sein Kinn voll mit Guß.
»Das ist der beste Kuchen, den wir je gemacht haben«, sagte Marisol. »Ich bringe dir ein Stück, wenn wir fertig sind.«
Ich hatte nichts dagegen. Ich liebte Karottenkuchen. Ich setzte mich an Leonardos Schreibtisch und begann zu lesen. Marisol hatte gute Arbeit geleistet, und ich war erfreut zu sehen, daß mein Instinkt mich nicht getrogen hatte – ich hatte mir mein Gespür bewahrt. Hinter der scheuen, mausgrauen, sanften Buchhalterin steckte mehr. Sie hatte über Jahre hinweg eine Affäre mit Alonso Arango senior.
Marisol hatte die Nachbarschaft gründlich ausgefragt und herausgefunden, daß ein älterer kubanischer Gentleman über Jahre hinweg regelmäßig einen Besuch im Gartenhäuschen abgestattet hatte – so lange und so häufig, daß Silvias kleine Tochter »Papa« zu ihm sagte. Eine Nachbarin im besonderen, eine alte Witwe, die auf der anderen Straßenseite wohnte, lieferte eine komplette Beschreibung des Mannes, bis hin zu dem Auto, in dem er angefahren kam. Es handelte sich um einen Cadillac Seville, marineblau. Alonsos Cadillac.
Die geschwätzige alte Dame erzählte, daß der ältere Herr wegen Silvias Ergebenheit ihren Eltern gegenüber nicht bei Silvia und ihrer gemeinsamen Tochter wohne, daß sie aber darauf bestanden habe, daß er in der Nähe wohne. Für »Papa« gebe es im Gartenhäuschen keinen Platz, also lebe er in seinem eigenen Haus, das er mit seiner Frau bewohnt habe, die un-

glücklicherweise Jahre zuvor gestorben sei. Eine weitere Geschichte, die in der Nachbarschaft kursierte, war die, daß Silvia seine junge zweite Frau sei und daß der »Papa« das Kind nicht gewollt und sein Mißfallen gezeigt habe, indem er allein lebte. Es gibt Leute, die glauben einfach alles.

Ich nahm den Bericht in mein Büro und las ihn ein zweites Mal. Bald darauf kam Marisol mit einem dicken Stück Kuchen auf einem Pappteller herein. Er sah lecker aus und roch unglaublich gut, so daß ich meinen Bericht zur Seite schob. Zwischen zwei großen Bissen sagte ich: »Erzähl mir von Silvia.«

Marisol öffnete das Fenster und setzte sich elegant auf das Fensterbrett, ein Bein baumelte nach draußen, eines in mein Büro herein. Ich hatte mich so sehr an ihre Art gewöhnt, daß ich kaum Notiz davon nahm. Ihr Bericht war für mich viel wichtiger als ihre Mätzchen.

»Steht alles da drin, *chica*«, sagte sie lässig. »Die Buchhalterin hat's mir ihrem Chef getrieben. Das ist eine alte Geschichte – älterer verheirateter Mann, junge alleinstehende Frau. Was willst du denn sonst noch wissen?«

»Wie hast du die Nachbarn dazu gebracht, mit dir zu sprechen?« fragte ich. Marisol war eine Meisterin darin, die Leute zum Sprechen zu bringen oder, wie sie sich ausdrückte, es ihnen zu »ermöglichen«, dies zu tun. Ihre Arbeit basierte auf der Voraussetzung, daß die meisten Leute mit irgendwelchen Geschichten herumliefen und darauf brannten, diese zu erzählen. Sie warteten nur auf ein offenes Ohr. Wie die meisten Theorien so war auch diese schwer zu widerlegen.

»Wirklich, es war nicht schwierig«, sagte sie. »Als ich die Straße das erste Mal entlangfuhr, sah ich ein paar ältere Damen, die auf der Veranda vor einem Haus miteinander schwatzten. Ich wußte, daß dies ein leichtes Spiel würde. Ich parkte meinen Buick in einer Nebenstraße und ging zu ihnen zurück. Damit ließ ich ihnen Zeit, mich eingehend zu mustern. Sie wußten, daß ich sie nicht überfallen würde oder so etwas.«

Marisol sah in die Bäume. »Zu dem Zeitpunkt, als ich die Veranda erreicht hatte, waren sie bereits so neugierig, daß sie dafür bezahlt hätten, mit mir sprechen zu dürfen«, sagte sie. »Ich tat so, als gefiele mir die Gegend wirklich sehr. Und dann erzählte ich ihnen, daß ich Collegestudentin sei und nach einem Zimmer oder einer Wohnung suche. Ich fragte sie, ob sie vielleicht eine Familie kennen würden, die an ein nettes, ruhiges Mädchen vermieten wolle.«

Ich hatte es bildhaft vor Augen. Marisol war mit einer Schar schwatzhafter alter Damen ganz in ihrem Element.

»Ich erkundigte mich über ein paar Häuser in der Straße, und als ich schließlich auf Silvia Romeros Haus zu sprechen kam, hegten sie keinerlei Verdacht.« Sie strahlte mich an, sonnte sich in ihrer eigenen Brillanz. »Dann erkundigte ich mich, wie sicher die Autos in der Straße seien. So bekam ich meine Information über Mr. Arangos Cadillac.«

»Sehr gut.«

Sie schwang ihr Bein wieder herein und sprang vom Fenstersims herunter, klopfte sich den Staub von ihren Shorts. »Noch etwas, was ich heute tun soll?« fragte sie.

»Im Augenblick gibt es nichts mehr«, antwortete ich. »Aber ich werde dich anrufen. Ich bin sicher, daß ich dich bald wieder brauche.«

»Natürlich«, meinte Marisol. Mit einem Zwinkern ging sie aus meinem Büro hinaus. Ich hörte, wie sie und Leonardo in eine kleine Kabbelei darüber gerieten, wie sie den Kuchen teilen sollten. Leonardo beanspruchte den Löwenanteil, weil er die Zutaten zur Verfügung gestellt hatte. Das war ein Argument.

Was mich betraf, so war ich glücklich, daß ich immer noch spürte, wann jemand etwas zu verbergen hatte. Und Silvia Romero hatte eine Menge zu verbergen.

# 23

Nachdem ich meinen Kuchen aufgegessen hatte, machte ich mich auf den Weg nach Little Havana, um mir Gustavo Gastons Zimmer anzusehen. Unterwegs ertönte mein Funkruf, und geistesabwesend grub ich in meiner Tasche danach, während ich mit der anderen Hand weiterhin das Lenkrad festhielt. In Gedanken war ich noch immer bei Marisols Bericht. Ich mußte Tommy davon erzählen, aber ich brauchte noch etwas Zeit, um alles zu verdauen.

Auf der Geburtsurkunde des Kindes war Gaston als Vater angegeben – aber das mußte nicht heißen, daß er auch der Vater war. Eine Frau kann für dieses Dokument nahezu jeden Namen angeben. Aber daß Silvia gelogen hatte, was Alejandras Vaterschaft betraf, schien in Anbetracht der Tatsache, daß sie und Gaston zur gleichen Zeit im selben Brautladen gearbeitet hatten – und zwar zu einem Zeitpunkt, der sich mit dem ungefähren Zeugungstermin des Kindes überschnitt –, zu sehr an den Haaren herbeigezogen. Dann war da Silvias nachfolgende Affäre mit ihrem Chef. Und Isabel Arangos Verbindung zu Gaston. Ich stellte mir in Gedanken Dreiecke und Quadrate vor.

Ich wußte immer noch nicht, worüber Margarita an dem Tag, an dem sie gestorben war, mit mir hatte sprechen wollen. Vielleicht wäre es einfach um ihre Beziehung zu Alonso junior gegangen. Kannte sie mich gut genug, um zu wissen, daß ich früher oder später alles herausfinden würde, jetzt, wo ich einen Fall bearbeitete, der mit der Familie zu tun hatte? Vielleicht wollte sie mir alles erzählen, bevor ich es herausfand. Aber mein Instinkt sagte mir, daß es mehr gab als das. Ich suchte noch immer nach meinem Funkgerät, das erneut quengelte. Schließlich fand ich es und schaute auf das Dis-

play. Ich hielt den Atem an, als ich meine eigene Büronummer las und dahinter 911, unseren Notfallkode. Rasch fuhr ich seitlich hinaus, fand einen Platz, wo ich parken konnte, schloß mein Handy an und rief zurück.
Leonardo hob beim ersten Läuten ab. »Lupe, Marisol hat gerade angerufen«, sagte er aufgeregt und fast atemlos. »Dir ist wieder jemand auf den Fersen!«
»Wovon redest du?«
»Marisol. Sie ist eben noch einmal ins Büro zurückgekommen.« Er versuchte, sich zu beruhigen. »Sie hatte, als sie ging, ihren Anteil vom Kuchen vergessen. Sie sagte, sie habe dich wegfahren sehen und dann einen Wagen, der hinter dir hergefahren sei. Ihr gefiel die Sache nicht, also ist sie euch gefolgt. Der Typ ist hinter dir her, seit du aus dem Büro weg bist. Marisol hat versucht, dich über dein Handy zu erreichen, aber du hattest es offenbar abgeschaltet. Deshalb hat sie mich angerufen.«
»Hat sie sich die Autonummer gemerkt?« fragte ich und wußte, daß dem so war. Marisol war viel zu gut.
»Ich bin gerade dabei, sie abzurufen«, erwiderte Leonardo. »Sei vorsichtig.«
»Wo ist Marisol jetzt?«
»Ich weiß es nicht«, antwortete Leonardo. »Ich wollte, daß sie in der Leitung bleibt, aber sie hat das Schwarze Loch von Calcutta erreicht, und ich habe sie verloren.«
»*Mierda!*« Das Schwarze Loch von Calcutta war eine bestimmte Strecke der Twenty-seventh Avenue, auf der man mit dem Handy unweigerlich die Verbindung verlor. »Sag ihr, sie soll mich anrufen. Mein Handy ist jetzt in Betrieb.« Ich legte auf. Weniger als dreißig Sekunden später läutete mein Telefon. »*Oye, chica*«, sagte Marisol. »Du bist sehr berühmt. Zuerst dieses Arschloch von Slattery, jetzt dieser hier. Ich habe ihn vor ein paar Minuten aus den Augen verloren. Was treibst du denn so in deiner Freizeit?«
Ich war nicht in der Laune zu scherzen. »Wie hat der Wagen ausgesehen?« erkundigte ich mich.

»Wie meiner, einer dieser durchschnittlichen amerikanischen Wagen, unauffällig«, sagte sie. »Dunkelblau, keine Aufschriften. Ich habe Leonardo das Kennzeichen durchgegeben.«
»Und was ist mit dem Fahrer?« fragte ich weiter, während ich in den Rückspiegel sah. Ich konnte niemanden entdecken. »Wie hat er ausgesehen?«
»Ich hatte keine Möglichkeit, ihn richtig gut zu sehen«, erwiderte Marisol. »Ende Zwanzig, vielleicht Anfang bis Mitte Dreißig. Baseballkappe, Ray Bans. Tut mir leid, mehr war nicht zu sehen.«
»Bist du sicher, daß es nicht Slattery war?«
»Ganz sicher. Das war ein neuer Typ.«
»Du hast was gut bei mir. Danke.«
Ich legte auf und versuchte zu verhindern, daß die Angst meine Gedanken einnebelte. Stand wieder Godoy dahinter oder jemand anderes? Waren sie hinter mir persönlich her, ging es um den Fall Arango oder um einen Fall, den ich in der Vergangenheit bearbeitet hatte?
Ich sah auf und stellte jetzt erst fest, daß ich mich auf dem Parkplatz einer Tankstelle befand. Ich starrte auf einen riesigen Tanklastzug, der Benzin in die unterirdischen Tanks pumpte, und versuchte, mich so weit zusammenzureißen, daß ich mich dem mörderischen Verkehr von Miami gewachsen fühlte. Da klingelte das Telefon wieder.
Ich meldete mich, noch bevor das erste Läuten verklungen war. »Es sieht schlecht aus, Lupe.« Leonardos Stimme klang krächzend. »Der Wagen ist ein Mietwagen.«
Ich biß mir auf die Lippe. »Welche Firma?«
»Ich habe nie davon gehört«, sagte Leonardo. »Aus der Adresse zu schließen, ist es eine dieser miesen Firmen am Flughafen. Primerissimo Rent-A-Car. Kann man sich keinen besseren Namen ausdenken?«
»Ich nehme an, nein«, erwiderte ich abwesend.
»Ist der Typ immer noch hinter dir her?«
»Ich weiß es nicht. Ich habe gerade mit Marisol gesprochen,

und sie sagte, sie habe ihn verloren. Ich werde sie zurückrufen und ihr mitteilen, wo ich bin. Sie soll das Areal abchecken, um herauszufinden, ob er noch irgendwo ist.«
Ich rief also Marisol an. Sie sprach an, was mir selbst schon eingefallen war: Es könnte sein, daß ich Objekt einer kostenaufwendigen Operation mit mehreren Beschattern war. Ich wollte gar nicht weiter darüber nachdenken.
Wir hielten die Verbindung aufrecht, und bald schon war Marisol ganz in meiner Nähe. »Ich sehe ihn noch nicht«, sagte sie. »Ich glaube, er ist weg. Er weiß, daß er aufgeflogen ist. Aber sei vorsichtig.«
Sie legte auf. Marisol war gut, wenn sie niemanden gesehen hatte, dann war da wahrscheinlich auch niemand zu sehen. Trotzdem gab es keinen Grund, irgend etwas dem Zufall zu überlassen. Ich fuhr von dem Parkplatz herunter und vollführte jedes Kehrtwende- und Gelbe-Ampel-Manöver, das ich kannte. Nach fünfzehn Minuten mit diesem Unsinn fuhr ich in Richtung von Gustavo Gastons Apartment gleich an der Tenth Street in Little Havana.
Gustavo hatte im ersten Stock eines nur zweigeschossigen Gebäudes gewohnt, eines jener schäbigen Wohnhäuser für arme Immigranten. Ich parkte auf einem jämmerlichen, vertrockneten Stück Rasen vor dem Haus und ging die Treppe hinauf – der Aufzug sah eher wie eine Todesfalle aus. Binnen weniger als einer Minute stand ich vor Gastons Apartment.
Die Tür stand offen. Ich klopfte leise an und trat ein, blieb in der Diele stehen und sah mich um. Das Zimmer, in dem Gaston das letzte Jahr seines Lebens zugebracht hatte, wirkte langweilig und freudlos, es war in verschiedenen deprimierenden Brauntönen ausgestattet. Das Doppelbett in der Ecke war ungemacht, daneben stand ein angerostetes metallenes Nachttischchen. Ein Tisch mit brauner Kunstfaserplatte und zwei Stühle bildeten den Eßbereich. Außer einem kaffeebraunen Lehnsessel, der vor dem einzigen Fenster des Apartments stand, gab es eine einzelne Stehlampe.

Ein kleiner, verrunzelter dunkelbrauner Mann von mindestens Achtzig trat aus einer Kammer, die wohl als Badezimmer durchgehen sollte.
»Kann ich Ihnen helfen?« fragte er und schwang eine Klobürste. Wasser spritzte auf den Boden zu seinen Füßen, und ich trat auf die Seite seiner freien Hand, für den Fall, daß er ein emotionaler Mensch war und noch weiter mit der Bürste herumgestikulierte.
»Ich habe gehört, daß in diesem Haus ein Apartment mit Kochnische vermietet wird«, sagte ich. »Ist es das hier?«
»Das ist es«, erwiderte er. Mein Instinkt hatte mich nicht getrogen, er schwang die Bürste in einem hohen Bogen und spritzte Wasser durch die Luft. »Wollen Sie es mieten?« fragte er argwöhnisch.
Es war vollkommen ausgeschlossen, daß er mir glauben würde, ich wolle diese deprimierende Wohnung mieten. Das Mobiliar allein war älter als Fidel Castro. »Nein, nicht für mich.« Ich lachte. »Es ist für einen Mann, der bei meinem Vater arbeitet. Er kam gerade frisch aus Kuba.«
»Oh«, erwiderte er offensichtlich zufriedengestellt. »Dreihundert im Monat, einschließlich Nebenkosten. Zwei Monatsmieten Kaution. Er kann einziehen, sobald ich mit dem Putzen fertig bin. Sie können sich umsehen, wenn Sie wollen.«
Der alte Mann drehte sich um und ging wieder in das Badezimmer. Gastons persönlicher Besitz, wenn er denn viel gehabt hatte, schien fast vollkommen verschwunden zu sein. Ich wußte noch nicht einmal, wonach ich hätte schauen sollen.
»Sieht so aus, als wäre der Vormieter ziemlich übereilt ausgezogen«, sagte ich zu dem Mann, der mir den Rücken zuwandte.
Er drehte sich um und legte die Hand ans Ohr. »Was?«
»Das Bett ist nicht gemacht«, sagte ich.
»Sie haben recht. Er ist in großer Eile ausgezogen.«
»Ich sehe, er hat sogar einige Kleidungsstücke zurückgelassen.« Ich trat auf die geöffnete Tür einer Kleiderkammer

zu, die noch nicht ausgeräumt worden war. Ich schaute hinein, tat so, als würde ich den Raum ausmessen. Auf dem Boden standen drei Paar Schuhe, zwei Paar Turnschuhe und ein Paar braune Halbschuhe.

»Machen Sie sich keine Gedanken«, meckerte der alte Mann. »Heute nachmittag ist alles weg.« Offenbar hatte er beschlossen, daß das Badezimmer sauber genug sei, und fing an, die separate Arbeitsplatte, die als vollständige Küche diente, zu putzen. Darauf standen eine Kochplatte, eine Kaffeemaschine und ein kleiner Grillofen. Nicht gerade die richtigen Voraussetzungen für einen Schlemmer.

Viel mehr gab es nicht zu sehen, und ich wollte nicht die Neugierde des alten Mannes wecken – vorausgesetzt, er war überhaupt neugierig. »Vielen Dank für Ihre Hilfe«, sagte ich. »Ich werde Ricardo – das ist der Mann, der bei meinem Vater arbeitet – davon erzählen.«

Ich machte die Tür auf, um zu gehen. »Warten Sie nicht zu lange«, rief der alte Mann hinter mir her. »Ich habe noch andere Leute, die sich für das Apartment interessieren.«

*Ja, gewiß.* Ich schlenderte den Gang entlang, hoffte, einen der Nachbarn zu treffen. Zwei Türen weiter hatte ich Erfolg. Eine ältere Frau saß in einem Schaukelstuhl vor ihrer geöffneten Tür. Sie war nicht dagewesen, als ich kam, und offenbar neugierig geworden. Sie tat so, als sei sie mit ihren Häkeldeckchen beschäftigt. Und sie war offenbar eine feste Einrichtung hier. Es war perfekt.

Als ich an ihrer Tür ankam, spürte ich den Luftzug, der von ihrem großen elektrischen Ventilator herrührte. »Hübsch«, sagte ich und zeigte auf ihre Handarbeit. Die Nadel fuhr hinein und heraus, schuf ein zartes Spitzennetz aus cremeweißem Garn. Ihre Hände bewegten sich so schnell, daß sie vor meinen Augen verschwammen.

»Danke«, erwiderte sie, eindeutig erfreut. »Die mache ich für die Hochzeit meiner Enkelin. Sechs habe ich schon, sechs brauche ich noch.«

Sie öffnete eine Plastiktasche auf ihrem Schoß und zeigte mir sechs Deckchen, die sie gehäkelt hatte. Ich flötete meine Anerkennung. Das war wirklich sehr individuelle Handarbeit. Schließlich siegte ihre Neugierde. »Besuchen Sie jemanden hier?« fragte sie.

»Ich bin eigentlich gekommen, um mir das Apartment anzusehen, das vermietet wird«, antwortete ich munter. »Das Apartment, das eben erst frei geworden ist.«

»Oh, das.« Die Nadel klapperte leise, das Geräusch, wenn sie gegen ihre Fingernägel stieß, war jetzt irgendwie unheilvoll. »Das kenne ich.«

»Mein Vater hat einen Angestellten, einen Bootsflüchtling, der gerade erst aus Kuba gekommen ist und der einen Platz zum Wohnen braucht«, erzählte ich ihr unaufgefordert. »Wohnen Sie schon lange hier?«

»Lange genug.« Klick, klick. »Seit siebzehn Jahren.«

»Dann ist das hier für Sie wohl ein guter Platz zum Leben?«

Sie hielt mit ihrer Arbeit inne und sah zu mir auf. »Wissen Sie, warum dieses Apartment neu vermietet wird?« fragte sie.

»Der Vormieter ist ausgezogen.« Ich spielte ihr ein nervöses Lachen vor. »Das hat mir zumindest der Verwalter erzählt. Gibt es da etwas, was ich wissen sollte?«

»Er lügt!« sagte sie stolz. »Der letzte Mieter, der dort gewohnt hat, war auch ein Bootsflüchtling. Aber er ist ermordet worden. Deshalb steht das Apartment leer.«

»Ermordet!« Ich hielt mir vor Schreck den Mund zu. »Hier?«

Die Nadel flog wieder hin und her. »Nein, er wurde ermordet, als er versuchte, einen Juwelierladen auszurauben.«

»Oje«, sagte ich.

»Sie haben das Apartment mit einem gelben Klebeband versiegelt«, fuhr sie fort. »Und sie haben nur den Verwalter hineingelassen. Deshalb will er jetzt so schnell wie möglich wieder vermieten.«

Sie war mehr als erfreut, mir alles erzählen zu können. Ich war wahrscheinlich die erste Person, mit der sie über alles sprechen konnte und die noch nicht Bescheid wußte. Sie war mit ihrem Deckchen fast fertig.

»Es ist traurig«, fügte sie noch hinzu. »Er hat nämlich eine Tochter, ein kleines Mädchen.« Die Nadel flog jetzt sogar noch schneller hin und her.

Ich hielt den Atem an. Das war ja viel besser, als ich mir erhofft hatte. »Wie traurig«, sagte auch ich. »Ich habe in der Wohnung gar nichts gesehen, was einem kleinen Mädchen hätte gehören können. Hat sie bei ihm gelebt?«

Meine neue Freundin gluckste und schüttelte den Kopf. »Nein, sie lebt bei der Mutter. Es war so traurig. Am Tag bevor er ermordet wurde, war die Mutter, eine ganz kleine Frau, hier. Sie hatten einen fürchterlichen Streit. So traurig, daß sie sich stritten, kurz bevor er starb. Auch wenn er starb, weil er etwas Böses im Sinn hatte.«

Die alte Dame hielt in ihrer Arbeit inne, lange genug, um sich zu bekreuzigen. Ich war heftig versucht, noch mehr aus ihr herauszuholen, aber ich wollte mein Glück nicht überstrapazieren. Sie hatte mir genug erzählt. Ich hätte liebend gern gewußt, warum sich Silvia Romero und Gustavo gestritten haben, aber das war keine Frage, die eine zukünftige Mieterin gestellt hätte. Die alte Dame war eine Klatschbase, aber sie konnte auch einen scharfen Verstand haben. Ich wollte nicht Gegenstand ihrer nächsten Geschichte werden.

»Vielen Dank, daß Sie mit mir gesprochen haben«, sagte ich aufrichtig. »Ich werde dem Angestellten meines Vaters von dem Toten erzählen. Ich weiß nicht, ob das Auswirkungen haben wird, was sein Interesse für das Apartment angeht.«

Ich ging den Gang entlang und dankte Gott für die Beobachtungsgabe älterer kubanischer Witwen. Marisol wäre stolz auf mich gewesen.

Bevor ich die Treppe erreichte, schaute ich mich noch einmal um. Der Verwalter hatte Gustavos Tür geschlossen. Im Korridor standen zwei grüne Mülltüten, mit Gummibändern ordentlich verschlossen, in denen verstaut war, was von Gustavos glücklosem Leben noch übrig war. Das war nicht gerade ein schönes Andenken.

# 24

»Charlie? Ich bin's.«

»Lupe, hey, was gibt's Neues? Wie geht's dir? Ich vermisse dich.«

Ich telefonierte mit einem alten Freund – Charlie Miliken, Stellvertretender Staatsanwalt. Ich war so erleichtert, echte Freude in seiner Stimme zu hören, nachdem er mich erkannt hatte. Um ehrlich zu sein, hatte ich mich beim letzten Mal, als wir uns gesehen hatten, nicht gerade rühmlich verhalten.

»Ich habe so viel zu tun«, sagte ich. »Und wie geht's dir selbst? Übernimmst du irgendwann demnächst Janet Renos Job?«

»Nein, mir gefällt, was ich tu, sehr gut.« Der Tonfall in seiner Stimme hatte sich verändert. »Warum also rufst du mich aus heiterem Himmel an? Du rufst doch nie an, weil du mich vermißt, sondern nur, weil du etwas von mir brauchst. Das tut mir weh.«

Ich wich ihm aus. »Hey, sollen wir bald mal abends zusammen zum Essen gehen?« fragte ich. »Ich lade dich natürlich ein.«

»Wie wär's mit heute abend?« Seine Stimme wurde weicher. »Ich sterbe vor Neugier. Ich kann es kaum erwarten herauszufinden, was du von mir willst.«

Das mochte ich an Charlie: Er spielte einem absolut nie etwas vor. Fünf Jahre zuvor hatten wir über Heirat gesprochen, aber dann hatte ich einen Rückzieher gemacht. Statt aber wütend auf mich zu sein und nie wieder mit mir zu sprechen, setzte er unsere Beziehung fort – als Freund, nicht als Geliebter. Was nicht hieß, daß wir nicht hin und wieder einmal da weitermachten, wo wir aufgehört hatten.

»Prima. Wohin willst du gehen?« Ich konnte kaum fassen,

daß er so kurzfristig zur Verfügung stand. Charlie war bei Frauen sehr beliebt.

»Du darfst dir's aussuchen«, sagte er. »Ich habe keine echte Vorliebe.«

»Dann laß uns ins Caffè Abbracci gehen. Mir ist nach italienischem Essen.«

»Klingt gut«, meinte er. »Zum Glück habe ich heute meinen Anzug in die Arbeit angezogen. Dem Detektivbüro Solano muß es ja gutgehen, wenn du dir die Preise im Abbracci leisten kannst.«

»Was soll ich sagen, wir sind eben die Besten. Paßt dir acht Uhr?«

Mir wäre es lieber gewesen, einen Tisch auf neun Uhr oder später zu reservieren, aber Charlie war Amerikaner und aß gern früh. Nachdem ich vorhatte, ihn gnadenlos auszunutzen, hielt ich es nur für richtig, ihm entgegenzukommen. Aus diesem Grund hatte ich auch das Caffè Abbracci gewählt. Mir gefiel das Lokal, und außerdem wußte ich, daß dort geraucht wurde. Charlie, der Kettenraucher, würde sich dort wohl fühlen, wenn er sich eine anstecken wollte. Der Abend wollte geplant sein.

Nach der Arbeit ging ich nach Hause in meine Wohnung in der Brickell Avenue. Um Viertel vor acht sprang ich in den Mercedes und fuhr in Richtung Süden nach Coral Gables. Ich wußte nicht, was mich an diesem Abend erwarten würde, aber ich hatte mich so angezogen, daß ich eine vergnügliche Zeit haben konnte. Ich trug mein todschickes schwarzes Schlauchkleid, das ein wenig von der Spitze meines BHs hervorschauen ließ, und Schuhe mit Stöckelabsätzen. Meine Garderobe war sorgfältig ausgewählt, denn ich wußte, daß Charlie auf visuelle Eindrücke reagierte. Außerdem mochte er gutes Parfüm. Ich hatte also reichlich davon aufgetragen – es würde die Wolke aus Zigarettenrauch durchdringen müssen, in der er lebte.

Ich behielt auf der ganzen Fahrt den Rückspiegel im Auge, um zu sehen, ob mich jemand verfolgte, aber eigentlich erwartete ich nicht, nachts tatsächlich etwas erkennen zu können – es sei denn, mein Beschatter war ein absoluter Amateur. Obwohl ich nicht wußte, warum mir irgend jemand folgen sollte, ging ich davon aus, daß sie mehr nicht wollten – mich beobachten, um zu wissen, wohin ich ging. Ob sie nun da waren oder nicht, ich würde unbeirrt mit meiner Arbeit fortfahren. Irgendwann würde ich schon noch herausfinden, wer so an mir interessiert war.

Ich fuhr auf der U.S. 1 in Richtung Süden und bog auf die LeJeune nach Westen ein; entgegen meiner eigentlichen Gewohnheit war ich pünktlich im Restaurant. Ich entdeckte Charlies blauen Chevette, der auf der anderen Straßenseite geparkt war. Im Gegensatz zu mir hielt Charlie nichts davon, sein Auto durch einen Parkwächter parken zu lassen. Offen gestanden glaube ich, daß seine Entscheidung weniger mit Geld als mit Stolz zu tun hatte – kein Parkwächter würde seinen Wagen anrühren wollen. Das Chaos im Inneren war so verheerend, daß eine Beifahrerin gut daran tat, vor dem Einsteigen ihre Schutzimpfungen zu überprüfen. Ich war überzeugt, daß in den Papiertüten und alten Bechern alle möglichen fremdartigen Bakterien lebten. Und es gab noch eine weitere Gefahr: Der Riegel des Handschuhfachs schloß nie richtig, so daß die Klappe unweigerlich auf die Knie der Beifahrerin knallte. Ich bewunderte Charlie, aber in seinem Auto mitzufahren war ein zu harter Test.

Ich ging hinein und entdeckte Charlie an der Bar, völlig vertieft in ein Gespräch mit dem Barkeeper. Im Aschenbecher zählte ich drei Zigarettenkippen, was nicht bedeuten mußte, daß er schon lange da war. Charlie konnte innerhalb einer Stunde eine ganze Tabakplantage wegpaffen. Ein zuverlässigeres Anzeichen war ein volles Glas Jack Daniel's, das ihm der Barkeeper gerade hinstellte.

Charlie sprang von seinem Barhocker, als er mich sah, deckte mich mit Küssen ein und umarmte mich fest. Ich erschauerte, als meine Nase seinen Hals berührte. Das war ein bekannter Duft, und der hatte noch immer Wirkung auf mich. Einen

Moment lang war ich versucht, das Essen abzusagen und meine Befragung in horizontaler Lage durchzuführen, aber der Oberkellner tauchte gerade auf und führte uns zu unserem Tisch.
Das Lokal war noch halb leer. Wenig überraschend, wenn man bedachte, daß im Abbracci überwältigend viele Lateinamerikaner und Europäer verkehrten. An Freitag- und Samstagabenden war es am schwierigsten, nach elf Uhr nachts einen Tisch zu reservieren.
Charlie und ich hatten einen Tisch in der Ecke, in einem ruhigen Teil des Hauptraumes. Nachdem ich ihn einladen wollte, schaute ich auf die Weinkarte und suchte einen sehr guten Barolo aus. Unser Kellner war augenblicklich wieder da, und nachdem ich den Wein probiert hatte, ratterte er die Spezialitäten des Tages herunter. Wir hörten geduldig zu und bestellten dann beide das Kalbsschnitzel. Der Küchenchef im Abbracci brachte damit ein wahres Wunder zustande.
Ich wartete, bis Jack Daniel's und Barolo ihre Wirkung zeigten, bevor ich auf irgend etwas Geschäftliches zu sprechen kam. Wir plauderten über gemeinsame Freunde, und als das Essen kam, aßen wir mehr, als daß wir sprachen. Dies ermöglichte mir, ihn einfach nur anzusehen. Ich gebe zu, ich habe eine Schwäche für große, blonde, blauäugige amerikanische Männer, aber Charlie war wirklich außergewöhnlich.
Er hob sein Glas und grinste mich glücklich an. Ich fragte, so nebenbei wie nur möglich: »Bist du eigentlich mit dem Fall Alonso Arango vertraut?«
Er kniff die Augen zusammen. »Fang gar nicht erst damit an. Ich weiß, daß du daran arbeitest.«
Ich schwieg, hoffte, daß ich die Spur von Hohn in seiner Stimme falsch interpretierte. »Tust du doch, oder?« verlangte er zu wissen. Ich hatte also gar nichts falsch interpretiert. »Der Fall ist ein Flop. Dein Klient wird für 'ne lange Zeit verschwinden.«
Ich ignorierte seine abfällige Ausdrucksweise. »Nun, jetzt wo

du davon angefangen hast, ich arbeite tatsächlich an dem Fall.«

»Ich habe nicht davon angefangen, das warst du«, widersprach Charlie. »Und du weißt auch, wer als Staatsanwältin zuständig ist, oder? Deine alte Widersacherin, Aurora Santangelo.«

»Ich weiß.«

Charlie schüttelte den Kopf, offensichtlich über meine Dummheit, mich auf einen solchen Scheiß einzulassen. »Und ich weiß auch, daß Sparky Markey die zuständige Richterin ist! Lupe, wie konntest du nur?«

Zum Glück hatte der Kellner ein ausgezeichnetes Timing. Er kam, räumte unsere leeren Vorspeisenteller ab und goß Wein nach.

Dann waren wir wieder allein. »Aha«, sagte ich ein wenig schüchtern, »du weißt also alles?«

»Aurora hat ihr Büro zwei Türen weiter.« Charlie schob sich ein weiteres Stück Kalbsschnitzel, auf die Gabel aufgespießt, in den Mund. »Ich bin überrascht, daß sie nicht erwähnt hat, daß du für die Verteidigung ermittelst. Es sieht ihr gar nicht ähnlich, daß sie auf die Gelegenheit verzichtet, sich diebisch darüber zu freuen, wie sie dir eins reinwürgen kann.«

»Was wird denn so über den Fall geklatscht?« fragte ich und machte mich auf einiges gefaßt. Ich wußte, daß Charlie mir nichts ersparen würde.

»Sagen wir so, es sieht ganz danach aus, als würde der Fall zu einem Erfolg für die Staatsanwaltschaft, zu einem großen Erfolg. Der Typ pumpt dem Eindringlich sechs Kugeln in die Brust und behauptet, der andere habe ihn mit einem Messer bedroht. Und dann wird kein Messer gefunden. Sieht nicht besonders gut für ihn aus.«

Charlie leerte sein Glas und griff nach der Flasche, aber auch sie war leer. Er hob die Augenbrauen und sah mich fragend an. Ich zuckte die Schultern, und Charlie interpretierte dies als tönende Zustimmung. Er signalisierte dem Kellner, eine weitere Flasche zu bringen.

»Hey, Moment mal«, sagte Charlie dann, als schwirrte ihm jetzt wirklich der Kopf. »Ist es nicht Tommy McDonald, der Alonso vertritt? *Natürlich*, deshalb hast du dich darauf eingelassen. Wegen McDonald!«
Ich lächelte und nickte, aber ich fühlte mich schrecklich. Die Mitteilung war schlechter, als ich gedacht hatte. Die Staatsanwaltschaft triumphierte bereits. Gewöhnlich gab man sich nicht so zuversichtlich, es sei denn, man hatte den Eindruck, der Angeklagte sei der Tat überführt. Alonso steckte wirklich in Schwierigkeiten.
»Glaubst du, daß Aurora zustimmen wird, ihn auf Kaution freizugeben?« fragte ich.
Das war ein Fehler. Charlie flippte fast aus. »Du machst wohl Spaß! Lupe, ich bin in Sorge. Du warst sonst immer so realistisch. Was ist los?« Er nahm seine Brille ab und putzte sie mit seiner Krawatte. »Aurora braucht derzeit einen großen Sieg, und sie weiß, daß sie ihn mit Arango erringen kann. Ihre Fälle sind in letzter Zeit eher im Sande verlaufen, und sie will in diesem Jahr noch zur Ressortleiterin aufsteigen. Ich sage es dir nur äußerst ungern, aber Arangos Schuld zu beweisen ist ihr Ticket für den Erfolg.«
»Danke. Ich finde wirklich toll, daß du mir nichts vorenthältst«, sagte ich sarkastisch. »Schau, Charlie, ich arbeite seit Wochen an dem Fall, und alles, was ich bislang herausbekommen habe, weist darauf hin, daß Arango die Wahrheit sagt.«
Das war ein netter Versuch, aber Charlie ignorierte mich vollkommen. Der Kellner kam, und Charlie begann eine lange Diskussion mit ihm über die verschiedenen Desserts. Er wußte, daß mein letzter Kommentar ein absoluter Scheiß war; so ging das Spiel. Ich wußte, daß ich mich mit etwas Schokolade besser fühlen würde, also verwarf ich meine Absichten und bestellte das schokoladigste Dessert, das sie hatten. Und in italienischen Restaurants bedeutet das eine Menge Schokolade.
Nach einem Espresso saßen Charlie und ich da und sahen uns

erwartungsvoll an. Wir sprachen nicht länger über die Arbeit. Ich gab dem Kellner meine American-Express-Karte, wagte aber noch nicht einmal, auf die Summe zu schauen. Ich hatte im Verlauf des Abends bereits genügend schlechte Nachrichten gehört. Ich gab ein viel zu großzügiges Trinkgeld, wie gewöhnlich, und wir traten zusammen in die warme Nacht hinaus.

Ich drehte mich um und sah Charlie an, und aus seinem Gesichtsausdruck konnte ich schließen, daß er zum gleichen Schluß gekommen war wie ich: Es war nicht einer jener Abende gewesen, der uns Lust gemacht hätte, eine alte Flamme neu zu entfachen. Wir küßten uns eine Zeitlang vor dem Restaurant, bis der Bedienstete meinen Wagen brachte.

»Tschüs«, sagte Charlie. »Und vielen Dank noch mal.«

»Gern geschehen, Charlie. Laß uns bald mal telefonieren.« Er beugte sich zu mir herunter und gab mir durch das geöffnete Wagenfenster einen Gutenachtkuß. Den ganzen Nachhauseweg über, während ich hin und wieder in den Rückspiegel sah, hatte ich den Geruch seines Rasierwassers in der Nase.

# 25

Am nächsten Morgen saß ich im Büro und hatte noch kaum meine erste Tasse Kaffee getrunken, als Leonardo über die Sprechanlage zu hören war. »George Mortimer von Optima ist auf Leitung zwei. Er sagt, es sei dringend.«

Ich hoffte, daß George' Auffassung von Dringlichkeit nicht wieder eine Einladung zu einer Transvestiten-Nachtparty in einem Club in South Beach bedeutete. Ich konnte noch immer nicht glauben, daß er mich so unverfroren zur Espuma Night eingeladen hatte.

»Hallo«, sagte ich. »Hier spricht Lupe.«

»Sie haben Reina gefunden. Reina Sotolongo, unsere Putzfrau.« Er sprach so schnell, daß ich ihn kaum verstehen konnte. »Man hat sie heute morgen im Müllcontainer hinter dem Laden gefunden!«

»George, langsam, langsam. Atmen Sie erst mal durch«, forderte ich ihn auf. »Und dann fangen Sie ganz von vorne an. Wer hat Reina gefunden? Was hat sie gemacht?«

George ignorierte meine Ermahnung und fuhr in seiner seltsam abgehackten, hektischen Redeweise fort. »Die Leute von der Müllabfuhr in Coral Gables«, sagte er. »Die haben sie gefunden. Sie ist tot. Es sieht so aus, als wäre sie erstochen worden. Jetzt ist überall Polizei.«

»Bleiben Sie einen Moment lang dran, George.« Ich stellte ihn auf die Warteleitung und drückte den Knopf der Sprechanlage. »Leonardo, ruf Marisol an und sag ihr, sie soll sofort zu Optima rüberfahren. Sag ihr, daß sie in dem Parkhaus auf der anderen Seite der Straße parken und Fotos vom Tatort machen soll. Sie soll sich besonders auf die Waffe konzentrieren – wenn sie eine findet, dann wird es ein Messer sein.«

Leonardo versicherte mir, alles zu erledigen. Ich schaltete mich zu George zurück. »Entschuldigen Sie«, sagte ich. »Erzählen Sie mir, was Sie wissen.«

»Ich kam heute morgen kurz vor neun zur Arbeit, und da sah ich einen ganzen Pulk Polizeiautos, die in die kleine Querstraße hinter dem Laden einbogen. Ich parkte auf unserer reservierten Stellfläche auf dem öffentlichen Parkplatz, wie gewöhnlich, und ging hinüber, um zu sehen, was dieser ganze Aufruhr zu bedeuten hatte.«

George sprach jetzt ein wenig langsamer, und in seiner Stimme schwang eine Traurigkeit mit, die ich von ihm nicht erwartet hätte. Er war mir nicht besonders sentimental vorgekommen, und ich hatte auch nicht den Eindruck gehabt, daß er mit der Putzfrau besonders viel Kontakt gehabt hatte. »Olivia und Elsa waren schon da«, sagte er schniefend. »Sie haben mir von Reina erzählt.«

»Und was geht jetzt im Augenblick dort vor sich?«

»Eigentlich nichts«, antwortete er. »Die Polizei stellt Fragen, um herauszubekommen, ob irgend jemand etwas weiß. Ich glaube, Reinas Leiche liegt immer noch im Müllcontainer. Ich bin mir nicht sicher. Ich war nicht hinten. Vielleicht haben sie sie auch inzwischen rausgeholt.«

»Schon gut, George«, sagte ich. »Das ist nicht so wichtig.«

»Glauben Sie, das hat was mit Alonso und dem anderen Toten zu tun?« fragte er. »Das ist hier die zweite Leiche innerhalb von einem Monat. Glauben Sie, da gibt es eine Verbindung?«

Binnen einer Minute hatte George von Traurigkeit zu offener Besorgnis umgeschwenkt. Ich dachte mir, daß er vielleicht zu viele Krimis von Agatha Christie gelesen hatte, in denen die Protagonisten einer nach dem anderen weggeputzt wurden. Aber mir schien es genauso wahrscheinlich wie unwahrscheinlich, daß zwischen den beiden Todesfällen eine Verbindung bestand. Und ich hatte in letzter Zeit überhaupt nicht viel gelesen.

»Ich weiß nicht, George – denken Sie einfach nicht darüber

nach«, sagte ich bestimmt. »Das geht vorbei. Machen Sie sich keine Sorgen.«

Sanft legte ich den Hörer auf die Gabel. Warum, in aller Welt, sollte jemand eine Putzfrau umbringen, fragte ich mich. Es gab eine einfache Erklärung: Sie hatte in dem Juwelierladen gearbeitet. Vielleicht war sie einem Einbrecher in die Quere gekommen, oder jemand hatte sie attackiert, um in den Laden zu gelangen. Hoffentlich hatte die Polizei Ort und Zeitpunkt des Todes bestimmt. Ich mußte sofort hinfahren, aber zuvor mußte ich Tommy anrufen.

»Was gibt's, *querida*?« Tommys Stimme dröhnte über seinen Lautsprecher durch die Leitung. Ich konnte seine Plappermentalität am Morgen nicht ausstehen.

»Eine weitere Leiche, mein Lieber«, sagte ich. »Im Müllcontainer hinter dem Juweliergeschäft Optima.«

»Jemand, den wir kennen?« fragte Tommy, ohne innezuhalten. Ich hätte wissen sollen, daß es mehr als eines Toten bedurfte, um ihn aus der Fassung zu bringen.

»Reina Sotolongo, die Putzfrau.«

»Hat es jemand getan, den wir kennen?« Tommy gluckste tatsächlich vor sich hin. »Nun, wir wissen zumindest, daß es nicht Alonso war. Er ist sicher und zuverlässig im Stockade verwahrt.«

»Sehr lustig«, sagte ich. »Ich habe bislang nur unklare Angaben. Man hat sie etwa vor einer Stunde gefunden, und es scheint so, als sei sie erstochen worden. Ich bin schon unterwegs. Ich dachte nur, du solltest gleich Bescheid wissen.«

»Danke«, sagte er fröhlich. »Hör zu, sollen wir heute abend zusammen essen gehen? Nur du und ich?«

»Na klar, essen müssen wir ja ohnehin. Ich ruf' dich an, sobald ich von Optima zurück bin.« Ich legte auf, packte meine Sachen zusammen und schlug die Tür hinter mir zu.

Ich raste zur Miracle Mile, schlug dabei meine persönliche Bestleistung von elf Minuten um volle sechzig Sekunden. Wenn es nicht auf dem Weg verschiedene Schulzonen gäbe, dann wäre ich vielleicht in den einstelligen Bereich ge-

kommen. Ich setze mich über nahezu alle Verkehrsregeln hinweg, aber in Schulzonen fahre ich niemals zu schnell.
Ich fuhr in das öffentliche Parkhaus am anderen Ende der kleinen Straße hinter dem Laden. Ich mußte die drei Ebenen dreimal in der ganzen Runde abfahren, bevor ich Marisols Buick entdeckte, verbotenermaßen neben einer Steinsäule am Aufzug im obersten Stockwerk geparkt. Eine der gewissenhaften Politessen aus Coral Gables hatte ihr bereits einen Strafzettel verpaßt. Ich stöhnte, weil ich wußte, daß letztendlich das Detektivbüro Solano dafür aufkommen würde. Ich parkte gleich neben ihr – rechtmäßig –, stieg aus und machte mich auf die Suche nach ihr. Fünfzehn Minuten später gab ich auf und rief sie über das Handy an.
»Wo, zum Teufel, bist du, Marisol?« schimpfte ich. »Ich suche dich seit einer Viertelstunde. Langsam wird's mir heiß.«
»Offenbar warst du noch nicht auf dem Dach«, erwiderte sie und ignorierte meine Beschwerde. »Komm doch hoch.«
Ich fand die Treppe, die aufs Dach führte und stieg die Stufen hinauf. Ich hielt mir die Nase zu, als mir der Geruch von eingetrocknetem Urin in die Nase stieg. Als ich oben ankam, hörte ich Marisol meinen Namen rufen, wie es schien, von weit her.
Die Sonne knallte vom Himmel, und ich war geblendet, als ich aus dem Treppenhaus herauskam. Ich blinzelte und blickte über das Dach, das sich vor mir über mehr als einen halben Häuserblock Länge erstreckte. »Wann hast du das letzte Mal deine Kontaktlinsen überprüfen lassen?« rief Marisol mit spöttischer Stimme.
Schließlich entdeckte ich sie; sie lag flach auf dem Bauch in der letzten Ecke des Flachdachs, die Videokamera an ihr Gesicht gedrückt. Sie hatte die Beine ausgestreckt und die Ellbogen schwer auf die Dachrinne des Gebäudes gestützt. Es sah nicht besonders sicher aus.
Ich ging gebückt zu ihr hinüber und legte mich neben sie, so daß ich von unten nicht gesehen werden konnte. »Hast du schon irgend etwas eingefangen?« fragte ich und hielt den

Atem an, als ich hinuntersah. Ich litt unter Höhenangst. Zwei Stockwerke hoch auf einem Dach zu liegen, ohne Geländer, das mich vor dem Fallen bewahren würde, entsprach nicht unbedingt meiner Vorstellung davon, wie ich den Vormittag verbringen wollte.
Marisol bewegte sich so natürlich, als würde sie sich auf einer schönen Wiese sonnen. »Sie haben die Mordwaffe gefunden«, sagte sie. »Ein Messer, im Müllcontainer. Ich habe mit dem Zoom Nahaufnahmen davon gemacht.«
Die Kamera dämpfte ihre Stimme, und so brauchte ich einen Moment, bis ich kapierte, was sie da eben gesagt hatte. »Und was ist mit der Toten?« Ich konnte dort unten nichts erkennen, was nach einer Leiche aussah.
»Der Coroner war da und hat sie mitgenommen, ein paar Minuten bevor du gekommen bist. Die Typen von der Tatortsicherung waren nur ganz kurz da – sie sind schon wieder weg, genauso wie die meisten Bullen. Ich hab' so das Gefühl, als habe dieser Fall für sie keine besondere Bedeutung.«
»Hast du Reina Sotolongo gesehen, bevor man sie weggebracht hat?«
Marisol verzog das Gesicht. »Das war kein besonders schöner Anblick«, sagte sie. »Die ganze Vorderseite der Frau war mit Blut überströmt. Sieht so aus, als habe man sie in die Brust gestochen. Du wirst es sehen. Ich habe jede Menge Aufnahmen gemacht.«
Ich spähte über den vorstehenden Rand, betete, daß das Gebäude stabil war und daß die Bauunternehmer das Haus den Vorschriften entsprechend erbaut hatten. Ich war und blieb eben die Tochter eines Bauunternehmers. Ich hatte viel zu viele Abende damit zugebracht, mir beim Essen Papas Geläster über mangelhafte Materialien anzuhören, die für neuere Gebäude verwendet wurden, um noch darauf zu vertrauen, daß ein Haus den Bauvorschriften entsprach.
Ich konnte dort unten nur noch zwei Polizeiautos sehen. »Nun, ich nehme an, die Sache ist mehr oder weniger gelaufen«, meinte ich.

Marisol hatte offenbar beschlossen, daß sie genug gefilmt hatte. Sie rollte sich auf den Rücken, schob sich blitzschnell vom Rand zurück zu einer Stelle, wo sie von unten nicht gesehen werden konnte, und setzte sich auf. »Ich habe zwei Typen in Anzügen gesehen, mit Sicherheit Bullen vom Morddezernat«, sagte sie. »Sie klopften an die Hintereingänge aller Läden in der Querstraße.«

Ich gesellte mich zu ihr, imitierte dabei vorsichtig ihre Technik und half, ihre Ausrüstung einzupacken. »Du kriegst die Bilder in ein paar Stunden«, sagte sie. »Ich entwickle sie selbst.«

Mit einem abschließenden Winken erhob sie sich und machte sich davon. Noch in Hörweite drehte sie sich um und sagte: »Außerdem habe ich die Autos gefilmt, die rauf und runter in dem Sträßchen geparkt haben. Ich überprüfe die Kennzeichen, nur so aus Spaß. Und um meine Rechnung hochzutreiben, natürlich.«

Sie warf mir eine Kußhand zu und war verschwunden. Ich wartete einige Minuten und stieg dann langsam die Treppe hinunter. Inzwischen war ich mir sicher, daß es mehr als ein Zufall war, daß Reina an der gleichen Stelle ermordet wurde wie Gustavo Gaston – und wie ich bereits sagte, ich lese nicht besonders oft Krimis. Die beiden Todesfälle hingen zusammen, irgendwie.

Unten angekommen ging ich zum Haupteingang von Optima. Zwei Kriminalbeamte waren dort, befragten Olivia Ramirez. Ich entdeckte George und Elsa hinter dem Haus. Silvia Romero konnte ich nirgendwo sehen. Auch Isabel nicht, aber das überraschte mich nicht. Ich stellte mir vor, daß die beiden Kriminalbeamten später zu ihr nach Hause fahren würden, um ihr einige Fragen zu stellen.

George sah mich vorbeigehen und wollte mich schon grüßen, aber ich schüttelte streng den Kopf und ging weiter. Es gab keinen Grund hineinzugehen. Die Polizei würde nur mit mir reden wollen und eine Erklärung von mir fordern, wer ich sei. Ich könnte auch später noch mit den Angestellten sprechen,

sie fragen, was die Kriminalbeamten mit ihren Fragen herausbekommen hatten, und ich wußte aus Erfahrung, daß die Polizei mich als Gegenspielerin empfand, wenn ich auftauchte und mich in ihre Ermittlungen einmischte.
Ich kannte die beiden Polizisten nicht, sie mußten also neu im Geschäft sein. Die Beziehung zwischen Polizei und Privatdetektiven war schon immer bestenfalls kompliziert gewesen – das ist das einzige, was in Fernsehfilmen in der Regel richtig dargestellt wird.
Es hielt mich nicht mehr viel dort. Ich ging zu meinem Mercedes zurück und fuhr zum Büro. Es galt eine ganze Menge Dinge zu klären – nicht zuletzt, wohin ich abends mit Tommy zum Essen gehen wollte. Die Möglichkeiten in Miami waren schier unbegrenzt.

# 26

Nicht viel später saß ich an meinem Schreibtisch und holte gerade meinen Arbeitsrückstand bei den Berichten im Fall Arango auf, als Marisol, ohne anzuklopfen, eintrat. »Ich glaube, du wirst dich sehr hierfür interessieren«, sagte sie. Statt zum Fensterbrett hinüberzugehen oder sich in der Ecke auf dem Boden auszustrecken, setzte sie sich auf meinen Besucherstuhl. Ich wußte, die Sache war von Bedeutung; nie zuvor hatte sie sich für eine so konventionelle Sitzordnung entschieden.

Sie warf mir zwei Umschläge zu. Der größere war mit »Fotos, nicht knicken« beschriftet. Der andere war blank. Ich wollte ersteren öffnen, aber Marisol wies mich ungeduldig an: »Nein, nein, nicht diesen. Nimm den kleineren.«

Ich sah sie stirnrunzelnd an, ein wenig gereizt, aber ich tat, wie sie mir befohlen hatte. Hervor kam ein Ausdruck mit einer Liste mehrerer Autonummern. »Auf halber Strecke die Straße hinunter«, erklärte Marisol. »Weißt du noch, daß ich dir gesagt habe, daß ich von den Autos in dem Sträßchen hinter dem Laden Fotos gemacht habe? Ich habe die Autonummern recherchiert, als ich in meinem Büro war. Schau sie dir an.«

In der Mitte der Seite tauchte die Autonummer auf, die zu einem weißen Toyota, Jahrgang 1993 gehörte. Besitzer war »Primerissimo Rent-A-Car«. *Mierda.*

Ich öffnete den zweiten Umschlag und musterte Marisols Vergrößerungen des blutigen Messers, das im Müllcontainer neben Reina Sotolongo gefunden worden war. In meinen Augen sah es wie ein blutiges Steakmesser aus. Nichts daran war irgendwie auffällig, und es würde verdammt schwierig werden, die Herkunft zurückzuverfolgen. Und natürlich mußte zuerst noch bewiesen werden, daß dieses Messer tatsächlich als Tatwaffe gedient hatte, um die Putzfrau zu töten, aber es war eine verdammt gute Vermutung. Zweifelsohne suchte die Polizei derzeit nach Fingerabdrücken – und ich wußte, daß sie keine finden würde. Das wäre zu einfach. Nichts in diesem Fall war einfach.

Im Moment war mein Plan, Alonso senior die Fotos von dem Messer zu zeigen, um herauszufinden, ob es jenem ähnelte, mit dem Gustavo Gaston ihn, wie er behauptete, attackiert hatte. In seiner Polizeivernehmung hatte er zu Protokoll gegeben, daß die Waffe für ihn wie ein normales Küchenmesser ausgesehen habe. Aber im Moment fiel es mir schwer, mich auf Küchenutensilien zu konzentrieren. Primerissimo Rent-A-Car machte mir weitaus mehr Sorgen.

Ich bedankte mich bei Marisol, akzeptierte ihre umfangreiche, nach Posten einzeln aufgeführte Rechnung und drängte sie aus meinem Büro hinaus. Ich zog die gelben Seiten von Miami heraus und fand darin dreizehn Seiten mit Mietwagenfirmen. Miami war eine Touristenstadt, auf den Straßen fuhren viele Mietwagen herum, aber innerhalb einer Woche zwei Wagen einer obskuren Firma zu sehen, das war alles andere als Zufall. Ich kritzelte mir die Adresse auf ein Papier und packte meine Sachen zusammen. Auf dem Weg hinaus hörte ich Marisol und Leonardo, die in eine Diskussion über Naturkost vertieft waren, über den gesundheitlichen Nutzen von Vogelfutter oder so etwas sprechen. Ich schüttelte den Kopf über sie und gab meinem Cousin Bescheid, daß ich für ein paar Stunden unterwegs sei.

Als ich in der Nähe des Flughafens war, brauchte ich eine Weile, bis ich Primerissimo entdeckte. Laut ihrer Anzeige waren sie in der Straße zum Flughafen zu finden, aber das stimmte eigentlich nicht ganz. Die Firma lag versteckt in einer Seitenstraße, einen halben Häuserblock von der Hauptstraße entfernt. Ich nehme an, rein theoretisch betrachtet konnten sie behaupten, in der Hauptstraße zu sein, weil der Parkplatz an einer schmalen Straße lag, die zur Hauptstraße führte. Ich

hatte Mitleid mit den Touristen, die zum ersten Mal in der Stadt ankamen und nun versuchten, diesen Ort zu finden.
Als ich auf den Parkplatz fuhr, wußte ich sofort, daß Hertz und Avis wegen Primerissimo nicht um den Schlaf gebracht wurden. Auf dem Parkplatz standen nur sechs Wagen, von denen mir zwei bekannt waren – der dunkelblaue Ford Tempo, der mich verfolgt hatte, als ich in Gustavo Gastons Apartment war, und der weiße Toyota, der am Morgen hinter dem Juweliergeschäft gesehen worden war. Ich notierte mir die Autonummern der anderen vier Wagen, nur für den Fall.
Das Büro war eine Art Baracke am Ende des holprigen Parkplatzes. Durch das große Fenster vorne sah ich, daß nur eine Person dort arbeitete. Als ich näher kam, sah ich, daß es sich um einen jungen Mann handelte, der eine Zigarette rauchte und ein *Motor-Trend*-Magazin durchblätterte. Es ging dort wohl eher ruhig zu.
Ich sprach ein stummes Gebet und trat ein. In Situationen wie dieser hatte man keine zweite Chance. Meine ganze Hoffnung war, daß dieser Junge hier meiner Geschichte nicht allzu genau folgen oder gar mißtrauisch werden würde.
»Guten Tag«, sagte ich, lächelte ihn an und schlich mich an den Schalter.
»Guten Tag.« Bingo. Er erwiderte mein Lächeln mit einem noch breiteren Grinsen und zeigte dabei seine ziemlich gelben, nikotinfleckigen Zähne. Charmeur. »Was kann ich für Sie tun?«
Ich stützte einen Ellbogen auf den Schalter und sah ihm in die Augen. »Ich bin ein barmherziger Samariter, wissen Sie das?« sagte ich.
»Echt?« *Motor Trend* fiel zu Boden.
»Sehen Sie das?« Ich ließ einige Schlüssel, die an einem schweren Messingring hingen, vor seinen Augen baumeln. Sein Kopf wackelte hin und her, als würde ich ihn hypnotisieren.
»Klar sehe ich das.« Er sah weg, sein Blick fand meine Brüste. Manchmal haßte ich meinen Job. »Was ist damit?«

»Ich habe sie vergangene Woche Donnerstag auf einem Parkplatz in Coral Gables gefunden.« Ich grinste ihn blöde an und kicherte. Es war entwürdigend. »Sie sind einem Typen aus der Jackentasche gefallen, der in diesen weißen Toyota gestiegen ist, der auf Ihrem Parkplatz steht. Ich bin hinter ihm hergerannt, aber er fuhr davon.«

Der Angestellte kratzte sich am Kopf und fragte mit erstaunter Stimme: »Das verstehe ich nicht. Woher wußten Sie, daß es einer unserer Wagen war?«

Das war eine berechtigte Frage. Per Gesetz durften Mietwagen in Florida nicht als solche gekennzeichnet sein. Das ganze Land wußte, warum: Zu viele Kriminelle hatten sich aus der Orientierungslosigkeit der Touristen auf dem Weg vom Flughafen einen Vorteil verschafft. Die Killer hatten vor den Mietfirmen gewartet, bis die Besucher ihre Autos bekommen hatten und davongefahren waren. Dann folgten sie ihnen und raubten sie aus. Das hatte sich nachteilig auf den Tourismus ausgewirkt, deshalb hatten sich die Gesetzgeber etwas Kluges ausgedacht. Sie konnten nicht verhindern, daß Verbrecher vor den Mietwagenfirmen auf ihre Opfer warteten, aber sie konnten gewährleisten, daß es keine Aufkleber oder Aufschriften gab, und das verräterische »Z« auf dem Nummernschild wurde abgeschafft.

»Nun«, sagte ich, beugte mich nach vorne und sah ihn verschwörerisch an. »Ich habe eine Freundin, die mit einem Polizisten geht. Ich wußte, daß er den Besitzer des Wagens über die Autonummer ausfindig machen kann. Das habe ich im Fernsehen gesehen.«

Der Junge lächelte angesichts meiner Intelligenz. »Wow«, sagte er.

Ich strahlte ihn richtiggehend an. »Die Nummer habe ich mir gemerkt. Ich habe ein gutes Gedächtnis für Zahlen. Und deshalb bin ich hier!«

Der Junge nickte anerkennend. »Vielen Dank«, sagte er und seine Stimme senkte sich noch etwas tiefer als zuvor schon. »Sie haben recht – Sie sind ein barmherziger Samariter. Ich werde die Unterlagen durchsehen und mich darum kümmern, daß die Schlüssel zu ihrem Eigentümer gelangen.«

Das war, was ich befürchtet hatte. Ich wußte, daß eine Mietwagenfirma nicht die Namen ihrer Kunden herausgeben würde. Die meisten Firmen waren in dieser Hinsicht sehr streng und hielten an ihrer Politik fest, aber ich hatte gedacht, daß so ein Familienbetrieb wie Primerissimo die Regeln vielleicht nicht so eng sah.

»Oh, ich hatte gehofft, ich könnte ihm die Schlüssel vielleicht selbst übergeben.« Ich schürzte die Lippen. »Sie sehen ziemlich bedeutend aus, Hausschlüssel, Autoschlüssel, Büroschlüssel.«

Ich hatte verschiedene Schlüsselbünde wie diesen in meinem Schreibtisch im Büro liegen. Die meisten Menschen wissen um den Wert von Schlüsseln und sind bereit, außergewöhnliche Schritte zu unternehmen, damit sie an irgend jemanden zurückgelangen. Sie wissen, wie quälend es ist, alle Schlüssel zu ersetzen, und solange ein Gegenstand keinen Geldwert hat, werden die Leute zutraulich und hilfsbereit.

»Wir dürfen keine Informationen herausgeben, wissen Sie«, sagte er, als würde er eigentlich gerne wollen. »Ich verliere meinen Job, wenn mein Chef herauskriegt, daß ich Ihnen was gesagt habe.«

Ich setzte zu meinem Weltklasseschmollen an: »Aber jetzt habe ich schon all diese Mühe auf mich genommen! Ich habe die Autonummer identifiziert, ich bin den ganzen Weg hierhergefahren, und jetzt wollen Sie nicht, daß ich dem Eigentümer die Schlüssel zurückgebe?« Ich blickte ihm so tief in die Augen, daß, wie ich bemerkte, sein Adamsapfel auf- und niederhüpfte. »Und dieser arme Mann. Er muß verrückt werden bei dem Versuch, herauszufinden, wo er sie wohl verloren hat.«

»Nun, lassen Sie mich nachsehen, wer den Wagen an jenem Donnerstag gemietet hatte. Vielleicht ist es jemand von außerhalb, dann müßte ich die Schlüssel ja verschicken.«

Der Junge wurde schwach, ich spürte es. Ich lächelte süß und wartete, während er in seinem Computer nachsah. Einige Minuten vergingen. Es kam mir seltsam vor, daß es so lange dauerte, entsprechende Informationen zu finden – Primerissimo konnte, nach der Größe des Parkplatzes zu schließen, kaum mehr als ein Dutzend Autos haben. Dann dämmerte es mir: Mein neuer Freund hatte herausgefunden, wer den Wagen gemietet hatte, und er spielte auf Zeit, weil er sich nicht entscheiden konnte, ob er mir die Information geben sollte oder nicht.

»Haben Sie herausgefunden, wer es war?« fragte ich und versuchte, meinen Eifer in Schach zu halten.

Als ich mich vorbeugte, um auf den Bildschirm sehen zu können, drehte er das Gerät ein wenig weg. Ich konnte nichts erkennen.

»Sie sind ja ziemlich niedlich«, sagte er. »Haben Sie einen Freund?«

»Im Moment nicht«, antwortete ich mit zusammengebissenen Zähnen. Noch ein paar Zentimeter mehr, und ich hätte den Bildschirm gesehen.

Schließlich kam er zur Sache. »Also, äh, sollen wir mal zusammen ausgehen?« Ich hatte mich schon gefragt, wann er damit ankommen würde.

»Gern!« Ich kreischte fast. »Wie finden Sie die Clubs in South Beach?« Ich war fast soweit – noch einen Zentimeter oder so, und dann könnte ich den Namen lesen.

»South Beach? Super!« Seine Augen glänzten. »Morgen abend?«

»Prima! Ich kann's kaum erwarten.« Ich schob mich weiter nach vorne. Fast konnte ich den Bildschirm einsehen.

Der liebe Gott mußte genau in diesem Moment auf mich gehört haben. Mein neuer Freund stieß den Bildschirm mit einer kleinen nervösen Bewegung zu mir her, genau den Zentimeter, den ich noch brauchte.

Ich schrie fast auf, und dann sah ich den Familiennamen des Fahrzeugmieters: Arango. Und dann verließ die Schicksalsgöttin mich. Die Tür hinter mir ging auf, und der Junge drehte

den Bildschirm von mir weg. Ich hätte weinen können vor Enttäuschung.
»Señor Pascal! Wie geht es Ihnen?« begrüßte er den Neuankömmling mit der Überschwenglichkeit eines Angestellten. Ich lächelte matt, meine Chance, zu sehen, wer genau die beiden Autos gemietet hatte, war vorüber. Ich hatte den Namen Arango, aber das ergab überhaupt keinen Sinn, und in meinem Kopf herrschte absolutes Durcheinander. An einem Schalter einer mittelmäßigen Mietwagenfirma herumzuhängen, mit einem Jungen, der meinetwegen ins Keuchen geriet, war auch kein Weg, Antworten zu bekommen.
»Diese Dame möchte einen unserer Wagen für eine ganze Woche mieten«, erklärte der Junge dem unverhohlen argwöhnischen Señor Pascal schwach. Es war offensichtlich, daß er sich an mich herangemacht hatte.
Ich nahm es ihm nicht übel, daß er nun versuchte, seinen Hintern zu retten. Ich hätte ihn seinen Job kosten können – und Jobs zu finden, wo man dafür bezahlt wurde, daß man *Motor Trend* las, war nicht eben einfach. Aber mehr würde ich hier nicht bekommen, und es war Zeit zu gehen. Ich dankte dem Jungen überschwenglich und sagte ihm, daß ich ihn wegen des Wagens noch einmal anrufen würde, ignorierte dabei das Blatt Papier, das er für meine Telefonnummer vor mich hinknallte.
Ich rief, sobald ich wieder in meinem Büro war, Marisol an und bat sie, die nächsten Tage den Eingang von Primerissimo zu überwachen. Ich sagte ihr, daß ich von allen, die aus und ein gingen, Fotos haben wollte.
Zweifelsohne würde der Junge irgendeinen Arango anrufen – welchen, wußte ich nicht –, um mitzuteilen, daß eine Frau die Schlüssel abgegeben habe, die ihm verlorengegangen seien. Es gab nur drei Verdächtige, die Brüder nämlich, nachdem Alonso senior sicher im Stockade saß. Isabel schloß ich aus, denn Marisol war sich sicher gewesen, daß mich ein Mann verfolgt hatte. Wer auch immer es war, er würde wissen, daß die Schlüssel nicht ihm gehörten, und ich war zuversicht-

lich, daß seine Neugierde ihn veranlassen würde, sie persönlich abzuholen. Ich brachte mich zwar in eine ungeschützte Situation, wenn ich die Schlüssel als Köder auslegte, denn wer auch immer sie abholen kam, er würde zweifelsohne eine eingehende Beschreibung meiner Person bekommen.

Aber damit wäre dann Gleichstand geschaffen. Es konnte Stunden oder einen ganzen Tag dauern, aber bald würde ich wissen, wer mich verfolgt hatte. Und sobald der Anruf von Primerissimo mit der Information kam, daß ich die Schlüssel bei der Mietwagenfirma abgegeben hatte, würden sie wissen, daß ich Bescheid wußte.

Die Nachmittagssonne fiel schräg durch das Rollo in mein Büro. Ich schloß die Augen, sog den Duft der Blumen von draußen ein und lauschte dem Zwitschern der Vögel. Ich hatte noch immer keine bestimmte Idee, was Margarita mir an jenem Tag, an dem sie starb, hatte erzählen wollen.

# 27

Zwischen zwei Bissen eines exquisit zubereiteten Filet mignon verkündete ich: »Tommy, dieser Fall ist komplett den Bach runter.«

Wir saßen in dem hinteren Raum im Christy's, einem ehrwürdigen alten Steakhaus in Coral Gables, nur wenige Häuserblocks vom Juweliergeschäft Optima entfernt, inzwischen Tatort zweier Morde.

Ich hatte meinen Caesar-Salat, einen halben Laib selbstgebackenes Brot, dick mit Butter beschmiert, sowie ein Körbchen mit Kartoffelchips bereits verschlungen. Ich war bei meinem dritten Glas Merlot und arbeitete nun schwer an meinem Filet. Mit anderen Worten, im Augenblick war die Welt für mich in Ordnung.

Tommy behauptete immer, es sei ihm ein Vergnügen, mich zum Essen auszuführen, obwohl ich ganz bestimmt keine billige Bekanntschaft war. Aber er meinte, ich sei eine erfrischende Abwechslung im Vergleich zu den Modellfrauen, die nur aus Haut und Knochen bestanden und mit denen er meistens zu tun hatte: Jene Sorte Frauen, die ein Salatblatt an Essig als Hauptspeise bestellten. Was sollte ich sagen? Gott hat mich mit einem gesunden Stoffwechsel gesegnet.

»Erzähl mir im einzelnen, was Sache ist«, forderte Tommy mich auf und goß mir Wein nach. »Ich habe deine Berichte, aber ich will es noch einmal mündlich von dir hören.«

Ich lieferte ihm eine Zusammenfassung im Fall Arango. Zuerst war Silvia Romero an der Reihe, die gelogen hatte, was ihre Bekanntschaft mit Gustavo Gaston anging, und die in Wahrheit ein Kind von ihm hatte. Ich fuhr fort mit Isabel Arango und der vagen Möglichkeit – obwohl ich es jetzt klipp und klar vor mir sah –, daß sie Gaston im Durchgangslager von Key West kennengelernt hatte. Und dann erzählte ich ihm von meinem schrecklichen, peinlichen Auftritt bei Primerissimo Rent-A-Car.

Das alles ergab eine ganz gute Geschichte. Ich hätte sie aufschreiben und als Drehbuch der Woche ausgeben können. Tommy war auf die Tatsache fixiert, daß Silvia Romero am Tag vor dem ersten Mord in Gastons Apartment aufgetaucht war und daß sie sich gestritten hatten. Er schien nachdenklich zu sein, und so erzählte ich ihm von Margaritas Beziehung zu Alonso junior.

Tommy machte keinerlei Bemerkung dazu – was für mich in Ordnung war. Ich wollte ohnehin nicht weiter darüber sprechen. Dann kam der Nachtisch. Ich machte mir an einem zehn Zentimeter hohen Stück Karottenkuchen zu schaffen, als ich ihm von Reina Sotolongos unglücklichem Ende berichtete.

Tommy hörte mich bis zum Ende an, starrte in sein Weinglas und sagte nichts. Wir arbeiteten seit Jahren zusammen, und ich wußte, daß er meine Arbeitsmethoden respektierte; er ließ mir, um genau zu sein, bei meiner Arbeit absolut freie Hand. Er vertraute mir und stützte sein Vorgehen vor Gericht fast vollständig auf meine Ermittlungen.

Dieses Mal jedoch schien ich nichts weiter zu tun, als immer noch mehr undurchsichtige Informationen aufzudecken. Anstatt ihm alles ordentlich aufzuschlüsseln, schien ich mehr und mehr Verwirrung zu stiften. Ich erwartete nicht, daß Tommy verärgert oder von meinem zusammengefaßten Bericht auf professioneller Ebene enttäuscht wäre. Aber es gab eine wichtige Tatsache, die er, wie ich genau wußte, keinen Augenblick lang vergaß – während ich da draußen ermittelte, saß sein Klient im Gefängnis.

»Es gefällt mir nicht, daß es Leute gibt, die dich verfolgen«, sagte er schließlich. »Das bereitet mir Sorge.«

»Ich bin erwachsen«, sagte ich. »Ich habe mich entsprechend abgesichert.«

»Hat die Polizei laut deiner Informanten den Verdacht«,

fragte Tommy und sprach dabei sehr langsam, »daß der Mord an Reina mit dem an Gaston etwas zu tun haben könnte?«

»Mein Typ bei der Polizei von Coral Gables hat mir gesagt, daß sie die beiden Morde derzeit unabhängig voneinander behandeln«, antwortete ich. »Du darfst nicht vergessen, daß sie Gastons Mörder im Gefängnis sitzen haben. Wenn sie davon ausgingen, daß die beiden Morde im Zusammenhang stünden, dann müßten sie ja den Fall Gaston neu aufwickeln.«

»Stimmt«, sagte Tommy und stöhnte leise.

»Solange sie nichts Gegenteiliges herausfinden, werden sie davon ausgehen, daß es sich um einen unglücklichen Zufall handelt«, fuhr ich fort. »Reina hat den Laden geputzt, und ein Einbrecher kam herein und überraschte sie. Die Alarmanlage war abgestellt, wie immer, wenn sie geputzt hat. Laut Polizei hatte sie einfach Pech.«

»Und was glaubst du?«

»Ich kaufe ihnen das nicht ab«, sagte ich. »Ich glaube, daß Reina ermordet wurde, weil sie etwas wußte.«

Tommy hatte einige Bissen seiner Schokoladenmousse zurückgelassen, und ich langte hinüber und schippte mir noch etwas davon auf meinen Löffel. Er sah mir mit einem amüsierten Lächeln zu.

»Wo, zum Teufel, packst du all das Zeug hin?« fragte er und nippte an seinem Espresso. »Dein Fassungsvermögen, was Essen angeht, erstaunt mich immer wieder aufs neue.«

Ich zuckte die Schultern. »Um eine energieaufwendige Maschine in Gang zu halten, braucht man eben eine Menge Sprit.«

»Und was ist mit Margarita?« erkundigte sich Tommy, als hätte er mir gar nicht zugehört. »Nach allem, was ich von dir über sie weiß, war sie nicht der Typ, der einfach so herumgespielt hätte. Ich nehme an, wenn ich mit so einem Idioten verheiratet wäre, wie ihr Mann einer ist, dann hätte ich mir auch einen Liebhaber genommen. Alonso junior. Na, so was.«

In meinem Gesicht lag wohl inzwischen ein gequälter Ausdruck, denn Tommy wechselte schnell das Thema. »Erzähl mir von ihrer Verbindung zu den Arangos«, sagte er. »Ich weiß nicht mehr, was du mir bereits darüber berichtet hast.«

Tommy wußte inzwischen von Margaritas Anruf bei mir an ihrem Todestag – ich hatte es bei meiner Zusammenfassung erwähnt –, aber er war nicht darauf eingegangen. »Für mich steht sie in zweifacher Verbindung mit den Arangos«, erklärte ich. »Einmal offenkundig natürlich durch ihre Affäre mit Alonso junior. Und ein zweites Mal dadurch, daß sie das Haus von Isabel und Alonso senior ausgestattet hat. Ich muß davon ausgehen, daß alle Arangos Kontakt mit ihr hatten.«

»Einige mehr, andere weniger«, sagte Tommy. Ich mußte lächeln. »Halte nur die Rechnungen auseinander, ja?« fügte er noch hinzu. »Margarita geht auf deine Kosten – es sei denn, du kannst eine echte Verbindung zwischen ihr und den beiden Morden herstellen.«

»Klar«, sagte ich. »Margarita geht auf mich. Aber ich sag' dir eines, Tommy, ich fange an, ganze Nächte lang von diesem Fall zu träumen. Es passiert so viel, und ich stelle mehr Verbindungen her, als daß ich richtige Antworten bekomme.«

Tommy drückte mir einen Kuß auf die Wange. »Ich glaube an dich«, sagte er. »Du wirst das schon klären. Nicht nur für mich – auch für Margarita.«

Tommy wußte wirklich, wie er mich kriegen konnte.

»Immerhin hast du mich noch nie hängenlassen«, fügte er mit einem Zwinkern hinzu. »Du bist die beste Ermittlerin in der Stadt, und außerdem bist du wunderschön.«

Er war unverbesserlich. Aber ich war trotzdem froh zu hören, daß er mir noch vertraute, denn ich selbst hatte das Gefühl, völlig im dunkeln zu tappen. Tommy hatte eine Eigenschaft, die mich immer im Lot hielt – er war durch nichts zu schokkieren. Ich hätte ihm erzählen können, daß sein Klient ein kannibalischer Serienmörder sei, und er hätte angefangen, sich über Verfahrensfehler der Gegenseite den Kopf zu zerbrechen. Es gab eine Menge Leute, die ihn nicht mochten, aber trotzdem bewahrten sie seine Telefonnummer im Rolodex auf ihrem Schreibtisch auf, für den Fall, daß sie jemals in Schwierigkeiten gerieten.

Wir beschlossen unser Abendessen, indem wir uns noch mehrere Courvoisiers reinzogen und die Atmosphäre im Christy's genossen. Die Wände waren dunkelrot, die Stühle aus weichem Leder, und auf jedem Tisch stand eine anders gestaltete kleine Lampe. An den Wänden hingen alte Drucke. Es herrschte eine Stimmung wie in einem Männerclub, den man gerade erst gezwungen hatte, auch für Frauen zu öffnen. Mir gefiel es dort.

»Ich habe noch eine andere Frage«, sagte Tommy und strich sich über das Kinn. »Gibt es deiner Meinung nach in Miami irgend jemanden, der keinen Kontakt zu Gustavo Gaston hatte?«

»Soweit ich das beurteilen kann, nein«, antwortete ich lächelnd.

»Erzähl mir mehr von Margarita«, bat er, und erneut wirkten seine Augen besorgt.

»Ich kann es kaum ertragen«, sagte ich. »Ich entlocke den Leuten Geheimnisse und lebe davon, und dann weiß ich nicht Bescheid, wenn meine beste Freundin eine Affäre hat. Man sollte mir meine Lizenz entziehen.«

»Mach dich nicht fertig deswegen«, sagte Tommy. »Mehr Sorgen bereitet mir, daß Fernando Godoy irgend etwas mit dir zu schaffen hat. Er hat vor der Anwaltskammer wahrscheinlich mehr Beschwerden laufen als jeder andere Anwalt in der Stadt. Er ist eine absolute Zumutung für seinen Berufsstand.«

Ich trank einen Schluck Wasser, weil es gemein gewesen wäre, Tommy ins Gesicht zu lachen. Tommy war selbst nicht gerade eine Stütze der Anwaltsgemeinschaft, und wenn er diesen Eindruck von Godoy hatte, dann mußte der Typ wirklich der letzte Abschaum sein.

»Ich habe keine Ahnung, warum Godoy mich verfolgen lassen sollte, es sei denn, Rodrigo hätte dies veranlaßt«, sagte ich. »Ich habe noch nie für ihn gearbeitet, und sein Name ist mir noch nie untergekommen, bevor Rodrigo mir im Versailles von ihm erzählt hat, als er von der Klage wegen fahrlässiger Tötung sprach. Er ist zwar auf das Baby zu sprechen gekommen, aber ich war mir ziemlich sicher, daß er glaubte, ich hielte ihn für den Vater.«

Tommy sah auf die Uhr und winkte dem Kellner, um zu bezahlen. »Kommst du noch mit zu mir nach Hause?« fragte er wie nebenbei.

»Scheiße, Tommy«, erwiderte ich. »Glaubst du, daß Rodrigo mich verfolgen läßt, weil ich ihn möglicherweise zum wirklichen Vater von Margaritas Baby führen könnte?«

Tommy war damit beschäftigt, die American-Express-Quittung zu unterschreiben. »Was hast du gesagt?« fragte er.

»Das ist es!« Ich schrie fast. »Rodrigo investiert hier seine ganze Kohle für diese Klage wegen Margaritas Schwangerschaft. Er wußte, daß das Baby nicht von ihm war, aber ich ging davon aus, daß er den Mund halten und auf das Beste hoffen würde.«

Ich packte Tommys Arm. »Aber was, wenn er Godoy gegenüber die Wahrheit gesagt hat? Sie würden trotzdem probieren, das Geld herauszuholen. Ich hätte ihm nicht sagen dürfen, daß ich von dem Kind wußte! Wie konnte ich so dumm sein?« Ich schlug mir vor Ärger an die Schläfe.

»Per Gesetz ist ein Kind, das gezeugt wurde, solange die beiden Partner verheiratet waren, hier in Florida mutmaßlich das Kind des Ehemanns.« Tommy konzentrierte sich nun ganz auf mich, sprach langsam, als wollte er nachvollziehen, was ich ihm gerade gesagt hatte. »Familienrecht ist nicht meine Stärke, aber das weiß ich.«

»Ich bin mir nicht sicher, seit wann ich beschattet werde«, sagte ich. »Ich denke, Alonso junior ist im Moment sicher. Selbst wenn ich mit ihm zusammen gesehen wurde, dann wäre es leicht vorstellbar, daß ich mit ihm über seinen Vater spreche. Aber wenn sie dahinterkommen, dann könnte Alonso gefährdet sein. Godoy und Rodrigo haben Millionen in Aussicht, Tommy. So viel Geld bringt die Leute dazu, andere, die ihnen im Weg stehen, umzubringen. Falls sich Alonso entscheidet, Rodrigo gegenüber die Vaterschaft zu behaupten und er dies beweisen kann, dann ist die Sache für Rodrigo geplatzt. Eine Jury würde für eine ehebrechende Frau, die von einem anderen Mann schwanger war, mit Sicherheit nicht so viel Mitleid zeigen. Tschüs, ihr Millionen.«

Wir gingen zusammen hinaus. Ich war versucht gewesen, mit Tommy nach Hause zu gehen, aber jetzt war ich zu verwirrt. Die Sache wurde gefährlich, und ich war fröhlich herumgefahren und hatte das Offensichtliche nicht gesehen.

Ich umarmte Tommy. »Kriege ich noch einmal eine Chance?«

»Jederzeit«, antwortete er. »Du weißt, daß ich dich mag.« Aber so einfach ließ er mich nicht gehen; er küßte mich lange und intensiv, und ich spürte, daß er versuchte, mich doch noch zu überreden.

»Hör zu«, flüsterte ich ihm ins Ohr. »Ich habe gerade eine Entscheidung gefällt. Ich werde morgen nacht bei Optima einsteigen. Ich weiß, daß es dort Antworten zu holen gibt, wenn ich mich einfach einmal umsehen könnte.«

Er zog sich zurück, nur ein wenig. »Erzähl mir nichts davon«, sagte er. »Ich will nichts davon wissen. Aber sei vorsichtig, um Gottes willen.«

Wir überquerten den Ponce de Leon Boulevard und gingen zu meinem Wagen. Ich hatte fast zwei Häuserblocks entfernt geparkt.

Tommys Reaktion auf meinen spontanen Beschluß hatte mich nicht überrascht – als Anwalt mußte er sich von jeglicher illegaler Ermittlungsmethode strikt distanzieren.

Alles drehte sich um diesen Laden. Soweit ich von der Polizei und von den Angestellten erfahren konnte, sah es so aus, als sei Reina Sotolongo im Laden zusammengeschlagen, nach draußen geschleift und dort erstochen worden, um schließlich in den Müllcontainer geworfen zu werden. Im Laden selbst waren keine Blutflecken gefunden worden, und Reina hatte eine Kopfverletzung davongetragen, die von einem stumpfen Gegenstand herrührte. Das war also die wahrscheinlichste Theorie dafür, was geschehen war. Ich hätte Isabel Arango um Erlaubnis bitten können, mich gründlicher umsehen zu dürfen, aber ich traute ihr nicht über den Weg. Ich war sicher, daß sie mich, was Gaston betraf, angelogen hatte. Ich konnte mich nicht gerade dafür begeistern, bei einem Einbruch geschnappt zu werden, und auch wenn es Ermittler gab, die keine zweimal darüber nachdachten, sich über Gesetze hinwegzusetzen, um an Informationen zu gelangen, ich gehörte nicht zu ihnen. Aber ich war vollkommen überzeugt, daß ich inzwischen nahezu keine andere Wahl mehr hatte. Was zum Verzweifeln war.

Tommy schwieg, während wir gingen. Ich wußte, daß es für ihn selbst ein Drahtseilakt war, ethisch richtig zu handeln. Ich drückte seine Hand. »Du kriegst mich auf Kaution frei, falls ich geschnappt werde, ja?« fragte ich.

»Na, klar. Ich fahre heute nacht noch an einem Geldautomaten vorbei, um Bargeld zu holen, aber vergiß eins nicht – in letzter Zeit ist es mir nicht besonders oft gelungen, meine Klienten aus dem Knast zu holen. Alonso ist noch dort, genauso wie ein paar meiner Drogendealerklienten.« Tommy lachte bitter auf. »Ich wollte dich fragen, ob du diese Woche noch einmal zu Alonso mitkommst. Das ist natürlich viel einfacher, wenn du schon im Stockade bist.«

»Sehr lustig. Stell dich schon mal darauf ein. Wie ein Pfadfinder.« Ich küßte ihn noch einmal.

Er reagierte leidenschaftlich; überraschte mich nicht. »Zum Teufel«, sagte ich. »Laß uns zu dir fahren. Wenn ich im Gefängnis lande, dann will ich mich wenigstens an etwas Schönes erinnern können.«

Ich war nicht sicher, was in mich gefahren war, aber ich nahm an, daß es mit dem Abendessen bei Christy's zu tun hatte. Rohes Fleisch bewirkt alles mögliche.

# 28

Am nächsten Morgen saß ich an meinem Schreibtisch und malte ein spinnennetzartiges Ablaufdiagramm auf ein Blatt Papier. Die drei Brüder Arango hatten ihren eigenen Platz, von denen einer mit einer gepunkteten Linie mit Primerissimo Rent-A-Car verbunden war. Marisol beobachtete noch immer den Laden, aber ich mußte handeln. Ich rief Alonso junior an und fragte, ob wir uns noch einmal treffen könnten. Ich wollte ihn von der äußerst kurzen Liste der Verdächtigen streichen können.

Er klang verwirrt, als ich anrief, willigte aber sofort ein. Ich erledigte noch einen weiteren Anruf, einen, von dem ich wußte, daß er mich in Schwierigkeiten bringen würde, und dann ging ich. Alonso erwartete mich an der bekannten Mole hinter AAA Lines.

»Wie viele Menschen haben von der Beziehung zwischen Ihnen und Margarita gewußt?« fragte ich und nippte an dem Pappbecher mit Kaffee, den ich unterwegs gekauft hatte.

Falls ich Alonso mit dieser Frage überrascht hatte, so war davon nichts zu merken. »Ich weiß von niemandem mit Sicherheit.« Er hielt einen Moment lang inne. »Mein Bruder Mariano war derjenige, der noch am meisten mitgekriegt hat. Er kam einmal bei mir zu Hause vorbei, ohne vorher anzurufen, und brachte Pflanzen aus seiner Pflanzenschule. Als er die Einfahrt heraufkam, sah er, wie Margarita gerade ging, und erkannte sie, weil sie für meine Eltern gearbeitet hatte.«

»Was hat er gesagt?« erkundigte ich mich.

»Er rief ihr ein Hallo zu«, antwortete Alonso. »Und sie erklärte ihm, sie habe mir Teppichmuster für das Boot eines Kunden gezeigt.«

»Glauben Sie, daß er ihr das abgenommen hat?«

»Natürlich. Nun, ich bin zumindest fest davon überzeugt.« Alonso zog die Brauen zusammen. »Warum fragen Sie das alles?«

Ich haßte es, diesen armen Mann zu beunruhigen. Instinktiv vertraute ich ihm jedoch, und er hatte es verdient zu wissen, was hier vor sich ging. Und für meinen Teil hatte ich das Gefühl, ich schuldete es auch Margarita, daß ihr Liebhaber weiterlebte.

»Zweimal schon ist jemand gesehen worden, der mich verfolgt hat«, sagte ich. »Erinnern Sie sich noch, als ich Ihnen beim letzten Mal erzählt habe, daß Rodrigo plant, gegen den Staat Klage zu erheben?«

Alonso zuckte zurück. »Selbstverständlich erinnere ich mich daran. Das ist so abstoßend.«

»Eine der Personen, die mich verfolgt haben, war ein Ermittler, der für Rodrigos Anwalt, Fernando Godoy, arbeitet.« Alonso zeigte keine Reaktion. »Ich habe nicht gleich daran gedacht, aber es ist mir jetzt ganz klar, daß Rodrigo und Godoy diesen Ermittler engagiert haben in der Hoffnung, ich möge sie zu Margaritas Liebhaber und dem Erzeuger des Kindes führen.«

Schweigend gingen wir zu der kalten Steinbank am Ende der Mole, auf der ich schon einige Tage zuvor gesessen hatte. Abgesehen von einem aufkommenden Wind war der Tag für Südflorida perfekt, ein Tag, für den das Fremdenverkehrsamt betet. Die Luftfeuchtigkeit war gering, und die Sonne stand über dünnen Schleierwolken am Himmel. Wir sahen einem Segelboot nach, das in der Ferne über das Wasser glitt.

»Margarita war überaus beeindruckt von Ihren Fähigkeiten als Privatdetektivin«, sagte Alonso. »Ich nehme also sehr ernst, was Sie sagen. Glauben Sie, daß ich irgendwie in Gefahr bin?«

»Möglich«, erwiderte ich. »Ich möchte Sie nicht beunruhigen, aber Sie sind der einzige Mensch, der Rodrigos Geld und Godoys Anteil im Weg stehen könnte. Ich weiß nicht, wozu die beiden in der Lage sind.«

Alonso sah aufs Wasser hinaus. Wenn er Angst hatte, so war dies nicht zu sehen. »Unser Gespräch heute wie auch neulich hat seine Berechtigung«, sagte ich. »Ich arbeite am Fall Ihres Vaters, und ich muß mit Ihnen darüber sprechen. Aber Godoy hat möglicherweise auch andere Informationen. Sind Sie sicher, daß Mariano der einzige ist, der vielleicht Verdacht geschöpft hat, daß Sie mit Margarita zu tun hatten?«

Er sah mich mit seinen großen braunen Augen an. »Wir waren sehr vorsichtig«, erklärte er.

Fast hätte ich ihm davon erzählt, daß ein Arango bei Primerissimo einen Wagen gemietet hatte, aber ich beherrschte mich gerade noch. In meinem Kopf – und auch auf meinem Schreibtisch im Büro – gab es eine Verbindungslinie zwischen Slattery in dem blauen Tempo, der mir auf dem Weg zu Gastons Apartment gefolgt war, und dem weißen Toyota, der in dem Sträßchen geparkt war, in dem man Reina Sotolongo gefunden hatte. Ich hatte diese Verbindungslinie noch nicht mit Tinte gezogen, und ich wollte nichts ausplaudern, auch nicht Alonso gegenüber.

»Vielleicht leide ich jetzt auch unter Verfolgungswahn«, sagte ich und legte meine Hand auf seinen Arm. »Seien Sie nur einfach vorsichtig, ja?«

Ich hätte ihn gern umarmt, aber es schien unangemessen zu sein. Statt dessen ließ ich ihn auf der Mole zurück, allein mit seinen Gedanken und Erinnerungen. Über seinen Verlust konnte er nicht hinweggetröstet werden. Er trauerte im verborgenen, und jetzt wußte er, daß ihn sein Geheimnis das Leben kosten konnte.

Außerdem konnte ich nicht länger dableiben. Es galt, Gesetze zu übertreten.

# 29

*Mierda!* Ich fluchte leise. »Scheiße! Verdammt!« Die abendliche Hitze – oder vielleicht war es auch der blanke Horror, obwohl ich das vor mir selbst nicht zugeben wollte – brachte mich so ins Schwitzen, daß mir die Taschenlampe aus der Hand fiel. Überflüssig zu sagen, daß sie mir auf den Fuß knallte, heftig genug, um mir beinahe die Knochen zu brechen. Ich hoffte, meine Turnschuhe würden meine Füße schützen, denn ich war am Nachmittag nach meinem Treffen mit Alonso junior bei der Fußpflege gewesen. Wenn ich ins Gefängnis mußte, dann würde ich wenigstens mit frisch lackierten Nägeln gehen.

Fast eineinhalb Stunden waren vergangen, seit Bridget O'Leary und ich in das Juweliergeschäft eingestiegen waren. Zuerst knackten wir das Schloß und setzten die Alarmanlage außer Betrieb – zwei ihrer Spezialitäten – und suchten dann jeden Zentimeter im hinteren Teil des Ladens ab. Ich sagte ihr, daß wir nach irgend etwas Auffälligem suchten, nach etwas Außergewöhnlichem, was mir verraten würde, was meine Zeugen mir nicht sagen konnten oder wollten.

Bridget war an diesem Abend meine Komplizin. Ihre Telefonnummer gehörte zu denen, die ich nicht besonders häufig anrief. Sie war unerschwinglich teuer, aber jeden Cent wert. Bridget war eine ehemalige Agentin des ATF, des Federal Bureau of Alcohol, Tobacco and Firearms. Sie hatte sechs Jahre lang dort gearbeitet, war auf Undercover-Arbeit und halb illegale Projekte spezialisiert gewesen, jene Art von Aktionen, die durchführen zu lassen die Regierung leugnet. Schließlich war sie aufgeflogen und hatte diese Art der Arbeit beendet. Zunächst hatte sie dann versucht, ganz normalen Tätigkeiten nachzugehen – als Rezeptionistin bei einem Kieferchirurgen, als Kosmetikverkäuferin in einem Kaufhaus, dann bei einer Hypothekenbank. Sie haßte diese Jobs.

Nun im Alter von Dreißig, zwei Jahre nachdem sie versucht hatte, regulär zu arbeiten, hatte sie aufgegeben und wieder für ihre Dienste und ihr fachmännisches Können geworben – diskret natürlich und bei denselben Strafverteidigern, deren Klienten ins Gefängnis zu bringen sie früher beigetragen hatte. Ich kannte sie nicht persönlich und wußte nicht viel von ihr, aber ich hatte immer vermutet, daß sie ihre derzeitige Arbeit des gelegentlichen Kitzels wegen tat. In meinem Rolodex war sie nur mit ihren Initialen notiert.

Sie war bereits früher am Tag zum Laden gegangen, sofort nachdem mein Anruf sie erreicht hatte, um sich mit den Örtlichkeiten vertraut zu machen. Sie behauptete, für ihren Mann ein Geschenk zum Hochzeitstag kaufen zu wollen, und plapperte sich mit Schmeicheleien sogar ins Badezimmer vor, um sich auch im hinteren Teil des Ladens umsehen zu können. Sie kam zu einem raschen Schluß: Die Alarmanlage bei Optima war derartig antiquiert, daß sie von Sicherheitsfirmen schon gar nicht mehr verkauft wurde. Ihre alte ATF-Ausrüstung brachte uns binnen Minuten in den Laden. Selbst der Schließriegel war für sie kein Problem.

»Hierher«, rief Bridget mir zu.

Bridget hatte Alonsos Büro durchsucht, während ich Silvia Romeros Zimmer durchging. Bislang hatten wir noch nichts Auffälliges gefunden, und ziemlich bald würden wir hier wieder verschwinden müssen. Es gab nur noch drei Bereiche, die wir zu durchsuchen hatten: der große offene Bereich, in dem Gaston erschossen worden war, das Badezimmer und die Putzkammer, wo Reina ihre Utensilien aufbewahrt hatte.

Bridget flüsterte mir etwas zu, und ich leuchtete mit meiner Taschenlampe umher, strahlte ihr ins Gesicht. Ihre knallroten Haare leuchteten, ihre grünen Augen wirkten, als seien sie von einem Scheinwerferlicht erfaßt.

»Würdest du bitte mit dieser verdammten Taschenlampe auf

den Boden leuchten und nicht auf mich!« zischte sie verärgert.

Ich rieb meinen schmerzenden Zeh und ging zu ihr hinüber zu der Kammer. Ich mußte ein halbes Dutzend Mops und Besen zur Seite schieben, um dorthin zu gelangen, wo sie kauerte.

»Hier«, sagte sie. »Fühl mal.«

Bridget nahm meine Hand und strich damit an einer kaum spürbaren Furche an der Wand entlang, die die Kammer vom hinteren Teil des Ladens trennte.

Ich leuchtete mit meiner Taschenlampe an dieser Linie entlang. Sie verlief vom Fußboden bis in etwa einen Meter Höhe und war fünf Zentimeter breit. Stürmisch zog mich Bridget in die Kammer hinein, schloß die Tür hinter uns und knipste das Licht an.

»Es muß hier irgendwo eine Öffnung geben.« Sie fing an, herumzutasten. »Hier unter dem Teppich. Hier ist es.«

Zu meinem Erstaunen zerrte Bridget an einer großen Holzplatte, bis diese in die Kammer herein aufschwang. Bridget trat zur Seite und ließ mir den Vortritt, vor ihren Augen herumzumanövrieren und mich in den kleinen, beengten Bereich zu drängen, den sie freigelegt hatte. Bridget war eine große Frau, fast ein Meter achtzig. Es bedurfte keiner Diskussion, wer am besten geeignet war, in diesen winzigen Käfig hineinzukriechen.

Ich wollte nicht, daß Bridget davon erfuhr, aber dies war mein erster richtiger Einbruch. Ich war in Orte eingedrungen, wo ich nicht hätte sein sollen, klar, aber so weit war ich nie gegangen. Ich hatte den Tag damit zugebracht, in weiser Voraussicht zwischen verschiedenen Präparaten gegen Durchfall abzuwechseln. Wahrscheinlich würde ich den nächsten Monat unter Verstopfung leiden – aber sollte ich im Gefängnis landen, dann wäre dies vielleicht ein Segen.

Ich konnte nicht zulassen, daß Bridget den Eindruck gewann, ich hätte Angst, in die Dunkelheit hineinzukriechen; das war eine Sache der Berufsehre. Ich kroch also weit nach hinten und leuchtete mit meiner Taschenlampe an den Wänden entlang. Sobald ich richtig drinnen war, konnte ich mich zu Dreiviertel meiner Körpergröße erheben – nicht gerade angenehm, aber immerhin auszuhalten. Ich tastete mich die Wand entlang und erwartete, auf eine weitere Wand vor mir zu stoßen. Aber es gab keine mehr. Ich stellte fest, daß dieser Raum parallel zur kompletten Rückwand des Gebäudes verlief.

Mit dem Strahl der Taschenlampe leuchtete ich geradeaus nach vorne und konnte das Ende dieses Durchgangs immer noch nicht sehen. So gerne ich jedoch noch mehr herausbekommen hätte – eine ganze Menge, ungeachtet des warnenden Rumorens in meinem Magen –, ich wollte das Risiko, geschnappt zu werden, nicht eingehen.

Ich drehte mich um, langsam und leise, und kam wieder heraus. Bridget wartete, so ruhig, daß sie schon gelangweilt wirkte. »Und?« flüsterte sie. »Hast du gefunden, wonach du gesucht hast?«

»Ich glaube, ja«, antwortete ich. Ich spürte, wie ein Schweißtropfen meinen Hals hinunter in den Kragen meines T-Shirts rollte. »Komm, laß uns hier verschwinden.«

Wir sahen uns rasch noch um. Die Angestellten von Optima sollten keinen Grund haben zu vermuten, daß in der Nacht ungebetene Gäste da waren. Als Bridget und ich uns eine halbe Stunde später auf einem Parkplatz voneinander trennten, begann der Nachthimmel am östlichen Horizont bereits heller zu werden.

»Ich bringe morgen meine Rechnung vorbei«, sagte sie und warf ihre Sachen in den Kofferraum ihres Wagens – einen Lincoln Continental, das konfiszierte ehemalige liebste Eigentum eines Waffenhändlers. »Ich erwarte Bargeld, natürlich.«

»Natürlich«, erwiderte ich und schüttelte ihre Hand.

Als ich in meinen Mercedes stieg, bemerkte ich, kurz bevor ich die Tür schloß, einen seltsamen Staub an den Sohlen meiner Turnschuhe. Das war merkwürdig, und so zog ich sie aus und legte sie neben mich auf den Beifahrersitz. Ich wollte sie mir genauer ansehen, aber noch mehr wollte ich nach Hause kommen, bevor sich eine Polizeistreife bei mir erkundigte, was ich hier suche.

Ich fuhr also in Strümpfen nach Hause und dachte mir, daß Alonso wissen sollte, daß er eine neue Alarmanlage braucht. Wäre ich ein Mensch, der mit der Tür ins Haus fällt, hätte ich es ihm gesagt. Statt dessen machte ich mir in Gedanken eine Notiz, Tommy davon zu erzählen, der ein Meister darin war, in einem Gespräch scheinbar zusammenhanglose Bemerkungen einfließen zu lassen.

Ich fuhr in die Garage neben meinem Wohnhaus, am Himmel dämmerte es. Im Aufzug schließlich sah ich mir meine Schuhe genauer an. Sie waren aus Leinen und marineblau, und der feine graue Puder war leicht auszumachen.

# 30

Lange nachmittägliche Schatten fielen in mein Büro. Ich lag auf dem Sofa und fragte mich, was, zum Teufel, ich als nächstes tun sollte. Jedesmal wenn ich einer Spur folgte, schienen drei weitere aufzutauchen. Es war, als wollte ich den Kopf einer Hydra abschneiden. Ich dachte, ich hätte einen einzigen Fall zu bearbeiten, zwei, wenn man meine Suche nach der Wahrheit um Margaritas Tod hinzuzählte. Jetzt schien ich gleichzeitig so viele Fälle zu bearbeiten, daß ich gar nicht alle verfolgen konnte.

Ganz zu schweigen von meinem beruflichen Dilemma – ich hatte zwei Fälle miteinander verwoben, was meine moralischen und was die finanziellen Interessen betraf. Es war schwierig, aber ich versuchte, zweierlei Abrechnungen laufen zu lassen. Das war die einzige Möglichkeit, wie ich fortfahren und dennoch meinem Berufsethos entsprechend handeln konnte. Der Fall Arango wand sich wie eine Schlange, schlimmer als jeder andere Fall, den ich zuvor bearbeitet hatte. Ich beschloß, weiterzuarbeiten und mich dann mit meinem Berufsethos auseinanderzusetzen, wenn ich alle Antworten gefunden hätte.

Am Morgen hatte ich versucht, die fortlaufenden Ausgaben dafür zu rechtfertigen, daß Marisol weiterhin Primerissimo Rent-A-Car beobachtete, und es war mir nicht gelungen. Einige Tage waren verstrichen, und niemand, der einem der Brüder Arango auch nur entfernt ähnlich sah, war bei der Firma aufgetaucht.

Auf meinem Schreibtisch lag ein Hefter, der Kontaktabzüge von Bildern enthielt, die Marisol gemacht hatte. Daneben lag ein Vergrößerungsglas, mit dem ich über den Fotos brütete. Und daneben wiederum stand eine Plastikflasche mit Aspirin gegen das Kopfweh, das mir diese aussichtslose Arbeit bereitete. Nachdem ich sie über ihren Piepser zu kontaktieren versucht hatte, fiel mir ein, daß sie sich für den Abend verabredet hatte und wahrscheinlich auf einen Anruf nicht reagieren würde. Statt dessen hinterließ ich auf ihrem Anrufbeantworter eine Nachricht dahingehend, daß sie die Beschattung einstellen solle. Wenn überhaupt für irgend etwas, dann war sie mir wahrscheinlich dafür dankbar. Sie sehnte sich nach Action, und damit konnte sie, solange sie auf irgendeiner staubigen Straße in Flughafennähe wartete, nicht rechnen.

Ich verschleuderte das Geld, das Alonso senior aufbringen mußte, in beunruhigender Geschwindigkeit, ohne daß sich irgend etwas ergeben hätte, außer einer Menge Fragen zu irgendwelchen Nebenfiguren. Irgendwie wußte ich, daß die Frauen – Silvia und Isabel – eine Schlüsselrolle spielten, aber ich war mir nicht sicher, wie ich an sie herankommen könnte. Wenn ich irgend etwas erreicht hatte, dann den Umstand, daß ich die Ermittlungen über Silvia für den Augenblick zurückstellen mußte. Eine Möglichkeit war, daß Alon so, Silvias Liebhaber, Gustavo, den Vater des Kindes, aus Eifersucht getötet hatte. Ich suchte nach der Wahrheit, aber gleichzeitig arbeitete ich für Tommy. Ich mußte alles Erdenkliche versuchen, bevor ich dazu überging, die Schuld seines Klienten zu beweisen.

Ich setzte mich auf, mir wurde ein wenig schwindelig. Ich hörte Leonardos Mixer vorne im Büro, der munter vor sich hin surrte.

Ich würde zu keiner Lösung kommen, solange ich nur hier herumsaß. Ich öffnete die Akte und führte zwei Telefonate. Wenn keiner der beiden jüngeren Brüder Arango bei Primerissimo aufkreuzte, dann mußte ich eben zu ihnen gehen.

Marianos Pflanzenschule, Best Plant's, in der 144th Street im Südwesten war mir sehr vertraut – dorthin war ich Alonso junior vor weniger als zwei Wochen gefolgt, hatte ihn beschattet. Das Gelände war schmal und zog sich in die Länge,

ein verwirrendes Labyrinth aus zeltartigen Abdeckungen und zwei voneinander abgesetzten Gewächshäusern.
Mariano hatte angenehm überrascht geklungen, von mir zu hören, als ich ihn anrief. Ich ging in das Büro, das gleichzeitig als Ladenraum für Samen und Zubehör diente. Eine junge Frau mit langem Pferdeschwanz, die einen Overall trug, grüßte mich breit lächelnd.
»Sie müssen Lupe sein«, sagte sie, wischte sich die Hände an einem Lappen ab und streckte mir eine Hand zum Gruß entgegen. Aus ihrer Spange löste sich eine lange schwarze Strähne, als wir einander die Hände schüttelten. »Mariano hat mir Bescheid gesagt, daß Sie kommen. Ich bin Maria Miranda, Marianos Geschäftspartnerin.«
»Sie haben es schön hier«, sagte ich. Sie hatten gerade ein Sonderangebot an Margeriten.
»Oh, danke«, erwiderte Maria und errötete vor Freude. Sie konnte kaum älter als zweiundzwanzig oder dreiundzwanzig sein, aber sie gab sich sogar noch jünger.
»Lupe Solano!« Mariano kam vom hinteren Teil des Büros; er warf einen Aktenordner auf den Schreibtisch und kam breit lächelnd auf mich zu. Überall hier wurde gelächelt. Mariano jedoch war wie seine Mutter in der Lage, nur mit dem Mund zu lächeln. »Willkommen in unserem kleinen Geschäft«, sagte er ein wenig herablassend. »Haben Sie uns gleich gefunden?«
»Problemlos, danke.«
Er schob mich in ein großes sonniges Büro neben dem Eingangsbereich, dankte Maria – wofür, wußte ich nicht. Er gab sich verkrampft liebenswürdig. »Darf ich Ihnen etwas zu trinken anbieten?« fragte er. »Kaffee, Tee, vielleicht ein Mineralwasser?«
Der untere Rand seiner Tätowierung schaute aus seinem Hemdsärmel heraus, wie bei unserem ersten Treffen. Ich konnte noch immer nicht sagen, was sie darstellte. »Nein, danke. Nicht nötig«, erwiderte ich.
Mariano zeigte auf einen bequemen Stuhl vor seinem

Schreibtisch, der über und über mit Papier und sogar einigen Säcken Blumenerde bedeckt war.

»Sie müssen diese Unordnung entschuldigen«, sagte er und setzte sich hinter den Schreibtisch. »Maria und ich teilen uns dieses Büro. Wir streiten uns dauernd, wer von uns beiden chaotischer ist.«

»Schon gut«, meinte ich. »Ich bin ja froh, daß Sie mich so kurzfristig empfangen konnten.«

Mariano nickte, als pflichte er mir bei, daß er mir einen nicht unerheblichen Gefallen getan habe. »Wie geht es denn mit Ihren Ermittlungen voran?« erkundigte er sich. »Vater ist ja nun schon seit sechs Wochen im Stockade.«

Eine kleine Prahlerei, aber nicht ganz daneben. »Ich verfolge ein ganze Menge Spuren«, sagte ich wahrheitsgetreu. »Sie haben sicherlich von Reina Sotolongo gehört.«

»Ja. Ich habe sie zwar kaum gekannt, aber das ist sehr traurig.« Sein Mund bildete eine harte, angespannte Linie. »Weiß die Polizei, wer sie umgebracht hat?«

»Soweit ich weiß, wird der Fall als Raubüberfall gehandhabt«, antwortete ich. »Ich denke nicht, daß die Polizei sich noch sehr darum bemüht.«

»Darf ich Sie etwas fragen?« Mariano beugte sich nach vorne und sah mir fest in die Augen. »Warum wollten Sie heute mit mir sprechen? Ich möchte nicht unverschämt wirken, aber ich habe Ihnen bei unserem letzten Treffen alles gesagt, was ich weiß.«

»Natürlich«, sagte ich, ein wenig defensiver, als ich wollte. »Aber meine Erfahrung in diesem Geschäft hat mich gelehrt, daß Menschen, die glauben, alles gesagt zu haben, damit manchmal falschliegen.«

Mariano schüttelte gleichgültig den Kopf. »Das verstehe ich nicht.«

»Also gut, lassen Sie mich Ihnen erklären, was ich meine.« Ich schlug die Beine übereinander, denn sein Blick war zu meinen Schenkeln gewandert. Für jemanden, der sich so kooperativ gab, machte es mir Mariano mit Erfolg schwer.

»Ich habe vor einigen Jahren mit einer Frau gesprochen, die in ihrer eigenen Wohnung überfallen worden war.« Damit hatte ich seine Aufmerksamkeit. »Sie wohnte in der obersten Etage eines dreistöckigen Gebäudes. Der maskierte Angreifer überfiel sie von hinten, vergewaltigte sie, schlug sie bewußtlos und sperrte sie dann in eine Kammer, während er die Wohnung ausraubte. Sie konnte sich schließlich irgendwann befreien und alarmierte die Polizei. Als man sie befragte, sagte sie, sie habe den ganzen Abend an ihrem Eßzimmertisch über einem Bericht für die Arbeit gesessen und sei nicht ein einziges Mal aufgestanden. Aus ihrer Aussage war nicht zu schließen, wie der Angreifer in die Wohnung kommen und sie überrascht haben konnte, ohne daß sie irgend etwas gehört hatte.«

Mariano sah mich argwöhnisch an. »Was war passiert?«

»Sie sagte, sie sei nur einmal aufgestanden«, fuhr ich fort. »Früher am Abend, um sich eine Kanne Tee zu kochen. Der Detective sah die Kanne auf dem Tisch, bemerkte, daß sie leer war, und stellte außerdem fest, daß sie fünf oder sechs Tassen enthielt. Als er das Opfer damit konfrontierte, fiel ihr ein, daß sie einmal mehr aufgestanden war, um auf die Toilette zu gehen. In diesem Augenblick war der Eindringling durch das Fenster eingestiegen, und die Geräusche, die dabei verursacht worden waren, wurden von der Toilettenspülung übertönt. Dadurch konnte die Zeit eingegrenzt werden, wann der Typ eingebrochen war. Es stellte sich heraus, daß irgend jemand beobachtet hatte, wie ein Mann ungefähr zu diesem Zeitpunkt die Feuerleiter hinaufgestiegen war. Der Vergewaltiger war jemand, der im selben Gebäude wohnte – und die Polizei hätte ihn nie gefaßt, wenn sie nicht in der Lage gewesen wäre, die richtigen Fragen zu stellen.«

»Und sie wären nicht auf die richtigen Fragen gekommen, wenn sie die Frau nicht eingehend befragt hätten«, kam mir Mariano entgegen.

»Genau. Das trifft auf jeden zu – manchmal wissen wir mehr, als wir glauben wollen.«

Mariano lachte sanft. »Das ist eine gute Geschichte«, sagte er. Seine gönnerhafte Art begann mich wirklich zu nerven. »Aber ich fürchte, ich bin nicht wie diese Frau. Ich war nicht im Laden, als mein Vater diesen Kubaflüchtling aus Notwehr heraus erschossen hat. Ich weiß nicht, was geschehen ist.«
»Sie haben also Gustavo Gaston nach seinem Tod erstmals gesehen oder von ihm gehört«, fragte ich.
»Richtig.«
»Und kannte sonst jemand aus Ihrer Familie ihn, soweit Sie wissen?«
Mariano kniff die Augen zusammen. »Warum fragen Sie? Warum sollten wir ihn kennen?«
»Ohne besonderen Grund«, log ich. »ich würde nur gerne wissen, warum sich dieser Mann zu einem Raub hinreißen ließ. In Kuba war er Architekt gewesen. Er hat Preise und Auszeichnungen gewonnen, bevor er in die Staaten kam. Er war nicht vorbestraft, noch nicht einmal irgendwelcher Verkehrsvergehen wegen.« Ich starrte Mariano an. »Vielleicht können Sie mir helfen. Warum sollte so ein Mann mit einem Messer ein Juweliergeschäft überfallen?«
Während ich diese Spekulationen ausführte, fing Mariano an, mit seinem Stuhl zu kippeln. Er wirkte gelangweilt. Und er schien nicht weiter mit mir sprechen zu wollen.
Nachdem ich vergeblich auf eine Antwort gewartet hatte, sagte ich: »Niemand in Ihrer Familie kannte also den Toten? Was ist mit den Angestellten?«
»Was meinen Sie damit?«
»Haben Sie irgendeine Idee, warum Reina Sotolongo ermordet worden sein könnte?« fragte ich.
Mit großen, unschuldigen Augen sah er mich an – aber ich konnte, verdammt noch eins, nicht sagen, ob er mir etwas vorspielte oder nicht. »Die Polizei sagt, es habe sich um Raub gehandelt«, meinte er, »ich verstehe nicht, was es da zu diskutieren gibt. Sie war allein im Laden, was nicht hätte vorkommen sollen, aber offensichtlich hat dieser Umstand jemandem die Möglichkeit gegeben, einzubrechen.«

»Hat Ihr Vater irgendwelche Feinde?«
Marianos Stuhl wippte heftiger. Er griff nach der Schreibtischkante, um das Gleichgewicht zu halten. »Mein Vater ist bei allen beliebt und angesehen«, sagte er entschieden.
Er erhob sich, ging um den Schreibtisch herum und setzte sich auf die Kante. Sein Gesicht war mir nahe genug, daß ich seine Zahnpasta riechen konnte. »Verstehen Sie, ich weiß nicht, worauf Sie hinauswollen«, sagte er. »Dieser Typ wollte in einem Juweliergeschäft leichte Beute machen, aber er hat sich das falsche herausgesucht. Und das ist die ganze Geschichte.«
Es war offensichtlich, daß ich eine harte Nuß zu knacken hatte. Mariano wirkte freundlich, aber er sprühte vor Wut, je länger er sprach. Ich wußte nicht, wieviel ich da hineininterpretieren sollte – ich wäre auch wütend gewesen, wenn mein Vater ins Gefängnis geworfen worden wäre.
Mariano lehnte sich zurück, weg von mir. »Konnte ich Ihnen irgendwie behilflich sein?« fragte er. »Es tut mir leid, daß es diesmal nicht so geklappt hat wie bei dieser Dame, von der Sie mir erzählt haben.«
Er setzte ein falsches Lächeln auf, als wollte er, daß ich merkte, daß er mich zum Narren hielt. Dann stand er auf; die Sache war, was ihn betraf, gelaufen. Wir gingen gemeinsam hinaus in den vorderen Raum, wo Maria einen Schwung Samen an eine mürrische ältere Frau verkaufte.
Mariano blieb in der Tür stehen, als ich zum Parkplatz hinausging. »Wenn Sie noch irgend etwas brauchen, zögern Sie nicht, anzurufen«, sagte er wenig überzeugend. Mit einem Winken ging er hinein. Als ich den Mercedes aufschloß, fiel mir ein, daß ich es versäumt hatte, einen genaueren Blick auf seine Tätowierung zu werfen.
Ich rief Ernesto vom Autotelefon aus an, sobald ich auf die Straße eingebogen war – Leonardo hatte mir am Morgen einen Notizzettel hingelegt, auf dem er mich daran erinnerte, die Kosten für das Handy gering zu halten. Ich hatte das Papier zerknüllt und in den Abfall geworfen. Ernesto klang ge-

hetzt und gereizt, weil ich zum zweiten Mal an diesem Tag anrief. Aber er willigte ein, sich mit mir zu treffen.

Ich fuhr mit einiger Geschwindigkeit über die U.S. 1, nach meinem Gespräch mit Mariano von einem seltsamen Gefühl erfüllt. Als wir uns das erste Mal getroffen hatten, schien er Interesse an mir gehabt zu haben. Ich vermutete, daß seine beiden älteren Brüder ihm inzwischen vermittelt hatten, daß es wenig konstruktiv wäre, sich bei einer Frau einzuschmeicheln, die dafür bezahlt wurde, daß die Mordanklage gegen seinen Vater zurückgenommen wurde. Er wirkte höflich, schien mich aber als Reizstoff zu betrachten. Das konnte alles zu bedeuten haben. Vielleicht war er derjenige Arango, der auf dem Computerbildschirm bei Primerissimo aufgetaucht war. Vielleicht war er auch lediglich ein Frauenfeind, dem nichts daran lag, Frauen gegenüber freundlich zu sein, die er nicht versuchte ins Bett abzuschleppen.

Ernesto hatte mir den Weg zu dem Parkhaus neben seinem Bürogebäude in der Innenstadt erklärt und dem Pförtner in der Lobby meinen Namen mitgeteilt. Nach einigen Minuten trat er aus dem Aufzug, grüßte mich mit einem leichten Nicken. Er trug wie beim ersten Treffen den dreiteiligen Anzug – oder zumindest einen, der dem ersten so ähnelte, daß ich mich fragte, warum er sich überhaupt die Mühe gemacht hatte, sich umzuziehen.

Er bot mir keine Hand zum Gruß. »Statt in mein Büro zu gehen, um dort zu sprechen, dachte ich, wir könnten uns im Coffee Shop auf der anderen Straßenseite ein schnelles Mittagessen genehmigen.« Er wartete meine Antwort nicht ab, streckte seine Hand hinter mir aus und trieb mich so aus dem Gebäude.

Ohne ein Wort zu sprechen, führte Ernesto mich auf die Straße. Regelwidrig überquerten wir vier Spuren tosenden Verkehrs, spurteten über die letzte Fahrbahn und entkamen nur knapp einem herandonnernden Lieferwagen. Ich hoffte, dieser Coffee Shop war es wert, daß ich mein Leben aufs Spiel gesetzt hatte.

Ernesto entschied sich für eine viel zu große Sitzgruppe am Fenster. Ich rutschte hinein, über einen Kissenbezug, der an der Unterseite meiner nackten Beine kleben blieb. Ich schob und hievte mich über eine gute Strecke aus pinkfarbenem Plastik, in der stillen Hoffnung, daß niemand das schmatzende Geräusch, das von meiner unteren Körperhälfte kam, falsch interpretierte. Bis ich am Ziel angekommen war, hatte mein würdevoller Ernesto sein Gesicht bereits in eine beschichtete Speisekarte gesteckt.
Ich sah mich um und kam zu dem Schluß, daß dieses Lokal mein Leben nicht wert war. Die Zeit hier drinnen war stehengeblieben – bis hin zu einem Wandkalender, der auf Juli 1984 stand. Am Tresen standen zwölf Barhocker, aber zwei davon hatten noch nicht einmal ein Sitzpolster. Das ganze Lokal schien in pinkfarbenes Vinyl und Plastik getaucht worden zu sein – wodurch es auf eine gewisse Weise nach wie vor neu aussah, obwohl die letzten Renovierungsarbeiten wahrscheinlich mehr als ein Jahrzehnt zurücklagen, bevor nämlich der Kalender das letzte Mal umgeblättert worden war.
Ein halbes Dutzend anderer Gäste wirkte ausgesprochen verloren; die meisten schlürften ihren Kaffee, waren von Plastiktüten und Einkaufswägelchen umgeben. Irgendwie konnte ich mir Ernesto hier nicht als Stammgast vorstellen – was wahrscheinlich genau der Punkt war. Er hatte mich möglicherweise in diese Spelunke gebracht, um sichergehen zu können, daß wir von niemandem, der ihn kannte, zusammen gesehen wurden. Die Frage lautete nur, warum ihm dies so wichtig war.
Ich ertappte mich, wie ich in mein papierenes Platzdeckchen versunken war, auf dem in Kindermalweise eine Landkarte von Kuba abgebildet war. »Bestellen Sie, was auch immer Sie mögen, die Rechnung geht auf mich«, sagte Ernesto. »Hier schmeckt alles gut.«
Er winkte nach der Kellnerin, und ich versuchte, die zerknitterte Karte zu lesen. Fünf Minuten später winkte Ernesto immer noch. Ich blickte über meine Schulter; die Kellnerin, eine

ältere Frau, saß mit einer Zigarette in der Hand allein am anderen Ende des Lokals und ließ sich nicht anmerken, ob sie uns bemerkt hatte.

Schließlich sah sie auf. »*Si, si*«, sagte sie mit bebender Stimme. Sie erhob sich mit einem Stöhnen und schob sich langsam zu uns herüber. Je näher sie kam, desto älter wirkte sie. Mit großer Mühe zog sie einen Notizblock aus den verborgenen Tiefen ihrer pinkfarbenen Uniform. Als dazu aber kein Stift auftauchte, beschloß ich die Sache zu beschleunigen und bot ihr meinen eigenen an.

»Ich möchte ein Thunfischsandwich und einen Eistee«, sagte ich. Diese Auswahl schien mir sicher genug zu sein, solange sie die Mayonnaise im Kühlschrank aufbewahrten.

»Für mich das gleiche«, sagte Ernesto. Zu meinem Schrecken sah ich, wie unsere Kellnerin lediglich eine »2« auf ihrem Block notierte, weiter nichts. Sie schlurfte in die Küche, plapperte leise vor sich hin und nahm meinen Stift mit.

»Was kann ich also für Sie tun?« erkundigte sich Ernesto. Ich hatte das Gefühl, als sei ich in eine andere Welt abgetaucht, denn der Coffee Shop und die Qualität der Bedienung schienen ihn kaltzulassen. Mir kam es merkwürdig vor, daß ein Banker riskierte, sich den Magen zu verderben, indem er in einem Lokal wie diesem aß.

»Ich habe mit jedem Ihrer Brüder einzeln über den Fall Ihres Vaters gesprochen«, sagte ich und sah ihm lächelnd in die Augen, als könnte ich seiner Reaktion entnehmen, ob er den Wagen von Primerissimo gemietet hatte. Es gelang mir nicht.

»Ich würde Ihnen gerne weiterhelfen, aber ich kann nicht«, erwiderte Ernesto. »Ich weiß nur, was ich Ihnen zuvor schon gesagt habe. Ich würde alles tun, um meinem Vater zu helfen, aber ich habe nichts mehr zu sagen.«

Die beiden Eistees waren serviert worden, und Ernesto nippte an seinem Glas. Ich erwog, Ernesto die gleiche Geschichte zu erzählen wie Mariano zuvor, entschied mich aber dagegen. Ich wollte nicht, daß sie ihre Erfahrungen später austauschten und sich über mich lustig machten. Außerdem schien es den

jüngsten der Arangos ohnehin nicht beeindruckt zu haben, obwohl es in der Vergangenheit funktioniert hatte.
»Sie haben den Toten nicht zufällig gekannt, oder?« fragte ich.
Ernesto schüttete eine extra Portion Zucker in seinen Tee. »Ich habe ihn das erste Mal gesehen«, sagte er, »als er tot auf dem Boden lag.«
»Haben Sie eine Ahnung, warum irgend jemand Ihren Vater mit vorgehaltenem Messer überfallen sollte, an einem Samstagvormittag, wo das Geschäft voller Angestellter ist?«
Ernesto schüttelte bedächtig den Kopf. Sein weißes Hemd war so sauber, daß es das Sonnenlicht reflektierte, das durchs Fenster fiel. »Nein, habe ich nicht«, meinte er. »Das war eine dumme Idee. Und dieser Gaston hat mit seinem Leben dafür bezahlt.«
»Wissen Sie, ob irgend jemand aus Ihrer Familie Gustavo Gaston kannte?«
»Nein, warum sollten sie?« Ernesto wirkte leicht beleidigt. »Er war nur ein *balsero*, der krumme Dinger drehte. Er gehörte nicht zu den Menschen, mit denen wir Umgang haben.«
»Nun, das stimmt so nicht«, widersprach ich höflich. »Gaston war in Kuba ein anerkannter Architekt. Er hatte mehrere renommierte Preise gewonnen.«
Ernesto lachte harsch. »Das bedeutet gar nichts. Kommunistenpreise!« Er senkte die Stimme, aber seine plötzliche Verbitterung schockierte mich dennoch. »Diese Preise bedeuten in einem freien Land gar nichts. Jeder weiß, daß sie aus politischen Gründen vergeben wurden, die mit dem Talent nichts zu tun haben. Das beste Parteimitglied gewinnt.«
Glücklicherweise schlurfte die Kellnerin zu unserem Tisch heran und unterbrach unser Gespräch. Sie konnte das Tablett mit einer Hand kaum halten, und die beiden Teller, die darauf standen, klirrten gegeneinander. Ernesto und ich griffen schnell nach unseren Tellern, bevor sie noch auf dem Boden landeten. Als ich meinen Teller auf dem Tisch abstellte, war ich vollkommen überrascht.

»Ich halte mich selbst für einen Kenner von Sandwiches«, verkündete Ernesto herrisch. »Aber diese Sandwiches hier zählen zu den besten.«

Ich ging sogar noch einen Schritt weiter – ich hielt mich für eine Kennerin von Thunfischsandwiches. Und das Thunfischsandwich vor mir war zweifelsohne das appetitlichste, aromatischste und verlockendste, das ich je gehabt hatte. Stücke weißen, duftenden Thunfisches waren auf dem perfekt getoasteten Baguette verteilt. Eisbergsalat, ausgebreitet wie auserlesene Muschelschalen, bildete die Unterlage. Auf einem roten Kohlblatt saß ein kleines Häufchen geraspelte Karotte. Ich schalt mich selbst, daß ich das Lokal nach seinem Äußeren beurteilt hatte – beschloß dann aber, mir selbst gegenüber nachsichtig zu sein. Wer hätte das schon erwartet?

Das Sandwich schmeckte so gut, wie es aussah. Wenn ich auch sonst von meinem zweiten Treffen mit Ernesto nichts mit nach Hause nehmen könnte, so hatte ich immerhin das Thunfischsandwich meiner Träume gefunden. Ernesto schien mit mir übereinzustimmen, denn er machte sich an seinem Sandwich zu schaffen, als hätte er den ganzen Tag über Gräben geschaufelt und nicht mit Zahlen hantiert.

Unsere Teller waren binnen Minuten geleert. Als wir aufgegessen hatten – beide gleichzeitig, tauschten wir begeisterte Blicke. Wir lehnten uns zufrieden zurück. Zum ersten Mal war es mir egal, daß mein Atem nach Thunfisch roch. Ich hatte den Eindruck, das Eis zwischen uns sei genauso geschmolzen wie das in meinem Tee. Ich täuschte mich.

Ernesto wischte sich mit der Serviette über den Mund. »Gibt es sonst noch irgend etwas, womit ich Ihnen helfen kann?« erkundigte er sich. »Ich muß sagen, es war nicht unbedingt nötig, uns von Angesicht zu Angesicht zu sprechen. Ich möchte mir nicht anmaßen, Ihnen zu sagen, wie Sie Ihren Job auszuführen haben, aber Sie sollten wahrscheinlich andere Spuren verfolgen, als immer und immer wieder meine Familie zu befragen.«

Er schenkte mir ein schmallippiges Lächeln, das ihn auch nicht netter aussehen ließ. Es gab nicht mehr viel zu sagen, denn er hatte im wesentlichen recht. Es sei denn, er war derjenige der Brüder, der die Wagen gemietet hatte.
Ohne auf die Rechnung zu warten, legte Ernesto zwanzig Dollar auf den Tisch. Er stand auf und sah mich an. Mit aller Würde, die ich aufbringen konnte, erhob ich mich ebenfalls. Ich war erleichtert, daß die Plastikpolster dabei nicht allzu viele unfeine Geräusche verursachten.
»Besten Dank für die Einladung. Das war mit Abstand das beste Thunfischsandwich, das ich je gegessen habe«, sagte ich aufrichtig.
»Bitte, bitte«, erwiderte Ernesto, jetzt ein wenig freundlicher – viel allerdings nicht. Wir wiederholten unsere tollkühne Straßenüberquerung, und dann ließ er mich vor seinem Bürogebäude stehen.
Bevor er drinnen verschwand, drehte er sich noch einmal um und rief mir zu: »Sie sollten auch mal das mit Schinken und Käse probieren.« Und dann legte er seine Finger an den Mund und küßte sie laut schmatzend. »Einfach perfekt!«
Was maßte ich mir an, die kleinen Leidenschaften eines Bankers zu kritisieren? Das Sandwich hatte verdammt gut geschmeckt.
Ich fand meinen Wagen in der Tiefgarage und ließ ihn warmlaufen, während die Luft aus der Klimaanlage in mein Gesicht blies. Ich hatte mich mit den beiden jüngeren Brüdern Arango getroffen und ihnen tief in die Augen geblickt, und ich hatte nichts herausgefunden. Soviel zu meiner legendären Intuition. Ich wußte nicht, wer hier log.

# 31

Langsam fuhr ich um das Gebäude der Stadtverwaltung von Coral Gables, auf der Suche nach einem Parkplatz. Nirgends war einer zu sehen, verdammt. Verbotenermaßen wendete ich scharf in der Hoffnung, daß durch irgendein Wunder ein Platz frei geworden wäre, seit ich vor einer Minute das letzte Mal vorbeigefahren war. Ich wußte, daß ich mich nicht besonders klug verhielt: Die Straßen wimmelten tagsüber von Polizisten. Aber mit dem Gedanken, auf dem öffentlichen Parkplatz zu parken und einen ganzen Häuserblock zu Fuß zurückzugehen, wollte ich mich nicht abfinden. In Miami geht niemand zu Fuß – es sei denn, das Auto wurde gestohlen, oder es handelte sich um Touristen, die es einfach nicht besser wußten.

Ich ignorierte das Quietschen von Reifen hinter mir und fädelte mich durch den vierspurigen Verkehr auf die andere Seite hinüber. Da sah ich, wie ein wohlbeleibter Typ mit einem Arm voller Briefumschläge in einen Wagen der Stadtverwaltung stieg. Bingo. Ich stoppte meinen Mercedes wenige Zentimeter vor seiner hinteren Stoßstange, um zu verhindern, daß mir irgend jemand den Parkplatz wegschnappte. Ich empfand eine Spur von Mitgefühl für diesen Bürokraten, während ich zusah, wie er mühsam vor- und zurückstieß und versuchte, auszuparken, ohne mich anzurempeln. Sobald er davongefahren war, fegte ich in die Parklücke hinein, überprüfte mein Make-up im Rückspiegel – ich konnte nie wissen, wem ich in der Stadtverwaltung über den Weg lief – und stieg aus.

Ich warf Münzen in die Parkuhr. Die Stadtverwaltung von Coral Gables war im Biltmore Way, am südlichen Ende der Miracle Mile, wo sich vier Straßen trafen. Ich konnte die Fassade vom Juweliergeschäft Optima zwei Häuserblocks entfernt sehen.

Das Gebäude selbst wirkte sehr imposant, obwohl es nur drei Stockwerke hoch war. Es war im spanischen Kolonialstil aus Korallenkalkstein gebaut, hatte hohe Decken und Bögen und Innenhöfe, die eine elegante und weniger hektische Zeit heraufbeschworen. Als junges Mädchen war ich mit Papa oft hierhergekommen, wenn er sich Baugenehmigungen einholte.

Statt mit dem Aufzug zu fahren, ging ich die breite Steintreppe zu Fuß hinauf. Auf dem Treppenabsatz im ersten Stockwerk gab es ein Wandgemälde von Denman Fink, das ein Unterwasserszenario in Blau und Grün mit trägen tropischen Fischen und Seegras darstellte. Das Gemälde wirkte beruhigend, besonders auf mich; als ich ein kleines Mädchen war, hatte ich mir immer vorgestellt, in den Tiefen des Meeres mit Fischfreunden herumzuschwimmen.

Ich entdeckte zudem die stattliche Reihe von Fotos, auf denen alle Bürgermeister von Coral Gables abgebildet waren – angefangen im Jahr 1925 und bis ins Jahr 1993 reichend. Vielleicht bin ich zu sensibel, aber ich schrak unwillkürlich zurück, als ich wieder einmal sah, daß alle einundzwanzig Bürgermeister weiß waren und darunter nur eine einzige Frau. Bei der gegebenen Vielfalt in der Stadt, dachte ich, hätten wir besser abschneiden können. Es gab jetzt einen kubanischen Bürgermeister, kein bißchen zu früh, aber sein Foto hatte es noch nicht an die große Wand geschafft. Es hing seitlich und fiel nicht sofort auf. Ich hoffte, dies war lediglich ein Versehen und nicht ein Zeichen für etwas Unheilvolleres. Das war das Problem bei der Arbeit als Privatdetektivin – ich suchte in harmlosen Situationen stets nach verborgenen Motiven.

Die letzte Treppe in das dritte Stockwerk zum Bauamt rannte ich hinauf. Auch hier blieb ich auf dem Zwischenabsatz stehen, um mir das Wandgemälde anzusehen. Es stammte von einem gewissen John St. John und stellte ein idealisiertes Co-

ral Gables dar, verschiedene Darstellungen einer Stadt, die »Traumstadt« und »Miami Riviera« genannt wurde. Ich nehme an, niemand hat Gustavo Gaston und Reina Sotolongo um ihre Beiträge gebeten.
In dem Amtszimmer zeigte ich meine schriftliche Vollmacht von Alonso Arango vor und erbat die Kopien der Gebäudepläne des Juweliergeschäfts. Meine Ermächtigung gab mir das Recht, diese Dokumente einzusehen, aber der Beamte studierte jeden Millimeter Papier, als suche er nach einem Grund, mir die Pläne nicht aushändigen zu müssen.
Es dauerte eine halbe Stunde, bis sie die Pläne gefunden und Kopien davon angefertigt hatten, Zeit, die ich damit zubrachte, aus dem Fenster auf den steten Strom der Geschäftigkeit in der Miracle Mile zu blicken. Nachdem ich mich vergewissert hatte, die richtigen Pläne in der Hand zu halten, bezahlte ich die Gebühr und ging die Treppen wieder hinunter.
Die Neugier überkam mich. Statt abzuwarten, bis ich wieder im Büro war, rollte ich das Papier auseinander, während ich auf meinen Wagen zuging. Ich dankte den Göttern, daß Papa Bauunternehmer war und daß er meinen Schwestern und mir, als wir noch klein waren, beigebracht hatte, wie man Baupläne las. Vermutlich hätte er unsere Erziehung als unvollständig erachtet, wenn wir nicht gewußt hätten, wie ein Haus von Grund auf gebaut wurde – was wir nun alle wußten.
Ich lehnte mich gegen die geschlossene Tür meines Autos, war vollkommen vertieft in die Pläne. Als ich die Alarmanlage abstellte, legte ich die Pläne mit einer Hand auf das Dach des Autos.
Das war der Moment, in dem ich die Schlüssel auf dem Dach bemerkte. Ich spürte, wie meine Knie zu zittern begannen. Das war derselbe Schlüsselbund, den ich dem Jungen bei Primerissimo gegeben hatte.
Ich bemühte mich sehr, nicht zu hyperventilieren. In meiner Handtasche suchte ich nach meinen eigenen Schlüsseln,

meine Hände ließen mich vor lauter Zittern im Stich. Jemand verfolgt mich, dachte ich – also gut. Das wußte ich ja bereits. Aber jetzt wollten sie, daß ich offen darüber Bescheid wußte. Wer auch immer die Schlüssel hierhergelegt hatte, beobachtete mich vermutlich, soviel war mir klar. Ich schnappte den Schlüsselbund, öffnete die Tür, sprang hinein und zündete den Motor. Es kam mir wie wenige Sekunden vor, bis ich wieder in Coconut Grove war und rasch in mein Büro hineinmarschierte.

»Was ist los, Lupe?« erkundigte sich Leonardo, als ich an ihm vorbei in meinem Zimmer verschwand. Mit einer winkenden Geste wies ich ihn ab. Mir war ganz bestimmt nicht danach zumute, irgend jemandem erklären zu müssen, was geschehen war. Ich hatte meine Fassung noch nicht wiedererlangt. Die Handtasche hatte ich noch über der Schulter hängen, die Schlüssel noch in der Hand, da schickte ich schon einen Notfallruf an Marisol. Ich stand einfach da, klopfte mit dem Zeh auf den Fußboden und wartete auf ihre Reaktion. Innerhalb einer Minute rief sie zurück.

»Lupe, was ist passiert?« Marisol klang besorgt; ein Notfallruf konnte so etwas bewirken. »Alles in Ordnung?«

»Im Moment schon«, antwortete ich. »Hör zu, diese Beobachtung von Primerissimo – du bist immer noch dabei, ja?«

»Nein, nicht mehr, seit gestern«, erwiderte sie und klang ein wenig gereizt. »Du hast eine Nachricht auf meinen Anrufbeantworter gesprochen, weißt du nicht mehr? Ich habe heute morgen mit einem anderen Fall angefangen, Beschattung eines Ehepartners.«

»Verdammt.« In meiner Panik hatte ich vergessen, daß ich Marisol abgesetzt hatte. Natürlich – wenn ich schon einmal kostenorientiert handelte, dann brachte ich mich selbst in Schwierigkeiten.

»Lupe, du hast mich gebeten, aufzuhören«, sagte Marisol, jetzt etwas genervter. »Deine Nachricht war klar und eindeutig, und deshalb habe ich diesen anderen Job übernommen. Ich muß von irgend etwas leben, verstehst du?«

»Ich schimpfe nicht auf dich«, erklärte ich. »Ich bin auf mich selbst wütend.« Das letzte, was ich wollte, war, daß Marisol sich über mich ärgerte; manchmal konnte sie extrem dünnhäutig sein.
»Was ist denn nun passiert?« fragte sie, etwas freundlicher. »Warum hast du mich angepiepst?«
Ich erzählte Marisol von den Schlüsseln auf meinem Autodach. Am anderen Ende entstand ein langes Schweigen.
»*Mierda*, kein Wunder, daß du so stinkig bist«, sagte sie schließlich. »Und wenn man bedenkt – ich saß drei Tage lang in diesem Auto und habe den Laden beobachtet, habe geschwitzt wie ein Schwein, meine Blase ist schier geplatzt. Und der Typ ist einfach nicht aufgetaucht.«
»Ich weiß«, stimmte ich zu. »Er muß sich die Schlüssel geholt haben, genau als du deinen Job abgeschlossen hattest.«
»Hör mal zu, Lupe«, sagte Marisol. »Das ist ein schrecklicher Gedanke, aber glaubst du, daß er mich entdeckt hat? Vielleicht hat er mich gesehen und gewartet, sich die Schlüssel zu holen, bis ich nicht mehr da war.«
Es war nicht so, daß mir der Gedanke nicht gekommen war. »Ich weiß nicht, Marisol«, flüsterte ich. »Ich weiß nicht mehr, was ich glauben soll.«
War Marisol tatsächlich bemerkt worden, dann deshalb, weil ihr Opfer sehr, sehr klug war, soviel wußte ich. Marisol war die Beste. Ich spürte, wie ich gemeine Kopfschmerzen bekam, in den Schläfen zuerst.
»Wie konnte er mich bemerkt haben?« platzte Marisol heraus. »Ich schwöre dir – der Typ hatte keine Chance, mich auszumachen!«
»Marisol, ich stelle deine Arbeit nicht in Frage«, sagte ich matt. »Das mußt du mir glauben. Das kann alles ein großer Zufall gewesen sein.«
»Nein, das glaube ich nicht.« Marisol war in der Lage, sich selbst in einem Satz zu widersprechen. »Ich glaube, er hat mich entdeckt.«
Ich war inzwischen selbst davon überzeugt. Aber ich wollte

nicht zulassen, daß eine meiner besten Ermittlerinnen paranoid wurde. Das hatte ich zuvor schon erlebt – ein Ermittler verliert das Vertrauen in seine eigene Arbeit und ist nie mehr derselbe.

»Was ist mit dem letzten Schwung Fotos?« erkundigte ich mich, um das Thema zu wechseln. »Hast du sie schon?«

»*Si*, ich komme innerhalb der nächsten Stunde vorbei. Ich bin mit dieser Beschattung hier sowieso fast fertig. Coral Gables, was für ein mieser Ort.«

Marisol legte auf; weitere Erklärungen waren nicht notwendig. Coral Gables war für eine Beschattung der frustrierendste Stadtteil von Miami, das wußte ich aus eigener Erfahrung. Es gab dort wenig Möglichkeiten der Tarnung, nur lärmende Nachbarn, Wachhunde, große Moskitos von den Kanälen und Bäume auf den Privatgrundstücken, die dem Ermittler die gute Sicht nahmen.

Nachdem ich das Gespräch mit Marisol beendet hatte, ging ich in den Empfang hinaus. Leonardo erwartete mich schon mit einem großen Plastikbecher, der eine seltsame gelbe Flüssigkeit enthielt.

»Hier«, sagte er. »Ich dachte, du könntest das vielleicht brauchen. Das ist eine Mixtur aus Mango und Vitaminen – Proteine, Kalzium und sogar Gelatine für die Nägel.«

»Ach, Leonardo«, sagte ich weinerlich und nahm den Becher entgegen. »Jetzt ist wirklich die Scheiße am Dampfen.« Ich erzählte ihm von den neuesten Entwicklungen in dem Fiasko mit Primerissimo.

Leonardo hörte geduldig zu, obwohl er sich einige Nackenkissen gönnte, während ich sprach. »Was wirst du jetzt tun?« fragte er, nachdem ich zu Ende erzählt hatte. »Dein Klient wird verdammt angepißt sein, wenn du ihm eine riesige Rechnung, aber keine Ergebnisse präsentierst.«

Es tat weh, auf mein zweckloses Handeln in jüngster Zeit hingewiesen zu werden, andererseits war es nett zu hören, was er über unsere Finanzen dachte. »Ich weiß nicht«, sagte ich. »Wir müssen das vielleicht auf unsere Kappe nehmen.«

Ich nahm einen großen Schluck Mangoshake und schauderte wegen der dicklichen Konsistenz dieses sonderbaren Getränks. Aber es schmeckte nicht schlecht. Ich stellte mir vor, ich könnte spüren, wie meine Nägel fester wurden.
»Komm mir nicht mit so was.« Leonardo schüttelte traurig den Kopf, sein Gesichtsausdruck der eines Kindes, dem gerade erklärt worden war, daß das Christkind lediglich eine Erfindung einiger Werbeagenturen sei.
Ich war augenblicklich mißtrauisch. »Was ist los?« fragte ich. In der Vergangenheit hatten wir unsere Fehler ohne allzu große Schmerzen weggesteckt. Aus diesem Grund hatte das Detektivbüro Solano so einen guten Ruf – wir stellten dem Kunden keine Rechnung, wenn wir selbst etwas vermasselten.
»Es gibt da ein neues Gerät, das ich gerne kaufen würde«, sagte er. »Ich habe in einer Zeitschrift darüber gelesen. Es funktioniert verdammt gut. Ich, äh ... ich hatte einen Teil des Honorars aus dem Fall Arango dafür eingeplant.«
Leonardo ging zum Spiegel hinüber und drehte sich im Kreis, prüfte seinen Hintern von allen Seiten. Er hatte einen erstklassigen Arsch, das mußte ich zugeben, vor allem in diesen schwarzen Radlerhosen. Das würde ich allerdings nie zugeben – immerhin war er mein Cousin.
»Leonardo, hör auf damit«, bellte ich. »Du kannst deinen Arsch an den Geräten trainieren, die du bereits hast. Und überhaupt, sei realistisch. Wir sind Kubaner. Wir haben nun mal einen großen Hintern. Das ist unser Geburtsrecht. Es ist in unsere Pässe hineingestempelt. Eines der wenigen Dinge, die uns Castro nicht wegnehmen konnte.«
Der Mango-Shake wirkte keine Wunder; meine Kopfschmerzen wurden schlimmer. Ich wollte nicht länger über irgendwelche Ärsche sprechen. Ich ging in mein Büro zurück und schloß die Tür.
Ich war so schockiert darüber, den Schlüsselbund gefunden zu haben, daß ich noch gar nicht genauer auf die Pläne geschaut hatte, die ich vom Bauamt bekommen hatte. Als ich mich hinsetzte und sie genauer studierte, fand ich bestä-

tigt, was ich vermutet hatte. Der verborgene Durchgang hinter der Putzkammer verlief den ganzen Block entlang, hinter allen Läden eines langen Gebäudes, in dem auch Optima untergebracht war. Es gab drei überzählige Türen, nicht länger in Gebrauch, die von dem Quersträßchen aus Zugang zu dem Durchgang boten.

Auf den Plänen waren einige Angaben vermerkt. Offensichtlich hatte der Bauunternehmer den Durchgang, als das Gebäude 1927 erbaut wurde, dazu benötigt, sich Zugang zu einer eingezogenen Decke zu verschaffen, die installiert worden war, um elektrische Kabel zu verlegen. Damals hatte die Belüftung ein Problem dargestellt, und es gab alle möglichen Anmerkungen auf den Plänen, die ausführlich die Installation von Deckenventilatoren beschrieben. Erst als Jahrzehnte später eine zentrale Klimaanlage eingebaut worden war, wurde der Durchgang vergrößert, um einer neuen Bauordnung zu genügen, die verlangte, daß der Zugang zur Decke hoch und breit genug war, um es einem Arbeiter zu ermöglichen, ohne größere Schwierigkeiten hindurchzugelangen. Einigen Randnotizen, die von irgendeinem namenlosen Bürokraten Jahre später hinzugefügt worden waren, konnte ich entnehmen, daß die Schließung des Durchgangs einer Bauordnung entsprach, die in Kraft trat, als das Gebäude umgebaut wurde.

Was mich betraf, so hatte ich endlich eine Erklärung dafür, wie Reinas Mörder in den Laden gelangt sein konnte, ohne gesehen zu werden und ohne Spuren eines Einbruchs zu hinterlassen. Er oder sie war möglicherweise durch eine der Türen, die nicht mehr benutzt wurden, und durch die Putzkammer hereingekommen. Ich hätte um viel Geld wetten können, daß ich herausfinden könnte, welche der überzähligen Türen erst vor kurzem geöffnet worden war.

Zumindest hatte ich jetzt einen soliden Anhaltspunkt, mit dem ich arbeiten und den ich Tommy vorlegen konnte. Hoffentlich war das der Beginn einer Wende.

Als ich gerade fertig war, meine vorbereitenden Notizen niederzuschreiben, war über die Sprechanlage Leonardos Stimme zu hören. Marisol hatte Wort gehalten und war binnen einer Stunde hier aufgetaucht. Noch immer begeistert davon, was ich gerade herausgefunden hatte, war ich in geringfügig besserer Laune, als ich sie empfing.

»Hier sind die letzten Fotos«, sagte sie und reichte mir den Umschlag eines Fotolabors. Sie sah schrecklich aus, ihr Gesicht war fleckig, und unter ihren Augen lagen tiefschwarze Ringe. Sie fing schon an, wie Nestor auszusehen.

»Hallo erst einmal«, sagte ich. Rasch sah ich die Fotos durch. Über die vergangenen drei Tage hinweg war ich zu einer Expertin geworden, was die Kundschaft von Primerissimo Rent-A-Car betraf. Nie waren mehr als ein Dutzend Kunden pro Tag gekommen – was mich zu dem Schluß brachte, daß die Autovermietung nicht die Haupteinnahmequelle war. Das Geschäft mußte ein Vorwand für etwas anderes sein, und mit Zeit und den entsprechenden Informationsquellen wäre ich dahintergekommen. Beides stand mir nicht zur Verfügung.

»Nichts«, sagte ich zu Marisol. »Keiner der Arangos war da.«

»Die meisten sind Touristen.« Marisol unterdrückte ein Gähnen. Noch nie hatte ich sie so erschöpft gesehen. »Weißt du, es ist ein Wunder, daß sie immer noch nach Miami kommen – in Anbetracht der Tatsache, daß sie sozusagen Freiwild sind.« Sie ließ sich in klassischer Nestor Pose auf meinem Sofa nieder, legte einen Arm über die Augen. »Und jetzt, Lupe?« Sie ächzte halb.

Gute Frage – ich hatte sie mir selbst gestellt. Ich wurde da draußen von einem Mordverdächtigen verfolgt.

»Ich sage dir Bescheid«, meinte ich. »Ruh dich erst einmal aus, ja? Du siehst aus, als könntest du Ruhe gebrauchen.« Ich stand auf und ging um meinen Schreibtisch herum, um sie hinauszubegleiten. Sie sah so erledigt aus, daß ich mir plötzlich riesige Sorgen um sie machte. Aus einem Impuls heraus umarmte ich sie.

Sie starrte mich befremdet an. »Lupe, alles in Ordnung?« erkundigte sie sich. »Ich glaube, Leonardo hat Einfluß auf dich. Du warst doch sonst nie so gefühlsduselig.«
Nein, war ich auch nicht. Vielleicht hatte mich die Angst sanfter gemacht. »Mir geht's gut«, sagte ich und trat zurück. »Hör zu, ich rufe dich an.«
»Das sagen alle Jungs!« rief sie im Hinausgehen. *Das* war nun wieder ganz die alte Marisol.
Sie ließ die Tür einen Spaltbreit offen, und ich hörte, wie sie und Leonardo in der Rezeption miteinander sprachen. Ich hoffte, sie würde ihm nicht erzählen, daß ich sie umarmt hatte. Ich war nicht in der Laune zu ertragen, daß Leonardo gleich hereinplatzen und mir dazu gratulieren würde, daß ich endlich meine eigenen Gefühle zugelassen hatte.
Ich setzte mich wieder, schluckte drei Aspirin und spülte sie mit lauwarmem Mangoshake hinunter. Marisol hatte eine gute Frage gestellt: Und jetzt?

# 32

Ich hatte das Bedürfnis, die Sachlage mit Tommy zu besprechen, aber gleichzeitig mußte ich meine Probleme auch selbst lösen. Ich hatte das Gefühl, daß meine Unabhängigkeit auf dem Spiel stand und ebenso meine berufliche Integrität. Weder die Schlüssel noch der Name Arango auf dem Computerbildschirm bei Primerissimo stellten eine explizite Verbindung zu Alonso senior, Tommys Klienten, her.
Seine Sekretärin stellte mich in sein Büro durch. »Tommy?« fragte ich. »Hast du heute irgendwann Zeit?«
»Für dich habe ich immer Zeit«, sagte er sanft. »Aber heute nicht untertags. Wie wäre es mit einem gemeinsamen Abendessen?«
»Das ist eine Möglichkeit«, sagte ich. »Aber die Sache ist rein geschäftlich.«
»Ich reserviere einen Tisch bei Christy's«, gluckste Tommy.
»Unter keinen Umständen.« Ich spürte, daß mein Gesicht rot wurde wie ein Filet mignon. »Laß uns woanders hingehen – vielleicht in ein Fischrestaurant.«
»Du kannst bei Christy's Fisch bestellen«, wandte er ein. »Oder Huhn. Was auch immer du willst. Soll ich dich abholen, oder wollen wir uns dort treffen?«
»Ich weiß nicht genau«, sagte ich. »Ich rufe dich noch einmal an. Ich möchte abwarten, wie sich einige Dinge entwickeln.«
Einen Moment lang Schweigen. Dann: »Lupe, gibt es da etwas, was du mir sagen möchtest? Geht es um den Fall Arango?«
»Nicht im einzelnen«, erwiderte ich matt.
»Was ist denn los?« fragte Tommy. »Quält dich irgend etwas? Verfolgt dich wieder jemand?«
»Ich erzähl's dir später.«

»Na, schön.« Er seufzte. Tommy wußte ganz genau, daß er mich nicht ausquetschen konnte. Nichts ließ mich schneller dicht machen. »Ruf mich an, sobald du dich entschieden hast. Warte nicht allzulang. Und Kopf hoch – du klingst wirklich frustriert.«

Natürlich war ich frustriert. Wer wäre das nicht? Ich hatte das Gefühl, daß mir dieser Fall allmählich aus den Händen glitt. Ich nahm die Sache inzwischen persönlich, was, wie ich wußte, meinen Kardinalsgrundsatz verletzte.

Ich sah auf die Uhr auf meinem Schreibtisch und stellte fest, daß es schon fast drei Uhr war. Mit etwas Glück würde ich Leonora noch bei MMV Interiors antreffen, sofern die Firma überhaupt noch existierte. Ich wählte die Nummer und ließ das Telefon mindestens zwanzigmal läuten, bevor ich auflegte. Nun, zumindest war es noch nicht abgemeldet.

Ich sprach über die Sprechanlage mit Leonardo. »Tu mir einen Gefallen«, sagte ich. »In unserer Adreßkartei habe ich die Telefonnummer von Margaritas Assistentin notiert. Glaube ich zumindest. Sie heißt Leonora. Kannst du sie mir bitte heraussuchen?«

Ein paar Minuten später steckte Leonardo seinen Kopf zur Tür herein und reichte mir dann ein Stück Papier. »Hier«, sagte er. »Ich habe sie gefunden.«

Ich bedankte mich, nahm das Papier entgegen, griff zum Telefonhörer und bemerkte erst jetzt, daß Leonardo noch nicht wieder hinausgegangen war. Schlimmer noch, er hatte sein ernstes, gewissenhaftes Gesicht aufgesetzt – eine Miene, die bedeutete, daß etwas schiefgelaufen war.

Er setzte sich in den Sessel für die Klienten. »Lupe, wir müssen über etwas sprechen, das mir Sorgen bereitet. Ich möchte dich nicht frustrieren oder dir schlechte emotionale Vibrations rüberbringen, aber –«

»Spuck es aus, Leonardo«, ermunterte ich ihn. Er wirkte verletzt, also fügte ich hinzu: »Komm schon. Du kannst über alles mit mir sprechen.« Wie schlimm mochte es wohl sein? dachte ich im stillen. Eine Investition in die Förderung

von esoterischem Kristall? Die Gründung einer alternativen Religion unter dem Deckmantel unserer Berufslizenz?
Leonardo wirkte erleichtert. Er rückte seinen Herzmonitor zurecht. »Weißt du, Lupe, du arbeitest seit Wochen ausschließlich für den Fall Arango. Ich weiß, daß du mir immer auch ein wenig Arbeit zu anderen Fällen aufgetragen hast, aber der Fall Arango ist der einzige Fall, den wir in Rechnung stellen können.«
Mir gefiel der Tonfall wirklich nicht. »Was willst du mir damit sagen?«
»Wir verlieren Geld.« Leonardo faltete die Hände in seinem Schoß und sprach sehr langsam, wie der kleine Junge im Zimmer des Rektors. »Wir brauchen noch etwas anderes, was unser Büro am Laufen hält. Heute zum Beispiel muß ich die Rechnungen für den kommenden Monat von unserem Notfallkonto bezahlen.«
Mir wurde plötzlich kalt; das war schlimmer, als ich erwartet hatte. »Was ist mit den ausstehenden Rechnungen?« fragte ich. »Haben wir nicht eine Menge Fälle, die ich bereits abgeschlossen habe, und für die wir noch nicht bezahlt wurden?«
Ich fing an, auf meinem Stift herumzukauen. Ich wollte nicht mit meinen Fingernägeln anfangen. Wenn sich bewahrheitete, was Leonardo mir da sagte, dann würde ich auf Maniküre und Pediküre auf absehbare Zeit hinaus gänzlich verzichten mussen. Mir schauderte bei dem Gedanken. Das war zu schrecklich, um weiter darüber nachzudenken.
»Darin liegt das Problem«, erklärte Leonardo. »Wir haben unsere Rechnungen vor dreißig Tagen hinausgeschickt, und besonders viele Schecks sind bislang nicht eingegangen.«
Leonardo versank unglücklich in seinem Sessel, als ginge es jetzt mit der Welt zu Ende. Tatsache war, daß wir dem Ruin näher waren, als ich jemals vermutet hätte. Papa hatte mir Geld geliehen, um das Geschäft aufzubauen, aber längst schon hatte ich jeden Dime zurückbezahlt. Und ich hatte ihn nie wieder um einen Kredit gebeten – das konnte ich

auch jetzt nicht. Das war eine Sache der Ehre. Der arme Leonardo machte den Eindruck, als breche es ihm das Herz. Ich konnte einfach nicht so grausam sein, ihn zu fragen, wie wir die jüngsten Ergänzungen unseres Fitneßraums bezahlt hatten.

»Willst du dir die Zahlen einmal ansehen?« fragte er dümmlich.

»Nein, ich glaube dir. Es ist nur sonderbar – das ist uns noch nie passiert.«

Leonardo wand sich noch mehr; es war schrecklich, ihm zuzusehen.

»Warum beauftragen wir nicht eine Inkassofirma, um sicherzustellen, daß wir an unser Geld kommen?« fragte ich.

»Ich habe schon bei zwei Firmen angerufen«, sagte Leonardo. »Sie haben mir erklärt, daß wir dreißig Tage, nachdem die Rechnungen fällig waren, abwarten müssen. Erst dann können wir sie eintreiben lassen. Außerdem sind eine Menge dieser Leute Stammkunden, und wir wollen es uns nicht mit ihnen verderben, indem wir ihnen eine Inkassofirma auf den Hals hetzen.«

»Da hast du recht«, pflichtete ich bei. Es drohte uns eine Katastrophe, aber es war gleichzeitig auch schön zu sehen, wie sich Leonardo zu einem kleinen Geschäftsmann entwickelte.

»Ich wollte nur, daß du Bescheid weißt«, klagte Leonardo, als habe dieses Gespräch seinen Überlebenswillen aufgezehrt. »Ich bin für die Finanzen zuständig, ich weiß, aber ich habe die Pflicht, dir Bescheid zu geben, was da draußen vor sich geht.«

»Leonardo, komm schon«, meinte ich. »Das kriegen wir schon in Ordnung. Quäl dich nicht so. Bitte.« *Mierda.*

Er schien mich nicht zu hören, fuhr mit derselben gebrochenen, verzerrten Stimme fort zu sprechen. »Ich wollte nicht davon anfangen, zumindest noch nicht«, sagte er. »Aber ich hatte keine andere Wahl, nachdem du verkündet hast, wir könnten diese dreitägige Beschattung der Autoverleihfirma durch Marisol auf unsere Kappe nehmen.«

»Ich weiß, ich weiß.« Ich schüttelte den Kopf. »Das war ein Fehler.«
»Nun, hier ist die Nummer von Leonora.« Leonardo stand auf und legte seine Hand auf meine. »Ich weiß, daß du immer noch traurig bist wegen Margarita, auch wenn du nicht mehr darüber redest. Ich weiß, wie sehr du sie gemocht hast und wie sehr du sie vermißt. Ich hoffe, du weißt, daß du mit mir darüber sprechen kannst, wann auch immer dir danach zumute ist.«
Mein Cousin Leonardo. Mit dem Körper eines männlichen Strippers und einem großen Herzen. Ich drückte seine Hand. »Danke«, sagte ich. »Das bedeutet mir viel. Wirklich.«
Leonardo erhob sich. Ich sah auf das Stück Papier, auf dem eine Nummer und der Name vermerkt waren: Leonora Muñoz. Seltsam. Ich kannte sie seit Jahren und wußte ihren Familiennamen nicht.
Leonardo wollte gerade meine Bürotür schließen. Er wirkte erleichtert, nachdem er mit der Sprache rausgerückt war. Ich wünschte, mein Gewissen würde genauso funktionieren.
»Hey«, rief ich ihm nach. »Wenn die Sache echt den Bach runtergeht, dann kann ich immer noch für eine der Firmen hier in der Gegend arbeiten, die Geleitschutz anbieten. Und du auch!«
»Lupe, hör mir mit solchen Witzen auf«, sagte Leonardo harsch.
»Ich wollte wirklich nur einen Spaß machen. Nimm nicht alles so ernst. Dieser Fall hier wird ziemlich bald abgeschlossen sein. Und dann werden wir wieder arbeiten wie eine Gelddruckmaschine. Du wirst schon sehen.«
Aber dann war ich wieder allein in meinem Büro. Diese beruhigenden Worte hatten selbst in meinen eigenen Ohren aufgesetzt und hohl geklungen. Ich war froh, daß ich Leonardo nicht seiner Fitneßgeräte wegen angemeckert hatte; zum Teufel, sie gehörten einfach zu den Büroausgaben, genauso wie die Heftklammern und Notizblöcke. Das wirkliche Problem

war ein anderes. Ich hatte zugelassen, daß die tiefe Betroffenheit über den Tod meiner Freundin in den Vordergrund getreten war. Ich bearbeitete zwei Fälle gleichzeitig und kam für die Kosten in Margaritas Fall selbst auf. Ich konnte in keinem der beiden Fälle Ergebnisse aufweisen und verdiente absolut kein Geld. Das war ein perfektes Rezept dafür, wie man eine Privatdetektei in den Bankrott trieb.

Leonora antwortete nach dem sechsten Läuten. Sie klang nicht gerade besonders wach – im Gegenteil, sie schien Mühe zu haben, mich einzuordnen. Ihre Stimme klang verzerrt, und ich war mir ziemlich sicher, daß sie trank.

»Leonora, ich bin es, Lupe, Margaritas Freundin«, wiederholte ich. Ich sprach jedes Wort langsam und betont aus.

»Ich weiß!« sagte sie, und ihre Stimme wurde, nachdem sie mich erkannt hatte, munterer. »Wie geht es dir?«

»Gut. Hör zu, kann ich dich bald einmal besuchen kommen? Ich würde mit dir gerne über Margarita sprechen.«

»Oh, Margarita.« Leonoras Stimme ging in ein trauriges Gemurmel über. »Das wäre nett. Wie wäre es jetzt gleich?«

Mir stand der Sinn nicht gerade danach, ein ernsthaftes Gespräch mit jemandem zu führen, der sein Unglück im Alkohol zu ertränken versuchte, aber diese Reaktion war die beste, die ich seit Wochen auf die Anfrage zu einem Gespräch bekommen hatte. In meiner Branche tendieren die Leute dazu, ihre Absicht, mit einem zu sprechen, oft sehr schnell auch wieder aufzugeben.

»Prima«, sagte ich. »Ich bin gleich bei dir.«

»Willst du denn nicht wissen, wo ich wohne?« fragte sie.

Na, vielleicht war sie nicht ganz so weit abgetaucht, wie ich befürchtete. Ich verriet ihr nicht, daß ich bereits wußte, wo sie wohnte. Ich wollte nicht, daß sie den Eindruck bekam, ich hätte ihr nachspioniert, obwohl ich ihre Adresse im »Bresser's« nachgeschaut hatte, einem Nachschlagewerk, mit Hilfe dessen man von Telefonnummern auf Adressen schließen konnte.

»Doch, doch«, sagte ich. »Gib mir doch bitte deine Adresse

durch.« Die Adresse, die mir Leonora gab, stimmte mit der überein, die ich mir selbst herausgesucht hatte – sie wohnte in Little Havana, Ecke Thirty-seventh Avenue und Fourteenth Street.
Ich fuhr sofort los, kämpfte mich durch den dichter werdenden Feierabendverkehr und war mir noch nicht einmal ganz sicher, was ich eigentlich mit Margaritas Assistentin besprechen wollte. Und das war ein Gefühl, an das ich mich allmählich gewöhnte.
Leonoras Haus war leicht zu finden. Sie wohnte in einem einfachen, unauffälligen, zweigeschossigen beigen Stuckgebäude, lehnte über dem Geländer der Veranda vor dem Haus und wartete bereits auf mich, als ich heranfuhr.
Während ich meinen Mercedes abstellte, behielt ich sie im Auge. Ich versuchte, ihren Nüchternheitsgrad zu bestimmen. Zumindest konnte sie sich aufrecht halten, und ihr Gesichtsausdruck wirkte einigermaßen klar, wenn auch ein wenig deprimiert. Ich stieg aus und ging über den geteerten Weg zu ihrem Haus hinüber. Leonora beobachtete mich, ohne ein Wort zu sagen.
»*Hola!*« rief ich ihr zu.
Als ich näher kam, erschrak ich über ihr Äußeres. Leonora wirkte geknickt und müde, und es hatte den Anschein, als sei sie in der kurzen Zeit, seit ich sie das letzte Mal gesehen hatte, um Jahre gealtert. Ich wußte, daß sie Ende Vierzig sein mußte, mindestens, aber sie hatte immer viel jünger ausgesehen, sich jugendlicher gegeben. Was auch immer sie dazu motiviert hatte, war verschwunden.
Sie trug ein sackartiges, verblaßt pinkfarbenes Hauskleid, ihre Füße steckten in Zehensandalen aus Plastik, die mit gelben Gänseblümchen verziert waren. Ich stellte fest, daß ich sie zum ersten Mal, seit ich sie kannte, in Freizeitkleidung sah. Im Büro war sie immer sehr korrekt gekleidet gewesen – raffinierte Kostüme, Feinstrumpfhosen, Schuhe mit hohen Absätzen. Wenn ich sie mir jedoch in ihrer Freizeit vorgestellt hatte, dann nicht so.

»Komm rein, Lupe. Freut mich, daß wir uns wiedersehen.« Sie öffnete die Eingangstür und winkte mich herein. »Ich bekomme nicht allzuoft Besuch, weißt du.«

Das konnte ich mir leicht vorstellen. Die Wohnung war dunkel und muffig, strahlte langsamen Verfall aus, schien nicht wirklich bewohnt zu werden. Es war ein Ort der Spinnweben in den Ecken und der Staubflusen unter den Möbeln. Das Gefühl der Verlassenheit mußte bereits vor Margaritas Tod existiert haben, was die Wohnung noch düsterer wirken ließ. Um bei der Wahrheit zu bleiben, ich kannte Leonora nicht besonders gut – ich hatte sie ein paarmal bei MMV gesehen, und ich wußte, was Margarita mir über sie erzählt hatte. Aber ich hätte gedacht, daß Leonora der Typ Mensch war, der stolz auf seine Wohnung war. Plötzlich hatte ich das Gefühl, in ein trauriges, beschämendes Geheimnis eingeweiht zu werden.

Die Wohnung schien im wesentlichen aus einem großen, geräumigen Zimmer zu bestehen – das, wie ich sehen konnte, als Wohnzimmer, Eßzimmer und Büro diente. Die cremefarbenen Plastikrollos waren ganz heruntergelassen worden, hielten das Licht der Nachmittagssonne ab; etwas Licht jedoch drang herein, tauchte den Raum in trübe Sepiatöne.

Ich war überrascht, daß kein Staub aufwirbelte, als ich mich auf das dunkelrote Samtsofa setzte. Leonora ließ sich schwer in einem Rohrsessel mit gerader Rückenlehne mir gegenüber nieder. Sie schien nicht geneigt zu sein, eine der Lampen anzuschalten, die planlos im Raum verteilt waren. Es war mir aber auch gleichgültig, das Gespräch im geisterhaften Halbdunkel zu führen.

»Möchtest du denn etwas zu trinken?« fragte Leonora und machte Anstalten, sich zu erheben. Als sie sich vorbeugte, bekam ich einen starken Geruch von Alkohol vermischt mit Mundwasser in die Nase. Mein Mut sank. Es war eine Sache, eine Nachmittagstrinkerin zu sein; erbärmlicher aber war es, wenn jemand das Bedürfnis hatte, dies zu verstecken.

»Nein, nein, ich bin ganz zufrieden«, erwiderte ich. Leonora

schien leicht enttäuscht. »Wie ist es dir in der Zwischenzeit ergangen?« erkundigte ich mich. »Wir haben nicht mehr gesprochen, seit ich das letzte Mal bei MMV Interiors war.«
Das war ein sanfter Vorstoß, genügte aber offenbar schon: Leonora verlor vollkommen die Fassung. Sie begann zu schluchzen, holte dabei tief Luft und stieß sie geräuschvoll wieder aus. Aus lauter Scham sah sie mich nicht an. Der Geruch von Spirituosen und Mundwasser erfüllte jetzt die Luft. Als der Sturm für den Augenblick vorüber war, fuhr ich zu sprechen fort. »Leonora, ich möchte ganz ehrlich sein. Margarita wollte mir, kurz bevor sie gestorben ist, etwas Wichtiges erzählen. Sie ist nicht mehr dazu gekommen.«
»Etwas Wichtiges? Wie, was Wichtiges? Leonora zog ihren Sessel näher zu mir heran. Ich dachte, ich müßte würgen, so nah war mir ihr warmer Atem jetzt.
»Ich weiß es nicht genau«, antwortete ich. »Aber es hatte mit der Familie Arango zu tun.«
»Der Familie Arango?« Ich konnte förmlich sehen, wie das Gespräch eine Wende nahm. »Diese Kunden in Coral Gables? Die Besitzer des Juweliergeschäfts?«
»Genau die meine ich«, sagte ich freundlich. »Hast du irgendeine Ahnung, was sie mir hat mitteilen wollen?«
Leonora lehnte sich zurück. Sie kniff die Augen zusammen und schlug die Hände ineinander. Ich wollte sie nicht drängen. Was mich betraf, so hatte ich alle Zeit der Welt.
Schließlich machte sie den Mund auf. Ich beugte mich erwartungsvoll zu ihr, aber dann machte sie den Mund wieder zu. Leonora und ihr Haus vermittelten mir ein Gefühl, als hätte die Zeit an Bedeutung verloren. Möglicherweise würde ich noch ewig hier sitzen, bei heruntergezogenen Rollos, und Gin und Mundwasser einatmen. Auf seltsame Weise beruhigte dies fast.
Leonora sah zu mir herüber, richtete ihren Blick dann auf einen Haufen schmutziger Wäsche in der Ecke. Mit ruhiger Stimme sagte sie: »Ich habe ihre Unterlagen, weißt du, Lupe. Würden die vielleicht helfen?«

»Margaritas Akten?« hakte ich dümmlich nach.
»Sie hat vor einigen Jahren begonnen, mir zur Sicherheit ihre privaten Unterlagen zu geben.« Leonora sprach jetzt schneller und auch deutlicher. Ich konnte sehen, wie sich ihre Schultern hoben, während sie sich förmlich von ihrer Last befreite. »Sie hatte den Verdacht, daß Rodrigo eines Tages darin herumschnüffeln würde.«
Ich hatte Mühe zu glauben, was ich da hörte. Vielleicht machte mich der Gin aus zweiter Hand betrunken. »Wo sind diese Unterlagen?«
Leonora zeigte über meine Schulter auf eine geschlossene Tür. »Da drin«, sagte sie mit einem schwachen Lächeln. »In ihrem Zimmer.«
»Ihrem Zimmer?«
Leonora nickte sachlich. »Ja, ihr Zimmer. Das Zimmer, das ich immer bereithalte, für den Fall, daß sie einen Raum braucht, um unterzuschlupfen.«
»Ah, natürlich«, stammelte ich. »Margaritas Zimmer. Darf ich es sehen?« Ich stand auf, wollte ihr keine Chance geben, ihre Meinung noch einmal zu ändern, was die Unterlagen betraf.
Ich ging um das Sofa herum zu der geschlossenen Tür; Leonora schien verstanden zu haben, daß ich hineingehen würde, ganz egal, was sie sagte. Sie hatte also keine andere Wahl, als mir zu folgen. Ich legte die Hand an den Türknauf, das Herz rutschte mir in die Hose. Es wurde mir klar, daß es Leonora nicht gutging. Überhaupt nicht.
»Entschuldige.« Mit beunruhigender Geschwindigkeit trat sie neben mich und stellte sich zwischen mich und die Tür. »Ich habe sie geliebt, weißt du«, sagte sie. »Ich habe sie wirklich, wirklich geliebt. Sie war die Tochter, die ich nie hatte.« Und damit schwang Leonora die Tür auf. Ich versuchte nicht nach Luft zu schnappen oder irgend etwas zu tun, was Leonora reizen könnte. Der kleine Raum war ein Schrein für meine tote Freundin. Ich sah ein Foto von Margarita – eines, das ich gut kannte, denn ich hatte selbst einen gerahmten Ab-

zug davon auf meiner Kommode stehen. Aber dieses hier war fast auf Posterformat vergrößert und hing exakt in der Mitte der hinteren Wand. Davor stand ein Tisch, voll mit angezündeten Votivkerzen.

Außerdem waren auf dem Tisch persönliche Gegenstände ausgebreitet, die Margarita gehört hatten: ein silbernes Set aus Bürste und Kamm, das ich, wie ich mich erinnerte, im Haus ihrer Eltern gesehen hatte; ein Portfolio ihrer Arbeit, ein Foto von ihr in ihrem Erstkommunionkleid. In der Ecke entdeckte ich drei Pappkartons. Darin mußten sich die Unterlagen befinden.

Der Raum war tadellos hergerichtet: freundlich, sauber und gut beleuchtet. Ich war sprachlos. Ich wußte, daß Leonora Margarita gemocht hatte, was so weit gegangen war, daß sie sie abgöttisch liebte, aber das hier war ... obsessiv. Ich versuchte, mir derlei Gedanken aus dem Kopf zu schlagen, besonders die tiefere Bedeutung dessen, was vor mir lag, und mich auf die Kartons zu konzentrieren.

»Sind das die Unterlagen, die du für Margarita aufbewahrt hast?« fragte ich, in so normalem Tonfall, wie es mir möglich war.

Leonora ging an mir vorbei, berührte mich leicht, ich zuckte fast zusammen. »Ich habe nie hineingeschaut«, sagte sie und schien stolz darauf zu sein. »Ich habe sie seit Jahren hier stehen, und ich bin nie in ihre Privatsphäre eingedrungen.«

»Du warst ihr eine sehr liebe Freundin, Leonora«, sagte ich. »Sie hat oft von dir gesprochen.«

Dies schien ihr zu gefallen. »Ich bin sicher, daß es ihr nichts ausmachen würde, wenn ich dich die Sachen anschauen lasse«, sagte sie. »Du warst eng mit ihr befreundet. Ich habe sie nur vor Rodrigo geschützt.«

Leonora beugte sich über die Kartons und hob sie hoch. Ich stand da, wie zu einer Statue erstarrt. »Willst du sie hier durchsehen«, fragte sie ruhig, »oder willst du sie mitnehmen?«

Ich konnte es nicht glauben. Sie willigte tatsächlich ein, die

Unterlagen aus der Hand zu geben. In diesem Augenblick wußte ich, daß ich von Leonora nichts zu befürchten hatte. Sie war vielleicht ein wenig angeknackst, aber wir standen beide auf einer Seite – wir wollten beide das Beste für Margarita, was im Moment bedeutete, daß wir uns um ihre Angelegenheiten kümmerten, so wie sie sich das von uns gewünscht hätte.

»Ich glaube, es ist besser, wenn ich die Sachen mitnehme«, sagte ich. »Ich möchte dir wirklich unter keinen Umständen zur Last fallen, indem ich hier herumstehe und alles durchsehe.«

Leonora nickte traurig, als hätte sie geahnt, daß ich diesen Vorschlag machen würde. Ich wollte ihr keine Möglichkeit bieten, ihre Meinung noch einmal zu ändern, also nahm ich schnell eine der größeren Schachteln und ging hinaus zu meinem Wagen. Als ich zurückkam, um die zweite Box zu holen, saß Leonora auf dem Sofa. Sie machte keine Anstalten, mir zu helfen. Ich hatte das Gefühl, als würde ich ihr etwas Wichtiges wegnehmen, einen gehüteten Teil von Margarita.

Als ich alle drei Kartons in meinem Kofferraum verstaut hatte, ging ich zurück zum Haus und traf Leonora auf der Veranda. Spontan nahm ich sie in den Arm. Zweimal an einem Tag, das mußte irgendwie ein Rekord für mich sein. Ich wandte mich ab, als ich bemerkte, daß ihre Augen feucht glänzten. Die Vorstellung, was sie in diesem Mausoleum tun würde, nachdem ich gegangen war, war nicht besonders tröstlich.

»Ruf mich an, wenn du etwas brauchst«, sagte ich. Leonora sah weg, drückte aber meine Schulter, fest. »Es wird besser, Leonora, jeden Tag ein wenig. Vergiß das nicht.«

Als ich vom Bordstein wegfuhr und scharf wendete, um zurück nach Grove zu fahren, behielt ich den Rückspiegel immer im Auge. Ich wußte, daß die Unterlagen in meinem Besitz leicht zu Dynamit werden konnten und daß ich mich möglicherweise in Gefahr brachte, solange sie bei mir waren. Selbst wenn diese Kartons mir keine Informationen über die Familie Arango lieferten, so mußten sich darin doch wichtige Unterlagen befinden, die Margarita hatte verbergen wollen. Ihr Glaube an Leonora war nicht unberechtigt gewesen. Ich vermutete, daß Leonora wahrscheinlich lieber gestorben wäre, bevor sie die Akten in die falschen Hände hätte geraten lassen.

Auf der Fahrt zurück ins Büro atmete ich immer wieder einmal tief durch und versuchte, das sonderbare Gefühl abzuschütteln, das mich überkommen hatte. Die Kartons hatten in diesem Zimmer gestanden, sie schienen, im Gegensatz zu allem anderen, dort fehl am Platz. Ich nahm an, daß Leonora sie aus ihrer Kleiderkammer oder vom Speicher geholt hatte, nachdem ich angerufen hatte, weil sie wußte, daß der Zeitpunkt gekommen war, zu dem sie sie weitergeben mußte.

Ich bemühte mich nicht, einen Umweg zum Büro zu fahren. Wenn mich jemand verfolgte, dann war es für ihn oder sie ein leichtes, zu vermuten, wohin ich fuhr. Als ich jedoch auf meinen Parkplatz fuhr, war ich enttäuscht zu sehen, daß Leonardo für den heutigen Tag bereits Schluß gemacht hatte.

»Natürlich«, murmelte ich vor mich hin, als ich den ersten Karton heraushievte. »Heute hat er Yoga. Wie konnte ich das vergessen?«

Dann fiel mir ein, daß er nach dem Yogakurs noch einen weiteren Termin hatte – bei einer Vereinigung, die mit dem Ziel gegründet worden war, Castro mit friedlichen Mitteln zu stürzen. Indem sie ihn wegmeditierten, oder solchen Unsinn.

Als ich alle Schachteln drinnen hatte, tat ich etwas Ungewöhnliches: Ich stellte die Alarmanlage an. Gewöhnlich hatte ich meine Bedenken, damit herumzutun, weil ich immer fürchtete, daß sie losgehen und der durchdringende Lärm mein Gehirn explodieren lassen würde.

Ich wollte nicht, daß irgend jemand, der gerade an der Eingangstür vorbeikam, mich mit den Schachteln sah. Deshalb brachte ich sie sofort in unseren Fitneßraum und stellte sie nebeneinander auf den Boden hinter Leonardos Gewichthebebank. Zum ersten Mal war ich über die umfangreiche Gerätschaft froh – sie bot vorübergehend ein gutes Versteck. Ich saß auf einem der Geräte und sah auf die Schachteln. Ich wünschte, sie würden ihre Geheimnisse von selbst ausspukken und ich müßte nicht wie ein Eindringling in Margaritas Leben herumkramen. Dann fiel mir plötzlich ein, daß ich Tommy versprochen hatte, ihn wegen des Abendessens bei Christy's zurückzurufen. Es war schon nach halb sieben, und in Leonardos Spiegel, der vom Fußboden bis zur Decke reichte, konnte ich mich anschauen: Ich sah müde und ausgezehrt aus, ich trug kein Make-up, und ich hatte noch immer denselben kurzen khakifarbenen Rock und das enge schwarze T-Shirt an, die ich den ganzen Tag über getragen hatte.

Damit war die Sache entschieden. Ich konnte mir ohnehin nicht vorstellen, bei Christy's zu sitzen und mich auf das Essen zu konzentrieren, solange ich wußte, daß in meinem Büro die Kartons auf mich warteten. Ich rief Tommy an und gab ihm Bescheid, daß mir etwas dazwischen gekommen sei, und dann legte ich auf, bevor er irgendwelche Antworten aus mir herausquetschen konnte.

In der Küche fand ich nur Gesundheitsdrinks und Bohnensprossen, und ich wollte mich schon damit abfinden, hungern zu müssen, als ich in der Gemüseschublade des Kühlschranks eine Flasche Sekt entdeckte. Ich nahm mir ein tulpenförmiges Glas und ging zurück in den Fitneßraum.

Ich trank auf Margaritas Wohl und bat sie, mir zu verzeihen, was ich vorhatte.

## 33

Bis ich gefunden hatte, wonach ich suchte, war es fast Mitternacht geworden. Eine leere Sektflasche und eine Kanne, die, solange sie noch gefüllt war, starken kubanischen Kaffee beinhaltet hatte, standen auf einem von Leonardos Foltergeräten, und über das Büro hatte sich Ruhe gelegt.
Der Inhalt der Kartons war eine Offenbarung. Zuerst hatte ich gezögert, sie zu öffnen, hatte versucht, das ungute Gefühl abzuschütteln, weil ich Margaritas Dinge durchsah. Ich sagte mir immer wieder, daß ich keine andere Wahl hatte. Im Lauf des Abends arbeitete ich immer zügiger, und mein Interesse wurde immer größer.
Ich hatte schon immer gewußt, daß Margarita hoffungslos romantisch veranlagt war, aber ich hatte mir nie vorgestellt, daß sie jeden Liebesbrief, jede Karte, jede kleine Notiz von all ihren Liebhabern und Anhängern aufbewahrte. Ich ging die sorgfältig gestapelten Erinnerungsstücke durch und war von einigen der Namen, die da auftauchten, überrascht. Natürlich hatten wir in denselben gesellschaftlichen Zirkeln verkehrt, und ich war mit einigen der Typen ausgegangen, aber das wahre Ausmaß ihrer Anziehungskraft hatte ich nicht gekannt. Je mehr ich mich in ihre Andenken vertiefte, desto mehr wunderte ich mich darüber, warum sie sich, bei all diesen Liebhabern, für Rodrigo entschieden hatte. Mehrere Briefe bezogen sich auf Heiratsanträge, die sie ausgeschlagen hatte. Ich versuchte, keinen dieser Brief allzu gründlich zu lesen; sobald ich wußte, daß sie nichts mit den Arangos zu tun hatten, legte ich sie zur Seite.
Kein Wunder, daß Margarita verhindern wollte, daß Rodrigo etwas davon zwischen die Finger bekam. Er hätte ausreichend Munition gehabt, um ihr das Leben bis ins nächste

Jahrhundert hinein schwerzumachen. Es war nicht so, daß Margarita mit diesen Männern etwas Unrechtes getan hätte – sie waren alle vor Rodrigos Zeit aktuell gewesen –, aber ich wußte, daß er sie mit eifersüchtigen Anspielungen und engstirnigen Bemerkungen gequält hätte, um sie in der Defensive zu halten. Ein Mann, der Schmerzensgeld für den Tod seiner Frau und deren ungeborenem Kind einklagen wollte – das nicht von ihm war –, trieb offensichtlich ein unehrliches Spiel. Es war also nicht weiter verwunderlich, daß sie sich einen Liebhaber genommen hatte. Ich wunderte mich lediglich darüber, daß sie damit so lange gewartet hatte.

Der Inhalt der zweiten Schachtel glich der ersten, was persönliche Erinnerungsstücke betraf, aber es gab darin auch noch andere Dinge: Steuerbescheide, Belege, Versicherungsformulare, die Hypothek auf ihre Eigentumswohnung, Autopapiere, Ausgabenbücher. Es gab nichts Interessantes, bis ich auf einen Umschlag stieß, auf dem das Logo eines Fotolabors abgedruckt war. Es handelte sich um Fotografía Universal mit einer Adresse in Westchester.

Dieser Umschlag verursachte bei mir ein flirrendes Gefühl – ich wußte, daß er wichtig war. Ich riß ihn auf und sah mir die Bilder an. Eine Sekunde lang dachte ich, Sekt, Kaffee und die späte Stunde hätten, zusammengenommen, zu einer Halluzination geführt. Aber es war echt.

In meiner Hand hielt ich fünf Fotos von Mariano Arango und Gustavo Gaston, die auf einem Parkplatz hinter einem Sandsteingebäude neben einem Auto standen. Das war's. Es gab keine weiteren Fotos. Wer auch immer die Fotos gemacht hatte, hatte dies aus einiger Entfernung und ohne Teleobjektiv getan, denn die beiden Männer schienen weit entfernt. Aber an ihrer Identität gab es keinerlei Zweifel.

Es waren auf der Rückseite der Fotos keine Namen oder Daten notiert, oder sonst etwas. Und Fotografía Universal hielt offenbar nichts davon, auf die Fotos, die sie entwickelten, einen Datumsstempel aufzudrucken. Es gab nur einige Ziffern in einer der beiden oberen Ecken des Umschlags, die

ich für eine kodierte Belegnummer eines Kontrollabschnitts hielt.
Ich nahm die Fotos in mein Büro und suchte das Vergrößerungsglas. Mein Rücken fühlte sich an, als brenne er. Fast sechs Stunden lang hatte ich auf dem Boden gekauert und war die Unterlagen durchgegangen. Das hatte mich zu einem Wrack gemacht.
»Was, zum Teufel, hatte Margarita mit diesen Fotos zu tun?« fragte ich in den leeren Raum hinein. Hatte sie selbst die Aufnahmen gemacht und entwickeln lassen oder jemand anderes? Die Wände trotzten mir mit ihrem Schweigen. Ich knipste meine Schreibtischlampe an und legte die Fotos nebeneinander.
Zwei Abzüge waren nahezu identisch, zeigten Mariano und Gustavo, die nahe beieinanderstanden und offenbar debattierten. Sie sahen sich ins Gesicht und zeigten beide aufeinander. Das dritte und vierte Foto waren aus einer Perspektive heraus aufgenommen, die auch einen Blick auf das Gebäude im Hintergrund gewährte. Ich sah genauer hin und entdeckte etwas im Eckfenster des ersten Stockwerkes. Ich hielt mir das Foto so nah vors Gesicht, daß mein Atem es leicht beschlug. Mit Mühe konnte ich irgendeine Art von Zeichen ausmachen, in roter Farbe.
Ich starrte lange Zeit auf das Zeichen, aber es blieb verschwommen. Ich ging weiter zu Foto vier und fünf, nahm sie ebenfalls genau unter die Lupe. Meine Augen fingen an zu brennen. Schließlich ergänzten sich Form, Farbe und alles. »Natürlich«, rief ich aus. Es war ein ausgeschnittenes rotes Valentinsherz.
Ich rechnete schnell die Daten nach. Gustavo Gaston war Anfang März ermordet worden, am zweiten, um genau zu sein. Wenn das Valentinsherz im selben Jahr dort hingehängt worden war, um an den 14. Februar zu erinnern, dann hatten sich die beiden Männer drei Wochen vor dem Mord getroffen. Zumindest hatte Mariano mich angelogen, als er behauptete, er habe den Toten nicht gekannt. Und der Fotograf, wer auch

immer er war, wußte, daß die beiden Männer sich gekannt hatten. Ich war wieder an einer Stelle, an der ich mehr Fragen stellte, als Antworten bekam.
Ich zwang mich, ruhig zu werden, und betrachtete die Fotos erneut, ließ das Vergrößerungsglas langsam über jede Ecke gleiten. Auf der fünften Aufnahme sah ich einen marineblauen Kombiwagen, auf dessen Seite ein Firmenzeichen zu lesen war: »Or... Reisebüro«. Die restlichen Buchstaben konnte ich nicht erkennen, denn sie waren durch ein parkendes Motorrad davor verdeckt. Ich hoffte, was ich hatte, würde genügen.
Nach Dreiviertel der Einträge von Reisebüros in den gelben Seiten wurde ich fündig: Orestes Reisebüro. Und die Adresse war in Westchester, nicht weit von Fotografía Universal. Dies gab mir einen so heftigen Adrenalinstoß, daß ich in meinem T-Shirt zu schwitzen begann. Ich nahm meine Aktenunterlagen heraus und schlug Silvia Romeros Adresse nach. Aus der Schublade des Aktenschranks nahm ich einen Stadtplan, den ich auf dem Fußboden ausbreitete. Mit farbigen Stecknadeln markierte ich die drei Adressen in Westchester. Silvias Wohnung, das Reisebüro Orestes und Fotografía Universal lagen alle drei nur wenige Meilen voneinander entfernt.
Endlich hatte ich etwas in der Hand. Ich räumte Margaritas Kartons wieder ein, überprüfte das Schloß der Eingangstür und machte es mir auf dem Sofa bequem, um einige Stunden zu schlafen. Ich wollte bei meiner Fahrt nach Westchester am nächsten Morgen ausgeruht sein.

Ich brauchte, nachdem ich bei mir zu Hause vorbeigefahren war, um rasch zu duschen und frische Kleider anzuziehen, für den Weg nach Westchester dreißig Minuten. Aufgrund verschiedener Fälle aus der Vergangenheit und nach meinem Kartenstudium am Abend zuvor hatte ich dort ein Gefühl von zu Hause fern der Heimat. Binnen Minuten fand ich das Reisebüro. Es war in einem nicht mehr ganz weißen, schlichten, viergeschossigen Stuckgebäude untergebracht,

das ich auf den Fotos nicht hatte erkennen können. Von Dutzenden anderer Gebäude dieses Häuserblocks unterschied es sich nicht wesentlich, für mich aber sah es so schön aus wie das Taj Mahal.
Die Möglichkeit, diesen Fall endlich aufzuschlüsseln, ließ mich fühlen wie ein Teenager vor der ersten Verabredung. Ich fuhr um das Gebäude herum und entdeckte einen Parkplatz für Kunden. Hier kam mir die Situation bekannter vor – bei dem Gebäude handelte es sich mit Sicherheit um das gleiche wie auf den Fotos. Ich stellte den Wagen ab und ging auf dem Parkplatz hin und her, bis ich die Stelle gefunden hatte, von der aus der Fotograf seine Aufnahmen gemacht hatte. Ich stand hinter einem ausladenden, alten Olivenbaum und sah auf den Parkplatz und hatte das starke Gefühl eines Déjà vu. Und da war er auch – der Kombiwagen des Reisebüros mit dem Logo auf der Seite, auf einem reservierten Parkplatz abgestellt. Ich schaute hinauf zum Fenster im ersten Stockwerk und betete, daß das Valentinsherz verschwunden wäre. Dem war tatsächlich so. Das bedeutete nämlich, daß, wer auch immer es dort angebracht hatte, nicht so hoffnungslos romantisch war, es das ganze Jahr über zu behalten, um Liebe und romantische Ideen zu stärken.
Ich ging hinüber zu der Stelle, von wo aus Mariano und Gustavo fotografiert worden waren. Es gab nichts Außergewöhnliches zu sehen, und ich fragte mich, warum sie gerade an dieser speziellen Stelle zusammengestanden hatten. Und warum sie nicht rücksichtsvoll genug waren, mir irgendwelche Schlüssel zu hinterlassen – sagen wir, ein datiertes und unterschriebenes Geständnis, das am Olivenbaum klebte. Träumen durfte man immer.
Drinnen fuhr ich mit dem krächzenden Aufzug in den ersten Stock. Am Ende des Korridors war das Büro, dessen Fenster ich auf den Fotos gesehen hatte. Auf der Milchglasscheibe der Tür stand in sorgfältig aufgemalten Buchstaben »Menendez Packets« geschrieben. Zu meiner Überraschung handelte es sich um eine Firma, die Brillen nach Kuba exportierte.

Innen herrschte Grabesstille, also öffnete ich die Tür und trat ein. Einer übergewichtigen und fettleibigen Frau mittleren Alters, die an einer Schreibmaschine saß, rief ich ein munteres Hallo zu.

Sie erhob sich erschrocken und sah mich an, als sei ich Fidel Castro persönlich, Zigarre rauchend und in einen grünen Arbeitsanzug gekleidet. Ich nahm an, daß bei Menendez Packets nicht allzuviel Kundschaft hereinkam.

Die Rezeptionistin zog ein Taschentuch aus ihrem Kleid und fing an, sich Luft zuzuwedeln, sie ignorierte mich vollkommen. Bald schon roch es in dem kleinen Büro nach Veilchenwasser. Ich spähte über den Schreibtisch, um zu sehen, woran sie dort arbeitete, und konnte kaum glauben, was sich mir da bot. Menendez Packets hatte auf der Autobahn der Datenverarbeitung nicht gerade Tempo gehalten. Die arme Frau arbeitete an einer manuellen Schreibmaschine und benutzte Durchschlagpapier.

»Hallo«, wiederholte ich.

Meine neue Bekannte bemerkte schließlich, daß ich nicht vorhatte, wieder wegzugehen und sie in Frieden zu lassen. »Kann ich Ihnen helfen?« erkundigte sie sich mit rauher Stimme.

»Ich hoffe«, sagte ich fröhlich. »Ich muß Sie etwas sehr Seltsames fragen.«

Die Rezeptionistin trug eine goldene Halskette, die ihren Namen wiedergab – Eloisa. »Sie meinen, Sie wollen keine Brillen nach Kuba schicken?« fragte sie verwirrt.

»Nein, ich möchte Ihnen eine Frage stellen.« Keine Reaktion. »Bitte.«

Eloisa schien mir nicht gerade zu vertrauen, aber sie wurde ein wenig nachgiebiger. »Es gibt eine Preisliste«, sagte sie. »Aus der können Sie entnehmen, wieviel es kostet, Brillen zu verschicken. Es ist teurer, sie nach Pinar del Rio zu schikken. Wollen Sie sie nach Havanna oder nach Pinar del Rio schicken?«

»Es hat nichts mit Brillen zu tun«, erwiderte ich. »Es ist eine persönliche Frage.«

»Wie können Sie mir eine persönliche Frage stellen?« Eloisas Brüste wogten in ungefähr vier Richtungen gleichzeitig – was ein sehenswerter Anblick war. »Ich kenne Sie doch gar nicht!«

»Erinnern Sie sich an das Herz in Ihrem Fenster?« erkundigte ich mich lächelnd. »An das Valentinsherz?«

»Oh, das!« meinte Eloisa und schien erleichtert, daß ich sie nichts Ausgefalleneres gefragt hatte. »Ich weiß, was Sie meinen. Betty hängt sie auf. Sie hat Dutzende davon.«

Eloisa und ich schüttelten beide in Verwunderung den Kopf.

»Betty?« hakte ich nach.

»Sie ist die andere Sekretärin, die hier arbeitet«, erklärte Eloisa. »Aber sie ist im Moment nicht hier.«

»Oh, ich wollte mich nur erkundigen, woher sie dieses Herz hat.« Ich beugte mich über den Schreibtisch. »Wissen Sie, dieses Herz hat mir Glück gebracht.«

Eloisa schien ehrlich perplex zu sein, aber ich hatte ihr Interesse geweckt. Das hier war offensichtlich besser als der Versand von Brillen. »Warum hat es Ihnen Glück gebracht?«

»Mein Verlobter und ich standen im Februar auf Ihrem Parkplatz«, sagte ich und setzte mein »Ich-bin-ja-so-verliebt«-Gesicht auf. »Wir waren damals seit drei Jahren zusammen, und er hatte noch nie zuvor über das Heiraten gesprochen. Jeden Sonntag in der Messe habe ich dafür gebetet, daß er mich fragen würde.«

Eloisa gab ein seltsam gurrendes Geräusch von sich, und ich wußte, daß ich sie an der Angel hatte. Das war besser als Brillen und alle *telenovelas* zusammen.

»Nun, wir standen auf dem Parkplatz, und als er hochsah und das Herz in Ihrem Fenster entdeckte, sagte er, das sei ein Zeichen von Gott, das ihm bedeute, er solle mich heiraten! Das Herz hat also dazu beigetragen, daß er mir tatsächlich einen Antrag gemacht hat!« Ich wippte vor Begeisterung auf meinen Fersen auf und ab. »Ich will genauso eines haben – nein, ich *muß*. Und deshalb bin ich hergekommen, um zu fragen, wo Sie es gekauft haben.«

Hoffentlich würde Eloisa davon ausgehen, daß ich einen niedrigen Intelligenzquotienten hatte, und mich nicht für verrückt halten. Sie fächelte sich noch mehr Luft zu. »Betty könnte Ihnen bestimmt sagen, wo sie es gekauft hat, aber sie ist nicht hier«, meinte Eloisa. »Sie liebt ihre Dekorationen. Sie hängt die Herzen eine Woche vor dem Valentinstag auf und läßt sie noch eine ganze Woche danach hängen.«

Eloisa sah sich ein wenig traurig in ihrem tristen Büro um. Stählerne Aktenschränke säumten die Wände, und überall standen überquellende Pappkartons herum. Jemand mußte hier auf Senfgelb stehen oder farbenblind sein, denn die Wände und der Kunststoffteppichboden waren vom gleichen Übelkeit erregenden Farbton. Ich hatte das Gefühl, als stünden wir inmitten von Eingeweiden eines Käfers, den ich eben zertreten hatte. Ich hätte mich nicht damit begnügt, das Fenster zu dekorieren – ich hätte es aufgemacht und wäre hinausgesprungen.

»Dieser Raum hier ist nicht besonders freundlich«, sagte sie und offenbarte sich damit als Meisterin der Untertreibung. »Und Betty mag es gerne hübsch. Sie ist zu Hause, weil ihr Sohn Windpocken hat. Sie müßten im Lauf der Woche noch einmal vorbeikommen, um sie selbst zu fragen.«

Eloisa schien dennoch sprechen zu wollen, auch wenn ich den Eindruck einer ausgebüxten Geisteskranken gemacht hatte. »Betty, die ist verrückt«, sagte sie. »Sie zelebriert alle möglichen Feiertage – sie hat gerade erst den hinter sich gebracht, wo die Iren grünes Bier trinken. St. Patrick's Day. Und Sie machen sich keinen Begriff davon, wie das Fenster an Ostern aussieht, alles voller Häschen und rosagelber Eier. Sie können von Glück sagen, daß Ihr Verlobter diese Dekoration nicht als Zeichen gesehen und beschlossen hat, Ihnen einen Antrag zu machen – und Ihnen bis an Ihr Lebensende jedes Jahr ein Kind anzuhängen!«

Sie lachte rauh und wackelte erneut aufsehenerregend mit ihren Brüsten. »Ich komme noch einmal wieder und spreche mit Betty«, sagte ich und schüttelte Eloisa die Hand. »Vielen

Dank, daß Sie sich die Zeit genommen haben.« Ich stahl mich zur Tür hinaus, ließ Eloisa bei ihrem dreifach gelegten Durchschlagpapier zurück.

Bingo. Ich hatte annähernd das Datum – allerdings nicht das Jahr, obwohl mir mein Gefühl sagte, daß es sich um das laufende Jahr handelte. Es war jetzt Zeit, den Fotografen auszumachen. Ich fuhr die kurze Strecke zu Fotografía Universal und versuchte, mir in der Zwischenzeit eine bessere Geschichte auszudenken als die mit dem Freund, der die Pappdekoration als Zeichen Gottes empfand.

Fotografía Universal lag nur wenige Minuten von Menendez Packets entfernt, mitten in einem Einkaufszentrum, das sich über die Länge eines ganzen Häuserblocks erstreckte. Ich war die einzige Kundin im Geschäft, und hinter dem Ladentisch standen zwei Leute, ein Mann und eine Frau. So wie sie aussahen – in ihren Gesichtern lag der gleiche Ausdruck der Mißbilligung –, ging ich davon aus, daß sie ein Ehepaar waren. Ich schlenderte umher und wartete darauf, daß einer von ihnen von seiner Arbeit aufsah. Der Mann war damit beschäftigt, Negativstreifen zu schneiden, und die Frau klebte Hochzeitsfotos in ein weißes Lederalbum. Der vordere Teil des Ladens war voller Fotozubehör, das zum Verkauf anstand, während der hintere Teil Labor und Lager bildeten. Es sah so aus, als gehe es mit den Geschäften bergab. Alles wirkte alt, und die Regale waren vollgestopft mit einer willkürlichen Auswahl von Filmen und Tragriemen für Kameras.

Keiner von beiden schien willens, seine Arbeit zu unterbrechen, also räusperte ich mich vernehmlich. Sie hoben beide mit dem gleichen genervten Gesichtsausdruck den Blick. Ich warf die fünf Fotos auf den Ladentisch, als sei ich verärgert. Das rief eine Reaktion hervor. Die Frau legte das Fotoalbum zur Seite und kam zu mir herüber.

»Kann ich Ihnen helfen?« fragte sie besorgt.

»Ich hoffe.« Ich versuchte, gereizt zu wirken. Nach dem zurückliegenden Monat war das nicht besonders schwierig.

Der Mann, der spürte, daß ein Problem auftreten würde,

legte vorsichtig seine Negativstreifen auf seinem Arbeitstisch ab und kam ebenfalls herüber. »Ja?« fragte er.

»Diese Fotos«, meckerte ich. »Es waren nur fünf Stück im Umschlag.«

Ich zählte die Fotos vor ihren Augen. Es schadet nie, eine Geschichte mit visuellen Hilfsmitteln zu stützen. Wir standen alle drei da und starrten auf die fünf Fotos von Mariano und Gustavo.

»Wo sind die restlichen meiner Fotos?« verlangte ich zu wissen.

Der Mann nahm den Umschlag in die Hand und sah das Logo seines Ladens. Er blickte zu seiner Frau. »Der Rest der Fotos?«

»Ja«, sagte ich ungehalten. »Sie glauben doch nicht allen Ernstes, daß ich mir einen Sechsunddreißigerfilm kaufe, und dann nur fünf Fotos mache.«

»Einen Moment, bitte«, sagte die Frau, nahm den Umschlag und die Fotos mit zu einigen Schuhkartons neben dem Arbeitstisch. Der Mann strich, solange sie in einer Schachtel mit Belegabschnitten kramte, einige Reklamezettel glatt. Sie schob sich ihre Brille die Nase hinauf, verglich sorgfältig die Nummern, die auf die Belege gestempelt waren, mit der auf meinem Umschlag.

Ich wußte also, daß ich recht gehabt hatte – es handelte sich um eine Kontrollnummer. Jetzt konnte ich nur noch beten, daß sie die Namen ihrer Kunden und die Daten auf den Belegen notierten. Während ich die Frau beobachtete, wie sie tiefer und tiefer in ihrem Stapel kramte, betete ich zur Heiligen Jungfrau und gelobte, daß ich jeden Sonntag und nicht nur, wenn mir danach zumute war – wenn ich also zum Beispiel wegen irgend etwas ein schlechtes Gewissen hatte –, zur Messe gehen würde, sofern dies hier funktionierte.

Schließlich sah die Frau auf. »Silvia Romero?« fragte sie.

Ich achtete sorgfältig darauf, weder zu bestätigen noch zu dementieren, daß ich Silvia sei. »Haben Sie den Rest meiner Fotos gefunden?«

»Sie müssen sich täuschen, was den Rest betrifft«, wandte die Frau ein, als erwartete sie, daß ich sie zum Duell aufforderte. »Wir haben nur fünf Abzüge gemacht, weil es nur fünf Aufnahmen auf dem Film gab.«

»Das kann ich nicht glauben.« Ich schüttelte den Kopf. »Ich würde niemals mit einem Film nur fünf Fotos machen.«

Die Frau stieß einen tiefen Seufzer aus, und ich spürte, wie ihr Mann zusammenzuckte. Sie war hier offenbar die Harte. Aber sie war auch von der alten Schule, was die Behandlung von Kunden betraf – und das bedeutete, daß ich in jedem Fall recht hatte. Und so wie der Laden aussah, konnten sie es sich nicht leisten, mich fortzuschicken.

»Sehen Sie, hier ist er«, sagte sie und brachte mir den Beleg. Ich schielte fast, so sehr bemühte ich mich, das Gekritzel auf dem blassen Papierbeleg zu lesen. Silvia Romeros Name war das erste, was ich entziffert hatte. Darunter stand das Abholdatum: 15.2.96. Und darunter stand in Großbuchstaben: NUR FÜNF ABZÜGE. Ich fragte mich vage, welchen Preis die Heilige Jungfrau für diesen unverhofften Glücksfall von mir zu verlangen beabsichtigte. Vielleicht dachte die Heilige Jungfrau, ich hätte eine Pause verdient und wäre entschlossen – was für ein erschreckender Gedanke –, mein Versprechen einzuhalten.

Diese Menschen versuchten, ihren Lebensunterhalt auf redliche Weise zu verdienen, und es gab keinen Grund, ihre Qualen zu verlängern. »Sie haben recht, es tut mir leid«, druckste ich herum. »Verzeihen Sie.«

Ich konnte leicht ein wenig Demut aufbringen. Ich hatte bekommen, was ich wollte und sogar mehr. Um ihnen einen Ausgleich zu bieten, brachte ich drei Filme zum Entwickeln. Dies hob die Laune der Frau beachtlich.

Ich stieg in meinen Mercedes und ließ den Motor an; mit verwirrtem Gesichtsausdruck sah mir das Ehepaar durch das Schaufenster nach. Ich wußte, was sie dachten: Wenn ich mir einen solch luxuriösen Wagen leisten konnte, was stritt ich mich dann wegen einer dummen Filmrolle herum?

Ich hatte mein eigenes Rätsel. Silvia hatte die Fotos gemacht und sie Mitte Februar zum Entwickeln gebracht, drei Wochen vor Gustavos Tod. Aber wie, um alles in der Welt, waren sie zu Margaritas Sachen gelangt.

# 34

Einige Minuten nach sechs entdeckte ich Silvia Romeros Wagen, der in ihre Straße in Westchester einbog. Ich saß einen halben Häuserblock entfernt in meinem Mercedes und sah ihr zu, wie sie ihr allabendliches Ritual vollzog. Sie parkte und legte eine grell orangefarbene Lenkradkralle an und prüfte nach, ob sie sie richtig verriegelt hatte. Dann griff sie nach ihrer Handtasche und einigen Gegenständen auf dem Beifahrersitz und stieg aus. Sie zog am Türgriff auf der Fahrerseite, um sich zu vergewissern, daß der Wagen abgesperrt war, und ging dann auf ihr Haus zu.

Über Silvias zwanghafte Vorsicht hatte ich in Marisols Bericht gelesen, und jetzt erlebte ich sie in persona. Silvia war ganz bestimmt ein Gewohnheitstier.

Als sie zum Haus ihrer Eltern ging, um ihre Tochter abzuholen, sprang ich aus dem Wagen und hinter ihr her. Ich war fast augenblicklich außer Atem – zu viele kurze Nächte, zu viel Essen und Trinken. Ich schwor, daß ich Leonardo gestatten würde, mich in Form zu prügeln, sobald das alles vorbei war. Silvia hatte ein exzellentes Gehör, oder aber ich atmete schwerer und lauter, als ich dachte. Ich mußte noch nicht einmal ihren Namen rufen, um sie auf mich aufmerksam zu machen. Sie drehte sich um, und als sie mich entdeckte, sah man ihr ihre Verwirrung an.

»Lupe, hallo«, sagte sie.

»*Hola*«, keuchte ich. »Kann ich mit Ihnen sprechen?«

Silvia war ohnehin eine kleine Frau, aber jetzt wirkte sie noch zierlicher als damals in meinem Büro. Sie trug ein dunkelblaues Baumwollkostüm, schlicht bis hin zur Strenge. Der einzige Schmuck war eine Timex mit einem zu breiten schwarzen Plastikarmband, das locker um ihr Handgelenk baumelte. Ihre kinnlangen schwarzen Haare wurden mit einem schwarzen Haarband aus dem Gesicht gehalten. Sie sah aus, als könnte eine starker Wind sie packen und davontragen.

»Wird es lange dauern?« erkundigte sie sich, noch immer freundlich. »Meine Eltern erwarten, daß ich meine Tochter jeden Tag zur gleichen Zeit abhole. Wenn ich mich nur um ein paar Minuten verspäte, machen sie sich schon Sorgen.«

»Dann sollten Sie Ihnen besser Bescheid geben, daß Sie später kommen«, meinte ich.

Sie schien nicht überrascht. Dann ging sie zum Haus, schloß die Tür mit einem eigenen Schlüssel auf und rief drinnen jemandem etwas zu.

Durch einen Wink forderte sie mich auf, die Stufen heraufzukommen. »Wir können in meine Wohnung gehen«, sagte sie. Ich folgte ihr eine Treppe aus Holzstufen neben der Garage hinauf. Sie öffnete die Tür, stellte die Alarmanlage ab, knipste das Licht an und bat mich herein.

Das Gartenhäuschen, das Silvia gemeinsam mit ihrer Tochter bewohnte, hatte nichts von ihrem sterilen, unpersönlichen Büro im Juweliergeschäft. Der Raum wirkte warm und einladend, ein Ort, der mir augenblicklich ein angenehmes Gefühl vermittelte. Das Eingangszimmer diente gleichzeitig als Wohn- und Eßzimmer mit einer kleinen Eßecke gleich neben zwei rotkarierten Sofas, die einander gegenüberstanden. In der Ecke stand vor einem Fernsehapparat ein bequem aussehender Lehnsessel. Auf jedem Tisch hatte Silvia ein Menge Fotos aufgestellt – offensichtlich von ihrer Familie. Es gab keinerlei Hinweise auf Gustavo Gaston oder irgendein Mitglied der Familie Arango.

Silvia bat mich, auf dem Sofa Platz zu nehmen. Ich wartete ab, bis sie ihre übliche Routine abgeschlossen hatte – sie schaltete weitere Lichter an, zog die Rollos herunter, sah die Post durch. Mein Hals fühlte sich heiß und trocken an, und ich war ein wenig genervt, daß sie mir nichts zu trinken angeboten hatte.

Als sie schließlich alles erledigt hatte, war sie endlich in der Lage, sich zu entspannen. Ich war plötzlich verärgert, als würde es mir endgültig reichen, mir den ganzen Mist und all die Lügen in diesem Fall anzuhören.

»Wie ich Ihnen zuvor bereits sagte«, begann ich, »wurde ich zu diesem Fall hinzugezogen, um eine Ermittlung durchzuführen darüber, was sich am Samstag, den zweiten März, ereignet hat. Mein Job bestand darin, alles zusammenzutragen, was Alonso Arangos Version des Geschehens stützen würde.«

Sie lächelte mich sanft, geduldig an. Daß sie die Augen leicht zusammenkniff, war vielleicht der einzige Hinweis darauf, daß ich zu ihr durchdrang. Es war jene Art von Zucken, die einem unwillkürlich unterläuft, wenn man einen Schlag erwartet, seinem Widersacher aber nicht zeigen möchte, daß man Angst hat. Sie war offenbar nicht so zerbrechlich, wie ihre Größe und Statur vermuten ließen.

»Seit Beginn der Ermittlungen habe ich festgestellt, daß mich fast alle Beteiligten angelogen haben, auf die eine oder andere Weise«, fuhr ich fort.

»Was hat das mit mir zu tun?« fragte Silvia.

»Haben Sie jemals den Spruch gehört: ›Seinen Arzt und seinen Anwalt sollte man nie anlügen‹, Silvia?« Sie schüttelte den Kopf. »Das sind Leute, die helfen können – aber nur, solange sie wirklich wissen, was vor sich geht.«

Silvia zuckte die Schultern, nur andeutungsweise. »Als Teil meiner Ermittlungen mußte ich im persönlichen Leben aller, die bei Optima arbeiten, herumsuchen«, sagte ich und sah in diesem Moment, wie eine Vene an Silvias Hals anfing zu pulsieren. »Ich war überrascht, was ich über Sie herausgefunden habe, vor allem, weil Sie auf mich so ehrlich und aufrichtig gewirkt haben, als wir in meinem Büro miteinander gesprochen haben.«

Die Vene pulsierte wieder. Ich wollte nicht rachsüchtig sein, aber ich war es leid. Ich war diesen Fall leid, und ich war es leid, daß man mich dauernd anlog.

Silvia schlug ungeschickt die Beine übereinander und ver-

schränkte die Arme schützend vor ihrer Brust. Sie wußte, der Schlag würde erfolgen, und sie wollte vorbereitet sein. Ihr Blick ließ nicht von mir ab.
»Ich weiß über Ihre Verbindung zu Alonso Arango Bescheid.« Silvia verlagerte ihr Gewicht und schlug die Beine andersherum übereinander. »Weiß er, daß Gustavo Gaston der Vater Ihres kleinen Mädchens ist?«
Die Frage stand unbeantwortet zwischen uns im Raum. Was mich betraf, so hatte ich den ganzen Abend Zeit. Ich wünschte, ich hätte ein Glas Wasser haben können.
»Ist das für irgend jemanden von Bedeutung?« fragte Silvia.
»Das ist von großer Bedeutung«, erwiderte ich langsam.
»Warum?«
»Das gibt Alonso ein Motiv dafür, Gustavo umzubringen. Oder andersherum.«
Silvia sah mich wie durch einen Nebelschleier an. Ich bemerkte, daß ich sie gewissermaßen an der Hand nehmen mußte. »Eifersucht. Sie hatten eine Affäre mit Ihrem verheirateten Chef, und Gustavo hat dies herausbekommen. Vielleicht hat er versucht, Alonso zu erpressen, ihm gedroht, Isabel davon zu erzählen. Kommt Ihnen das irgendwie bekannt vor?«
Ich angelte, und Silvia biß an. »Wie haben Sie herausgefunden, daß Gustavo Alejandras Vater ist?« fragte sie. Ihre Stimme klang jetzt blechern. »Niemand weiß davon.«
Ich beschloß, daß der beste Weg, an Silvia heranzukommen, darin bestand, Informationen auszutauschen. »Ich habe die Geburtsurkunde gesehen«, erklärte ich.
Silvia sah mich an, als sei ich gerade aus einem Raumschiff herausgetreten. Ich bemerkte, daß sie innerlich den Kampf aufgegeben hatte.
Ich griff nach meiner Handtasche und zog die Fotos heraus, die ich in Margaritas Karton gefunden hatte. »Erzählen Sie.«
Silvia biß sich auf die Lippe. »Wo haben Sie die Fotos her?«
Ich verwarf meine Absicht, Informationen auszutauschen. »Sie antworten mir«, sagte ich.

»Ich habe sie gemacht, bevor Gaston ermordet wurde.«
Ich verzichtete darauf zu bemerken, daß dies offensichtlich der Wahrheit entsprach.
»Ich war ihm eines Tages gefolgt und habe die Fotos gemacht, als er sich mit Mariano getroffen hat.«
Das half mir nicht weiter. »Warum sind Sie ihm gefolgt?«
»Ich wollte einen Beweis dafür haben, daß er sich mit Mariano traf«, erklärte Silvia, als sei ich jetzt schwer von Begriff.
»Silvia, Sie müssen von vorne anfangen«, sagte ich. Sie sah mich skeptisch an, und ich merkte, daß ihre Halsstarrigkeit tief verwurzelt war. »Das ist die einzige Möglichkeit, Alonso zu helfen.«
Wieder dieser eisige Blick. Sie erhob sich vom Sofa und sagte ein wenig zu fröhlich: »Möchten Sie etwas trinken?«
»Ja«, antwortete ich. Es war, als habe sie endlich meine Gedanken gelesen. Mein Mund war so ausgetrocknet, daß ich mir mit der Zunge über die Lippen fuhr. »Irgend etwas Kaltes wäre prima.«
Silvia ging in die Küche; ich konnte sie von meinem Sofa aus beobachten und mich vergewissern, daß sie nur eine Erfrischung holte. Sie öffnete den Kühlschrank und nahm eine Dose Saft heraus. »Ist Ananas in Ordnung?«
Mir war alles recht, und ich sah zu, wie sie den Saft in ganz hübsche Kristallgläser goß. Dann öffnete sie eine Schublade. Ich hielt den Atem an – aber sie suchte lediglich nach den richtigen Servietten.
Dann kam sie mit einem kleinen Silbertablett zurück, auf dem sie die Servietten und die Gläser in perfekter Symmetrie angeordnet hatte. Wir nippten beide an unserem Glas und lächelten uns anerkennend an. Eine Anstandsdame wäre stolz auf uns gewesen.
Silvia schien wie verwandelt; sie wirkte entspannter. »Sagen Sie mir eines«, meinte sie. »Wo haben Sie die Fotos gefunden? Ich suche sie seit einiger Zeit.«
Zum Teufel. »Ich habe sie bei Margarita Vidals persönlicher Habe gefunden.«

»Margarita Vidal?« Silvia runzelte voller Erstaunen die Stirn.
»Die Innenarchitektin«, erklärte ich. »Sie hat das Haus der Arangos ausgestattet.«
»Stimmt!« Silvia schien zufriedengestellt, dieses kleine Rätsel aufgelöst zu haben. »Ich habe die Rechnungen bezahlt. MMV Interiors, richtig?«
»Sie war eine Freundin von mir.«
»War?« fragte Silvia. Sie sah meinen Gesichtsausdruck. »Oh, tut mir leid. Aber trotzdem, wie war sie an die Fotos gelangt?«
»Ich habe keine Ahnung«, sagte ich wahrheitsgemäß. »Ich hatte gehofft, ich könnte es von Ihnen erfahren.« Der Berufskodex der Privatdetektive empfahl, niemals Informationen herauszugeben, es sei denn, um im Gegenzug Informationen zu erhalten. An dieses Gebot hielt ich mich wirklich sehr genau – weil ich so wenig zu sagen hatte.
Silvia seufzte. »Ich sagte zu Alonso, daß wir von Anfang an die Wahrheit hätten sagen sollen«, meinte sie. »Aber er wollte nicht und hat mir verboten, irgend etwas darüber zu Ihnen zu sagen.«
Das war eine Überraschung. »Alonso hat Ihnen gesagt, Sie sollten Informationen vor mir zurückhalten?«
»Ja.«
*Na, prima.*
Ich lächelte aufmunternd und spürte den ersten scharfen Stich von Verspannungskopfschmerzen. »Nun, das können Sie ja jetzt wiedergutmachen.«
»Sie wissen wahrscheinlich auch über Gaston Bescheid? Wie er auf einem Floß hierherkam und was er in Kuba alles erreicht hat?« Ich bejahte; Silvia wirkte stolz. »Er versuchte, hier als Architekt zu arbeiten, aber er mußte feststellen, daß sein Diplom ungültig war. Er mußte Kurse belegen und Prüfungen schreiben – er sagte, es sei sehr kompliziert. Als er einen Job als Fahrer in der Miracle Mile annahm, sollte es nur für kurze Zeit sein. Aber je mehr Zeit verging, desto weniger Ehrgeiz besaß er, wieder als Architekt zu arbeiten.«

Silvia nippte vornehm an ihrem Saft. Ich hatte meinen bereits ausgetrunken. »Ich habe ihn kennengelernt, als wir beide im selben Laden arbeiteten«, fuhr sie fort. »Ich habe Teilzeit gearbeitet, er war Fahrer. Damals hat er versprochen, er werde in seinen Beruf zurückkehren. Ich habe ihm geglaubt.«
Ich hörte den Treubruch in ihrer Stimme. »Sie können sich vorstellen, was passiert ist«, sagte sie. »Ich habe mich verliebt und bin schwanger geworden. Er machte keine Anstalten, mich zu heiraten. Eine Abtreibung kam für mich nicht in Frage. So bekam ich Alejandra und ließ Gustavo in die Geburtsurkunde eintragen, weil ich es nicht aushalten konnte, den Platz unausgefüllt zu lassen. Ich wußte bereits damals, daß er mich und das Kind nicht unterstützen würde.«
»Es tut mir leid, das zu hören«, sagte ich. Silvia schien für einen Augenblick ganz gefaßt zu sein, dann rollte eine Träne über ihre Wange. Sie griff nach einer Schachtel mit Taschentüchern und zog sich eine ganze Handvoll heraus. Für eine so zierliche Frau klang das Schneuzen erstaunlich laut und tat meinen Ohren geradezu weh. Es klang wie ein Nebelhorn, das ich einmal in San Francisco gehört hatte.
Silvia hielt die Tränen zurück; ich spürte, daß sie sich schämte, vor mir die Haltung zu verlieren. »Meine Eltern waren wunderbar, sie haben mir mit Alejandra geholfen«, sagte sie. »Und als Alonso mir den Vollzeitjob bei Optima angeboten hat, war ich so glücklich. Ich konnte uns finanziell durchbringen, verstehen Sie, und ich mußte mir nicht mehr dauernd Sorgen machen.«
»Aber wann –« setzte ich an.
»Ich habe zwei Jahre lang dort gearbeitet, bevor irgend etwas zwischen uns passiert ist«, unterbrach sie mich.
»Und weiß Alonso, wer Alejandras Vater ist?«
»Niemand weiß davon«, erwiderte Silvia. »Er glaubt, daß der Vater jemand war, den ich eines Abends in einer Bar kennengelernt habe, als ich zuviel getrunken hatte. Ein dummer Fehler.«
Ich war davon ausgegangen, daß Silvia ein kompliziertes Le-

ben führte, aber das war mehr, als ich mir vorgestellt hatte.
»Was war mit Gustavo und Mariano?«
»Manchmal ging ich zu Gustavo, um ihn zu besuchen«, antwortete sie und lachte leise auf. »Er war ein Bastard, was Alejandra betraf, aber er konnte auch nett sein. Und für mich war es wichtig, daß er niemandem erzählte, daß er der Vater war. Einmal ging ich ihn besuchen und hörte bereits von draußen, wie er mit jemandem telefonierte. Er brüllte jemanden am Telefon an, der Mariano hieß. Der einzige Mariano, den ich kannte, war Mariano Arango, also lauschte ich eine Weile.«
Für einen Augenblick zog ich in Erwägung, Silvia zu fragen, ob sie sich einmal überlegt habe, als Privatdetektivin einzusteigen. Sie war nicht schlecht. »Der Name Isabel Arango fiel ein paarmal«, fuhr sie fort. »Dann willigte Gustavo ein, sich zu einer bestimmten Zeit an einem bestimmten Ort zu treffen. Ich hatte keine Ahnung, warum. Ich ging hin, und aus irgendeinem Grund nahm ich meine Kamera mit. Ich glaube, ich wollte einen Beweis, für den Fall, daß irgend etwas Schlimmes passierte. Gustavo hatte am Telefon ziemlich verärgert geklungen.«
An ihren Methoden war nichts auszusetzen. »Was haben Sie denn Schlimmes erwartet?«
»Ich weiß nicht«, sagte Silvia. »Ich machte mir Sorgen, als Isabels Name fiel.«
»Sie sind ihnen also gefolgt«, sagte ich und stellte mir ihre Ermittlungsarbeit vor. »Ich gehe davon aus, daß man Sie nicht gesehen hat.« Fast hätte ich von »auffliegen« gesprochen.
»Nein. Aber ich konnte nicht nahe genug hingehen, um alles verstehen zu können, worüber sie geredet haben.« Silvia atmete tief durch. »Aber ich habe gehört, daß Gustavo Isabel kannte – und er sagte, er habe eine Affäre mit ihr. Mariano schrie Gustavo an, nannte ihn einen Lügner, behauptete, seine Mutter würde sich nie mit Abschaum wie ihm abgeben.«

Ich erinnerte mich an Marianos Abscheu, als ich Gustavo erwähnt hatte. »Ich hatte Angst, daß Gustavo Mariano erzählen würde, er sei der Vater von Alejandra«, sagte Silvia. »Ich weiß nicht, was Gustavo wollte, vielleicht Geld, um weiterhin den Mund zu halten. Sie waren nicht lange dort, und Mariano war wütend.«

»Was haben Sie mit den Fotos gemacht?« fragte ich.

Silvia antwortete sofort. »Ich nahm sie mit in mein Büro bei Optima und klebte sie an die Unterseite meiner Schreibtischschublade. Das habe ich im Fernsehen gesehen.«

Arme Silvia. Sie wußte nicht, daß man diese Stelle als erstes nach versteckten Papieren absuchte. Aber ich begriff immer noch nicht, wie sie in Margaritas Hände gelangt waren. »Wann haben Sie bemerkt, daß sie verschwunden waren?«

»Am Tag, an dem der Mord passiert ist. Als Gustavo tot war, wußte ich, daß diese Fotos wichtig werden würden – ich wußte nicht genau, warum, aber ich war mir sicher«, antwortete Silvia mit ernstem Gesicht. »Ich rechnete damit, daß die Polizei meine Sachen im Laden durchsuchen und die Fotos wahrscheinlich finden würde.«

Die Frau hatte eindeutig zu viele Krimis gesehen, in denen sich auf der Polizeiwache Informanten und Detectives mit strahlenden Augen tummelten. Aber dann fiel mir etwas ein. »Hatte sich in Ihrem Büro im Verlauf der vergangenen Monate etwas verändert?« fragte ich. »Möbel, Teppiche, irgend etwas?«

Silvia dachte eine Weile nach. »Die Teppiche«, antwortete sie schließlich. »Wir hatten Teppiche, aber irgendwann hat Isabel Teppichböden bestellt. Sie sagte, dadurch wirke der Laden größer.«

»Sie bezahlen die Rechnungen«, meinte ich. »Wer hat die Teppichböden bestellt?«

Silvia erriet meinen Gedankengang. »MMV Interiors.«

»Waren Sie da, als die Teppiche verlegt wurden?«

»Nein. Ja.« Sie runzelte die Stirn, schien verärgert, daß sie sich nicht sofort erinnern konnte. »Warten Sie. Ich war eine Zeitlang da, aber es mußten alle Möbel aus meinem Büro ausgeräumt werden, um den Teppich verlegen zu können. Ich konnte nicht arbeiten, denn auch mein Schreibtisch war hinausgetragen worden.«

»Hat man die Schubladen herausgezogen, bevor der Tisch hinausgetragen wurde?« fragte ich.

»Ja.« Sie war jetzt ganz bei der Sache. »Ich könnte mir denken, daß sich die Fotos gelöst haben. Alonso junior kam, um beim Tragen zu helfen. Alonso senior hatte alle drei Jungs gebeten zu helfen, aber nur Alonso junior war gekommen.«

Treffer. Jetzt konnte ich es vor mir sehen. Alonso junior hatte den Umschlag entdeckt und ihn geöffnet. Er sah Fotos von seinem jüngsten Bruder, der auf einem Parkplatz mit einem Fremden sprach. Wahrscheinlich gab er die Fotos zur Aufbewahrung Margarita, bis er herausfinden könnte, was hier vor sich ging – und warum sie an die Schreibtischschublade der Buchhalterin seines Vaters geklebt waren.

Und vielleicht hatte mir Margarita darüber berichten wollen, bevor sie starb – daß sie die Fotos gesehen hatte und daß Alonso sich Gedanken darum machte. Als sie hörte, daß ein Mord geschehen war, ahnte sie möglicherweise, daß diese Fotos eine Rolle spielen könnten. Offenbar wußte sie, daß diese Fotos wichtig waren, sonst hätte sie sie nicht bei ihren privaten Dingen verstaut.

Es gab eine Menge Vermutungen bei dieser Hypothese, aber es war die einzige Version, die einen Sinn ergab. Was mich überraschte, war, daß Alonso nichts davon erzählt hatte – ich hatte geglaubt, wir hätten ein gutes Verhältnis zueinander. Vielleicht wollte er seinen Bruder schützen. Vielleicht hatte er vergessen, wie Gustavo auf diesen Fotos ausgesehen hatte, und zwischen ihm und dem Mann, der von seinem Vater umgebracht worden war, einfach keine Verbindung hergestellt.

Silvia beobachtete mich erwartungsvoll, als erwartete sie, daß ich Perlen der Weisheit vor ihr ausspuckte. Aber wir waren noch nicht am Ende angelangt, dessen war ich mir sicher.

»Was war nun wirklich an diesem Samstag morgen passiert?«

fragte ich. »Solange ich nicht genau Bescheid weiß, kann ich Alonso nicht helfen.«
Sie saß stocksteif da und blitzte mich überraschend wütend an. »Bezichtigen Sie mich der Lüge?«
Ich hätte lachen können; statt dessen wurden meine Kopfschmerzen stärker. Silvia hatte mich angelogen, was ihre Bekanntschaft mit Gustavo betraf, sie hatte Alonso angelogen, was die Vaterschaft ihres Kindes anging, und sie hatte mir erzählt, Alonso habe ihr befohlen, sie solle mir nicht die Wahrheit sagen. Es gab keinen Grund für mich, sie irgendeiner Sache zu bezichtigen.
»Lassen Sie uns mit dem Messer beginnen«, schlug ich vor. »Es wurde am Tatort kein Messer gefunden. Zwei Wochen später steckte ein ähnliches Messer in Reina Sotolongos Brust. Und warum hat Alonso so viele Schüsse auf Gustavo abgegeben? Ein oder zwei Schüsse aus diesem Geschütz hätten einen Büffel zu Fall gebracht.«
Silvia wandte sich mit einer koketten Drehung ihres Kinns von mir ab. »Sieht nach einem Mord aus Leidenschaft aus, Silvia«, fuhr ich fort. »Ich bin nicht die einzige, die so denkt. Und der Fall Alonso wird von einer Richterin angehört werden, die damit vertraut ist, Leute auf den elektrischen Stuhl zu schicken.«
Andeutungsweise fragte ich mich, was Silvias Eltern wohl denken würden; wir sprachen schon geraume Zeit miteinander. Ich wollte schon mit Geschichten über Sparky Markcy loslegen, als sich Silvia wieder mir zuwandte, ihr Gesicht war gerötet.
»Ich habe Gustavo getötet«, platzte sie heraus. »Ich bin früher von der Post zurückgekommen, als ich angegeben habe, und ich war in meinem Büro, als Gustavo hereinkam. Ich hatte das Messer in der Hand, weil ich gerade den Karton einer Materialsendung aufschnitt, der mit einem festen Band verklebt war. »Es gab ein Messer. Aber ich hatte es, nicht Gustavo.«
Ich mußte ziemlich lächerlich gewirkt haben. Ich versuchte,

keine Reaktion zu zeigen – immerhin hatte Silvia gerade einen Mord gestanden, aber ich spürte, wie meine Mundwinkel zuckten. Ich hatte mich von Silvia ferngehalten, war auf Abwegen umhergeirrt. Und die Antwort lag die ganze Zeit über bei ihr.

»Ich habe Stimmen im hinteren Teil des Ladens gehört«, fuhr sie mit schaurig ruhiger Stimme fort. »Es waren Gustavo und Alonso. Ich dachte, mir würde das Herz stehenbleiben, aber er sagte nichts über mich. Er ... Ich wußte, daß er Alonso erzählen würde, daß er und Isabel eine Affäre hatten. Aber er kam nicht mehr dazu. Es hätte Alonso umgebracht.«

»Warum?« fragte ich. »Immerhin hatte Alonso eine Affäre mit Ihnen.« Aber ich wußte, worauf sie hinaus wollte. Es gibt in kubanischen Ehen eine Art doppelten Moralkodex – dem Ehemann ist es erlaubt, sich herumzutreiben, während die Ehefrau treu zu bleiben hat. Das hatte ich unzählige Male erlebt.

»Wegen ihrer Vereinbarung«, sagte Silvia.

»Welcher Vereinbarung?«

Silvia beugte sich nach vorne und senkte die Stimme. »Vor Jahren hatte Isabel aufgehört, ihren ehelichen Pflichten nachzukommen. Sie wollte weiterhin verheiratet bleiben, aber die körperliche Beziehung abbrechen. Alonso war sehr enttäuscht, denn er liebte seine Frau von ganzem Herzen.«

Ich konnte es nicht fassen. Silvia, die schmale, zierliche Silvia, sprach so unbeschwert, als befänden wir uns bei einem Picknick. »Er machte ihr einen Vorschlag«, erzählte sie weiter. »Sie würden verheiratet bleiben. Er würde für all ihre Ausgaben aufkommen, einschließlich der Unterstützung ihrer nichtsnutzigen Verwandten – aber im Gegenzug würde sie sich verpflichten, sich keinen Liebhaber zu nehmen. Und so war das auch, bis Gustavo ihr über den Weg lief.«

Ich spürte, wie pochender Schmerz in meine Schläfen kroch. Aber es war nicht der richtige Zeitpunkt, um nach einem Aspirin zu fragen. »Zu wissen, daß Isabel ihr Versprechen nicht gehalten hatte, hätte Alonso umgebracht«, fuhr Silvia

fort. »Ich denke nicht viel darüber nach, daß ich Gustavo umgebracht habe. Denn Alonsos Leben habe ich gerettet.«
Ich hatte in meinem Leben eine ganze Menge rationale Erklärungen gehört und auch selbst ein paar davon abgegeben, aber diese hier war die beste. Unglücklicherweise würde sich Sparky Markey einen Teufel darum scheren.
»Ich hatte nicht die Absicht, das Messer zu verwenden«, sagte Silvia. Ich fragte mich, ob sie ihre Geschichte bereits für die Polizei aufbereitete. »Ich wollte ihm nur einen Schrekken einjagen, aber er hatte keine Angst und kam auf mich zu. Das war der Moment, in dem Alonso zu der Waffe unter dem Tisch griff.«
»Um Sie zu schützen?« hakte ich nach.
»Ja, um mich zu schützen.« Sie atmete jetzt schneller, durchlebte alles noch einmal. »Aber ich war zuerst da. Ich warf das Messer zu Boden und packte die Waffe. Gustavo schien noch nicht einmal jetzt Angst zu haben. Dann fing er wieder an zu reden. Ich weiß nicht, was er sagte, ich konnte nichts hören, aber das war der Augenblick, in dem ich ihn erschoß. Ich schoß auf ihn, noch einmal und noch einmal.«
Silvia sah mich trotzig an. Diese Geschichte würde vor Gericht nicht gut ankommen. Und ich fühlte mich schrecklich. Silvia bemerkte dies nicht, aber als sie zugab, Gustavo erschossen zu haben, war ich nicht länger auf ihrer Seite – das heißt, wenn ich je auf ihrer Seite war. Silvias Geständnis war in meinen Augen der Entlassungsschein für Alonso aus dem Gefängnis und das Ende meiner Ermittlungen für Tommy.
»Warum hat Alonso die Verantwortung für die Schüsse übernommen?« fragte ich.
»Wir waren einen Augenblick lang allein, bevor die anderen hereingerannt kamen, um zu sehen, was passiert war«, erklärte Silvia. »Alonso dachte sich die Geschichte aus, und ich habe mitgezogen. Alonso hat den Lauf der Waffe abgewischt und seine eigenen Fingerabdrücke hinterlassen. Er rieb mit dem Lauf sogar über seine Hand, damit man dort

Schmauchspuren fände. Er sagte mir immer wieder, ich solle mir keine Sorgen machen, weil man ihn laufenlassen würde, wenn er behauptete, er habe aus Notwehr gehandelt.«

»Hat er Sie nicht gefragt, warum Sie Gustavo erschossen haben?«

Silvia schüttelte den Kopf und starrte in ihr leeres Glas. »Ich glaube, das wollte er gar nicht wissen«, sagte sie. »Er hatte einen Verdacht, aber er wollte es nicht wissen. Er denkt, ich hätte Panik bekommen; zumindest hat er mir das gesagt.«

»Und was ist mit dem Messer geschehen?« Ich war so gut wie überzeugt, daß es in Reina Sotolongos Brust gelandet war – aber ich wußte nicht, wie es dorthin gekommen war.

»Ich weiß es nicht«, antwortete Silvia. Sie sah zum Fenster hinaus. »Ich habe das Messer zum letzten Mal gesehen, als ich es weggeworfen habe, nach hinten, in die Nähe der Kammertür.«

Die Putzkammer. Ich wurde hellhörig.

»Oh, Lupe«, sagte Silvia und begann zu weinen, sie bemühte sich nicht länger, die Tränen zurückzuhalten. »Alles ist so durcheinander. Was wird jetzt geschehen? Werden Sie mit der Polizei sprechen?«

Sie schien dies allen Ernstes nicht im voraus bedacht zu haben. »Nein, das werde ich nicht«, sagte ich. »In Florida ist ein solches Gespräch von Rechts wegen vertraulich. Aber ich muß mit Alonsos Anwalt, Thomas McDonald, darüber sprechen.«

Was ich ihr sagte, entsprach der Wahrheit. Sie war in größten Schwierigkeiten, und das wußten wir beide. Und ich wußte, daß Silvias Geständnis Alonso vom Mordverdacht befreien würde, aber er könnte noch immer als Mittäter verklagt werden.

Es war jetzt fast acht Uhr, und in dieser Gegend wurde es am frühen Abend bereits ruhig. »Ihre Eltern müssen sich wundern, was mit Ihnen geschehen ist«, sagte ich und versuchte zu lächeln.

Silvia stützte ihren Kopf in die Hände. Sie schien mich nicht gehört zu haben. Ich saß da und wartete, bis ihr Schluchzen verebbt war.

In dem ganzen Fall lag eine gewisse Ironie. Als Alonsos Ermittlerin hatte ich genau die Fakten offengelegt, die er zu verbergen versuchte – und genau diese Fakten würden ihn zum gegenwärtigen Zeitpunkt aus dem Gefängnis bringen.

Ich erhob mich und legte eine Hand auf Silvias Schulter. Ich sagte ihr, daß ich jetzt gehen würde. Sie befand sich noch immer in ihrer eigenen Welt. Ich konnte Silvia nicht verurteilen, und ich konnte nicht so tun, als würde ich alles verstehen, was sie mitgemacht hatte. Mir blieb nur eines: Ich mußte meinen Job abschließen. Am nächsten Morgen würde ich all diese Probleme in Tommys Schoß legen.

Allerdings gab es noch immer ein eklatantes Problem. Wer hatte Reina Sotolongo umgebracht und warum?

Ich ging allein hinaus. Im Haus von Silvias Eltern sah ich ein kleines Mädchen am Fenster stehen, das mich beobachtete, wie ich in den Wagen stieg. Sie sah Silvia sehr ähnlich.

# 35

Ich weckte Tommy mit meinem Telefonanruf am nächsten Morgen sehr früh auf. Ich sagte ihm, daß ich in ein paar Stunden bei ihm Büro vorbeikäme und daß es extrem wichtig sei. So drückte ich mich nur selten aus, und obwohl er noch halb schlief, hörte ich die Neugierde in seiner Stimme. Ich wollte nach dem Gespräch mit Silvia nicht allein sein und hatte deshalb nicht in meiner Wohnung übernachtet, sondern war zum Schlafen nach Cocoplum gefahren. Ich hatte schlecht geschlafen; spät in der Nacht hatte ein heftiger Sturm gewütet, und meine Träume wurden von einem Alptraum darüber abgeschlossen, was mit Silvia in einer Frauenvollzugsanstalt geschehen würde. Danach gab ich jeglichen Versuch auf, schlafen zu wollen, und ging hinaus auf die Terrasse. In der frühen, noch kühlen Dämmerung sprang ich ins Schwimmbecken und schwamm Bahnen, bis sich meine Arme anfühlten, als fielen sie gleich ab.

Dann ging ich in die Küche und bereitete mir gerade selbst einen doppelten kubanischen Espresso mit geschäumter Milch – Vollfettstufe, keine Magermilch –, als Aida hereinkam. Sie fiel fast in Ohnmacht, so sehr erschrak sie darüber, daß ich vor ihr putzmunter war und im nassen Badeanzug dastand. Seit meinen Collegezeiten war ich zu Hause nicht mehr so früh auf den Beinen gewesen und auch damals nur, wenn ich die ganze Nacht durchgemacht hatte, in der Regel mit Margarita zusammen. Ich war noch nie eine Frühaufsteherin gewesen.

»Mach bloß keinen Lärm, ich will nicht, daß du Papa aufweckst«, warnte mich Aida und legte einen Finger über ihre Lippen. »Er war gestern abend bei einer dieser Versammlungen für die Befreiung Kubas. Er hat zuviel Rum getrunken und ist eingeschlafen, während er die kubanische Nationalhymne hörte, immer und immer wieder. Osvaldo mußte ihn ins Bett tragen.«

Ich dachte an den zarten alten Osvaldo. »Ich bin erstaunt, daß Osvaldo in der Lage war, Papa zu tragen.«

»Es hat ihn fast umgebracht!« schimpfte Aida. »Dein Vater ist nicht leicht, weißt du.«

Aida plapperte vor sich hin, während sie mit ihrer allmorgendlichen Küchenarbeit begann. Ich hörte nur mit einem Ohr zu, wie gewöhnlich. Ich nippte an meinem Espresso und blätterte die Zeitung vom Vortag durch. Bald schon machte sich der Geruch von frischem kubanischem Brot in der Küche breit. Sobald Aida den Laib aus dem Ofen nahm, brach ich mir einen großen Bissen davon herunter, schmierte eine dicke Schicht Butter darauf und steckte mir das ganze Ding in den Mund. Den nächsten Bissen tauchte ich in einen vollen Becher mit kubanischem *café con leche*, den Aida für mich gekocht hatte. Ich aß die ganze tropfende Manscherei auf einmal und beobachtete, wie das Fett auf der Oberfläche meines Kaffees trieb. Für Amerikaner mag das abstoßend sein, aber es war die einzige Art, über ein kubanisches Frühstück herzufallen – mit großem Genuß nämlich.

Mit dem Frühstück fühlte ich mich augenblicklich besser. Ich küßte Aida auf die Wange, dankte ihr und ging hinauf, um zu duschen. Ich hatte immer ein etwas schlechtes Gewissen, weil ich nicht mehr Zeit mit Aida und Osvaldo zubrachte. Nachdem Mama gestorben war, hatten die beiden die Familie zusammengehalten, indem sie sich um das alltägliche Leben gekümmert hatten, obwohl sie Mama fast genauso gemocht hatten wie wir und sie fast genauso vermißten.

Ich wollte mir etwas anziehen, was zu Tommys Büro paßte. Meine Wahl fiel deshalb auf ein gesetztes, zweiteiliges khakifarbenes Baumwollkostüm mit einem engen, ärmellosen schwarzen T-Shirt darunter. Schwarze, an den Zehen offene Ledersandalen schufen den Ausgleich. Das nannte man »Power«-Kleidung.

Ich mußte noch einen Zwischenstopp einlegen, bevor ich mit Tommy sprechen konnte. Ich wollte Alonso junior zu den Fotos befragen, die ich bei Margaritas Sachen gefunden hatte. Im wesentlichen wollte ich meine Theorie darüber bestätigt sehen, wie sie zu ihr gelangt waren – und herausfinden, warum Alonso nie etwas mit ihnen angefangen und sie mir gegenüber auch nicht erwähnt hatte.

Ich rief ihn zu Hause an, aber niemand war da. Ich hinterließ eine Nachricht auf dem Anrufbeantworter und ging davon aus, daß ich ihn in Dinner Key bei AAA Lines finden würde. Er schien zu der Sorte Mann zu gehören, die früh zur Arbeit ging. Ich rief im Büro an, aber auch dort war niemand. Aber ich dachte, er könnte jederzeit auf einem seiner Boote sein oder unterwegs zur Arbeit.

Ich raste nach Dinner Key hinüber und war erleichtert, Alonsos roten Camaro auf seinem üblichen Parkplatz unter einem Flamboyantbaum stehen zu sehen. Ich fuhr auf den Besucherparkplatz gleich daneben. Als ich ausstieg, bemerkte ich, daß der Wagen mit einer ganzen Menge Blätter und Blüten bedeckt war, als stünde er dort schon eine Zeitlang. Das war merkwürdig. Ich hätte gedacht, daß Alonso seinen Wagen tadellos pflegte, und zuvor war dem auch so gewesen.

Als ich zu seinem Büro hinüberging, fiel mir der Sturm der vergangenen Nacht wieder ein. Es hatte viel geregnet und ordentlich gestürmt. Das war der Moment, in dem mein Herz zu rasen anfing. Es schien so, als habe Alonsos Wagen die ganze Nacht über da gestanden.

Ich klopfte an die Tür von AAA Lines. Keine Reaktion. Ich schlug nicht länger dagegen, weil ich befürchtete, die Alarmanlage könnte losgehen. Ich ging ums Haus herum und sah durch die Fenster, was schwierig war, weil sie über Kopfhöhe lagen. Es gab nichts, woran ich mich hätte festhalten können, um hochzuklettern. Ich konnte also lediglich hochspringen, um hineinzuschauen. In diesem Moment fuhr ein Auto auf den Parkplatz, und eine junge Frau stieg aus.

Sie wirkte besorgt. »Kann ich Ihnen irgendwie behilflich

sein?« fragte sie. Sie konnte nicht älter als achtzehn sein. Und ich war sicher, daß ich in ihren Augen ein wenig verrückt wirkte und vielleicht auch ein wenig unheimlich. Ich meine, ich sah nicht unbedingt aus wie der typische Einbrecher, aber wie es in den Touristenanzeigen vor einigen Jahren geheißen hatte: »Miami, hier gelten andere Regeln.«

Ich versuchte, harmlos zu wirken. »Ja. Ich suche nach dem Herrn, dem AAA Lines gehört.«

»Sie meinen Alonso? Er muß hier irgendwo sein. Das ist sein Wagen.« Sie zeigte auf den roten Camaro.

»Ja, ja, ich weiß.« Ich versuchte, ruhig zu bleiben. Vielleicht hatte sie einen Schlüssel für sein Büro. »Arbeiten Sie hier?«

»Ich arbeite nebenan, bei Miami Marine Underwriters, der Versicherungsagentur.« Sie ging an mir vorbei zur Eingangstür. »Ich arbeite seit drei Monaten als Zeitsekretärin hier. Ich habe keine Schlüssel, aber Bill, mein Chef, hat welche.« Sie mußte bemerkt haben, wie besorgt ich war. »Sie können hereinkommen und ihn fragen, wenn Sie wollen.«

Das mußte sie mir nicht zweimal sagen. Ich folgte ihr hinein, stellte fest, daß sie in ihrem schwarzen Stretchrock aus Mikrofaser und dem kurzen Oberteil ziemlich sexy aussah. Ich hoffte, sie würde nichts fallen lassen, denn wenn sie sich bückte, würde hier ein Aufruhr losgehen. Wer auch immer Bill war, er würde sie sicherlich vermissen, wenn sie nicht mehr seine Zeitsekretärin wäre – das heißt, natürlich nur, wenn er ein Herz hatte.

Sie nannte mir ihren Namen – Melissa – und stellte mich Bill vor. Bill war ungefähr vierzig, hatte ein pinkfarbenes Gesicht, sandfarbene Haare und den Ansatz eines Bauches unter seinem meergrünen Polohemd. Er hatte tatsächlich ein Herz; ich bemerkte, wie seine Augen zu schielen begannen, weil sie entscheiden mußten, ob er sich meine Beine oder Melissas Hintern ansehen sollte. Ich erzählte Bill, daß ich auf der Suche nach Alonso sei, dann von meiner Beobachtung mit dem Camaro und von den unerwiderten Anrufen.

Ich wußte genau, daß Bill dachte, ich mache aus einer Mücke

einen Elefanten, aber er begleitete mich in die Eingangshalle hinaus und schloß Alonsos Büro auf. Er kannte den Kode, um die Alarmanlage auszuschalten.

Bei AAA Lines war niemand zu sehen, und mir schien es, als sei an diesem Tag überhaupt noch niemand dagewesen. Die Luft war stickig und verbraucht, die Fenster waren alle geschlossen. Aber alles schien an seinem Platz zu sein, und es gab keine Anzeichen für einen Einbruch oder Diebstahl.

Dann aber entdeckte ich Alonsos Aktenmappe, die gegen einen Stuhl hinter seinem Schreibtisch lehnte. Das war nun wirklich ein Grund, in Panik zu geraten. Irgend etwas stimmte hier überhaupt nicht.

Etwas von meiner Sorge schien sich auf Bill zu übertragen, und er fing an herumzulaufen, als suchte er nach Hinweisen. »Alonso nimmt seine Aktenmappe immer mit, wenn er geht«, sagte er. »Aber sein Wagen steht draußen. Er muß irgendwo sein, glauben Sie nicht?«

»Lassen Sie uns draußen nachsehen«, sagte ich. Bill folgte mir, hinter ihm Melissa. Ich ging zur Hintertür hinaus, zu den Docks, wo die Boote nebeneinander an Trockendocks und drei Molen festgemacht waren.

Es wehte ein kräftiger Wind, der die morgendliche Ruhe störte, aber es war niemand da. Bill zuckte die Schultern, offensichtlich froh, aufgeben und zurück in sein warmes, trockenes Büro gehen zu können. Er wollte schon gehen, bemerkte aber, daß ihm Melissa im Weg stand.

»Wir können nicht einfach aufgeben, Bill«, sagte sie. »Dieser Mann ist offensichtlich verschwunden! Wir müssen ihn suchen.«

Ich hätte sie küssen können. Ich mußte mir unbedingt den Namen der Zeitarbeitsfirma geben lassen, bei der sie angestellt war, für den Fall, daß Leonardo bei irgendeiner esoterischen Behandlung abhob, um in Kontakt mit seinem inneren Kind zu kommen.

Ich wollte jemanden um mich haben, und ich wußte, Bill würde vor Melissa nicht das Gesicht verlieren wollen. Ich konnte seine Gedanken lesen: Er könnte vielleicht sogar einige Punkte machen, wenn er derjenige wäre, der Alonso fände. »Natürlich nicht«, räumte er ein. »Ich wollte nur den Parkplatz absuchen.«

Von der Stelle aus, wo wir standen, war der Parkplatz gar nicht zu sehen, aber ich beklagte mich nicht. Wir teilten uns; Bill übernahm die nördliche Mole, Melissa die mittlere und ich den südlichen Teil. An den Trockendocks waren bestimmt zwanzig Boote gelagert, keines davon länger als ungefähr zehn Meter. Ich wollte gerade in ein Mako hineinschauen, als ich von der mittleren Mole einen erschütternden Schrei hörte. Melissa kam herausgerannt, zeigte dorthin, wo sie gerade eben noch war.

»Dort ist er!« schrie sie. »Er blutet!«

Bill und ich kamen beide gleichzeitig bei dem Boot an. Es war eine Cigarette, ein schnittiges Rennboot. Ich kletterte hinein und sah Alonso am Boden kauern.

»Ist er tot?« brüllte Melissa in mein Ohr. »Lebt er?«

Ich zuckte vor Schmerz zusammen; die Lautstärke ihrer Stimme ließ mich fast das Gleichgewicht verlieren. »Ruf den Notarzt«, sagte ich. »Er ist noch am Leben. Schnell!«

Melissa lief zum Bürogebäude zurück, und Bill beugte sich über mich, verunsichert, was zu tun sei. »Der Puls ist noch zu spüren«, teilte ich ihm mit. »Allerdings nicht stark, aber etwas fühle ich.«

Alonso sah viel zu blaß aus. »Alonso, können Sie mich hören?« fragte ich. »Ich bin es, Lupe. Es wird schon alles gut.« Keine Reaktion. Ich schüttelte ihn sanft. »Alonso, können Sie mich hören?«

Während wir warteten, bemerkte ich, daß das Blut aus einer Wunde oben an der Stirn drang. Sie sah nicht wie eine Schußverletzung aus, und ich nahm an, daß er mit etwas Schwerem geschlagen worden war. Ich sah mich im Boot nach möglichen Waffen um, aber es war nichts zu entdecken. Ich wußte, daß die Polizei, wenn sie kam, das Boot als Tatort absperren und es für Zivilisten unzugänglich machen würde. Dieser

Moment war also meine einzige Chance, mich umzusehen. Aber ich wußte auch, daß ich mich um Alonso kümmern mußte. Bill war keine große Hilfe. Sein Drang, den Helden zu mimen, schien mit Melissa verschwunden zu sein.

Bald schon hörte ich die Sirenen. Einige Momente später kamen drei Sanitäter um das Gebäude herum, gefolgt von Melissa. Sobald sie das Boot erreicht hatten, übernahmen sie Alonso.

Sie überprüften die Lebenszeichen, hoben ihn auf eine Bahre und trugen ihn davon. Als sie vom Parkplatz herunterfuhren, begegneten sie gerade noch der Polizei, die in großem Aufgebot anrückte. Ich gab dem verantwortlichen Officer eine kurze Aussage zu Protokoll.

Viel konnte ich ihm nicht sagen: Ich war gekommen, um nach Alonso zu schauen, wurde argwöhnisch, als ich sein Auto auf dem Parkplatz sah, und begann, mich umzusehen. Auf seinen Vater kam ich gar nicht zu sprechen – ich war mir sicher, der Officer verzichtete gerne auf Kopfschmerzen, die er vor lauter Verwirrung bekommen hätte. Melissa und Bill erzählten ihm das gleiche. Nachdem wir unsere Namen und Adressen angegeben hatten, war es uns gestattet zu gehen. So eine Geschichte war in Miami nichts Außergewöhnliches.

Ich erreichte meinen Mercedes gerade in dem Augenblick, als die Polizei begann, das Areal abzusperren. Über mein Handy rief ich bei Isabel an, sprach mit dem Hausmädchen. Ich schilderte ihr die Situation mit Alonso junior und teilte mit, daß er ins Mercy Hospital gekommen sei.

Es dauerte einige Minuten, bis ich wieder Fassung gewonnen hatte. Was Alonso zugestoßen war, war kein für Coconut Grove normaler Überfall. Er hatte mit dem Fall oder, Gott bewahre, mit Margarita zu tun. Ich haßte den Gedanken, daß ich möglicherweise irgendwie für den Vorfall verantwortlich war.

Ich fuhr langsam in Richtung Norden ins Zentrum der Stadt, zu erschüttert, um einen Strafzettel wegen Geschwindigkeitsübertretung zu riskieren. Tommy erwartete mich bereits, als ich in sein Büro kam. Ich hatte das Gefühl, als befände ich mich in einem Traum.

»Lupe, jemine, was ist los?« fragte Tommy und erhob sich. »Du siehst ja schrecklich aus.«

»Kein Wunder«, erwiderte ich und ließ mich erschöpft aufs Sofa fallen. »Du hast keine Ahnung, was ich in den vergangenen Tagen mitgemacht habe.«

Tommy setzte sich neben mich und hielt meine Hand. »Erzähl es mir.«

Ich schilderte ihm den größten Teil: von den Schlüsseln auf dem Dach meines Autos, von dem Gespräch mit Silvia am Abend zuvor, von Alonso, den wir in dem Boot gefunden hatten. Tommy ließ mich zu Ende erzählen, nickte und hörte zu. Ich legte mich aufs Sofa; ich wußte nicht, was mich mehr Kraft gekostet hatte, die Erfahrungen an sich oder davon erzählt zu haben.

»Das verändert alles«, sagte Tommy nachdenklich. Er ging zu dem Humidor, der auf seinem Schreibtisch stand, und nahm sich eine Zigarre heraus. Bald schon erfüllte der süße Duft einer Montecristo No. 1 den Raum. Das Embargo machte auf Tommy keinen Eindruck.

»Was wirst du jetzt tun?« fragte ich.

»Naheliegenderweise besteht der erste Schritt unserer neuen Strategie darin, Alonso so schnell wie möglich aus dem Gefängnis zu holen.« Tommy blies einen großen Ring. »Ich werde ihm erzählen müssen, was du herausgefunden hast. Wenn er zustimmt, dann werde ich einen Dringlichkeitsantrag auf Verfahrenseinstellung an Sparky Markey richten. Oder zumindest darauf, die Anklage in Teilen zurückzunehmen.«

»Möglicherweise möchte er da gar nicht mitziehen«, sagte ich matt. »Laut Silvia hat er sich diese ganze Lüge ausgedacht, um sie zu schützen.«

»Bald sechzig Tage im Stockade haben seine Gefühle vielleicht verändert«, wandte Tommy ein. »Das und die Tatsache, daß sein Sohn im Krankenhaus liegt.«

Sollte Tommy es ruhig auf diese pragmatische Weise versuchen. Ich war mir nicht so sicher. Ich wußte, daß Alonso senior ein Kubaner der alten Schule war. Frauen und Kinder zuerst, immer. Möglicherweise würde er Silvia aus einem Ehrgefühl heraus nicht an die Polizei ausliefern, auch wenn wir ihn seiner Lüge überführt hatten.

»Was, glaubst du, ist mit seinem Sohn passiert?« fragte Tommy und wechselte damit das Thema.

»Das war kein normaler Überfall«, sagte ich. »Entweder hatte es mit dem Fall seines Vaters zu tun oder mit Margarita Vidal.«

Tommy paffte seine Montecristo so energisch, daß sich über unseren Köpfen eine Wolke bildete. Es linderte mein Gefühl der Bedrohung nicht gerade, daß sie aussah wie ein Atompilz.

»Sag mir, warum du glaubst, daß es irgend etwas mit Margarita zu tun hat«, forderte er mich auf.

Ich hatte Tommy einiges vorenthalten, weil ich verhindern wollte, daß er den Eindruck bekam, meine Loyalität in diesem Fall sei geteilt. Jetzt erzählte ich ihm rückhaltlos alles, von Margaritas letzten Worten bis zu Rodrigos Klage und der Beobachtung, unter der ich, wie ich herausgefunden hatte, selbst stand. Tommy drängte mich mit einem Kopfnikken, schneller zu erzählen, als ich an die Stellen kam, die er schon kannte. Als der Name Fernando Godoy fiel, verzog er finster das Gesicht und sagte schließlich: »Es ist sonderbar. Ich hätte nicht gedacht, daß dich jemand verfolgen würde oder so nahe an dich herankommen könnte wie bei der Sache mit den Schlüsseln.«

»Jeder macht mal Fehler.« Ich zuckte die Schultern. »Aber ich fürchte, daß ich Godoy direkt zu Alonso junior geführt habe. Rodrigo muß davon ausgegangen sein, daß Margarita mir alles anvertraut hat – einschließlich den Namen des Kindsvaters. Aber das hat sie nicht. Ich hatte einfach gehofft, daß sie, würden sie mich mit Alonso zusammen sehen, davon ausgingen, es hätte mit dem Fall des Vaters zu tun.«

»Nun, gibt es eine Möglichkeit, Alonso junior mit Margarita in Verbindung zu bringen?« hakte Tommy folgerichtig nach.

»Die einzige Person, die einen Hinweis haben könnte, ist Mariano Arango«, seufzte ich. »Er hat Alonso und Margarita einmal zusammen gesehen, in Alonsos Wohnung. Alonso sagte, er habe die Sache abgetan, aber er wisse nicht, ob ihm sein Bruder geglaubt habe.«
»Du kannst es also nicht mit Sicherheit sagen.« Tommy zog ungestüm an seiner Montecristo.
»Nein«, gab ich zu. »Ich wollte mit ihm darüber sprechen im Zusammenhang mit den Fotos, die ich gefunden habe, als – nun, du weißt schon.«
»Es gibt keinen Grund, dich selbst deshalb fertigzumachen.« Tommy setzte sich wieder neben mich und nahm mich fest in den Arm. Ich mußte den Eindruck gemacht haben, als hätte ich Bestätigung nötig, und das stimmte auch. Allerdings mußte ich mich ein wenig zurückziehen, um sicherzustellen, daß die Zigarre nicht meine Haare versengte.
Ich dankte Tommy. Er konnte ganz menschlich reagieren, wenn man ihn dazu zwang. »Aber vergiß Reina Sotolongo nicht«, wandte ich ein.
Tommy lächelte mich matt an; Problemlösungen waren angesagt. »Irgendwelche Theorien?« erkundigte er sich.
»Eine.«
»Willst du den Bullen die Arbeit abnehmen?«
»Auf keinen Fall«, entgegnete ich. »Geklärt ist noch gar nichts. Dieser Fall macht mich wirklich verrückt. Jeder lügt. Lieber möchte ich eine ganztägige Wurzelbehandlung über mich ergehen lassen.«
Tommy hob die Hände in gespielter Kapitulation. »Wenn du das willst, dann nehme ich dir den Fall ab«, sagte er. »Kein Problem, ich übergebe ihn einfach jemand anderem. Er ist ohnehin fast gelaufen – du hast die ganze Drecksarbeit erledigt. Du kannst jetzt Urlaub machen in Key West mit deinem Aussteigerliebhaber.«
Tommy lachte laut auf. Er kannte mich zu gut. Ein Brecheisen und eine Horde Pferde wären vonnöten, um mich jetzt von dem Fall wegzubringen. Er wußte auch, daß ich einfach

von Zeit zu Zeit ein wenig jammern mußte, nur um mich zu vergewissern, daß er meine Arbeit noch schätzte. Da war ich ganz KAP – kuba-amerikanische Prinzessin.

»Warum fühle ich mich jetzt noch nicht einmal besser«, fragte ich mich laut. »Ich habe ein Geständnis, das dem Klienten helfen wird, und ich fühle mich wie Scheiße.«

»Du lieber Himmel, Lupe, für eine so clevere Frau klingst du manchmal ziemlich doof«, sagte Tommy. Die Spitze seiner Montecristo sah jetzt so aus wie der Vesuv, kurz bevor er Pompeji zerstörte. »Du fühlst dich wie Scheiße, weil du das erste Gebot mißachtet hast: Du bist persönlich involviert.«

Er hatte recht, und ich haßte den Gedanken. Ich stand auf und strich meinen Rock glatt. Ich wollte auf meinem Rückweg ins Büro noch einen Zwischenstopp einlegen, und ich wollte nicht, daß Tommy davon wußte.

Tommy bemerkte, daß ich aufbrechen wollte und erhob sich ebenfalls, er überragte mich um ein ganzes Stück. Ich verfluchte meine Sandalen mit ihren niedlichen, allerdings kaum sichtbaren Absätzen von drei Zentimeter Höhe.

»Fahr nach Hause und ruh dich aus«, empfahl mir Tommy. »Beiß mich nicht, wenn ich es noch einmal sage, aber du siehst schrecklich aus.«

Er beugte sich zu mir herunter und drückte mir einen sittsamen Kuß auf die Wange. Ich konnte sein Parfüm riechen. »Sag Aida, sie soll dir ein gutes Mittagessen kochen«, meinte er. »Und iß im Bett. Und ruf mich heute abend noch einmal an. Versprochen?«

Ich versprach es ihm. Aber nur, was den Anruf am Abend betraf. Ich hatte nicht die Absicht, nach Hause zu fahren, um eine ruhige Mahlzeit im Bett einzunehmen.

# 36

»Ich weiß nicht, warum, zum Teufel, ich mich hier mit dir treffe. Ich hoffe, es sieht mich keiner meiner Kollegen. Mein Job ist nicht so gesichert, daß ich ihn aufs Spiel setzen kann! Ich weiß, daß du nicht besonders viel von meiner Arbeit hältst, Lupe – aber, hey, nur so kann ich die Miete bezahlen.«

Charlie Miliken saß auf dem Beifahrersitz und nörgelte, mehr als gewöhnlich. Ich ignorierte ihn und fuhr davon, so schnell ich konnte. Ich hoffte, daß er nicht bemerkt hatte, daß meine Widersacherin, Aurora Santangelo, gerade diesen Augenblick gewählt hatte, um aus dem Justizgebäude zu treten. Ihr Timing war exzellent.

»Hey, Charlie, du siehst super aus!« Ich versuchte, so sorgenfrei und locker wie möglich zu klingen. Meine Wangen brannten noch, weil ich sie auf dem Weg von Tommys Büro mehrfach gezwickt hatte. Vor vielen Jahren hatte ich einmal in einer Zeitschrift gelesen, daß früher nur Frauen von schlechtem Ruf Make-up getragen hätten, während feine Damen sich kniffen, um eine gute Farbe zu bekommen, ohne von künstlichen Hilfsmitteln Gebrauch zu machen. Ich wußte nicht, ob es funktionierte, aber nachdem Tommy mir zweimal gesagt hatte, wie schlecht ich aussah, war ich bereit, es auf einen Versuch ankommen zu lassen.

»Hör auf, mir in den Arsch zu kriechen«, knurrte Charlie. »Was willst du?«

»Warum bist du so schlecht gelaunt?« erkundigte ich mich. Charlie konnte ein erstklassiger Miesepeter sein, aber heute übertrieb er.

»Irgendein Genie hat es sich zur Aufgabe gemacht, das Gebiet im Umkreis von zwei Häuserblocks um das Justizgebäude herum als rauchfreie Zone zu erklären.« Charlie zog eine Zigarette heraus und zündete sie an. »Zwei Häuserblocks! Da kann ich ja gleich nach Fort Lauderdale gehen, um eine zu rauchen! Was für verdammte Idioten!«

Viel Fingerspitzengefühl war nicht vonnöten, um zu bemerken, daß dies kein guter Zeitpunkt war, um Charlie um Informationen anzupumpen. Ich mußte ihm erst eine bessere Laune verpassen. »Sollen wir irgendwohin auf einen Drink gehen?« fragte ich.

»Lupe, ich habe für so etwas keine Zeit.« Er zog so intensiv an seiner Zigarette, daß fast die halbe Zigarette in einem Zug abgebrannt war. »Ich bin überarbeitet und unterbezahlt. Ich habe Stapel von Akten auf meinem Schreibtisch liegen, die mich überragen. Du weißt, daß ich dich jederzeit gerne sehe, aber heute habe ich keine Zeit für irgendwelche Spielchen.«

Charlie war dabei, sich eine zweite Zigarette anzustecken; er tat dies mit Hilfe der ersten. Ich realisierte, daß ich keine Chance hatte, an diesem Tag nicht wie ein Aschenbecher zu stinken. »Also, was willst du?« fragte er, den Blick starr nach vorne gerichtet.

»Informationen.« Es gab keinen Grund mehr, mich schüchtern zu geben.

»Ich verstehe. Und in welchem Fall?« Wir hielten an einer roten Ampel, und Charlie wandte sich mir zu. Ich wünschte, er hätte das nicht getan. Ich hatte nämlich eine Schwäche für seine Augen, selbst wenn sie vor lauter Mißmut zusammengekniffen waren.

»Na ja, eigentlich geht es um zwei Fälle.«

»Oh, prima. Das rettet mir meinen Tag. Laß mich mal einfach raten: Alonso Arango senior, stimmt's?« Ich nickte. »Und der andere?«

»Reina Sotolongo.«

»Ich bin nicht auf dem laufenden«, meinte Charlie. »Frisch doch eben mal mein Gedächtnis auf. Wer ist Reina Sotolongo?«

»Die Putzfrau, die vorletzte Woche erstochen im Müllcontainer hinter dem Juweliergeschäft gefunden worden ist«, antwortete ich hilfsbereit.

»Die Putzfrau. Richtig.« Charlie rauchte immer weiter.

Ziellos um das Justizgebäude herumzufahren ist nicht so einfach, wie es vielleicht klingt. In all dem Verkehr und im Zigarettenrauch bekam ich Angst, ich könnte ohnmächtig werden.

»Laß uns essen gehen«, schlug ich vor. »Du mußt etwas zu dir nehmen.«

Dieses Mal ließ ich ihm keine Chance, Einspruch zu erheben. Ich fuhr direkt in die Calle Ocho ins Versailles, wo ich das letzte Mal mit Rodrigo zusammen gegessen hatte. Charlie meckerte irgend etwas von Zeitmangel, weshalb wir parkten und nur etwas zum Mitnehmen bestellten. Wir orderten zwei *medianoches*, Schinken und Käse auf süßem kubanischem Brot, und dazu Mangomilchshakes. Es war ein himmelweiter Unterschied zu einem von Aida zubereiteten Essen im Bett. Ein oder zwei Minuten später rief eine Kellnerin aus, daß unser Essen fertig sei. Ich bezahlte, und wir schlangen unser Essen im Auto auf dem Parkplatz hinunter. Ich ließ mein Fenster heruntergekurbelt, denn Charlie rauchte sogar während des Essens. Ich vermutete, daß er versuchte, seinen Nikotinspiegel zu erhöhen, nachdem er einen nikotinfreien Nachmittag vor sich hatte.

Ich wartete, bis wir halb aufgegessen hatten, bevor ich noch einmal auf Reina zu sprechen kam. »Lupe, du weißt, daß sie mich rausschmeißen können, wenn ich mit dir über diesen Fall spreche«, sagte Charlie. »Oder über irgendeinen anderen Fall.«

Es fiel schwer, ihn ernst zu nehmen, wo er Mangoshake auf der Wange hatte, aber was er sagte, entsprach der Wahrheit. Er gefährdete seine Stelle, jedesmal wenn er mit mir über einen Fall sprach. Aber er hatte es zuvor getan, und ich wußte, er würde es auch wieder tun.

»Ich weiß, Charlie«, sagte ich. »Aber ich wäre dir trotzdem

dankbar für alles, was du mir erzählen kannst. Und du weißt, daß ich dein Vertrauen nie mißbraucht habe.«

»Das ist der einzige Grund, warum ich im Augenblick mit dir spreche«, erwiderte Charlie mit vollem Mund. »Aurora Santangelo würde mich in Schwierigkeiten bringen, wenn sie von unserem Gespräch wüßte. Sie will es dir auf irgendeine Weise zeigen – und dieser Fall Arango ist ihre perfekte Chance. Vollkommen unprofessionell, aber böses Blut vergeht nie.«

Die Neugierde in mir gewann die Oberhand. »Was hat sie über mich gesagt?«

»Willst du die ganze, dreckige Geschichte hören«, fragte er, »oder die bearbeitete Version?«

»Die ungekürzte Ausgabe.«

Charlie aß noch einen Bissen und trank einen Schluck Milchshake dazu. Seine Hände bewegten sich flink von Milchshake zu Essen zu Zigarette. »Sie hat herumerzählt, du seist mit jedem Anwalt der Stadt im Bett gewesen«, sagte er. »Und auf diese Weise würdest du alle deine Fälle kriegen.«

»Das ist nicht wahr«, protestierte ich. »Ich schlafe nicht mit jedem – nur mit den Männern.«

»Nun, sag mir als erstem Bescheid, wenn du vorhast, deinen Lebenswandel zu ändern. Es würde mich interessieren zu sehen, was dann passiert.«

Ich ignorierte ihn. »Reina Sotolongo.«

»Verdammt, Lupe, du bist ja wie ein Bluthund«, meinte Charlie. »Also gut, laß mich nachdenken. Ich weiß, daß an dem Fall irgend etwas komisch war. Er hätte als Einbruch gehandhabt werden sollen, bei dem die Putzfrau jemandem in die Quere kam, aber wegen diesem Mord von Arango wurde er, glaube ich, anders gehandhabt. Aurora glaubt nicht an Zufälle.«

»Was ist mit den Fingerabdrücken an dem Messer? Ist der Zeitpunkt, zu dem der Tod eingetreten ist, bereits bestimmt worden?«

»Lupe, um Himmels willen, gönn mir wenigstens eine Pause!« Charlie aß sein Sandwich auf und wischte sich mit

der Serviette über das Gesicht. »Das ist nicht mein Fall. Ich weiß nur, was im Büro so herumgeht. Und wenn ich irgend etwas davon hinaustrage, dann macht mir Aurora Zoff. Sie wartet nur darauf, daß ich einen Fehler mache. Sie haßt mich aus dem schlichten Grund, weil ich Kontakt mit dir habe. Sie wäre begeistert, wenn ich mein Leben ruinieren würde.«
Wieder fiel mir Aurora ein, die aus dem Gebäude herausgekommen war, gerade in dem Augenblick, als Charlie in mein Auto gestiegen war. Wenn sie uns gesehen hatte, dann würde er bald genug davon erfahren.
»Glaubst du, daß irgendeine Möglichkeit besteht, die Ergebnisse der Ermittlung bald in Erfahrung zu bringen?« fragte ich.
Charlie seufzte. Aus seiner Nase drang Rauch. »Lupe, ich habe nicht das Gefühl, daß du zuhörst. Ich stehe bereits unter Verdacht – allein deinetwegen.«
»Bitte«, flehte ich. »Ich muß es wissen.«
»O Gott, sieh mich nicht so an«, jammerte Charlie. »Das ist nicht fair.«
Ich packte die Überreste meiner Mahlzeit zusammen und ging zu einem Mülleimer an der Ecke. Ich ging langsam, gab Charlie die Möglichkeit, mir nachzusehen. Ich wußte, das würde seine Wirkung nicht verfehlen.
Er hatte recht, ich trieb ein gemeines Spiel.

# 37

Ich setzte den geduldig leidenden Charlie ab und fuhr zum Mercy Hospital, um mich nach Alonsos Zustand zu erkundigen. Der Pförtner sagte mir, Alonso liege auf der Intensivstation im vierten Stock. Zumindest war er noch am Leben. Als ich aus dem Aufzug trat, sah ich Isabel und Ernesto Arango vor der Tür warten, die zur Intensivstation führte. Sie saßen in einem Wartebereich auf einem Sofa und waren in ein ernstes Gespräch vertieft. Sie bemerkten mich nicht. Ich beschloß, erst noch die Damentoilette aufzusuchen, bevor ich mit ihnen sprach. Ich erkundigte mich im Schwesternzimmer nach dem Weg und ging den Gang entlang. Als ich um die Ecke trat, hörte ich eine Stimme, die ich kannte.

»Warum, zum Teufel, hast du ihn verletzt?«

Ich blieb, wie vom Donner gerührt, stehen. Diese Stimme gehörte zu Mariano Arango. Ich ging wieder einen Schritt zurück, schaute auf und sah die Symbole für die Toiletten und das Telefon sowie einen Pfeil in der Richtung, in die ich gegangen war. Ich stand ganz ruhig da und lauschte.

»Du hast ihn fast umgebracht, du Arschloch. Wie kannst du es wagen, meinen Bruder anzufassen!« Mariano hatte die Stimme gesenkt, flüsterte jetzt unterdrückt wütend. »Ich bin jetzt gerade im Krankenhaus.«

Ich konnte mich nicht entscheiden, was am besten zu tun sei – zurückgehen und so tun, als sei ich gerade gekommen, oder bleiben und riskieren, dabei erwischt zu werden, wie ich Mariano belauschte.

»Paß auf, ich will deine Erklärungen nicht hören«, fuhr Mariano fort. »Mein Bruder liegt auf der Intensivstation. Wenn hier ein Unglück geschieht, dann bringe ich dich um. Du solltest beten, daß er durchkommt.«

Und damit schmetterte er den Hörer auf die Gabel.
Es war zu spät, ein gutes Versteck zu finden. Ich hörte Marianos Schritte von der anderen Seite auf die Ecke des Gangs zukommen. Der Korridor, in dem ich stand, war absolut leer bis auf jeweils ein Sofa zu beiden Seiten. Ich warf mich vor dem nächstgelegenen Möbelstück auf den Boden. Zum ersten Mal in meinem Leben wußte ich meine Körpergröße zu schätzen. Ich war in der Lage, mich zwischen das Sofa und die Wand zu drücken – meine Brüste wurden eingequetscht, meine Nase war voller Staubflusen und allem möglichen anderen. Ich sah ein Paar braune Männerhalbschuhe und darüber die Hosenbeine einer Jeans an mir vorbeigehen.
Sobald die Schritte verklungen waren, kroch ich aus meinem Versteck hervor. In diesem Augenblick kam eine junge, hübsche Schwarze in der Uniform einer Schwesternhelferin vorbei. In klassischer Manier schaute sie ein zweites Mal zu mir her, nachdem sie den Blick bereits abgewandt hatte. Wir standen da und sahen uns an.
»Kontaktlinse«, sagte ich matt.
Sie kam zu mir her und sah mir in die Augen. »Sind Sie sicher?« fragte sie. »Es sieht ganz so aus, als seien sie da drin.«
»Oh.« Ich verdrehte die Augen wie ein Wahnsinnige, als wollte ich ihre Aussage überprüfen. Das letzte, was ich jetzt gebrauchen konnte, war, daß mich Sicherheitsleute des Krankenhauses befragten, warum ich mich unter einem Sofa herumtrieb. Ich versuchte, ein wenig dümmlich zu wirken, was keine große Herausforderung war. »Sie haben recht. Danke.«
Ich sah der Frau nach, wie sie davonging und bei jedem Schritt über die Schulter zurückschaute, um zu kontrollieren, was ich tat. Ich trat um die Ecke und drückte die Tür zur Damentoilette so heftig auf, daß sie laut gegen die Wand knallte.
Drinnen versuchte ich mich wieder einigermaßen ansehnlich herzurichten. Ich zupfte die Staubflusen aus meinem Haar, band meinen Zopf neu zusammen und legte etwas Lippenstift

auf. Meine Wangen hatten vom Kneifen zuvor weh getan, also malte ich sie mir dieses Mal an.
Ich war einigermaßen zuversichtlich, daß Mariano mich nicht bemerkt hatte, aber ich wollte kein Risiko eingehen. Ich schlich mich zum Wartebereich der Intensivstation vor und sah ihn bei seiner Mutter und seinem Bruder. Dann fuhr ich mit dem Aufzug nach unten. Dort postierte ich mich neben einem riesigen Pflanzenkübel in der Nähe der Aufzüge – vor Blicken geschützt, aber meinerseits mit guter Sicht auf jeden, der ein- oder ausging. Ich betete, daß Mariano bald herunterkäme, um nicht den Rest des Tages unter einer ausgetrockneten Palme verbringen zu müssen.
Drei Uhr. Ich beobachtete, wie die Frühschicht das Haus verließ und die Spätschicht kam. Ich hoffte, ich würde nicht auch noch hier stehen, wenn die Nachtschicht käme. Aber ich hatte so ein Gefühl, daß Mariano nicht der Typ war, der sich lange in einem Krankenhaus herumtrieb, vor allem dann nicht, wenn er unerledigte Geschäfte vor sich hatte.
Ich ging für eine Weile hinaus und kam dann wieder zurück. Als es fast sechs Uhr war, rief ich Leonardo an und trug ihm auf, im Mercy Hospital anzurufen und Alonsos Zustand zu erfragen. Ich hätte zur Aufnahme zurückgehen können, um mich selbst nach Alonso zu erkundigen, aber möglicherweise wäre einer der Arangos gerade in dem Augenblick die Treppe heruntergekommen und hätte mich gesehen.
Fünf Minuten später rief Leornardo zurück, berichtete, Alonsos Zustand sei immer noch kritisch, er befinde sich aber auf dem Weg der Besserung. Er würde wahrscheinlich in einigen Stunden aus der Intensivstation verlegt, wenn sich sein Zustand stabilisiert habe. Das war nicht die allerbeste Nachricht, die mir je zu Ohren gekommen war, aber fast. Als ich Alonso auf dem Boot gehalten hatte, war es absolut denkbar gewesen, daß er seinen Verletzungen erliegen würde.
Nach weiteren zwanzig Minuten kam ein Wachmann um den Pflanzenkübel herum. Er war jung, seine Augen lagen tief in den Höhlen, und er wirkte sehr ernst.

»Ist irgend etwas nicht in Ordnung?« fragte ich und versuchte, einen Gesichtsausdruck leeren Schreckens aufzusetzen. Mitleid war meine einzige Hoffnung.
»Na ja, ich habe nicht gewußt, daß hier hinten jemand ist«, sagte der Wachmann. »Dann habe ich Sie sprechen gehört.«
»Ich bitte um Verzeihung. Ich wollte mich nicht verstecken«, log ich und schob meine Unterlippe vor. »Es ist nur so … na ja, mein Mann –«
»Das tut mir leid«, unterbrach mich der Wachmann. Mein Trick hatte funktioniert. Ich wußte genau, daß das letzte, was er hören wollte, eine wie auch immer schrecklich geartete Geschichte war. »Es ist nur so, nun, ich habe in meinem Wachhäuschen keine Leitung nach draußen, und ich soll meine Freundin anrufen, um ihr Bescheid zu geben, wenn ich Überstunden machen muß.«
Er starrte auf meine Handtasche, in die ich gerade mein Telefon gesteckt hatte; ich nahm es heraus und reichte es ihm. Ich hoffte, Leonardo würde mir ein weiteres teures Telefonat über das Handy verzeihen.
Der Wachmann tippte eine Nummer in der Stadt ein; ich seufzte erleichtert. »Janie?« sagte er nach einigen Sekunden. »Ich bin's. Ich wollte dir nur sagen, daß ich ein paar Überstunden machen muß. Ich weiß, ich weiß … «
Zumindest war er zu mir hinter den Pflanzenkübel getreten. Wenn Mariano herauskäme, würde er uns nicht sehen. Ich klopfte mit dem Fuß auf den Boden, wünschte, daß dieser Jüngling bald zu Ende telefoniert hätte. »Ich weiß, daß wir mit Ken und Nina zu Abend essen wollten. Es ist nicht so, daß ich Überstunden machen *will.*«
Er log, das wußte ich. Ken und Nina mußten ja sehr unterhaltsam sein. Ich behielt die Aufzüge im Auge, während er sprach. Schließlich öffnete sich eine der Türen, und Mariano trat heraus.
»Doch, ich mag deine Freunde«, jammerte der Sicherheitsmann. Mariano ging rasch, als sei er wütend. Er ging an der Pforte vorbei und auf die Eingangstür zu.

»Wir können sie ja ein andermal zu einer Pizza einladen.« Ich nahm ihm das Telefon aus der Hand. Mariano trat aus dem Gebäude. »Janie, er wird Sie später noch einmal anrufen«, sagte ich in das Telefon hinein.

Dann warf ich das Gerät in meine Handtasche und stürzte zur Tür, bevor der Wachmann reagieren konnte.

Auf dem Parkplatz sah ich, wie Mariano in seinen Explorer stieg. Glücklicherweise stand mein Mercedes in einer anderen Reihe, so daß ich gebückt darauf zugehen konnte, ohne gesehen zu werden. Ich hörte, wie er den Motor zündete und aus der Parklücke herausfuhr.

Ich sprang in mein Auto, während er bereits über den Parkplatz auf das Häuschen des Parkplatzwächters zuraste. Bis ich meinen Motor laufen hatte, hatte er in der Warteschlange am Ausgang nur noch einen Wagen vor sich. Ich fand mein Ticket auf dem Armaturenbrett und kramte einen Fünf-Dollar-Schein aus meiner Handtasche.

Die hölzerne Schranke hob sich für Mariano, und er fuhr hindurch, schnitt einem Honda den Weg ab. Hinter mir hupte es, als ich dem Wächter das Ticket und den Schein in die Hand drückte und ihm sagte, der Rest sei für ihn. Augenblicklich öffnete sich die Schranke.

Mariano hatte sich bereits in den Verkehr eingefädelt, als ich auf die Straße hinausfuhr. Er wechselte die Spur und raste davon. Es machte den Anschein, als sei er einer dieser Verkehrsrowdys, die jede Regel mißachten, nur um ein paar Sekunden früher am Ziel zu sein. Ich war mit diesem Typ von rücksichtslosem Fahrer sehr vertraut, gehörte ich doch selbst dazu. Ihm hart auf den Fersen zu bleiben war die Hölle.

Zum Glück war das Verkehrsaufkommen hoch, und Mariano konnte nicht sehr schnell fahren. Der Streckenabschnitt in unserer Richtung war einspurig, ich konnte mich also entspannen und ihn im Auge behalten.

Ich hätte mich nicht entspannen sollen. Mariano bog plötzlich in die Twenty-seventh Street ein und beschleunigte. Bald schon schlängelte er sich an langsameren Autos vorbei. Ich fluchte, als ich feststellte, daß er auf die U.S. 1 zufuhr. Der einzige Pluspunkt auf meiner Seite war, daß es allmählich zu dämmern begann. Dies würde es für ihn schwieriger machen, mich zu entdecken.

Mariano fuhr nur unwesentlich besser Auto als sein älterer Bruder Alonso. Ich fürchtete, von der Polizei angehalten zu werden, weil ich idiotische Manöver fahren mußte, nur um ihm auf der Spur zu bleiben. Ich gab es auf, zwei Wagen zwischen uns fahren zu lassen, und reduzierte auf einen – manchmal noch nicht einmal das. Wenn ich Vorsicht walten ließe, würde ich ihn verlieren.

Ich hoffte, daß er zu wütend und zu konzentriert auf sein Fahren war, um zu bemerken, daß er über die letzten fünf Meilen hinweg dasselbe Paar Scheinwerfer im Rückspiegel hatte. Aber aus Erfahrung wußte ich, daß sich Leute in der Regel keine Sorgen machen, solange sie einen teuren Wagen hinter sich haben – es sind die alten, zerbeulten Klapperkisten, die ihnen zu denken geben.

Mir war alles zuviel; mein Kiefer schmerzte, weil ich dauernd mit den Zähnen knirschte. Wir rasten in Richtung Süden, nach Coconut Grove. Coral Gables fegte verschwommen vorbei. Wir hatten gerade den Süden von Miami erreicht, als ich sah, daß Mariano nach links blinkte, um in die Red Road einzubiegen.

Ich konnte es nicht riskieren, mich an der Ampel direkt hinter ihm einzuordnen. Ich fuhr also eine Abbiegung zuvor nach links. Einen Häuserblock weit fuhr ich parallel zu Mariano, bog dann scharf rechts ab und erreichte die Red Road gerade rechtzeitig, um ihn vorbeibrausen zu sehen. Perfekt. Zwei Häuserblocks später fuhr Mariano an den Straßenrand und stellte seinen Explorer ab.

Ich hatte es nicht eilig, ihm zu folgen. Ich wußte genau, wohin er ging. Ich wendete und fand eine Parklücke auf der anderen Straßenseite.

Einen Moment lang saß ich in meinem Mercedes und beobachtete das Treiben auf der Straße. Es herrschte die Geschäftigkeit des frühen Abends – Paare gingen ins Kino an der Ecke, einige Ladenbesitzer schlossen ihre Geschäfte, Rollschuhfahrer und Jogger waren unterwegs, ein paar Kunden schlenderten zum Buchladen auf der anderen Straßenseite.

Ich wartete, bis Mariano im Treppenhaus des Gebäudes verschwunden war, bevor ich die Red Road überquerte. Ich überprüfte die Namen der Hausbewohner, indem ich mit dem Finger über die Schilder fuhr, bis ich den Namen gefunden hatte, nach dem ich suchte.

Fernando Godoy. Suite 212. Ich lachte laut auf. Dieses Haus war eine so billige Absteige, daß das Wort »Suite« lächerlich hochtrabend klang.

Die Haustür war nicht verschlossen. Von der anderen Straßenseite aus hatte ich im ersten und im zweiten Stockwerk noch ein ganze Menge Lichter brennen gesehen. Ich wußte also, daß das Bürogebäude bis später am Abend geöffnet war. Die Türen wurden wahrscheinlich nicht vor acht oder neun zugeschlossen.

Ich ging die Treppe hinauf und auf Zehenspitzen durch den Korridor, bis ich vor der Tür 212 stand. Von drinnen war nichts zu hören – was mich nicht überraschte, denn die Tür war aus schwerem Holz. Ich drückte mein Ohr dagegen, hörte aber nur mein eigenes Herz, das schnell schlug. Bald jedoch hörte ich noch ein anderes Geräusch – Schritte hinter mir. Ich drehte mich um und sah Rodrigo Vidal genau in diesem Augenblick auf mich zukommen.

»Lupe! Was machst du hier?« rief Rodrigo mir zu, und seine Stimme hallte in dem teppichlosen Korridor wider.

»Rodrigo, wie schön, dich zu sehen. Wie geht es dir? Du siehst blendend aus.« Wem wollte ich hier eigentlich etwas vormachen? Ich drückte mich abends um sieben vor Fernando Godoys Büro herum.

»Was machst du denn hier?« wiederholte Rodrigo.

Die Kontaktlinsennummer würde hier nicht ziehen, und keines der Fenster war dekoriert. Ich lächelte dumm, wünschte, ich könnte, ohne eine Antwort zu liefern, verschwinden.

In diesem Augenblick schwang die Tür auf, und Mariano Arango tauchte auf, gefolgt von Tom Slattery und einem dritten Mann – Fernando Godoy, wie ich annahm. Ich hatte Slattery seit Jahren nicht mehr gesehen. Im Gegensatz zu gutem Wein hatte er mit dem Alter nicht gewonnen. Er war größer, dicker, schmieriger gworden und hatte einen fieseren Blick als je zuvor.

»Na, na«, rief Godoy mit tiefer Stimme aus. »Haben wir da nicht unsere kleine kubanische Detektivin?«

Ich haßte ihn auf den ersten Blick und würdigte ihn noch nicht einmal einer Begrüßung. Ich wandte mich um und wollte gehen.

»Ich wollte eigentlich ohnehin mit Ihnen sprechen«, sagte Godoy. »Wollen Sie nicht hereinkommen?«

Er wartete meine Antwort gar nicht erst ab und nickte Slattery zu, der mich am Arm packte und in das Büro hineinzog. Ich hatte kaum Zeit, mich im Eingangsbereich umzusehen, da wurde ich schon unsanft in ein Zimmer geschoben. Godoy bedeutete den anderen, mich in einen Sessel gegenüber vom Schreibtisch zu setzen, und flüsterte Slattery etwas zu. Der einfältige Hüne verließ das Zimmer. Mariano und Rodrigo nahmen ihrerseits in Sesseln links und rechts von mir Platz. Ich war der Schinken in diesem Sandwich.

Ich schwieg einen Augenblick lang. Dann hörte ich, wie die Tür hinter mir geöffnet wurde und Slatterys Schritte. Ich achtete nicht besonders darauf, bis eine schweißige Hand von hinten um mich herumfaßte und mir ein Taschentuch in den Mund zwängte.

Der Stoff roch süß und modrig. Mein letzter Gedanke war, daß ich diesen Geruch kannte – von Zahnarztsitzungen vor einigen Jahren. Was auch immer mir als nächstes zustoßen würde, ich betete, daß es nicht genauso schmerzvoll werden würde.

# 38

Ich hatte keine Ahnung, wieviel Zeit vergangen war, bevor ich wieder erwachte. Ich lag seitlich auf einem kalten Betonboden. Ich spürte einige Blutergüsse, aber im wesentlichen war ich unverletzt. Das bedeutete nicht, daß ich mich besonders wohl fühlte. Ich hatte einen faulen Geschmack im Mund und zudem ein stinkendes Tuch. Meine Hände und Füße waren mit einer Art Strick gefesselt. Ich konnte nichts sehen. Meine Augen waren mit einem Tuch verbunden. Ich hielt den Atem an und horchte auf Geräusche. Ich war allein und zu erbärmlich zugerichtet, um Angst zu haben.

Ich lag ruhig da und versuchte mich zu erinnern, was geschehen war. Meine letzte Erinnerung war die, daß man mir in Godoys Büro ein Tuch vor die Nase gehalten hatte. Jetzt hatte ich Kopfschmerzen wie nie zuvor. Allein, mir über irgend etwas Gedanken zu machen, verursachte noch mehr Schmerzen.

Die Stricke ließen nicht zu, daß ich mich bewegte, und als ich es dennoch probierte, schnitten sie mir tief in die Haut. Ich war in der Lage, mit den Fingern zu wackeln, was ich auch tat, um die Durchblutung meiner Hände anzuregen.

Die Situation war mehr als beschissen. Niemand wußte, wo ich war, außer natürlich die feinen Herren, die mich hierhergebracht hatten – Mariano Arango, Fernando Godoy, Rodrigo Vidal und Tom Slattery. Ich sah ihre Gesichter vor meinen Augen wie die in Felsgestein gemeißelten Konterfeis der vier amerikanischen Präsidenten in den Black Hills von Dakota. Ich war nur wenige Minuten nach Mariano den Korridor entlanggegangen, daran erinnerte ich mich. Er war wütend dorthin gefahren, wütend darüber, daß irgend jemand Alonso zusammengeschlagen hatte. Aber als ich ihn sah, wirkte er nicht

besonders wütend. Allerdings hatte ich in der Situation natürlich nicht auf Details geachtet. Ich war vorrangig damit beschäftigt gewesen, mich in Sicherheit zu bringen.
Was mir nicht gelungen war, wie ich feststellen mußte, gefesselt und geknebelt und ihnen ausgeliefert, wie ich war. Es hatte keinen Sinn, mich für meine Dummheit zu verfluchen und dafür, daß ich so tollkühn gewesen war und mich einem so großen Risiko ausgesetzt hatte. Also gestand ich mir zu, mich statt dessen ein wenig zu bedauern. Lange allerdings durfte ich das nicht tun. Ich war mir im klaren, daß ich mich befreien mußte, wo auch immer ich mich befand.
Als erstes mußte ich das Tuch vor meinen Augen entfernen, damit ich mich wenigstens umsehen konnte. Ich rieb meinen Kopf ein paarmal auf dem Betonboden hin und her, was nichts half, außer daß ich einige Schichten Haut abschabte, und das tat extrem weh. Ich spürte, daß das Tuch an meinem Hinterkopf verknotet war, und so versuchte ich es in einer Kreisbewegung weiterzuschieben, um es auf diese Weise zu entfernen.
Während ich daran arbeitete, mußte ich fest auf den Knebel in meinem Mund beißen, um ein schmerzvolles Schluchzen zu unterdrücken – meine Haare waren in den Knoten eingebunden. Sehr schnell entwickelte ich eine Routine: fünfmal von links nach rechts kreisen, dann eine Pause.
Nach einem halben Dutzend Versuchen spürte ich, wie sich der Knoten ein wenig löste. Ermutigt fuhr ich fort. Langsam, unter Schmerzen war ich in der Lage, das Tuch so weit ins Gesicht herunterzuziehen, daß ich darüber hinwegspähen konnte. Noch einige Versuche mehr, und es rutschte vollends über mein Gesicht hinweg, baumelte an meinem Hals. Es dauerte einige Momente, bevor ich meine Augen ganz öffnen konnte, sie waren so lange zugebunden gewesen – aber es spielte keine Rolle. Jedweder Fortschritt gab mir Hoffnung, daß ich den Tag überleben würde. Oder die Nacht, was auch immer zutraf.
Allmählich gewöhnten sich meine Augen an die Dunkelheit,

aber viel zu sehen gab es nicht. Die einzige Lichtquelle war ein schmaler leuchtender Streifen unter der Tür oder was ich für die Tür hielt. Nach einigen Minuten konnte ich ein wenig besser sehen.

Ich befand mich in einem kleinen Raum, und irgend etwas daran kam mir bekannt vor. Ich rollte mich hin und her über den Beton, bis ich auf drei Wände gestoßen war. Der Raum war vielleicht eineinhalb Meter breit und sehr lang. Ich lag auf dem Rücken und sah auf mein schwarzes T-Shirt hinunter. Im dämmrigen Licht bemerkte ich, daß es voll hellem Staub war.

Ich atmete heftig ein, was mir den Knebel weiter in den Hals drückte. Schnell beschloß ich, daß der Knebel das nächste wäre, worum ich mich zu kümmern hätte. Ich wiederholte also – auch wenn ich wußte, daß es weh tun würde – die kreisende, mahlende Bewegung, mit der ich auch die Augenbinde entfernt hatte. Tränen des Schmerzes rannen über mein Gesicht, und ich wußte, daß ich mir die Haut vollkommen aufschürfte. Aber mit der Zeit löste sich auch der Knebel.

Ich stieß den ekelhaften Fetzen aus dem Mund. Obwohl meine Hände und Füße noch immer gefesselt waren, hatte ich das Gefühl, als sei ich befreit – vor allem, weil ich wußte, wo ich mich befand. Der helle Staub auf meinem T-Shirt war die gleiche Substanz, die ich nach meinem nächtlichen Besuch mit Bridget O'Leary bei Optima auf meinen Schuhen entdeckt hatte.

Ich mußte mich jetzt ganz genau daran erinnern, wo der Ausgang aus diesem Schlauch zu finden war. Solange meine Hände noch zusammengebunden waren, konnte ich die Wände nicht abtasten, um zu bestimmen, wo ich war. Ich schloß die Augen und versuchte, mir die Baupläne vorzustellen, die ich mir vom Bauamt geholt hatte. Ich konnte es mir nicht leisten, zu versagen. Ich mußte davon ausgehen, daß die Männer jeden Augenblick zurückkamen.

Die Situation würde nicht besser werden, also legte ich mich an einer Stelle auf den Boden, von der ich glaubte, daß sie die günstigste sei. Ich rollte mich ein, zog die Beine so weit zur Brust, wie es nur ging, und dann trat ich so fest, wie ich konnte, gegen die Wand.

Der Aufprall durchfuhr den ganzen Körper bis hinauf in meinen Kopf, und ich schrie vor Schmerz auf. Ich öffnete die Augen, um zu sehen, was geschehen war. Nicht viel. Nach unzähligen Tritten erst splitterte die Holzwand. Ich keuchte so heftig und trat so blindlings, daß ich kaum merkte, als es tatsächlich geschah.

Ruhig lag ich da, um abzuwarten, ob mich jemand bemerkt hatte und nun zu Hilfe kam. Nichts war zu hören, und so rollte ich mich auf die Seite und sah mich auf dem Boden um. Ich wählte das spitzeste und zackigste Stück Holz aus, das ich finden konnte, und stupste es vor meine Füße. Dann schleuderte ich meine Sandalen von den Füßen und nahm das Holzstück mit den Zehen auf.

»Tief durchatmen«, flüsterte ich. Die Luft war stickig und heiß, und ich mußte aufpassen, daß ich nicht hyperventilierte. Ich bog meinen Rücken durch, so weit es ging, bis sich meine Hände und Füße berührten, und dann fing ich an, den Strick mit dem Holz durchzuscheuern.

Ich hatte geglaubt, daß das, was ich zuvor getan hatte, bereits Schmerzen verursacht hätte, aber ich hatte mich getäuscht. Das war nichts gewesen verglichen mit dem, was jetzt kam. Hin und wieder verfehlte ich das Seil und sägte mir in die Hände. Sie waren tropfnaß, und ich betete, daß die Feuchtigkeit Schweiß und nicht Blut war. Es war fast ein Segen, daß es in dieser Kammer so dunkel war. Ich wußte, daß ich ausgeflippt wäre, hätte ich den Zustand meiner Hände gesehen.

Es wurde immer schwieriger zu atmen. Das Holz glitt mir dauernd aus den Zehen – es war so feucht, daß es fast unmöglich war, es gut festzuhalten. Ich wünschte, ich hätte meine Hände zu Hilfe nehmen können, aber der Winkel, in dem ich das Holz halten mußte, um irgendeine Wirkung zu erzielen, machte dies unmöglich. Ich kämpfte gegen den Frust an,

der mich immer wieder zu übermannen drohte. Meine Klamotten waren schweißdurchtränkt, und ich betete zur Heiligen Jungfrau, mich durchhalten zu lassen.
Ich funktionierte fast wie eine Maschine. Endlich fing das Seil an nachzugeben, aber es war zu dunkel, um zu erkennen, wie weit ich es bereits durchgescheuert hatte. Ich biß mir auf die Lippen, um nicht zu schreien. Und schließlich war ich durch. Das Seil riß auseinander, wie geölt von meinen feuchten Händen.
Ich beugte mich hinunter, um den Strick an meinen Füßen aufzuknoten, fummelte mit meinen steifen, glitschigen Fingern ungeschickt herum. Nach vielen Stunden konnte ich wieder aufstehen, zum zweiten Mal in meinem Leben froh, daß ich kaum größer als ein Meter fünfzig war. Ich stöhnte laut, als meine Muskeln Einspruch erhoben. Ich dehnte mich, so gut es ging, denn ich wußte, daß ich vermutlich würde hinauskriechen müssen. Ich wagte es nicht, die Tür zum Laden zu öffnen. Ich vermutete, daß die Männer genau in diesem Moment im Geschäft waren.
Ich bekreuzigte mich vor der Heiligen Jungfrau und begab mich auf Hände und Knie. Ich war schwächer, als ich geglaubt hatte. Ich konnte mich zudem nicht daran erinnern, wie weit ich bis zu dem entlegensten Ausgang des Durchgangs zu kriechen hatte. Es war so dunkel und stickig, daß ich versucht war, den nächstgelegenen Ausgang anzupeilen, aber ich befürchtete, daß ich eine Alarmanlage auslösen würde, wenn ich irgendeinen der anderen Läden betrat. Ich konnte, weiß Gott, keinen übereifrigen Polizisten gebrauchen, der mich wegen eines unterstellten Einbruchs vernahm. Außerdem dachte ich mir, daß meine Chancen stiegen, am Leben zu bleiben, je größer der Abstand zwischen mir und Optima war.
Ich versuchte ein wenig schneller voranzukommen, aber es gab so wenig Sauerstoff in dem Durchgang, daß ich mich schon ganz benommen fühlte. Meine Knochen schmerzten, meine Haut war aufgescheuert, und ich schwitzte so sehr,

daß Schweiß in meine Augen rann und mir die Sicht verschwamm. Ich hätte mich auch niederducken und halb aufrecht gehen können statt zu kriechen, aber so wie ich mich fühlte, schien es mir das sicherste zu sein, nah am Boden zu bleiben. Ich befürchtete, daß ich fallen und mein Kopf auf dem Beton aufschlagen könnte.
Als ich schließlich das Ende des Durchgangs erreicht hatte, sah ich schon Sternchen und Farben vor meinen Augen. Ich tastete nach der Tür, drückte sie mit letzter Kraft auf und trat, nach Luft ringend, in die kühle, vom Mond hell erleuchtete Nacht hinaus.
Mein erster Versuch, mich aufzurichten, mißlang vollkommen. Als es mir schließlich gelang, aufrecht dazustehen, lehnte ich mich gegen die Mauer des Gebäudes. Ich zitterte. Meine Zähne klapperten. Wahllos irrte ich in eine Richtung davon, bis ich am Ende der Straße eine Telefonzelle entdeckte. Ich strauchelte darauf zu, sah mich um, ob mich jemand beobachtet hatte. Ich schaute auf die Uhr am Turm der Stadtverwaltung von Coral Gables. Zwanzig nach drei morgens. Kein Wunder, daß kein Mensch auf der Straße war.
Ich schloß die Tür der Telefonzelle fest hinter mir, dachte wider alle Vernunft, dies könnte helfen für den Fall, daß Slattery oder Godoy mich fanden. Ich nahm den Hörer von der Gabel und wählte die Null für die Vermittlung.
In der Schaufensterscheibe des Ladens gleich neben der Telefonzelle sah ich mein Spiegelbild. Meine Beine gaben nach, als ich bemerkte, wie ich aussah. Während ich zu Boden glitt, teilte ich dem Operator mit, daß ich ein R-Gespräch führen wolle.
»Tommy?«
»Lupe? Bist du das?«
»Kannst du mich abholen?«
Später erzählte mir Tommy, daß er mich zusammengerollt auf dem Boden der Telefonzelle gefunden hatte, stinkend wie eine Kloake, halb nackt, barfuß, blutüberströmt, und über meinem Kopf der baumelnde Telefonhörer.

# 39

»Lupe, du mußt mit der Polizei sprechen«, sagte Tommy. »Sei nicht dickköpfig.«
Er versuchte, mir noch einen Löffel Hühnersuppe einzuflößen, aber ich weigerte mich. Ich war in der Lage, selbst zu essen. Ich war keine Invalidin, ich brauchte lediglich Zeit, mich zu erholen.
»Entführung und versuchter Mord«, fuhr er fort. »Du kannst sie für Jahre hinter Gitter kriegen. Alle vier.«
Ich wußte, daß Tommy wütend auf sich selbst war, weil er sich in der Nacht von mir hatte überreden lassen, in seine Wohnung und nicht ins Krankenhaus zu fahren. Ich konnte mich nicht mehr an besonders viel erinnern, aber er sagte mir, daß ich fast hysterisch geworden sei, als er die Notaufnahme auch nur erwähnt habe. Schließlich fuhr er zu sich nach Hause, beförderte mich um vier Uhr morgens in den Aufzug und dankte dem Schicksal, daß niemand unseren Weg kreuzte, der irgendwelche Fragen hätte stellen können.
Ich war in einer so miserablen Verfassung gewesen, daß er direkt mit mir ins Badezimmer marschierte, mir vom Leib zog, was ich noch anhatte, und mich unter die Dusche stellte. Er sagte, meine Haut sei so aufgescheuert gewesen, daß er zögerte, Seife zu verwenden. Als er mir Wasser anbot, trank ich vier Gläser voll hintereinander. Schließlich ließ er mich in seinem Gästezimmer kollabieren, und als er sicher war, daß ich schlief und außer Gefahr war, ging er in sein Büro. Ich hatte beteuert, daß ich nichts weiter als Schlaf brauchte – und davon eine ganze Menge. Ich schlief bis nachmittags durch.
»Sag mir die Wahrheit«, forderte ich Tommy auf, als er die Suppe vom Tisch räumte. »Wie sehe ich aus?« Zwölf Stunden

Schlaf, gefolgt von einem ausgiebigen Schaumbad hatten Wunder gewirkt.

»Du sieht aus wie ein anderer Mensch, das mit Sicherheit. Das liegt an diesen kubanischen Genen. Ich bin derjenige, der beschissen aussieht. Ich glaube, du hast mich in der vergangenen Nacht so erschreckt, daß ich um fünf Jahre gealtert bin.«

»Vielen Dank, daß du mein Auto von dem Parkplatz weggefahren hast«, meinte ich. »Ich kann von Glück sagen, daß es niemand aufgebrochen und meine Handtasche aus dem Handschuhfach gestohlen hat.«

»Es ist ein Wunder, daß der Wagen überhaupt noch da war«, erwiderte Tommy.

Er reichte mir meine Handtasche; ich kramte meine Notfallkosmetika und einen Spiegel heraus. Nicht allzu schlecht, nichts, was ein Abdeckstift nicht bewältigen könnte. Ich wollte Tommy nicht in Sorge versetzen, indem ich mich danach erkundigte, ob er nach meiner Beretta unter dem Beifahrersitz geschaut hatte.

»Auf meinem Weg zur Arbeit heute morgen habe ich bei Leonardo angerufen, um ihm Bescheid zu geben, daß du heute nicht kommst«, sagte Tommy. »Ich habe ihm erzählt, wir würden den Tag miteinander verbringen. Ich wollte nicht, daß er einen Suchtrupp losschickt.«

»O Tommy, was würde ich ohne dich tun?« brach es aus mir heraus, und ich wollte ihn umarmen. Aber allein die Bewegung, meine Arme auszustrecken, tat höllisch weh.

»Ernsthaft, Lupe, du mußt zur Polizei«, sagte Tommy. »Wir sprechen hier über ein Gewaltverbrechen erster Güte.«

Ich wollte etwas sagen, aber Tommy legte einen Finger auf meine Lippen. »Hör zu, diese Typen wissen inzwischen, daß du ihnen entkommen bist. Sie werden dich verfolgen. Wenn du die Polizei nicht einschaltest, dann werde ich es tun. Darauf kannst du dich verlassen.«

»Nein, nein, noch nicht«, bettelte ich. »Tommy, ich bin so nahe dran, diesen Fall zu lösen. Es gibt nur noch ein paar Dinge zu erledigen. Ich brauche noch ein bißchen Zeit, und dann ist alles vorbei.«

»Was, zum Teufel, gibt es denn noch zu tun?« fragte Tommy. »Du hast ein Geständnis von Silvia Romero bekommen. Du weißt, daß Mariano bis zum Anschlag mit in dieser Scheiße steckt. Überlaß es doch den Bullen, den Fall vollends zu lösen. Dein Einsatz ist beendet.«

Tommy setzte sich schwer auf mein Bett. Mit mir zu debattieren war für ihn immer zuviel. »Dieser Fall ist absurd«, stöhnte er. »Du arbeitest, um einen Klienten zu retten, und es gelingt dir, indem du an Information gelangst, die der Klient vor uns verheimlicht hat.«

»Ich weiß«, sagte ich. »Und werde ich trotzdem bezahlt?«

»Gute Frage«, sagte Tommy sehr ernst. »Du wirst bezahlt. Das kann ich dir versichern. Du bist so verdammt gut, Lupe. Du gibst nicht auf – deshalb bist du die Beste hier in der Stadt.«

»Danke für das Kompliment«, sagte ich. »Du kannst den Scheck direkt ins Büro schicken.«

Tommy merkte noch nicht einmal, daß ich scherzte. Er machte nie Witze, was Geld betraf. »Lupe, das ist wider mein besseres Wissen.« Er seufzte. »Wieviel Zeit brauchst du denn noch, bis du alles abgewickelt hast?«

Was für ein Prinz. Ich wußte, daß ich seinen Widerstand brechen würde. »Sechsunddreißig Stunden«, antwortete ich. Eigentlich brauchte ich nur einen Tag, aber ich wußte, wie seine Antwort ausfallen würde.

»Vierundzwanzig Stunden«, widersprach er. »Das ist mein letztes Wort. Und zu irgendwelchen Kompromissen bin ich nicht mehr bereit. Ich kann wegen alldem hier ernsthafte Schwierigkeiten mit der Anwaltskammer bekommen.«

Das beeindruckte mich nicht besonders. Tommy war ständig in Schwierigkeiten mit der Anwaltskammer von Florida. »Hör zu, ich frage dies nur äußerst ungern«, sagte ich, »aber hast du vielleicht irgendwelche Klamotten, die ich anziehen kann? Du hast ja gesehen, in welchem Zustand meine eigenen sind.«

»Ich habe sie in eine Tüte gestopft, für den Fall, daß wir sie später als Beweismittel brauchen. Ich werde dir etwas leihen – wenn du mir versprichst, auf abfällige Kommentare zu verzichten.«

Tommy und ich gingen zu der großen Kleiderkammer seines Gästezimmers und öffneten die beiden Flügel der Tür. Der Anblick, der sich mir bot, überraschte mich vollkommen. Die Kleiderstangen hingen voller Kleider, Röcke und Damenhosen in allen Farben und Größen. Was man versprochen hatte, das mußte man auch halten. Also sagte ich nichts, als ich all diese Klamotten durchsah. Ich wußte, daß Tommy kein Mönch war, aber das hier war lächerlich. Ich wählte ein dunkelgrünes Hemdblusenkleid. In Gedanken nahm ich mir vor, ihn nach Abschluß des Falles zu fragen, ob ich es behalten könne.

»Hör zu, Lupe, ich bin bereit, dir eine Fristverlängerung zu gewähren, bevor du zur Polizei gehst«, sagte Tommy und schloß die Kammertür. »Aber ich muß darauf bestehen, daß du die Nacht hier verbringst. Du bist noch nicht in der Verfassung zu fahren.«

»Geht in Ordnung«, stimmte ich zu und war erleichtert. Ich fühlte mich zwar ein bißchen besser, aber ich war immer noch müde und ausgelaugt. Und meine Wohnung war möglicherweise nicht sicher genug.

Tommy ging in sein eigenes Schlafzimmer und kam mit einem übergroßen T-Shirt zurück, das er mir zum Schlafen gab. »Du bist ein klasse Typ, Tommy«, sagte ich und küßte ihn auf die Wange. Tommy gab mir noch Bescheid, wo das Essen war, für den Fall, daß ich eine Kleinigkeit zu mir nehmen wollte, und ließ mich allein. Ich kroch ins Bett und genoß das Gefühl kühler, sauberer Laken auf meiner Haut.

Eines mußte ich jedoch noch tun, bevor ich in den Schlaf sank. Als ich Tommy sich auf dem Gang entfernen hörte, nahm ich den Telefonhörer in die Hand und wählte meine Nummer zu Hause. Ich tippte den Kode ein, mittels dessen ich den Anrufbeantworter abhören konnte.

Es waren neun Nachrichten gespeichert. Zwei stammten von meinen Schwestern, die sich wunderten, warum ich mich innerhalb der letzten vierundzwanzig Stunden nicht bei ihnen gemeldet hatte – kubanischer Familienkram. Eine stammte von Leonardo, der genervt klang, weil er mich über Funk kontaktiert und ich nicht zurückgerufen hatte. Fünf Nachrichten stammten von Telefonverkäufern; einer von ihnen machte ein wirklich gutes Angebot für einen vorab bezahlten Grabplatz. Dieser Verkäufer mußte entweder neu im Geschäft oder völlig verzweifelt gewesen sein, denn eigentlich hinterlassen sie nie eine Nachricht, teilen nur mit, daß sie mit Ms. Solano zu sprechen wünschen und noch einmal anrufen werden – niemals nennen sie ihre Namen oder eine Telefonnummer, um zurückgerufen zu werden. Sie haben alle die gleiche Methode. Schließlich kam ich zur letzten Nachricht; sie stammte von Charlie Miliken.

»Lupe, ich habe einige Informationen in der Sache, über die wir gesprochen haben«, sagte er. »Ruf mich zu Hause zurück.«

Ich legte auf und tippte sofort Charlies private Telefonnummer ein. Es fiel mir ein bißchen schwer, mich an die Nummer zu erinnern, da ich sie so lange schon als Kurzwahl eingegeben hatte.

»Charlie?«

»Lupe, wo hast du gesteckt?« knurrte Charlie. »Ich habe dich ungefähr ein dutzendmal zu erreichen versucht!«

»Tut mir leid«, entschuldigte ich mich. Ich würde ihm später einmal erzählen, daß ich an diesem Tag anderes getan hatte, als neben dem Telefon zu sitzen. »Du hast eine Nachricht auf Band gesprochen.«

»Ich riskiere hier eine ganze Menge, sowohl persönlich als auch beruflich, weißt du«, begann er wichtigtuerisch. Ich haßte es, wenn er so aufgelegt war. »Aber ich habe einige Informationen über deine Putzfrau eingeholt – Reina Sotolongo.«

»Was hast du herausgefunden?« fragte ich ungeduldig.

»Aurora wird den Fall definitiv mit dem Mord an Gustavo Gaston in Verbindung bringen«, sagte er.

»Die Einbruchtheorie ist also offiziell vom Tisch?« Ich wußte, daß dem so war.

»Offensichtlich kamen vom Labor einige Informationen, die Aurora noch einmal darüber nachdenken ließen«, sagte er. »Es stellte sich heraus, daß sich in Sotolongos Lungen Spuren eines weißen Pulvers gefunden haben. Sie möchte sich die Sache genauer ansehen.«

*Mierda.* Das hieß, daß ich das gleiche Zeug in meinen eigenen Lungen hatte. Ich hatte mit Sicherheit genügend Zeit in derselben Kammer zugebracht. »Was noch?« fragte ich.

»Mehr hast du nicht zu sagen«, erwiderte Charlie bitter. »Ich riskiere hier meinen Arsch, und das ist der Dank, den ich dafür bekomme?«

Ich dankte ihm eine Zeitlang überschwenglich. Es funktionierte offensichtlich, denn er sprach weiter. »Aurora hetzt alle auf«, erzählte er. »Sie läßt jeden Überstunden machen – die Ermittler, die Typen, die den Tatort gesichert haben, das Labor, die Leute, die die Fingerabdrücke auswerten. Sie macht sich wirklich lächerlich, weil sie davon überzeugt ist, daß sich alle Arangos miteinander verschworen haben. Und sie hat es dabei auf dich abgesehen, Lupe. Ich weiß nicht, wie du mit deinen Ermittlungen vorankommst, aber mach nur keinen Scheiß. Sie möchte dich wegen Behinderung ihrer Ermittlungen hochgehen lassen.«

»Ich weiß«, seufzte ich. »Verdammt, es ist Jahre her, daß ich sie öffentlich zur Idiotin gemacht habe, und dafür will sie mich noch immer bluten lassen. Sie hat ein gutes Gedächtnis, das hat sie wirklich.«

Charlie lachte. Irgendein Teil seiner Person liebte es, wenn sich andere Leute gegenseitig an die Gurgel gingen. Es spielte keine Rolle, wer sie waren. »Es gibt auch noch guten Klatsch«, sagte er, bereits wesentlich besser gelaunt. »Es gehen Gerüchte herum, daß sie die Handynummer des Hausmeisters im Justizgebäude immer mit sich herumträgt. Sie will ihn jederzeit erreichen können, damit er ein neues Schild an ihrer Tür anbringen kann, auf dem ›Ressortleiterin‹ steht.«

»Sie ist wirklich ein Fall für sich«, pflichtete ich bei. »Vielen Dank noch einmal, Charlie. Du weißt, wie sehr ich dich schätze.« Ich schmatzte einen Kuß in den Telefonhörer und legte auf.

Bevor ich mich schlafen legte – oder genauer, wegkippte –, rief ich noch im Mercy Hospital an. Ich wurde von einer Stelle zur nächsten verbunden und landete schließlich bei einem Informationsschalter, wo man mir die Auskunft erteilte, daß Alonso junior in ein Privatzimmer verlegt worden sei und sich sein Zustand konstant verbessere. Ich war froh, dies zu hören. Ich hatte ihm eine Menge Fragen zu stellen.

Das war ein angenehmer Gedanke, während ich wegdöste. Und ich war erleichtert, daß der nächste Tag der letzte sein würde, an dem ich mich mit dem Fall Arango beschäftigte – auf die eine oder andere Weise.

# 40

Gerade als die Sonne aufging, schlich ich mich aus Tommys Wohnung hinaus. Es war lange her, seit ich das letzte Mal so früh zur Arbeit gegangen war, aber ich mußte jeden Augenblick nutzen, den Tommy mir gewährte. Mir war völlig klar, was ich zu tun hatte.
Mein Mercedes stand auf Tommys Gästeparkplatz in der Tiefgarage, neben seinem Rolls-Royce. Ich sprang hinein und fuhr mit der Hand unter den Beifahrersitz. Der kalte Stahl meiner Beretta fühlte sich wie ein alter Freund an. Ich hatte sie nie benützt und hatte auch nicht die Absicht, es zu tun, aber sie vermittelte mir ein Gefühl der Sicherheit. Ich stellte den Sicherheitsgurt so ein, daß er mein grünes Hemdblusenkleid so wenig wie möglich verknitterte, und fuhr los. Der Verkehr nach Grove war gering. Als erstes fuhr ich ins Büro, um mir einen Kaffee zu holen. Tommy hatte bei sich zu Hause nur amerikanischen Kaffee, und ich konnte einen wichtigen Tag nicht mit so einem verwässerten Zeug beginnen.
Zum ersten Mal war ich froh, daß Leonardo seinen Fuß immer zu zivilisierter Stunde, das hieß nach halb zehn, in unser Büro setzte. Ich stellte den Mercedes auf meinem Parkplatz ab und ging ins Büro. Niemand war da. Jeder vertraute Schritt beruhigte meine blanken Nerven.
Ich blieb kurz an Leonardos Tisch stehen, um die Post durchzusehen, bevor ich in die Küche ging. Das rot blinkende Licht des Anrufbeantworters ignorierte ich. In der Küche goß ich Wasser in die Espressomaschine, die acht Tassen faßte, und füllte sie bis zum Rand. Weder Leonardo noch ich sind Gourmets, aber als wir dieses Häuschen hier renovierten, bestanden wir auf einer guten Küche – ich, weil ich gerne esse, und

Leonardo, damit er nach seinem Konditionstraining auftanken konnte. Ich nahm die Vollmilch aus dem Kühlschrank – kubanischen Kaffee mit etwas anderem als Vollmilch zuzubereiten ist eine Sünde –, goß etwas davon in einen kleinen Topf und ließ sie aufkochen.
Dann ging ich in mein Zimmer, ließ mich auf meinem Bürosessel nieder und sah aus dem Fenster. Ich lehnte den Sessel so weit zurück wie möglich, schaute in die Äste des Avocadobaums und versuchte, das Papageiennest zu entdecken. Die Papageien waren gewöhnlich frühmorgens am lebhaftesten. Ich sah keinen einzigen und stand deshalb auf, um mein Fernglas zu holen.
Erfolg! In den oberen Zweigen zählte ich mindestens ein Dutzend leuchtender, juwelengrüner Vögel. Es war beruhigend zu sehen, daß sie ihren Platz nicht verlassen hatten. Ich nahm an, daß sie keine gute Sicht mehr gehabt hatten, als Tom Slattery sich vor einigen Wochen da draußen herumgetrieben hatte. Sein Gesicht verscheuchte einfach alles.
Ich zog die Arango-Akte heraus und suchte darin herum, weil ich noch einige Anrufe erledigen mußte, bevor ich aufbrach. Ich fand, wonach ich gesucht hatte, griff nach dem Telefonhörer und tippte einige Ziffern ein.
Fünf Minuten später zog köstliches Kaffeearoma in mein Büro, und ich sprang in die Küche, gerade rechtzeitig, um die konzentrierte, dunkle Flüssigkeit aus der Espressomaschine blubbern zu sehen. Ich goß mir eine große Portion davon in einen weißen Porzellanbecher, gab einen Schlag geschäumter Milch dazu und rührte drei Löffel Zucker hinein.
Der Kaffee schmeckte so gut, daß ich mich um meine verbrannte Zunge nicht kümmerte. Den Becher nahm ich mit in mein Büro, wo ich den Wandsafe öffnete, in dem sich die zusätzlichen Neun-Millimeter-Magazine für die Beretta befanden. Ich vergewisserte mich, daß ich genügend Munition hatte, und steckte sie zusammen mit der geladenen Waffe in meine Handtasche. Es schadete nie, gewappnet zu sein.
Nach dem Kaffee beschloß ich, das harte kubanische Brot in

der Küche liegenzulassen und mein Tagwerk zu beginnen. Ich schrieb nur noch eine rätselhafte Notiz an Leonardo, teilte ihm mit, daß ich erst zurückkäme, wenn der Fall Arango abgeschlossen sei. Ich hatte keine Ahnung, was er damit anfangen würde. Zum Teufel, ich wußte selbst nicht so genau, was ich damit meinte. Ich stellte die Alarmanlage an und ging zu meinem Mercedes, eine Hand in meiner Tasche für den Fall, daß mich auf dem Parkplatz irgend jemand erwartete.

Ich fuhr Richtung Süden und schaffte es zu Best Plants, Marianos Pflanzenschule, in zwanzig Minuten. Es war jetzt acht Uhr, aber der dichte Verkehr bewegte sich in Richtung Norden. Ich umkreiste das Gelände, in der Hoffnung, Marianos Auto auf dem Parkplatz stehen zu sehen. Ich hatte vom Büro aus in der Pflanzenschule angerufen, und Mariano hatte abgehoben. Sofort hatte ich aufgelegt.

Marianos schwarzer Explorer war nicht zu sehen, aber bei meiner zweiten Runde entdeckte ich einen dunkelblauen Chevy, der in der nördlichen Ecke des Parkplatzes stand, neben einem hohen Haufen aus schwarzem Dreck. Ich verlangsamte mein Tempo und versuchte mich daran zu erinnern, wo ich diesen Wagen zuvor gesehen hatte. Ich hielt an und schloß für einige Sekunden die Augen, versuchte, mir das Auto in einem anderen Rahmen vorzustellen – ein gedanklicher Trick, den ich von einem altgedienten Ermittler bei White & Blanco gelernt hatte.

Dann fiel es mir ein. Ich griff nach der Arango-Akte auf dem Beifahrersitz und blätterte den Teil durch, der Marisols Notizen enthielt. Da. Der Wagen gehörte Tom Slattery, und Nestor hatte ihn vor einigen Wochen vor unserem Büro gesehen.

Ich fuhr weiter, verhielt mich so unauffällig wie möglich, während ich mich die ganze Zeit über umsah, ob sich auf dem Parkplatz irgend etwas tat. Überzeugt, daß ich allein auf dem Gelände war, lenkte ich meinen Mercedes in die Nähe einer großen, dickstämmigen Eiche. Es war nicht die perfekte Tarnung, aber etwas Besseres gab es dort nicht.

Ich hörte mein Herz in den Ohren pochen, als ich mich von meinem Wagen abwandte, in meine Tasche griff und meine Beretta herauszog. Dieses Mal würden sie mich nicht unvorbereitet erwischen. Die Erinnerung daran, was diese Männer mit mir gemacht hatten, erfüllte mich mit solcher Wut, daß ich spürte, wie sehr ich bereit war, abzudrücken. Bevor ich ausstieg, berührte ich das Medaillon, das Lourdes mir an meinen BH geheftet hatte und das ich, darauf bestand sie, immer bei mir tragen sollte. Ich schickte einen Blick zum Himmel, um mich der Aufmerksamkeit der Heiligen Jungfrau zu vergewissern – ich wußte, daß ich sie Überstunden machen ließ. Dann stieg ich aus meinem Wagen, ging langsam auf den Chevy zu und sah mich um. Niemand war zu sehen.

Der Wagen war nicht verriegelt. Ich sah jetzt, daß neben dem Haufen aus schwarzem Dreck ein Schild mit der Aufschrift »Gefährliche Chemikalien« stand; darunter waren ein Totenkopf und zwei sich überkreuzende Knochen gemalt. Ich legte meine Hand auf die Kühlerhaube, die sich kalt anfühlte. Der Chevy stand hier also zumindest seit einigen Stunden.

Der Dreckhaufen stank extrem widerlich, nach verfaulten Eiern, vermischt mit etwas noch Ekelhafterem. Der Wind drehte sich und strich jetzt über den verlassenen Wagen. Ich hatte ein seltsames Gefühl.

Ich öffnete die Tür an der Fahrerseite des Chevy, hoffte irgendeinen Hinweis zu finden – nicht, daß ich Tom Slattery gerne noch einmal begegnet wäre, aber es war unvorstellbar für mich, daß ein Detektiv seinen Wagen auf freiem Gelände wie diesem unverschlossen zurückließ. Der Wagen war absolut sauber, was wiederum seltsam war. Die meisten Privatdetektive verbringen soviel Zeit in ihren Autos, daß diese wie eine Art zweites Büro aussehen. Ich setzte mich in den Wagen hinein und schnüffelte die Luft ein. Der Geruch war hinten noch ekelhafter.

Ich stieg aus und ging um den Wagen herum. Kein Zweifel – der Gestank war fast unerträglich. Ich mußte ein Würgen unterdrücken, gleichzeitig spürte ich, wie sich mein Magen

verkrampfte. Ich wußte, daß ich den Kofferraum aufmachen mußte, aber ich wollte nicht.
Ich lief zum Mercedes zurück, öffnete das Handschuhfach, nahm meine Werkzeugtasche heraus und fand darin das schmale Werkzeug, das etxra dafür gemacht war, Autos aufzubrechen. Wieder bei Slatterys Chevy ging ich direkt zum Kofferraum, ließ mir keine Zeit, die Nerven zu verlieren.
Als der Kofferraum aufsprang, schlug mir ein überwältigender Gestank entgegen, der mich einen Satz nach hinten machen ließ. Zunächst konnte ich in dem Kofferraum nur Dreck sehen, den gleichen Dreck, der auch neben dem Auto lagerte. Als ich aber genauer hinsah, entdeckte ich zwei Körper.
Ich suchte nach etwas, womit ich die giftige Erde wegwischen könnte. Ich wollte die Leichen identifizieren, ohne irgend etwas berühren zu müssen. Der Dreck enthielt offenbar eine Säure oder irgendeine andere stark zersetzende Chemikalie, denn die Leichen waren bereits stark verfallen. Ich rannte zu der Eiche und packte einen der unteren Zweige, an dem ich hin- und herschwang, bis er allmählich nachgab. Meine Arme schmerzten höllisch, aber es funktionierte.
Dann stand ich wieder vor dem Kofferraum, hielt den Atem an und benutzte den Zweig, um den Dreck ein wenig zur Seite zu schieben. Es waren Tom Slattery und Fernando Godoy. Ich konnte nicht beurteilen, wie sie ums Leben gebracht worden waren, weil die Chemikalien sie bereits zu zersetzen begonnen hatten. Mit Sicherheit aber waren sie tot. Jetzt wo ich wußte, um wen es sich handelte, war ich mit Schrecken erfüllt; sie hatten sich mir gegenüber wie Tiere benommen, aber ein derartiges Ende hatte niemand verdient.
Langsam ging ich zu meinem Mercedes zurück und fuhr davon. Einige Häuserblocks von Best Plants entfernt entdeckte ich eine Telefonzelle, fuhr an den Straßenrand und rief die Polizei an. Ohne meinen Namen zu nennen, berichtete ich von den Leichen. Ich dachte mir, daß sich irgendeine Erklärung schon fände für den Fall, daß sie meine Fingerabdrücke auf Slatterys Wagen entdeckten. Und Tommy würde mich mit

Sicherheit aus jedem Schlamassel holen – immerhin hatte ich meine bürgerliche Pflicht getan und das Verbrechen gemeldet.

Zwei weg, einer noch übrig, dachte ich und wählte Isabel Arangos Nummer zu Hause. Ich legte auf, als sie abhob. Es war wenige Minuten vor neun, und ich machte mich auf den Weg Richtung Norden, nach Coral Gables. Der Kaffee, den ich früher am Morgen getrunken hatte, machte den kühnen Versuch, mir wieder hochzukommen. Ich war froh, daß ich nicht auch noch das halbvertrocknete Brot gegessen hatte.

Weil ich mit dem Berufsverkehr zu kämpfen hatte, dauerte die Fahrt zu Isabels Haus länger, als mir recht sein konnte. Allerdings war ich über die Ablenkung fast froh – ansonsten hätte ich darüber nachdenken müssen, was ich in dem Chevy gesehen hatte. Als ich das Wohnviertel der Arangos erreicht hatte, parkte ich meinen Wagen einen Häuserblock entfernt. Es gab keinen Grund, meine Anwesenheit anzukündigen.

Ich ging rasch auf das Grundstück zu, suchte hinter Büschen Deckung und näherte mich dem Haus von der Seite. Ich schaute nach Marianos schwarzem Explorer, konnte aber nur Isabels burgunderfarbenen Jaguar sehen. Ich stand da und versuchte zu entscheiden, was als nächstes zu tun sei. Ich hatte die Absicht, Mariano zu konfrontieren – meine Wut trieb mich voran, die Beretta in meiner Handtasche machte mir Mut. Ich war es leid, herumgeschubst zu werden. Ich wollte die Sache hinter mich bringen. Da hörte ich Schritte hinter mir. Ich verfluchte mich selbst dafür, daß ich mich ein zweites Mal in diese Situation gebracht hatte.

»Lupe? Was, in aller Welt, machen Sie denn hier?« fragte Isabel Arango. Sie war noch im Bademantel und hielt in einer Hand einen Strauß pinkfarbener Rosen, in der anderen eine Gartenschere. Ich fiel vor Erleichterung fast in Ohnmacht. Zumindest war es nicht Mariano.

»Kommen Sie herein«, sagte sie. »Ich ziehe mir schnell etwas an.«

»Eigentlich bin ich gekommen, um Mariano zu sehen«, sagte ich, während wir beide zum Eingang gingen. »Ich dachte, er könnte vielleicht hier bei Ihnen sein.«
»Er ist nicht hier«, erwiderte Isabel. »Ich habe ihn seit gestern, als wir im Krankenhaus waren, nicht gesehen. Ich möchte mich bei Ihnen dafür bedanken, daß Sie Alonso gefunden und den Notarzt verständigt haben.«
Wir traten beide ins Haus, und sie bat mich, im Wohnzimmer auf sie zu warten. So wie sie sich verhielt, schien dies ein ganz normaler Tag im Hause Arango zu sein. Aber ich wußte bereits, daß ich nicht für bare Münze nehmen durfte, was Isabel von sich gab. Sie war eine erstklassige Lügnerin.
Ich setzte mich in denselben grazilen vergoldeten Sessel, in dem ich gesessen hatte, als ich zu Beginn der Arbeit an diesem Fall mit ihren Söhnen gesprochen hatte. Ich wünschte, das Hausmädchen wäre vorbeigekommen und hätte mir ein Glas Wasser angeboten – ich schmeckte die Galle in meinem Hals –, aber niemand war zu sehen.
Schließlich tauchte Isabel in einem wunderschönen Escada-Kostüm auf, ein hellrosafarbenes zweiteiliges Kostüm mit weißen Knöpfen. Ich war beeindruckt davon, wie sie sich binnen Minuten so schick herrichten konnte. Sie setzte sich in den wackligen Sessel mir gegenüber.
»Erzählen Sie, Lupe«, sagte sie mit freundlichen Augen. »Warum haben Sie nach Mariano gesucht?«
Ich atmete tief durch, versuchte mir zu vergegenwärtigen, daß diese Frau mich angelogen hatte und daß ich keine Ahnung hatte, was wirklich in ihr steckte. »Weil ich glaube, daß er zwei Morde und zwei versuchte Morde auf dem Gewissen hat«, antwortete ich mit größter Wachsamkeit. Die Situation war unvorhersehbar; ich wußte, wie schrecklich diese Anschuldigung war.
»Wovon reden Sie?« Entweder meinte sie die Frage ernst, oder aber sie war reif für einen Oscar. Isabels Gesichtsausdruck wandelte sich von heiterer Gelassenheit zu Wut. Sie schob sich auf die Sesselkante vor, jederzeit bereit, aufzu-

springen. Ich gab mir selbst zu bedenken, daß ich es mit einer Mutter zu tun hatte, die ihr Kind in Schutz nahm. Ich mußte mich sehr, sehr in acht nehmen.
»Fangen wir bei Reina Sotolongo an.« Ich begann, die Morde an den Fingern abzuzählen. »Dann den Rechtsanwalt Fernando Godoy, einen Privatdetektiv namens Tom Slattery. Und dann die beiden versuchten Morde: an mir und an Alonso junior – Ihrem Sohn und seinem Bruder.«
Ich konzentrierte mich auf Isabels Augen. Ich wollte in der Lage sein, eine Attacke vorauszusehen, sofern eine Attacke erfolgen würde.
»Sie haben den Verstand verloren!« Isabel erhob sich voller Wut. »Das werde ich mir nicht anhören! Ich weiß nicht, warum dieser Anwalt McDonald Sie engagiert hat, aber ich werde Sie augenblicklich entlassen!«
Ich blieb ruhig. »Sprechen wir über Reina Sotolongo. Er hat sie umgebracht, weil sie wußte, daß … «
»Halten Sie den Mund!« schrie die Stimme eines Mannes hinter mir. Ein Schauer lief mir den Rücken hinunter. Ich drehte mich um und sah Mariano hereinkommen, der mit einer .357 Magnum auf mich zielte. Ich war so auf Isabel konzentriert gewesen, daß ich nichts anderes gehört hatte.
»Mariano, nicht!« Isabels Augen wurden groß. Sie stand da, stocksteif, und streckte ihre Hand aus. »Gib mir diese Waffe. Das ist keine Lösung.«
Ich hielt meinen Blick auf Mariano gerichtet. Er würde auf mich schießen, und zwar bald. Ich betete, daß seine Mutter genügend Einfluß auf ihn hatte, um ihn zurückhalten zu können. Die Waffe war entsichert. Es war, als würde sich alles in Zeitlupe ereignen. Plötzlich fing ein Telefon an zu läuten. Ich bemerkte, daß es mein Handy war, irgendwo tief in meiner Chanel-Tasche vergraben.
»Das ist mein Telefon«, verkündete ich und versuchte, meine Stimme ruhig klingen zu lassen. »Ich muß reagieren, oder man weiß im Büro, daß irgend etwas nicht in Ordnung ist. Ich gehe sonst immer dran.«

Ich plapperte vor mich hin, aber das war meine einzige Hoffnung. Mariano kam näher zu mir her, winkte seine Mutter zur Seite. Das Telefon klingelte immer noch. Die Spannung war unerträglich. Ich spürte, wie mir das Blut, kochend heiß, in den Ohren pulsierte.
»Gehen Sie dran«, sagte er. »Aber sagen Sie nichts, was Verdacht erregt. Gehen Sie dran, und legen Sie dann auf.«
Mariano war nur noch ein paar Schritte entfernt; sollte er tatsächlich schießen, so würde er mit Sicherheit treffen. Ich zog meine Handtasche auf den Schoß und sah hinein, als würde ich nach dem Telefon suchen. Ich griff statt dessen nach der Beretta, zielte und feuerte durch die Tasche hindurch. Der Rückstoß warf den Sessel um und mich flach zu Boden, aber die Kugel steckte in Marianos Brust. Er ließ seine Waffe fallen und sah mich fast mitleiderregend überrascht an.
Dann fiel Mariano hart zu Boden. Ich nahm das Telefon aus der Tasche und meldete mich, nur um das Klingeln abzustellen.
»Lupe, wie geht es dir?« erkundigte sich Leonardo. »Ich bin gerade ins Büro gekommen und habe deine Nachricht gelesen.«
Ich erhob mich, packte den Sessel und setzte mich wieder, die Beretta hing in meiner Hand. Schluchzend rannte Isabel zu ihrem Sohn. »Ist alles in Ordnung?« schrie Leonardo ins Telefon.
»Ruf Tommy an«, erwiderte ich. »Sag ihm, er soll nach Coral Gables kommen. Sag ihm, daß ich Mariano Arango erschossen habe. Und ruf den Notruf an. Laß einen Notarzt hierherschicken, obwohl ich glaube, daß es bereits zu spät ist. Oh, und ruf auch die Polizei an.« Meine Stimme zitterte; ich sah auf Marianos Körper am Boden, war unfähig zu begreifen, daß ich ihn tatsächlich erschossen hatte.
Ich drückte auf den Aus-Knopf, unterbrach den stammelnden Leonardo mitten im Satz. Isabel kniete über ihrem Sohn, der mit aufgerissenen Augen auf der Seite lag. Eine immer größer werdende Blutlache breitete sich auf dem Teppich aus.

»Er lebt nicht mehr. Sie haben ihn umgebracht«, sagte sie und sah mich an. Haß blitzte aus ihren Augen. »Er ist tot. Und das ist meine Schuld. Ich bin für all das verantwortlich.«
Sie wirkte eiskalt und ruhig, was mir Angst machte. Marianos Waffe lag unangenehm nahe bei ihr auf dem Boden.
Das Übungsschießen im Schießstand hatte mich auf eine solche Situation nicht vorbereitet. Als ich abgedrückt und auf Mariano geschossen hatte, war mir, als hätte ich zum ersten Mal eine Waffe in der Hand. Der Geruch von Schießpulver lag noch immer in der Luft.
»Sie wollten über Reina Sotolongo sprechen«, sagte sie und strich über das Haar ihres Sohnes, wie früher vielleicht, als er noch ein Baby war. »Mariano hat sie umgebracht. Er hat es getan, um seinen Vater und mich zu schützen. Er war kein Killer oder ein schlechter Mensch. Er hat uns einfach geliebt.«
Für einen Augenblick machte sich im Zimmer Ruhe breit, eine surreale Stimmung. Isabel sah zu mir auf. »Reina war eine fiese Schnüfflerin«, zischte sie. »Sie hat uns allen im Laden nachspioniert. Auch an jenem Samstag morgen – sie hat Alonso und Silvia nachspioniert. Verdammt, ich habe seit Jahren gewußt, daß mein Mann eine Affäre hatte. Es war mir egal.« Mit großer Zärtlichkeit strich sie ihrem Sohn wieder über das Haar.
»Aber Mariano hat davon nichts gewußt, oder?« fragte ich.
»Mariano glaubte, seine Eltern seien perfekt«, jammerte Isabel und sah in sein leeres Gesicht. Es war schauerlich. »Er glaubte, wir führen die ideale Ehe. Sein ganzes Leben lang hat er uns erzählt, wie glücklich es ihn macht, daß sich seine Eltern so gut verstehen und immer zusammengeblieben sind.«
Ich hörte die ersten Sirenen. Die Zeit lief. Ich brauchte noch weitere Informationen von Isabel. »Was ist passiert?« fragte ich.
Isabel erwog ihre Antwort genau, als hätte sie alle Zeit der Welt. »Ich kann Ihre Frage ruhig beantworten. Das meiste

davon wissen Sie wahrscheinlich ohnehin.« Sie holte tief Luft und fuhr fort. »Reina hat gesehen, was an jenem Samstag morgen passiert war. Sie hat Mariano erzählt, daß sie dort war, versteckt in der Putzkammer, und daß sie alles beobachtet hatte, was geschehen war. Das hat sie immer gemacht, wissen Sie – sie hat sich versteckt und anderen Leuten nachspioniert. Sie hat Mariano gesagt, sie habe das Messer gesehen und es im allgemeinen Aufruhr an sich genommen. Ein paar Tage nach Gustavos Tod rief sie Mariano an, um ihn zu erpressen. Sie sagte ihm, daß Alonso und Silvia eine Affäre hatten, sie erzählte ihm von Gustavo und mir. Sie wollte Geld, um wegzugehen. Und ... und Mariano hat sie umgebracht, um sie zum Schweigen zu bringen. Er wollte nicht glauben, daß seine Eltern nicht die perfekte Ehe führten. Er wollte uns schützen, aber wir wußten beide bereits vom Liebhaber und der Liebhaberin des anderen!«
»Sie wußten es beide?« fragte ich mit belegter Stimme. Durch das Fenster fiel rot und blau flackerndes Licht auf die Wand. »Alonso hat von Ihrer Affäre mit Gustavo Gaston gewußt?«
»Alonso ist nicht dumm«, sagte sie und strich Mariano über den Kopf. Ich mußte wegsehen. »Wir hatten eine Vereinbarung. Sie funktionierte in den ersten Jahren gut, aber dann begann es mich zu stören, daß Alonso eine Liebhaberin hatte, während ich allein war. Was sollte ich tun, nachdem er sich auf Silvia eingelassen hatte? Aber als ich Gustavo näherkam, wußte Alonso sofort Bescheid. Es war ungefähr zu jener Zeit, als er herausfand, daß Gustavo der Vater von Silvias Kind, Alejandra, war.«
Ich saß da, meine Gedanken rasten. Isabel sprach immer schneller, als wollte sie alles loswerden, bevor irgend jemand anderes kam. In diesem Augenblick bemerkte ich, daß sie mir vertraute oder mich respektierte, oder so etwas. Es schien ihr wichtig zu sein, daß sie mir zuerst davon erzählte.
»Ich habe Gustavo mein ganzes Leben lang gekannt«, fuhr sie fort und sah zum Fenster hinaus. »Seine Familie und meine waren in Havanna Nachbarn. Ich war mit seiner Schwester

Alicia befreundet, und er war der kleine Bruder. Ich war so überrascht, als ich ihn in Key West wiedersah. Ich konnte kaum glauben, daß er es geschafft hatte, hierherzukommen. Eine Zeitlang trafen wir uns regelmäßig, als Freunde. Aber dann ... Sie wissen ja.«

Polizei und Krankenwagen kamen gleichzeitig. Ich sah zu, wie die Sanitäter versuchten, Mariano wiederzubeleben, aber ihm war nicht mehr zu helfen. Sie hievten ihn vom Boden auf eine Bahre, und in diesem Moment konnte ich seine Tätowierung am linken Oberarm sehen. Es war ein Herz, in das in Schönschrift Isabels Namen hineingeschrieben war. Ich sah zu, wie sie ihn mit einem Tuch zudeckten, und schaute ein letztes Mal in seine Augen. Er wirkte jung und unschuldig und immer noch überrascht. Vor lauter Tränen verschwamm mir alles vor den Augen.

Ich sagte den Polizisten, daß mein Anwalt unterwegs sei und daß ich eine Aussage machen würde, sobald er da sei. Sie wollten nicht übermäßig viel von mir, nachdem Isabel ihnen geduldig erklärt hatte, daß ihr Sohn die Waffe – die immer noch auf dem Boden lag – auf mich gerichtet habe und kurz davor gewesen sei, auf mich zu schießen. Ich zeigte ihnen meinen Waffenschein für die Beretta sowie meine Zulassung als Detektivin. Isabel verhielt sich, als sei nichts Besonderes geschehen, und erklärte der Polizei wiederholt auf ruhige Art, daß ich in Notwehr gehandelt hätte.

Durch das Fenster sah ich Tommys Rolls heranfahren. Er kam auf das Haus zugerannt, seine Haare flatterten wild, und während er über ein Blumenbeet sprang, schlüpfte er in sein Jackett. Er läutete, und bis die Tür geöffnet wurde, hatte er sich in Ordnung gebracht, wirkte ruhig und gefaßt. Selbstverständlich schaffte er mich binnen kürzester Zeit aus dem Haus. Isabel ging in einen anderen Teil des Hauses, blickte noch einmal in einer seltsamen Mischung aus Scham und Erleichterung zu mir zurück. Aus meiner Erfahrung mit Margarita wußte ich, daß es einige Zeit dauern würde, bis der Schock nachließ, bis sie ihren Verlust wirklich empfand. Ich

versuchte, in diesem kurzen Blick zu vermitteln, daß es mir leid tat, ihren Sohn erschossen zu haben. Ich wußte, daß auch mein eigener Schock erst abklingen mußte.
Nachdem ich meine Beretta abgegeben hatte, begleitete mich Tommy zur Eingangstür hinaus. Ich sah, wie ein Polizist die Waffe in eine Plastiktüte legte und als Beweismittel versiegelte. Ich gestand Tommy, daß ich mich zu zittrig fühlte, um zu fahren. Ich konnte an nichts anderes denken als an die Tatsache, daß es etwas ganz anderes war, auf einen Menschen zu schießen als auf eine Zielscheibe in einem Schießstand.
Wir fuhren in Tommys Rolls davon, kamen an meinem Mercedes vorbei, der einen Häuserblock weiter geparkt stand. »Ich schicke jemanden, der ihn für dich holt«, sagte Tommy. Ich bedankte mich – es hatte den Anschein, als müsse er sich in letzter Zeit ziemlich oft um mich kümmern.
»Was, zum Teufel, ist denn passiert?« fragte er.
»Tommy, es war genauso, wie ich vor der Polizei ausgesagt habe.«
»Nein, das meine ich nicht.« Er fädelte sich in den Verkehr ein, wirkte plötzlich verärgert. »Ich spreche von dem Fall. Und ich frage dich als dein Auftraggeber und als dein Anwalt.«
»Ausgangspunkt ist folgender, Tommy. In dieser Familie gab es so viel Unehrlichkeit, daß ein Sohn getötet wurde, ein weiterer im Krankenhaus liegt und der Vater im Gefängnis sitzt«, sagte ich. »Und immer ging es um den äußeren Schein.«
Tommy runzelte die Stirn. »Du hast mich abgehängt. Erklär mir das bitte.«
»Silvia Romero hat Gustavo Gaston, den Vater ihres Kindes, umgebracht, um es Alonso senior zu ersparen, daß er von der Affäre erfuhr, die Gustavo mit Isabel hatte.« Ich hielt inne. »Aber Silvia begriff nicht, daß Alonso bereits von dieser Liaison wußte. Mariano Arango hat Reina Sotolongo umgebracht, um seine Mutter vor dem Wissen zu schützen, daß Alonso eine Affäre mit Silvia hatte. Das war zwecklos,

denn seine Mutter wußte schon längst Bescheid. Und er war kurz davor, mich umzubringen, um seine Mutter davor zu bewahren, dies herauszufinden.«

»Und diese Geschichte mit Godoy und Slattery?« Tommy schauderte. »Godoy war ein Gauner, aber das hat er nicht verdient.«

Ich hatte der Polizei bei Isabel zu Hause von den beiden Toten, dem Anwalt und dem Ermittler, erzählt und ihnen damit eine Menge Arbeit erspart. »Es muß alles schiefgelaufen sein«, sagte ich. »Mariano war wütend, weil sein Bruder zusammengeschlagen worden war. Es dauerte einen Tag, aber er hat sich gerächt.«

»Was für eine Seifenoper«, meinte Tommy. Wir hielten an einer roten Ampel, und er schüttelte den Kopf. »Ich habe bei meiner langjährigen Arbeit eine Menge verschrobener Typen kennengelernt, aber bereit zu sein, zu töten, um jemanden vor einer unangenehmen Information zu schützen – was ist das, irgendeine kubanische Masche?«

Mir fiel keine passende Antwort ein. Ich sah auf die Uhr; noch nicht einmal Mittag. »Tommy, unserer Abmachung zufolge bleiben mir noch sechs Stunden Zeit, um den Fall zu Ende zu bringen«, sagte ich.

»Darauf willst du mich festnageln?« meinte Tommy. »Hast du für heute nicht schon genug getan?«

»Ich muß noch einen letzten Knoten lösen«, sagte ich und setzte mein gewinnendstes Lächeln auf. »Kannst du mich im Büro absetzen?«

Schweigen.

»Bitte?« Noch immer keine Antwort. Mein Charme kam nicht an – nun, irgendwann war immer das erste Mal. Gerade als ich aufgeben wollte, bekam ich die Antwort, wenn auch nicht besonders freundlich hervorgebracht.

»Klar, warum nicht«, brummte Tommy und fuhr, verkehrswidrig, eine scharfe Wende zurück nach Grove. »Unter diesen Umständen wirst du an mich als deinen Anwalt einen Honorarvorschuß bezahlen.«

Tommy setzte mich in der Einfahrt ab. Bevor er noch bis zum nächsten Häuserblock gefahren war, kam Leonardo schon aus dem Büro herausgeschossen. Er umarmte mich so fest, daß ich dachte, er würde mir die Rippen brechen.
»Geht's dir gut? Bist du verletzt?« Er bedeckte meine Wangen mit Küssen. »Kann ich irgend etwas für dich tun?«
»Mir geht's gut, mir geht's gut. Mach dir keine Sorgen.« Ich führte ihn ins Haus und setzte mich an seinen Schreibtisch. »Hör zu, sei nicht beleidigt, aber wir können auch später noch reden. Ich muß sofort ein paar Telefonate erledigen.«
»Du solltest nach Hause gehen, Lupe«, wandte Leonardo ein. »Du hast etwas Schreckliches erlebt. Geh nach Hause, ruh dich aus. Aida soll sich um dich kümmern.«
»Später, später«, erwiderte ich, ging in mein Zimmer und suchte nach der Telefonnummer von Rodrigos Schuhgeschäft. Ich sprach schließlich mit einer der Angestellten, die mir sagte, daß er im Moment nicht zu sprechen sei. »Suchen Sie ihn«, sagte ich, »und sagen Sie ihm, daß Lupe Solano ihn innerhalb der nächsten Stunde bei MMV Interiors zu treffen wünscht. Und daß er, verdammt noch mal, gut daran tut, zu erscheinen.«
Ich legte auf, machte es mir auf meinem Sofa bequem und schloß die Augen. Mein Körper tat immer noch weh. Ich stand auf und holte mir einige Aspirintabletten. Dann lud ich meine Ersatzberetta, die ich in meinem Safe aufbewahrte, und ließ sie in meine Chanel-Tasche gleiten, die ich durch meinen Schuß auf Mariano ruiniert hatte. Nur in Miami, dachte ich, konnte man gezwungen werden, an einem Tag zwei Waffen zu verwenden.
Ich setzte Leonardo so lange zu, bis er mir seinen Jeep lieh – und bis er endlich aufhörte, von mir zu verlangen, daß ich nach Hause ginge –, und fuhr Richtung Norden in den Designerdistrikt. Meine Hände waren ruhig, während ich fuhr. Rodrigos Lexus parkte vor dem Bürogebäude seiner Frau, als ich ankam. Nichts außer Schuldgefühlen läßt einen Mann pünktlich sein.

Ich stieg aus dem Wagen und verzichtete auf jegliche Formalitäten. »Hör zu, du Schleimer, du Hurensohn«, fing ich an.
Rodrigo warf seine Arme in die Luft. »Lupe, das war nicht meine Idee, das schwöre ich dir. Ich habe nur mitgemacht, weil sie mir gedroht haben. Frag sie, sie werden es dir bestätigen.«
»Das würde ich tun, wenn es möglich wäre«, erwiderte ich. »Aber du bist der einzige, der noch am Leben ist. Du bist echt ein mutiger Kerl, weißt du, eine Frau von einsfünfzig zu kidnappen.«
Rodrigos Augen wurden groß vor Angst. Ein besseres Gefühl hatte ich an diesem ganzen Tag noch nicht gehabt. »Was meinst du, der einzige, der noch am Leben ist?« fragte er.
»Dein Kumpel Mariano hat Fernando und Slattery umgelegt.«
»Godoy tot?« hakte Rodrigo nach. »Und Slattery?«
»Und Mariano.« Ich wollte ihm alles auf einmal vor den Latz knallen. Sein Gesicht wurde lang. Und ich wurde unbarmherzig. »Ich habe ihn vor etwa einer Stunde erschossen.«
Rodrigo wich einige Schritte vor mir zurück. Exzellent. »Ich weiß, daß du dich mit Godoy und Slattery verbündet hast«, sagte ich. »Aber wie bist du denn an Mariano herangekommen?«
»Ich – es war sehr seltsam.« Ich drückte ihn allmählich an die Wand des Gebäudes, in dem sich MVV Interiors befand. Er sprach schnell. »Nachdem Margarita tot war, ein paar Tage nach der Beerdigung – es war, nachdem ich mit dir im Versailles zu Mittag gegessen hatte, das weiß ich noch, weil mein Wagen nach Homestead abgeschleppt worden war –, da bekam ich einen Anruf von Mariano. Er wollte sich mit mir treffen.«
Ich spürte, daß Rodrigo die Wahrheit sagte.
»Hast du ihn gekannt?«
»Nein, nein. Ich kannte seinen Familiennamen. Margarita

hatte mir erzählt, daß sie mit dem Haus seiner Eltern in Coral Gables beschäftigt war. Auf jeden Fall traf ich mich mit ihm auf einen Kaffee. Er sagte, daß es ihm sehr leid tue wegen Margarita und daß er sie ein paarmal getroffen habe, als sie im Haus seiner Eltern gearbeitet hatte. Dann sagte er noch, daß er gehört habe, sie sei zum Zeitpunkt ihres Todes schwanger gewesen.«

»Woher wußte denn er davon?« verlangte ich zu wissen. »Das war doch damals noch gar nicht allgemein bekannt.«

»Ich weiß. Ich war überrascht.« Rodrigo ließ die Schultern hängen und sah auf meine Hände. »Er sagte, er habe es über seine Mutter herausgefunden. Margaritas Sekretärin Leonora rief bei Marianos Mutter an, um ihr mitzuteilen, daß noch einige Stoffmuster im Büro liegengeblieben seien. Nachdem MMV dichtmachte, wollte Leonora wissen, ob Mrs. Arango Interesse daran hätte. Mariano sagte, Leonora habe angefangen, über Margarita zu plaudern.«

Ich dachte an Leonora, die zwar geschwätzig, aber auch einsam und deprimiert war und damals gerade die Auflösung von MMV abwickelte. Sie hatte Isabel wahrscheinlich angerufen, nur um mit irgend jemandem sprechen zu können, und hatte dann alle Geheimnisse ausgeplaudert.

»Es rutschte Leonora heraus, daß Margarita schwanger war«, fuhr Rodrigo fort, »und daß ich wegen fahrlässiger Tötung gegen Dade County Klage führte. Mariano sagte, er sehe es als seine Pflicht, mir mitzuteilen, daß Margarita eine Affäre gehabt hätte. Er sagte, er wolle mir die Erniedrigung ersparen, daß es allgemein bekannt wird, daß ich möglicherweise nicht der Vater des Kindes bin. Er sagte dauernd, der Fall sei von ›hohem öffentlichem Interesse‹, und daß mein Leben und das von Margarita nun unter das Mikroskop gelegt würden.«

Mariano war noch widerlicher, als ich es mir je hatte vorstellen können. Er war Abschaum. Ich fing an, mich darüber zu freuen, daß ich ihn erschossen hatte. »Er hat dich nicht aufgesucht, nur um ein netter Typ zu sein, oder?« fragte ich.

Rodrigo schüttelte den Kopf und schnaubte verächtlich. »Natürlich nicht! Er sagte, daß er für einen gewissen Prozentsatz des Geldes, das ich durch das Verfahren bekommen würde, sicherstellen werde, daß sich Margaritas Liebhaber nicht einmischt.«

»Aber du hast bereits gewußt, daß das Baby nicht von dir war«, sagte ich. Rodrigo wirkte für einen Moment überrascht; dann fiel es ihm, in seinem Gesicht deutlich erkennbar, wieder ein. Margarita hatte nicht alles vor mir verborgen.

»Aber ich wußte nicht, von wem es war«, erwiderte Rodrigo.

»Und was hast du von alledem gehalten?« fragte ich.

»Nun, Mariano sagte, daß es in der Pflanzenschule finanzielle Probleme gebe«, meinte Rodrigo. »Aber ich glaube, es steckte mehr dahinter. Das habe ich gemerkt. Die Art, wie er über Margarita gesprochen hat – ich glaube, er hat sie selbst geliebt. Und ich glaube, er war auf seinen eigenen Bruder eifersüchtig.«

Ich sagte nichts. Aber ich mußte Rodrigo beipflichten, und wenn auch nur in diesem kleinen Detail: der verstorbene Mariano Arango war eine harte Nuß.

»Du hast also eingewilligt?«

»Nein, ich habe ihm gesagt, daß ich darüber eine Weile nachdenken muß.«

Es war nicht weiter schwierig, den nächsten Schritt zu folgern. »Du bist also zu deinem besten Freund, Fernando Godoy, und hast ihm davon erzählt, daß Mariano Arango dich besucht hat.«

»Lupe, du bist ja richtig clever.« Rodrigo lächelte mich an; ich empfand mehr als Abscheu für ihn.

»Und Godoy hat dir gesagt, daß er den Liebhaber auch ohne Marianos Hilfe finden würde, aber um die Chancen zu verbessern, könnte man Mariano eine Zeitlang im unklaren lassen. Deshalb hat Slattery mich verfolgt – damit ich euch zu Margaritas Liebhaber führe.«

Ich spürte, daß ich recht hatte. »Aber warum habt ihr Marianos Bruder zusammengeschlagen?«

»Das war nicht geplant«, wandte Rodrigo ungeduldig ein. »Slattery hat es eigenmächtig übernommen, Alonso junior so übel zuzurichten, für den Fall, daß Alonso beschloß, an die Öffentlichkeit zu treten und freiwillig bekanntzugeben, daß er der Vater des Kindes war – was verhindert hätte, daß ich das Geld bekam. Mariano wußte davon nichts. Er wollte nicht, daß sein Bruder auch nur berührt wurde, aber Slattery und Godoy wurden richtig geldgierig. Die Sache geriet außer Kontrolle.« Rodrigo fuhr sich mit der Hand durchs Haar. Er wirkte erschöpft. Und das war kein Wunder – er war in letzter Zeit ziemlich beschäftigt gewesen. »Und mit dir, na ja, du hast zuviel gewußt. Deshalb wollte Godoy dich aus dem Weg haben. Aber du mußt mir glauben, Lupe, ich hatte nichts damit zu tun, daß man dich in den Juwelierladen eingesperrt hat. Nichts!«

Sein Blick war nach wie vor von meiner Handtasche angezogen, suchte vermutlich nach einer Waffe. »Warum bist du dann nicht zurückgekommen und hast mich befreit, nachdem die anderen gegangen waren, Rodrigo?«

»Ich wollte, das schwöre ich. Du warst Margaritas beste Freundin. Ich hätte nie zugelassen, daß dir etwas zustößt, niemals.«

Ich wußte nicht, was ich widerlicher fand. Rodrigos Lügen oder der bettelnde Ton, mit dem er sie mir unterbreitete.

»Mariano raste vor Wut, als er herausfand, daß du entkommen warst«, fuhr er fort. »Godoy und Slattery waren dafür verantwortlich, daß du gefesselt in dieser Putzkammer festgehalten wurdest, bis Mariano eine Idee hatte, was wir mit dir anfangen sollten.«

Seltsam, dachte ich. Mariano war wütend, daß sie seinen Bruder zusammengeschlagen hatten, was ihn aber zur Weißglut gebracht hatte, war Godoys und Slatterys Versagen, mich so lange gefangenzuhalten, bis er mich umbringen konnte.

Ich hatte genug gehört. »Rodrigo, ich möchte, daß du jetzt die Klappe hältst«, sagte ich. »Und hör mir gut zu, wenn dir etwas an deinem Leben liegt. Ich werde dich jetzt hier zu-

rücklassen, und ich werde dich nicht der Polizei übergeben – aber nur unter einer Bedingung.«
Rodrigo sah aus, als sei plötzlich Weihnachten. »Alles, was du willst«, sagte er. »Absolut alles.«
»Sobald du in dein Büro kommst, ziehst du deine Klage gegen Dade County zurück«, sagte ich. »Du nimmst dir zunächst einen neuen Anwalt, weil deiner in South Dade die Blumen düngen wird.«
Ich sah ihm in die Augen und öffnete meine Handtasche. »Ansonsten ...« Er rührte sich nicht vom Fleck, als ich ihm den Revolver in die Rippen drückte.
»Ich verspreche es, ich schwöre«, sagte Rodrigo und fing zu stottern an. »Ich, ich suche mir aus dem Branchenbuch einen Anwalt heraus.«
»Ich lasse dich nur Margaritas wegen gehen«, fuhr ich fort. »Sie war meine beste Freundin, und ich will nicht, daß ihr Leben durch den Dreck gezogen wird, damit du Geld absahnst. Und ich will nicht, daß du von ihrem Leichnam profitierst.«
»Ich verstehe«, flüsterte Rodrigo.
»Du läßt sie in Frieden ruhen«, zischte ich. »Du bist der letzte Dreck, Rodrigo, ein echter Bastard. Das warst du immer. Aber Margarita hat dich geheiratet, und das habe ich respektiert. Laß von deiner Klage ab, und dann lebe dein erbärmliches Leben.«
Ich drückte ihm den Revolver fester in die Rippen. Seine Zähne begannen zu klappern.
In diesem Zustand ließ ich ihn zurück und stieg in den Wagen. Hoffentlich würde ich ihn nie wieder sehen. Er war verängstigt genug, sein Versprechen einzuhalten, das wußte ich. Ich konnte ihn ins Gefängnis bringen oder noch Schlimmeres. Ich würde meine Drohung absolut gerne wahr machen. Ich hatte den Tag als Ermittlerin begonnen, die Schußwaffen verabscheute, und würde ihn als weiblicher Rambo beenden.
Ich war erfreut, meinen Mercedes auf seinem üblichen Platz neben dem Haus stehen zu sehen. Tommy, der Gute, auf ihn

war einfach Verlaß. Und ich würde ihn noch einmal brauchen. Er würde mir beweisen müssen, was für ein großartiger Anwalt er war, indem er mich aus diesem ganzen Schlamassel herausholte, in dem ich wegen des Falles Arango steckte. Meine Armbanduhr zeigte exakt drei Uhr an, als ich Leonardos Jeep abstellte. Ich war fertig, drei Stunden bevor die Zeit abgelaufen war.

# 41

Sam ging ans Telefon, hörte kurz zu und reichte mir dann wortlos den Hörer. Dies war der erste Anruf, den ich nach sechs Tagen in Key West bekam. Sam und ich waren sehr beschäftigt gewesen – mit Essen, Trinken und Schlafen. Geist und Körper glichen allmählich wieder dem, was sie waren, bevor ich den Namen Arango gehört hatte.

»Hallo, Tommy«, sagte ich. »Wie geht es dir?«

»Ich möchte dich ja nicht stören«, sagte Tommy, »aber ich dachte, du würdest dich darüber freuen.«

Ich hatte strikte Anweisung gegeben, nicht gestört zu werden. Leonardo kümmerte sich um das Büro und Tommy um die juristischen Probleme. Ich war in guten Händen.

»Bevor du anfängst –«, bat ich nachdrücklich, »sag mir zuerst, ob ich in Schwierigkeiten bin.«

»Natürlich nicht«, erwiderte Tommy. »Ich habe alles geklärt. Du bist von jeglichem Verdacht befreit. Ich bin nicht umsonst der Beste. Und ich habe der Polizei mitgeteilt, daß du dich an einem geheimen Ort erholst.«

»Danke, Tommy.« Ich spürte, wie aus jeder Pore Dankbarkeit strömte. Ich sah dem Ventilator zu, der sich an der Decke drehte, und nahm einen großen Schluck Margarita.

»Mir ist außerdem zu Ohren gekommen, daß Aurora Santangelo, deine alte Widersacherin, am Verkehrsgericht in Hialeah gegen Verkehrssünder vorgeht«, fügte er noch hinzu. »Offensichtlich hatte ihr Chef den Eindruck, sie führe ihre Ermittlungen als persönliche Fehde gegen dich.«

»Es wurde aber auch Zeit, daß irgend jemand dahinterkam«, meinte ich.

»Und rate mal, wer ihr neuer Chef ist, der Typ, der für ihren Abstieg in die Hölle verantwortlich ist. Kein anderer als dein

Ex – Charlie Miliken!« Tommy kicherte leise. Er liebte es, derartige Neuigkeiten an mich weiterzugeben.
Ich brach in Gelächter aus. Ich dachte mir, daß Aurora den Hausmeister in naher Zukunft nicht brauchen würde, und ich dachte an Charlie, der sich wahrscheinlich genau in diesem Augenblick betrank und dazu seine Marlboros paffte.
»Und was hast du mir sonst noch zu sagen?« fragte ich, noch immer lachend.
»Ich habe Alonso senior aus dem Gefängnis geholt, zumindest für den Augenblick«, fing Tommy an. »Wir haben über alles gesprochen, was sich im Zusammenhang mit dem Fall ereignet hatte. Er war verdammt verlegen. Ich mußte ihn einfach fragen, warum er sich einverstanden erklärt hatte, einen Ermittler einzuschalten, wo er und seine Familie doch so viel zu verbergen hatten.«
Diese Frage hatte ich mir selbst gestellt. »Ich platze gleich vor Neugier, Tommy. Was hat er geantwortet?«
»Der alte Herr sagte, daß er, als er dich im Stockade kennengelernt hat, den Eindruck hatte, ich würde mit dir ins Bett gehen. Er dachte, ich wollte dich nur engagieren, weil du meine Freundin bist, nicht weil du als Ermittlerin etwas ausrichten könntest.«
»Das ist nicht dein Ernst.« Ich trank noch einen Schluck Margarita. Ich fühlte mich zu entspannt, um gekränkt zu sein. »Ein bißchen recht hatte er ja – ein bißchen, stimmt's?«
»Ich schwöre dir, das ist, was er sagte.« Tommy brach in ein rauhes Gelächter aus. »Er hat nur zugestimmt, dich zu engagieren, weil er dachte, er würde mich damit glücklich machen. Er sagte, er habe nie geglaubt, daß ein ›kleines Mädchen‹ wie du irgend etwas herausfinden würde.«
Tommy lachte so sehr, daß er fast keine Luft mehr bekam. Bald fiel ich in sein Lachen ein. Ich stürzte den Rest meines Margarita hinunter, legte den Hörer auf und lehnte mich zurück, spürte die warme Nachmittagsbrise.
*Männer!* sagte ich zu mir selbst. Und lachte noch ein bißchen.

# DANKSAGUNG

Ich fühle mich geehrt, daß ich meine Agentin, Elizabeth Ziemska, die bei Nicholas Ellison, Inc. arbeitet, als meine Freundin bezeichnen darf. Wie so oft, wenn ich mit ihr zu tun hatte, möchte ich ihr noch einmal für alle Mühe danken, die sie sich mit mir gegeben hat. Seit wir uns kennen, hat sie an mich geglaubt und mich immer wieder ermutigt, meine Geschichten zu schreiben. Celina Spiegel, meine Lektorin bei G.P. Putnam's Sons, ist desgleichen zu einer wertvollen Freundin geworden. Celina ist eine hervorragende Lektorin. Darüber hinaus ist sie offen für meine Ideen und setzt meiner Kreativität keine Grenzen. Ich bin ihr zudem für vieles andere dankbar. Quinton Skinner hat für seine Hilfe und seinen magischen Umgang mit Wörtern meinen besonderen Dank verdient.

Wie immer ist es mir ein Bedürfnis auszudrücken, wie wichtig meine Familie in meinem Leben ist. Mein Mann, Robert K. Hamshaw, ist für mich immer eine Quelle der Unterstützung und der Stärke; meine Mutter, Lourdes Aguilera de Garcia, die meine Arbeit immer unterstützt und getragen hat und außerdem ihre Freunde nahezu gezwungen hat, meine Bücher zu kaufen; meine Schwester, Sara O'Connell, und mein Bruder, Carlos Antonio Garcia, die sich immer nach den Büchern und der Arbeit daran erkundigt haben; und mein Neffe, Richard O'Connell, der immer mit seiner »tia« angibt.

Aber natürlich sind es meine Töchter Sarah, Antonia und Gabby, denen ich am meisten verdanke. Ich möchte ihnen für den Stolz danken, den ich in ihren Stimmen höre, wenn sie sagen: »Meine Mutter ist Schriftstellerin – sie schreibt Bücher.« Das wird mich in alle Zukunft motivieren. Gracias, gracias, gracias.